帝王燕

제왕연 13

ⓒ지에모 2021

초판1쇄 인쇄	2021년 2월 23일
초판1쇄 발행	2021년 3월 9일
지은이	지에모芥沫
옮긴이	이소정
펴낸이	박대일
편집	이문영 · 박지해 · 임유리 · 신지연 · 이지영
마케팅	임유미 · 손태석
일러스트	흑요석
디자인	박현주
교정	김미영
펴낸곳	파란미디어
출판등록	2004년 9월 14일 제313−2004−00214호
주소	03992 서울시 마포구 동교로23길 14 국제빌딩 6층
전화	02.3141.5589 영업부 070.4616.2012 편집부
팩스	02.6499.5589
전자우편	paranbook@gmail.com
카페	http://cafe.naver.com/paranmedia
인스타그램	@paranmedia
ISBN	978−89−6371−875−0(04820)
	978−89−6371−821−7(전21권)

제
왕
연

13

帝王燕 지에모 지음 — 이소정 옮김

파란

차례

파란미디어의
책들

e-mail paranbook@gmail.com
cafe cafe.naver.com/paranmedia
facebook facebook.com/paranbook
tel 02, 3141, 5589 **fax** 02, 3141, 5590

파란

최고의 밀리언셀러 작가! 정은궐 작가 시리즈

누적 판매 부수 220만 부를 기록한 역사 로맨스소설의 전설
6개국 번역 출간, 소설의 세계를 뛰어넘어 다양한 장르로의 확장!
아시아가 주목하는 작가 정은궐의 귀환!

SBS 드라마 방영예정!

홍천기 紅天機 | 각 권 14,000원(전2권)

하늘의 무늬를 읽고 해독할 수 있지만
앞을 보지 못하는 남자 하람
그의 눈이 되고자 당당히 경복궁에 입성한
백유화단의 여화공 홍천기
그들의 운명에 번져 가는 애틋하고 몽환적인 먹선!

〈성균관 유생들의 나날〉,
〈규장각 각신들의 나날〉,
〈해를 품은 달〉 정은궐 작가의 귀환!
놀랍고 강렬하고 신비로운 이야기!

성균관 유생들의 나날 (개정판) | 각 권 11,000원(전2권)

교보문고, 예스24, 인터파크, 알라딘 베스트셀러 종합 1위!
백만 부 돌파!
일본, 중국, 태국, 베트남, 대만, 인도네시아 6개국 번역 출판
독자들이 뽑은 가장 재미있는 소설!

금녀의 반궁, 성균관에 입성한 남장 유생 김 낭자의
파란만장한 나날들!

규장각 각신들의 나날 | 각 권 11,000원(전2권)

『성균관 유생들의 나날』 시즌 2, 잘금 4인방의 귀환!

'공부가 가장 쉬웠던' 성균관은 아무것도 아니었다.
'피똥 싸는 건 예사고, 없던 다한증까지 생긴다는'
무시무시한 규장각 나날이 잘금 4인방을 기다린다!

해를 품은 달 (개정판) | 각 권 13,000원(전2권)

드라마 '해를 품은 달' 원작
8주 연속 종합 베스트셀러 1위!
아시아 전역 번역 출간!

세상 모든 것을 가진 왕이지만 왕이기 때문에 사랑을 잃은 훤
사랑과 권력을 되찾기 위해 가혹한 운명에 맞선다!

고집스럽게 그녀에게 달아 놓고

그 누구도 자신이 힘들게 모아 온 보물들이 이런 식으로 팔리는 걸 보고 싶지 않을 터였다. 경매품 하나에 열 개를 더 끼워 주는 것만으로도 이미 백리명천을 건드린 셈이었는데, 비연의 이런 행동은 더욱 그를 화나게 했다.

그러나 화가 난 것은 화가 난 것이고, 아직 이성은 남아 있었다. 백리명천은 군구신과 비연이 이렇게 떠들썩하게 구는 건 그를 끌어내기 위해서라는 걸 아주 잘 알고 있었다. 물론 그는 덫에 걸릴 생각이 없었다.

그는 그저 직접 보고 싶을 뿐이었다. 대체 그 누가 백리명천의 체면을 생각하지 않고 경매에 참여했는지.

물론 더 큰 이유는, 그가 가장 신경 쓰는 물건 하나가 증정품 목록에 있었기 때문이다. 그는 반드시 그 물건이 누구에게로 가는지 알아야 했다.

이 순간, 비연과 군구신은 찻잔을 들고 서로 바라보고 있었다. 멀리서는 그들의 표정이 보이지 않았지만, 그들 사이에 감도는 애정의 기운은 알아볼 수 있었다.

백리명천의 두 눈은 가늘어지다 못해 거의 일직선이 되어 있었다. 그가 나지막하게 중얼거렸다.

"옛 빚도 아직 갚지 않았거만, 또 새 빚이라니. 비연, 네가 본 황자의 손에 떨어질 날을 기다리고 있거라!"

이 일은 분명 군구신이 주도한 것이었다. 그러나 백리명천은 고집스럽게 빚을 비연에게 달아 두었다. 도요곡에서의 일과 마찬가지로, 사실 무슨 빚이라고 할 수 없는 일들을 그는 고집스럽게 지금까지 되새기고 있었다.

경매품 열에 증정품 백. 모든 물건이 높은 경매대 위에 올라왔는데, 마치 무슨 전시회 같아 무척이나 성대해 보였다.

당정이 두 손을 들어 올리자, 경매장 안에 있던 모든 이들이 바로 조용해졌다. 거대한 천보대청이 조용해짐과 동시에 첫 번째 경매가 정식으로 시작되었다!

사람들이 주목하는 가운데 당정은 침착하게 첫 번째 경매품을 소개했다. 그녀의 시선은 경매장 안에 두루 미쳤고, 맑은 목소리에 발음도 정확했다. 물품을 소개하는 내용도 매우 명확하고 상세했으며, 그녀의 미모는 경매대 위 어떤 보물에도 뒤지지 않았다.

소개를 끝낸 그녀가 침착하게 경매대 중앙으로 돌아가더니 진지하게 말했다.

"이 화병은 10만 금에서부터 시작합니다. 금액을 높여 부르되, 가장 높은 금액을 부르신 분이 가져가게 됩니다. 매번 금액을 높이실 때는 최소한 3,000금 이상을 높여야 하고, 본 경매관이 경매장 상황에 따라 금액의 폭을 변동할 수 있습니다. 이의 있으신 분 계십니까?"

모두 조용했다. 경매장 안 분위기는 이미 긴장 그 자체였다.

당정이 잠시 기다렸다가, 아무도 반대하지 않는 걸 보고 경매봉을 두드리며 외쳤다.

"시작!"

그녀의 목소리가 들리는 순간, 경매장은 더더욱 조용해졌다. 경매석에 앉아 있는 이들이건 객석에 앉아 있는 이들이건 미동도 없이 경매대를 보고 있었다. 모두 긴장한 채 첫 번째로 금액을 부르는 자를 기다리고 있었다. 그러나 한참을 기다려도 아무도 나서지 않았다.

당정은 경매와 관련해 산전수전 다 겪은 몸이었기에 담담한 표정을 유지했다. 그저 비연과 군구신에게 눈빛만 한번 보낸 후 계속 기다렸다.

비연과 군구신은 더더욱 태연자약했다. 그들은 차를 마시는 것처럼 보였지만 실제로는 객석을 바라보며 백리명천을 찾고 있었다.

점차 경매석 서른 곳을 제외한 곳에 앉아 있던 관객들이 머리를 맞대고 소곤거리기 시작했다.

백리명천의 입매에 만족스러운 미소가 떠올랐다. 아무래도 경매에 참여한 이들이 제 분수를 알고, 감히 자신과 적이 되지 않으려 한다고 믿고 싶었다. 그가 백초국 황제를 내버려 두고 다급하게 온 것은, 군구신과 비연이 난처해하는 모습을 보는 것만으로도 충분히 가치가 있었다.

차 한 잔 마실 시간이 흘렀으나 아무도 가격을 부르지 않았다. 첫 번째 경매품은 이대로 유찰될 상황이었다. 마침내 당정이 입을 열었다. 그녀는 진지한 표정에 전문적인 말투로 다시 한번 말했다.

"이 화병의 시작가는 10만 금으로, 금액을 높여 부르되, 가장 높은 금액을 부르신 분이 가져가게 됩니다. 경매에 참여하실 분 계십니까?"

객석은 고요했다. 경매 참가자 중 아무도 가격을 부르지 않았다.

당정이 더 시간을 끌지 않고 다시 한번 외쳤다.

"참여하실 분 계십니까?"

세 번째였다!

규칙에 따르자면, 경매관은 단 세 번만 물어볼 수 있었다. 세 번 물어도 아무도 가격을 부르지 않는다면 그 경매는 그대로 끝이었다.

백리명천이 마침내 고개를 돌려 경매대를 바라보았다. 그의 입가에 어린 미소가 점점 더 짙어지고 있었다. 상황이 이렇지만 않았다면 그는 진심으로 가격을 불러 군구신의 체면을 호되게 후려쳐 보고 싶었다.

주변 사람들이 다시 시끌벅적하게 이야기를 나누기 시작했고, 백리명천은 점점 더 의기양양하고 사악하게 미소지었다. 그러나 바로 그 순간, 그의 앞에 있던 누군가가 패를 들더니 소리쳤다.

"20만!"

20만? 단숨에 10만을 더해, 배를 부르다니!

백리명천이 멈칫하는 가운데 시끄럽던 주변도 곧 조용해졌다. 그리고 오른쪽에서 누군가가 다시 제 패를 들고 외쳤다.

"30만!"

백리명천이 정신을 차리기도 전에 왼쪽의 누군가가 패를 들었다.

"40만!"

그리고 바로 누군가가 패기롭게 외쳤다.

"50만!"

백리명천이 돌아보는 순간, 거의 동시에 그의 앞에서 더욱더 패기 있는 목소리가 들려왔다.

"100만!"

누구일까!

백리명천뿐 아니라 주변 모든 이들이 호기심을 느꼈다. 그러나 사람들이 100만을 부른 이를 확인하기도 전에, 오른쪽 위 귀빈석에서 기고만장한 목소리가 들려왔다.

"본 소야가 300만!"

찰나의 순간, 경매장 전체가 시끌벅적해졌다. 모든 이들이 고개를 들어 보니 옥씨 가문의 소야 옥명양이 귀빈석에 다리를 꼬고 앉아 오만한 눈길로 사람들을 내려다보고 있었다.

옥명양이 큰 소리로 외쳤다.

"백리명천이 지키지 못한 물건들, 본 소야가 전부 가져가겠다. 그 누구도 본 소야와 다툴 생각은 하지 않는 게 좋을 거다. 하하! 오늘 백리명천 본인이 왔다 해도 본 소야가 빈손으로 돌아가게 해 줄 것이니!"

그 순간 백리명천의 두 눈이 가늘어지더니 눈빛이 차갑게 빛났다. 옥명양은 지금까지 단 한 번도 그를 이겨 본 적 없었다. 그런 주제에 여기서 저렇게 말하다니! 죽고 싶은 모양이군!

비연과 군구신도 마침내 옥명양을 바라보았다. 그들도 꽤 놀란 참이었다. 옥명양이 백리명천과 곡절이 꽤 있으니, 오늘 그가 달려들 것은 예상했던 바였다. 그러나 이렇게 기고만장해 떠들 줄은 생각지 못했던 것이다.

아무래도 좋았다. 군구신과 비연이 입을 열 필요도 없이 옥명양이 백리명천의 분노를 돋우고 있었으니까! 어쩌면 뒤의 경매 두 건은 진행할 필요도 없을지 모른다. 백리명천이 화를 참지 못한다면……

이때 당정이 큰 소리로 외쳤다.

"300만, 더 있으십니까?"

모두 그녀를 바라보며 침묵을 지켰다.

당정은 잠시 기다리다가, 아무도 나서지 않는 걸 보고 경매봉을 두드리며 외쳤다.

"300만 금, 첫 번째!"

경매장 안은 여전히 조용했다.

탁!

당정이 다시 한번 경매봉을 두드렸다.

"300만 금, 두 번째!"

모두 계속 침묵을 지키고 있었다. 모든 소장품을 집어삼키고 싶은 야심을 지닌 인물들이야 적지 않았지만, 감히 옥씨 가문과 힘을 겨룰 사람은 얼마 없었다. 옥씨 가문에게 밉보인다면 후에 이쪽 업계에서는 꽤 어려워질 수밖에 없었다.

고요한 가운데 옥명양이 팔짱을 낀 채 자리에서 일어났다.

군구신이 침착하게 차를 따라 주자 비연은 그에게 달콤하게 미소 지었다.

그리고 백리명천은 주먹을 꽉 쥐고 있었다.

당정이 다시 한번 경매봉을 두드렸다. 그러나 경매봉이 떨어지는 순간, 경매석에서 사랑스러운 목소리가 들려왔다.

"777만 금!"

뭐라고? 777만 금?

본래 고요하던 대청이 더욱더 조용해져, 마치 소리가 존재하지 않는 세계가 된 것 같았다. 백리명천조차 자신이 잘못 들었다고 생각했다. 아무리 증정품을 열 가지나 준다 해도, 결코 이 가격만큼의 가치는 되지 않았기 때문이다.

가격을 부른 사람이 대체 누구일까?

그들의 진정한 목적

고요한 가운데, 당정의 얼굴에 경악한 표정이 떠올랐다. 그녀는 이 가격에 놀란 게 아니라 가격을 부른 목소리에 놀라고 있었다. 이 사랑스러운 목소리를 당정은 아주 잘 알고 있었던 것이다.

비연과 군구신도 깜짝 놀랐다. 두 사람은 경매석을 바라본 다음, 검은 면사로 얼굴을 가리고 있는 소녀가 바로 전다다라는 사실을 알아챘다!

비연은 한참 후에야 상황을 깨닫고 속삭였다.

"이런 가격이라면, 의부밖에 없어! 분명 우리 의부가 시킨 일이야!"

고칠소는 비록 어주도에서 운공대륙 백리씨의 행방을 조사 중이었지만 계속 현공대륙의 상황도 주시하고 있었고, 제자의 상황에도 마음 쓰고 있었다. 전다다는 확실히 그의 부탁을 받아 온 참이었다.

비연은 상황을 알지 못해 그저 답답해하며 중얼거렸다.

"의부가 대체 왜 그러신 걸까?"

군구신도 이해할 수 없었지만, 여전히 침착하게 말했다.

"전다다가 신분을 폭로하지 않는 한, 원래 계획대로 가자."

그는 당정에게 손짓했다. 당정은 그의 뜻을 알아채고 바로 원래의 모습으로 돌아와 웃으며 말했다.

"소저께서 777만 금을 부르셨습니다. 그 이상 있으십니까?"

모두 잇달아 옥명양을 바라보았다.

옥명양의 얼굴은 굳어 있었다. 그라고 777만 금을 낼 수 없는 게 아니었다. 그러나 마음속에 정해 둔 한계선이 있었다! 만약 그가 가격을 올린 후 상대가 다시 가격을 올리면……. 가격은 계속 올라갈 것이다.

그가 방금 그렇게 의기양양하게 말했던 것은 300만이 최고일 거라고 예측했기 때문이었다. 300만은 누군가가 일부러 가격을 올리고 싶어도 쉽게 모험하기 어려운 가격이었다. 옥명양은 감히 자신에게 맞서서 가격을 올릴 사람이 있으리라고는, 그것도 단숨에 이리 많이 올릴 줄은 상상하지 못했다.

모두 지켜보는 가운데 그는 고개조차 돌리지 못하고, 나지막한 목소리로 등 뒤의 노부인에게 말했다.

"어머니, 어쩌지요?"

옥씨 가문의 노부인은 상당히 영리한 사람이었다.

"저 계집애가 일부러 가격을 올린 것 같지 않다. 아주 단호해보이니, 이번에는 양보하거라. 다음 물건이 나오면 관망해 보자꾸나."

옥명양이 다급해져 말했다.

"어머니, 그러면 저…… 제가 너무 창피하잖습니까!"

노부인이 불쾌한 목소리로 말했다.

"누가 너에게 거들먹거리라 했더냐?"

옥명양은 대답하지 않았다.

이때 당정이 경매봉을 내리쳤다.

"777만 금, 첫 번째!"

아무도 소리를 내지 않았다. 당정이 다시 경매봉을 내리쳤다.

"777만 금, 두 번째!"

마침내 누군가가 옥명양에게 소리쳤다.

"옥 소야, 어째서 가격을 부르지 않습니까?"

옥명양은 노한 눈으로 노려보며 아무 말도 하지 않았다.

백리명천은 무시하듯 그를 바라보고는, 시선을 다시 전다다에게로 돌렸다. 그는 전다다가 대체 누구인지 도무지 알 수 없었다. 이렇게 큰돈을 쓰는 것은 분명 보기 드문 일인데…….

그는 전다다가 군구신의 수하로, 일부러 가격을 올리려 하는 건 아닐까 의심도 해 보았으나, 다시 생각해 보니 그렇지는 않은 것 같았다.

마침내 당정이 세 번째로 경매봉을 내리쳤다.

"777만 금, 세 번째! 경매 완료!"

첫 번째 경매가 끝난 후, 백리명천은 전다다의 신분에 호기심을 느꼈으나 여전히 인내심을 갖고 기다렸다. 어쨌든 아홉 건의 소장품이 더 남아 있었고, 그가 가장 신경 쓰는 물건은 열 번째 소장품에 딸린 증정품이었다.

놀랍게도 남아 있던 아홉 건의 소장품 경매에서 전다다는 계속 같은 식으로 옥명양과 경쟁했다. 최후에는 전다다가 같은 가격으로 모든 소장품을 얻게 되었다. 소장품이 열인데 하나에

777만 금이니, 총액이 7,770만 금에 달했다!

백리명천은 말할 것도 없고 비연도 경악해 군구신에게 속삭였다.

"우리 의부가 여전히 백리명천을 제자라 생각하는 건 아니겠지? 설마 백리명천이 소장품을 되사는 걸 도와주시는 건가?"

군구신이 말했다.

"반드시 그러리라고는 확신할 수 없어. 우리는 그저 계획대로만 하면 되는 거야."

그는 경매장을 한 바퀴 둘러본 후, 시종에게 다가오라 손짓한 다음 말했다.

"가서 당정에게, 휴식할 필요 없이 바로 두 번째 경매로 들어가라고 전해라."

당정은 휴식 시간을 선포하려다가, 군구신의 지시를 듣고 다시 경매대 위로 돌아갔다. 그녀는 사람들에게 소장품을 모두 치우게 한 다음 전다다에게 말했다.

"오늘 경매는 정왕 전하께서 위탁하신 것입니다. 시간이 부족한 관계로 중간에 휴식 시간 없이 경매를 진행하겠습니다. 다른 경매품에도 관심이 있으시면, 경매가 모두 끝난 후에 금액을 내셔도 무방합니다. 흥미가 없다면 지금 옆방으로 자리를 옮기시면 됩니다."

전다다는 물론 자신의 신분이 드러났으리라는 것을 알고 있었다. 그녀는 장난기가 발동해, 일부러 사랑에 빠진 듯한 모습으로 말했다.

"내가 천 오라버니를…… 사람도 그 마음도 얻을 수 없으니, 이 기회에 오라버니 물건이라도 가져야겠어요. 오라버니의 물건이라면 단 하나도 놓칠 수 없으니, 경매를 계속하도록 해요!"

천 오라버니? 사람? 마음?

당정은 바로 온몸에 소름이 돋았고, 비연은 마시고 있던 차를 하마터면 내뿜을 뻔했으며, 군구신도 미간을 찌푸렸다. 그리고 백리명천은 눈을 휘둥그렇게 뜨고 있었다.

백리명천을 사모하는 이는 적지 않았으나 이렇게 씀씀이가 큰 사람은 기억나지 않았다. 백리명천의 호기심이 깊어지고 있었다. 이 소녀는 대체 누구일까?

그는 원래 휴식 시간을 이용해 소녀에 대해 알아볼 생각이었지만, 지금은 일단 호기심을 누르고 기다리는 수밖에 없었다.

당정은 전다다를 보며 간신히 웃음을 지어 보이고는 말했다.

"소저께서 그리도 마음이 깊으시니, 삼황자께서 그 마음을 아신다면…… 감동은 아니라도 최소한 평생 기억해 주시겠군요."

전다다가 애수에 젖은 목소리로 말했다.

"아, 어서 계속하도록 해요."

당정은 물론 계속할 생각이었다. 그녀는 마음속에 중요한 일을 계속 새기고 있었다. 첫 번째 경매에서는 의외의 요소가 많았고 백리명천을 끌어내지 못했다. 그런 이상 두 번째 경매가 아주 중요했다.

군구신은 미리 경매품의 목록을 공포하게 했으나, 첫 번째 경매의 목록만이었다. 두 번째와 세 번째 경매품은 비밀에 부쳐졌다. 그리고 이 두 경매는 단 한 가지 물건만을 경매한다고 했다.

한 미인이 두 손에 옥쟁반을 들고 경매대 위로 올라왔다. 경매장 안은 순식간에 조용해졌다.

당정의 지시에 따라 미인은 옥쟁반을 조심스럽게 탁자 위에 내려놓았다. 옥쟁반은 붉은 비단으로 덮여 있어 그 안에 무엇이 있는지 보이지 않았다. 모두 궁금한 표정으로, 아무 소리도 내지 못한 채 당정이 입을 열기만을 기다리고 있었다.

백리명천도 잠시 전다다에 대한 생각을 접어 두고, 비연과 군구신을 흘깃 본 후 시선을 경매대로 향했다. 그는 자신의 소장품이라면 손바닥 들여다보듯 알고 있었지만, 목록에 있는 것을 제외하면 자신에게 이렇게 작은 소장품이 있었는지 기억나지 않았다. 옥쟁반에 올라갈 정도로 작은 물건이라니……. 게다가 군구신과 비연이 단독으로 경매에 내놓을 정도의 물건이라니.

백리명천이 의심하는 동안 당정이 호쾌하게 걸어가더니 붉은 비단을 우아하게 들어 올렸다. 일순간, 모든 이의 눈앞에 화려하고 아름다운 보랏빛이 떠올랐다! 교주! 자옥교주였다!

그 자리에 있는 이들 중 의아해하지 않는 이도, 경악하지 않는 이도 없었다. 옥명양이 기뻐하며 눈을 휘둥그렇게 떴고, 옥씨 가문의 노부인조차 참지 못하고 감동하여 자리에서 일어났다. 그들은 모두 만진국 백리 가문이 인어족이라는 사실을 알지 못하고 있었으나, 이 자옥교주가 성 하나만큼의 가치가 있는, 백리가문의 신물이라는 사실은 알고 있었다!

백리냉천도 차가운 숨을 들이마셨다. 속이 뒤집힐 것만 같았다. 그는 홀연히, 군구신이 이 경매를 시작한 진정한 목적이 무엇인지 깨닫게 되었다. 군구신은 백리명천의 소장품을 경매에 부치려는 게 아니라, 온 천하 사람들에게 백리 일족이 인어족이라는 비밀을 공표하고 싶은 것이다!

그가 사납게 귀빈석을 바라보았다. 비연과 군구신은 이미 모두 몸을 일으키고 있었다. 그리고 바로 이 순간, 당정이 입을 열었다.

"여러분······."

여우의 반격

백리명천의 자옥교주는 소씨 가문 사람에게 도둑맞은 후, 백초국의 십삼황자 엽십삼의 손에 들어갔다. 바로 백리명천에게 천염국의 택 태자를 죽였다는 누명을 씌우기 위한 증거물로써 말이다.

후에 군구신과 비연은 그 계책을 역이용하여, 살수의 명의로 이 교주를 동래 전당포에 맡겨 소씨와 기씨 가문은 물론이고 백리명천까지 골탕을 먹였다.

동래 전당포는 현공상회 휘하의 점포였다. 군구신이 이 교주를 다시 가져오는 것은 손바닥 뒤집듯 쉬운 일이었다. 이 교주는 비록 백리 가문의 신물이었으나 백리명천에게는 이미 치욕과도 같은 존재가 되어 있었다.

당정이 관련된 이야기를 늘어놓았고, 사람들이 점차 수군거리기 시작했다. 군구신과 비연 쪽을 흘깃 본 당정은 군구신이 고개를 끄덕이자 바로 큰 소리로 외쳤다.

"여러분, 혹시 만진국 백리 가문이 무엇 때문에 교주를 가문의 신물로 삼았는지 아시는지요?"

모두 다시 조용해졌다. 소문에 따르면 인어족은 이미 천 년 전에 멸족했다고 했다. 심지어 적지 않은 이들이 인어족의 존재 자체가 그저 전설이라고 믿고 있었다. 당정이 묻기 전에는 그 누구도 이 문제에 관심을 두지 않았다.

얼마 지나지 않아 누군가가 소리쳤다.

"홍두 소저, 그리 묻는 것은 이 교주에 다른 내력이 있기 때문이겠지! 하하, 변죽 울리지 말고 어서 모두에게 말해 보시구려!"

이 말을 듣자 꽤 많은 사람이 맞장구쳤다.

"백리씨의 교주라, 약탈해 온 건 아니겠지?"

"설마, 백리씨에게 무슨 말 못 할 비밀이라도 있나?"

"교주에 아주 특이한 효과가 있어 온갖 병을 치료할 수 있다고 들었는데. 게다가 수명도 늘릴 수 있다고 말이야. 그게 사실일까?"

여기저기서 온갖 의견이 나왔고, 점점 더 시끄러워졌다. 백리명천은 눈 한번 깜빡이지 않고 비연과 군구신을 노려보았다. 그라는 사람 자체가 매우 고요하게 변한 것 같았다. 항상 웃음기 가득하던 두 눈에 점차 잔혹한 기운이 어리고 있었다.

당정이 우아하게 두 손을 들어 모두에게 조용히 하라는 신호를 보냈다. 백리명천은 그제야 고개를 돌려 당정을 바라보았다. 그의 눈빛은 고요하고도 음침했다.

당정이 미소 지으며 소리쳤다.

"여러분, 만진국 백리 가문이 교주를 가문의 신물로 삼은 까닭은……."

여기까지 말했을 때, 경매석에 앉아 있던 남자 하나가 공중으로 박차고 오르더니 경매대 위 당정에게 달려들었다. 당정은 바로 뒤로 물러났고, 그와 동시에 매복해 있던 시위들이 전부 경매대 위로 올라 그를 막았다.

당정이 인어족의 비밀을 이야기한 것은 바로 백리명천을 끌어내기 위해서였다. 그러므로 그녀는 전혀 놀라지 않았다. 그녀는 원래 암기를 사용하려 했으나, 공격해 온 자가 백리명천이 아닌 걸 알고는 사용하지 않았다.

어두운 곳에 매복해 있던 정역비는 비록 당정의 안전을 걱정하긴 했지만, 직분을 지키며 주변을 경계하고 있었다.

군구신과 비연은 높은 귀빈석에서 안색 하나 바뀌지 않았다. 그들은 당정에게 달려든 사람이 백리명천이 아니라고 확신했다! 백리명천이 바보도 아닌데 쉽게 몸을 드러낼 리 없었다. 그들에게 남아도는 것이 인내심이었고, 기다릴 수 있었다.

그 남자는 곧 시위에게 끌려 나갔다. 당정은 과감하게 외쳤다.

"모두가 보는 앞에서 감히 경매품을 훔치려 하다니, 정말 대담하구나! 여봐라, 경매장의 규칙에 따라 저자의 두 손을 자르고 내쫓도록 해라. 저자는 앞으로 영원히 경매장에 발을 들일 수 없을 것이다!"

남자는 한마디 말도 없이 고개를 숙인 채 시위에게 끌려 내려갔다. 사람들은 이렇게 대담한 여자를 보는 건 처음인지라 모두 탄식을 그치지 않았다. 그리고 백리명천은 그 남자를 한 번 제대로 보지도 않고 계속 당정을 응시하고 있었다.

남자가 막 경매장에서 끌려 나가는 순간, 한쪽에서 남자 셋이 동시에 경매대 위로 날아올랐다. 당정이 바로 시위 뒤로 숨으며 외쳤다.

"여봐라!"

그 순간 스물이 넘는 시위들이 경매대로 올라와 당정을 보호했다. 이 시위들은 모두 경매장 소속이었다. 백리명천이 모습을 드러내기 전에는 군구신의 수하들 역시 모습을 드러내지 않을 작정이었다.

곧 그 남자 세 명도 제압당했다. 경매장 안의 사람들은 비록 경악하고 놀라면서도 원래의 자리에서 움직이지 않았고, 경매장 안은 여전히 질서정연했다.

당정은 자옥교주를 높은 대 옆에 놔두고, 한 바퀴 둘러본 후 큰 소리로 외쳤다.

"보아하니 대담한 자들이 적지 않구나! 또 누가 올라올 테냐? 없다면 본 소저가 경매를 계속 진행하겠다!"

누구도 감히 대답할 엄두를 내지 못하고 조용히 지켜보았다. 그러나 바로 이 순간, 정역비와 수하들이 경매대를 주시하고 비연과 군구신은 경매대 주위를 살피며 경계하고 있었다.

당정은 얼마 기다리지 않고 목소리를 높였다.

"만진국 백리씨가 자옥교주를 신물로 삼은 까닭은, 바로 만진국 백리씨야말로……."

당정이 여기까지 말했을 때, 객석에서 가면을 쓴 보랏빛 옷의 남자가 공중으로 뛰어오르더니 당정에게 암기를 날렸다. 정역비가 바로 수하들에게 그 보랏빛 옷의 남자를 포위하게 하는 동시에, 활을 쏘아 당정에게로 향하는 암기를 맞혔다.

군구신이 갑자기 미간을 찌푸리며 정역비가 매복해 있던 곳을 바라보았다. 그리고 비연이 놀란 소리로 외쳤다.

"그가 아닌 것 같아!"

군구신이 바로 비연을 제 뒤로 숨기더니 곁에 있던 수하들에게 명령했다.

"내려가 당정을 호위해라!"

이 말이 끝나자마자 시위들에게 제압당했던 남자가 갑자기 발버둥을 치며 몸을 돌리더니, 당정의 급소를 향해 암기를 날렸다.

당정은 암기에 매우 민감했기 때문에 바로 피했다. 암기는 그녀의 옆얼굴을 스치듯 날아갔다. 그녀를 상처 입히지는 못했지만, 그녀가 쓰고 있던 가면의 가느다란 끈을 끊어 놓았다.

끈이 끊어지는 순간 가면이 아래로 떨어졌다. 당정은 예상하지 못한 일에 멈칫했다. 그리고 바닥에 떨어진 암기를 보고는 저도 모르게 차가운 숨을 들이마셨다. 다른 사람은 이해할 수 없을지도 모른다. 그러나 그녀만은 한눈에 이 상황을 이해할 수 있었다!

이 암기는 갈고리 형태였다. 정면에서 보면 적의 급소를 노리기 위한 암기로 보였지만 실제로는 적이 피할 때 다른 부분을 상처 입히기 위해 고안된 형태였다. 다시 말하자면, 그녀를 공격한 사람이 원한 것은 그녀의 생명이 아니었다. 상대는 그녀의 가면을 벗기기 위해 이 암기를 던진 것이다!

음모였다!

당정은 곧 정신을 차리고 무의식적으로 비연과 군구신을 바라보았다!

이 순간, 비연과 군구신은 그들 건너편 귀빈석의 옥씨 가문 모자를 바라보고 있었다. 의심할 바 없이 그들도 이미 어찌 된 일인지 알고 있었다. 음모, 백리명천의 음모였다!

백리명천이 수하들을 경매대 위로 올려보낸 것은 당정을 죽이기 위해서가 아니라, 그들이 병력을 얼마나 매복시켰는지 보기 위해서였다. 그리고 그들의 주의력을 분산시킨 다음 당정의 가면을 벗기기 위해서였다.

그가 이렇게나 신경 쓴 것은 분명 어젯밤 정역비와 당정이 옥씨 가문과 원한을 맺은 걸 알고 있다는 의미였다!

당정은 비연과 군구신이 옥씨 가문 모자를 바라보는 것을 보고 재빨리 정신을 차리고는, 가면을 주워 제 얼굴을 가렸다. 그러나 그녀가 막 얼굴을 가렸을 때, 오른쪽에서 익숙한 목소리가 들려왔다.

"저 여자입니다! 바로 저 여자라고요! 어젯밤 저 여자와 남자 하나가 함께 도박장의 간판을 부수었습니다! 제가 잘못 보았을 리 없습니다!"

바로 어젯밤 대옥 도박장 그 사나운 사내의 목소리였다. 그는 옥씨 가문 모자와 함께 들어와 계속 옥명양 곁에 서 있던 참이었다.

당정은 당황했다.

이때, 어두운 곳에 숨어 있던 정역비도 이미 보랏빛 옷의 남자를 치기 위해 몸을 드러낸 상황이었다. 정역비 역시 당황하며 함정에 빠졌음을 깨달았다. 보랏빛 옷의 남자는 백리명천이 아니었다!

거대한 경매장이 적막에 빠졌다. 백리명천의 시선이 마침내 당정의 얼굴에서 떠났다. 그는 의자 등받이에 기대어 팔짱을 낀 채, 나른하게 다리를 꼬고 앉았다. 그리고 다시 한번 눈썹을 치키며 비연과 군구신을 바라보았다. 그의 시선은 여전히 음울하고 차가웠다.

그는 이미 군구신과 비연의 진정한 신분을 알고 있었으나, 지금까지 그들의 신분을 폭로할 생각을 한 적이 없었다. 그러나 그들은 그가 인어족이라는 비밀을 천하에 알리려 하고 있었다. 그로서는 기분이 몹시 나쁠 수밖에 없었다!

정왕 전하의 비호

거대한 경매장이 적막에 사로잡혔다.

이 경매장 안에 있는 이들은 대부분 평범한 사람이 아니었다. 갑작스러운 변고에도 도망치려는 이가 없었다. 심지어 꽤 많은 이들이, 이 경매가 진정한 의미에서의 경매가 아님을 인지하고 있었다.

그러나 이 순간, 이 경매 뒤에 숨은 음모에 대해 깊이 생각하는 사람은 없었다. 사람들은 모두 옥씨 가문 시위의 말에 경악하고 있었다. 그들은 비록 당정의 외모를 정확하게 볼 여유는 없었지만, 그 사내가 말하는 한 마디 한 마디를 똑똑히 들을 수 있었다.

전날 밤, 옥씨 가문의 대옥 도박장 간판이 부서지고 말았다. 옥 소야는 밤새도록 조사를 벌인답시고 천옥성 전체를 뒤집어 놓았다. 지금도 옥씨 가문의 시위들은 여전히 성 안팎으로 수색 작업을 벌이고 있었고, 이 일을 모르는 이들이 없었다.

갑자기 옥명양이 귀빈석에서 경매대 위로 뛰어내리더니 당정을 응시했다. 사나운 사내 역시 그의 뒤를 따라 뛰어내렸다. 홀로 남은 옥씨 가문의 노부인이 탁자를 내려치며 노한 소리로 외쳤다.

"명양, 어느 도박장의 간판이 부서졌다는 것이냐? 대체 어찌 된 일이야? 감히 나를 속이다니!"

옥명양이 대답하기 전에, 당정의 가면을 떨어뜨렸던 남자가 갑자기 큰 소리로 외쳤다.

"노부인, 대옥 도박장의 간판이 부서졌습니다!"

"뭐라고?"

노부인은 깜짝 놀랐다. 대옥 도박장은 옥씨 가문의 수많은 사업 중 하나로, 그렇게 중요한 곳은 아니었다. 그러나 대옥 도박장의 간판은 주인이 젊은 시절 직접 써서 걸어 놓은 것으로, 그 의미가 평범하지 않았다.

남자가 재빨리 이어 말했다.

"간판을 부순 것은 저 소저가 아닙니다. 저 소저의 이름은 홍두가 아니라 당정으로, 신농곡 경매장의 수석 경매관입니다! 간판을 부순 것은 소저의 동료로, 정역비라 합니다. 바로 천염국의 호국대장군입니다! 소인은 경매물을 훔치려 한 게 아니라, 그저 저들의 진면목을 드러내려 한 것뿐입니다! 정왕과 정왕비는……."

노부인과 옥명양은 말할 것도 없고 상관없는 다른 이들도 무척 놀랐다. 간판을 부순 사람이 명성 높은 정역비라니! 정역비라면 군구신이 가장 신뢰하는 무관이 아닌가!

모두 의아한 표정을 짓기 시작하는 가운데 백리명천만이 얼굴색 하나 변하지 않고 있었다.

그의 시선이 군구신에서 비연에게로 옮겨 갔다. 그의 눈빛에는 차갑고 잔혹한 빛 외에, 마치 사냥꾼이 얻지 못할 사냥물을 바라보는 것 같은 열의가 어려 있었다.

남자가 계속 말하려 했으나 군구신이 말을 끊었다.

"본 왕과 옥씨 가문의 은원은, 너와 같이 신분도 불분명한 자가 끼어들 일이 아니다. 여봐라, 이자와 이자의 무리를 모두 끌고 나가라!"

이 말에 당정과 정역비를 포함한 모두가 깜짝 놀랐다.

이런 상황에서 군구신에게 있어 가장 현명한 방법은 분명하게 선을 긋는 것이었다. 만약 당정과 정역비가 스스로 책임을 지게 된다면 이 일은 그들 개인과 옥씨 가문의 은원이 되고, 군구신은 정역비의 주인으로서 이 일을 협상할 만한 위치에 서게 된다. 그러나 군구신이 책임지려 한다면 이 일은 천염국 황족과 옥씨 가문의 은원이 된다. 다른 것은 말할 것 없고, 일단 오늘의 경매는 분명 진행할 수 없을 것이다.

군구신이라고 이 점을 이해하지 못하는 것은 아니었다.

세상에는 공개적인 장소에서는 엄격하고 공정하면서 사적으로는 잘못된 것을 두둔하는 사람들이 있다. 군구신은 바로 정반대였다. 그는 사적으로는 공사를 분명히 구분하고 엄격하게 굴었지만, 공개적인 장소에서는 절대적으로 제 사람들을 비호했다. 어떤 일이건 그가 있는 한, 그의 사람들이 홀로 맞서게 떠미는 일은 없었다.

옥명양이 의아한 눈초리로 군구신을 바라보다가, 갑자기 분노하여 외쳤다.

"본 소야의 수하들이 객잔에 수색하러 갔다가 정왕의 사람들에게 잔뜩 욕을 먹었다던데, 하하! 정왕, 설마 이 일도 정왕이 지시한 것인가?"

옥 노부인은 원래 군구신과 잘 사귀어 보고픈 뜻이 있었다. 그러나 이런 일을 당하니 그녀도 분노가 극에 치밀어, 날카로운 목소리로 시위에게 외쳤다.

"모두 멈춰라! 그 사람들은 우리의 증인이다. 누구건 저들을 데려가는 자는 우리 옥씨 가문과 적이 될 것이다!"

노부인의 이 말을, 경매장의 장주 역시 들을 수밖에 없었다. 어쨌든 남자들을 끌고 나가려던 시위들은 모두 경매장 소속이었다.

경매장 장주는 예순 남짓으로, 몹시 여윈 몸에 영리하고 재물에 욕심이 많았다. 그는 계속 군구신 뒤에 조용히 앉아 있었으나 상황이 이상하게 돌아가는 걸 보고, 마치 아무것도 모르는 것처럼 가장하고 빠져나가려던 참이었다. 그러나 노부인이 이리 말하니 그도 발걸음을 멈출 수밖에 없었다.

그는 군구신 곁에 가서 미간을 찌푸리며 속삭였다.

"정왕 전하, 사람을 잡으러 오셨으면서 어찌 이리 귀찮은 일을 만드셨습니까? 옥씨 모자는 정말 상대하기 힘든 사람들입니다!"

그는 군구신의 대답도 기다리지 않고 큰 목소리로 노부인에게 말했다.

"노부인, 이 일은 이 늙은이도 몰랐던 일입니다! 오늘 정왕 전하께서 경매장을 빌리셨으니, 경매장의 시위들 역시 정왕 전하께서 부리시게 되어 있습니다. 이 일은 아무래도 오해가 있는 모양입니다. 자, 이 늙은이의 체면을 보아 두 분 모두 화를 가라앉히시면 어떻겠습니까? 경매가 끝난 후 이 늙은이가 두 분께 차를 대접할 터이니, 무슨 오해가 있건 그때 가서 푸는 것으로 하지요."

그러나 노부인은 냉큼 거절했다.

"흥! 우리 옥씨 가문의 간판을 부순 자가 천옥성에서 경매를 할 수 있다는 말인가요? 양 장주, 사례금 몇 푼에 우리 옥씨 가문의 체면을 땅에 짓밟겠다는 겁니까?"

양 장주는 노부인이 이리 나올 줄 알고 있었다. 그는 일부러 화가 난 듯, 초조한 듯 말했다.

"노부인, 오해는 마십시오. 이 늙은이가 모두에게 무슨 오해라도 있지 않나 싶어 걱정한 것이거늘, 하필 그리 말씀하셔야겠습니까? 그리 말씀하신다면야, 이 늙은이는 이 일에서 손을 떼겠습니다!"

노부인은 화가 머리끝까지 치밀어 올라 양 장주를 상대하지 않고, 군구신과 비연을 바라보며 냉랭하게 말했다.

"정왕! 오늘 우리 옥씨 가문에게 제대로 해명하시지 않는다면, 이 천옥성에서 한 발짝도 벗어나지 못할 겁니다!"

이 말을 듣자 어두운 곳에 숨어 있던 정역비는 자책하기 시작했다. 그는 초조한 마음에 당장이라도 경매대로 달려가 스스로 저지른 일의 대가를 받고 싶었다! 그러나 그는 자신이 오늘 맡은 임무를 몇 번이고 되새기며 결국은 얼굴을 드러내지 않았다.

당정 역시 그러했다. 그녀는 불안한 마음을 억누르며 여전히 주변을 살펴보고, 손에 든 암기를 언제라도 던질 수 있도록 준비하고 있었다.

군구신은 결코 조급하게 대답하지 않고, 곁에 있던 시위에게 나지막하게 말했다.

"가서 정역비와 당정에게, 불안해하지 말고 모든 것을 계획대로 하라고 해라."

시위가 떠난 후 그는 노부인을 바라보며 진지하게 말했다.

"이 일은 본 왕도 오늘 아침에야 사정을 알게 되었으니, 어젯밤은 결코 비호한 것이 아니오. 게다가 정 장군이 고의로 도박장의 간판을 부순 게 아니라 실수였을 뿐이오. 본 왕이 알기로는, 당정이 그 자리에서 정역비를 대신해 사과하고 간판을 원래대로 복원하겠다 했으나 그쪽 사람들이 계속 핍박했다 하오. 그리고 당정과 정역비는 무력을 쓰지 않기 위해 부득이하게 도망쳤다 하오."

노부인이 코웃음을 쳤고, 옥명양이 조소하기 시작했다.

"정왕비가 언변에 능하다는 말은 들었지만 정왕 전하께서도 손색이 없으시군. 궤변을 늘어놓는 능력이 이리도 대단하시다니! 부득이하게 도망을 쳤다? 부득이라는 것이 무엇인지 대체…… 그들 두 사람은 분명 죄를 짓고 벌을 받기 싫어 도망친 것을!"

주변에서 꽤 많은 이들이 수군거리기 시작했다. 군구신이 이야기한 '부득이'는 정말로 억지 같아 납득하기 어려운 부분이 있었다. 그러나 군구신은 옥명양을 보며 안색 하나 바꾸지 않고 말했다.

"정말로 무력을 쓰기 시작했다면, 본 왕의 장군은 차 한 잔 마실 시간에 대옥 도박장 전체를 도륙할 수 있었겠지. 무고한 자들을 상처 입히지 않기 위해 그들 두 사람은 도망칠 수밖에 없었소."

이 말이 끝나자 경매장 전체가 다시 고요해졌다. 그 누구라도 알아들을 수 있었다. 이것은 위협이었고, 심지어 경고였다!

백리명천의 입매가 마치 뭔가를 음미하듯 살짝 위로 올라갔다. 군구신이 정역비를 위해 옥씨 가문과 척지는 것도 불사할 줄이야. 그는 지금 벌어지는 연극이 그가 상상했던 것보다 훨씬 재미있다고 생각했다.

군구신은 백리명천이 출연하는 연극을 보고 싶었겠지만, 군구신이 먼저 연극 무대에 올라간 셈이 되어 버렸다!

"군구신, 너! 너⋯⋯."

노부인이 분노하는 가운데 옥명양이 바로 검을 뽑았다. 그러나 군구신은 미동도 없이 계속 말했다.

"비록 의도한 바는 아니었지만, 어찌 되었건 본 왕의 사람이 잘못을 저질렀소이다. 노부인, 오늘 본 왕이 모든 이들 앞에서 수하를 대신해 사과하겠소. 그리고 그가 직접 간판을 다시 달게 하겠소이다. 그러니 이 일은 여기까지만 하는 것이 어떠하실지?"

군구신은 강력한 힘이 있었고, 제 사람을 비호했다. 그러나 이치에 맞지 않게 행동하지는 않았다. 하지만 안타깝게도 옥씨 가문의 모자는 결코 이치에 맞게 행동하지 않았다.

옥명양이 기고만장해 외쳤다.

"군구신, 내 모친께서 예의 바르게 네 체면을 세워 주셨거

늘, 너는 우리를 정말로 하찮게 대하는구나! 네가 사과하고 이 일을 끝내자고? 꿈도 꾸지 마라!"

군구신의 눈동자에 차가운 빛이 스쳐 가는가 싶더니 그가 냉랭하게 물었다.

"그럼 너는 어찌하고 싶은가?"

제 체면 좀 봐 주시지요

군구신의 차가운 눈동자를 대하는 순간, 옥명양은 저도 모르게 겁을 먹었다. 그러나 그는 곧 제 감정을 무시하고, 모친과 의논하지도 않은 채 바로 조건을 이야기했다.

"본 소야는 세 가지 물건을 원한다. 순순히 내준다면 우리 옥씨 가문이 빠져나갈 길을 내주지. 아무 일도 없었던 것으로 해 주겠다!"

군구신의 눈빛이 얼음처럼 차가워지더니 한마디도 하지 않았다.

옥명양은 군구신이 자신이 계속 말하기를 기다린다 생각하고 기고만장하여 외쳤다.

"본 소야는 백리명천의 자옥교주와 옛 그림 한 점을 원한다."

그리고 그는 당정을 위아래로 훑어보더니 계속 말했다.

"당정? 하하, 이 사람도 본 소야가 가져야겠어!"

이 말을 들은 순간, 어둠 속에 숨어 있던 정역비가 옥명양을 향해 화살을 조준했다. 거의 동시에 군구신이 직접 검을 뽑더니 냉랭하게 말했다.

"물건이고 사람이고, 본 왕이 내줄 수 있지. 그러나 그 전에 네가 목숨이 붙어 있어야 받으러 올 수 있을 텐데!"

옥명양은 경악했다. 그는 군구신이 천옥성에서 감히 손을 쓰리라고는 생각지 못했던 것이다. 그도 검을 휘둘렀다.

"끝까지 가 보자!"

그가 검을 휘두르자 옥씨 가문 시위들이 동시에 무기를 들고 뛰어나왔다.

노부인은 귀빈석에서 미간을 찌푸린 채 이 장면을 바라보았다. 그녀는 이 지경까지 이르기를 바라지는 않았지만, 사람들 앞에서 약한 모습을 보이고 싶지도 않았다.

그녀는 오늘 옛 그림 한 점을 사기 위해 왔다. 일이 이렇게 된 이상, 정상적인 경매가 이루어지더라도 군구신은 그 그림을 그들에게 팔지 않을 것이다. 그녀는 마음속으로 저울질을 해 본 후 아들이 계속 난리를 피우도록 내버려 두었다.

천옥성 밖이라면 옥씨 가문은 군씨 황족의 적수가 아니다. 그러나 천옥성 안에서 겨룬다면 옥씨 가문도 무서울 게 없었다. 천옥성은 그들의 영역이었고, 군구신이 데려온 사람들의 수에는 한계가 있을 테니까.

옥씨 가문이 부리는 사람들이 이미 경매장을 단단히 포위하기 시작했다. 백리명천은 몹시 기대하고 있었지만, 군구신이 매복시켜 놓은 이들은 한 명도 나타나지 않았다.

군구신은 한 손에 검을 들고 다른 한 손으로는 비연을 안은 채, 직접 귀빈석에서 경매대로 뛰어내렸다. 그의 건명보검은 검은 비단으로 한 겹 싸여 있었지만 그 날카로운 검망을 감출 수 없었을 뿐 아니라, 오히려 신비롭고 고귀한 분위기를 더해 주고 있었다.

모두 제대로 보지 못하는 사이에 그의 검이 마치 그림자인 듯 환영인 듯 움직였다. 찰나의 순간 옥씨 가문의 시위 여러 명이 그대로 쓰러졌고, 검 끝은 다시 옥명양을 핍박하며 제왕의 풍모를 자랑하고 있었다!

모든 이들이 차가운 숨을 들이마셨다. 이런 속도에 이런 검술이라니……. 옥씨 가문 시위들 모두 공포에 젖어 뒤로 물러났다.

일순간에 경매장 전체가 조용해졌고, 분위기는 한층 긴장되고 있었다. 모든 이들의 시선이 군구신의 검 끝으로 향하고 있었다. 시간마저 그의 검 끝에서 멈춘 것 같았다.

아니, 검이 움직일 때 시간도 움직이는 것 같기도 하고, 시간이 움직일 때 검이 움직이는 것 같기도 했다. 그 움직임과 고요함 사이에서 살기가 배어 나왔고, 옥명양의 목숨은 그 살기에 이미 사로잡혀 있었다.

옥명양의 시선이 검 끝에서 천천히 위로 이동하더니, 갑자기 군구신의 깊고 차가운 눈동자를 마주 보게 되었다. 그는 놀란 나머지 자신도 모르게 뒷걸음질 쳐 시위들 등 뒤에 숨었다. 군구신의 무공이 뛰어나다는 이야기를 들었으나, 이 정도일 줄은 상상조차 하지 못했던 것이다! 그는 분명 허둥거리고 있었다.

"군, 군, 군구신, 감히, 감히 손을 쓰다니! 본 소야가 반드시…… 반드시 너희가 천옥성에서 한 걸음도 나갈 수 없게 할 테다!"

귀빈석에 있던 노부인도 군구신의 기세에 혼비백산했다. 그녀는 참지 못하고 경고하듯 말했다.

"정왕, 여기가 어디인지 잊지 마시지요! 잘 생각하는 게 좋을 겁니다! 마, 만약 내 아들의 머리카락 한 올이라도 건드린다면, 우리 옥씨 가문은 어떤 대가를 치르더라도 당신들이 천옥성을 떠나지 못하게 할 겁니다!"

군구신은 듣는 둥 마는 둥 한 손으로는 계속 비연의 허리를 안은 채 검을 든 다른 손을 천천히 움직였다. 당장이라도 옥명양을 베어 버릴 기세였다.

모든 이들이 저도 모르게 숨을 죽였다. 시위들 모두 옥명양 앞을 막아섰고, 옥명양은 당황하여 계속 뒤로 물러서다가 마침내 경매대 아래로 떨어지고 말았다.

노부인은 그 모습을 보고 너무나 다급한 나머지 결국 소리쳤다.

"정왕, 멈춰요!"

하지만 군구신은 검을 뽑은 이상 다시 검집에 넣을 생각이 없었다. 그는 노부인은 돌아보지 않고 손에 힘을 더했다. 그러나 이 일촉즉발의 상황, 경매대 아래에서 나지막한 남자의 목소리가 들려왔다.

"정왕 전하, 잠시만 기다리시지요! 본 성주의 체면을 보셔서라도, 이 일을 다시 잘 이야기해 보실 수 없을는지요."

이 목소리는…….

당정과 정역비가 함께 깜짝 놀랐다. 이 목소리는 바로 화 형의 목소리가 아닌가?

군구신은 '성주'라는 말을 듣자 손을 멈추고 고개를 돌려 보았다. 회색 옷을 입은 중년 남자가 객석에서 걸어 나왔다.

키가 크고 얼굴이 잘생겼다. 눈썹도 짙고 눈빛이 형형한 것이 원기가 가득했다. 그가 바로 당정의 나이를 잊은 친구 화 형이었고, 천옥성에서 오랫동안 얼굴을 드러내지 않고 있던 성주 백소화였다.

백소화는 당정이 오늘의 경매관이라는 사실을 알지 못하고 있었고, 그녀가 천염국 정왕의 사람이라는 사실도 알지 못했다. 오늘 시끌벅적한 경매가 있다기에 그저 구경하러 왔을 뿐이었다. 그러나 경매관이 당정이고, 또 군구신의 검술을 보게 된 이상 수수방관할 수만은 없었다.

비록 그도 군구신이 당정을 도와 옥명양을 따끔하게 혼내 주기를 바라고 있었지만, 성주로서 이성적으로 행동해야 했다. 옥씨 가문은 천옥성에서 가장 세력이 강한 가문으로, 그 기반이 대단하고 인맥도 넓었다. 일단 옥씨 가문과 군구신 사이에 안 좋은 일이 생기면 천옥성도 안녕하기는 틀린 일이었다.

사람들이 경악하는 가운데 백소화가 경매대로 올라갔다. 노부인은 무척이나 기쁜 표정으로, 입에서 나오는 대로 외쳤다.

"백 성주, 잘 오셨습니다! 우리 옥씨 가문을 위해 공평하게 처리해 주셔야 합니다!"

곁에서 방관하던 양 장주도 깜짝 놀라, 재빨리 달려와 읍하며 말했다.

"성주 어르신, 오랜만에 뵙습니다! 경매장에 오셨으면서 어찌 이 늙은이에게 한마디도 하지 않으셨습니까."

경매대 아래의 관객들 모두 멍하니 보고 있었다. 그들 대부분은 성주를 본 적이 없었고, 막연히 성주가 이미 나이가 꽤 들었을 거라 상상하고 있었다. 그러나 지금 보이는 성주는 젊고 영민해 보였다.

백소화가 노부인과 양 장주에게 고개를 끄덕인 후, 군구신에게 읍하며 말했다.

"정왕 전하, 대명은 오래 들어 왔습니다. 오늘 이리 뵙게 되니, 과연 비범하십니다."

군구신도 의외였기에, 일단 비연을 내려놓고 백소화에게 읍하며 말했다.

"성주께서 은거하신 지 오래라 들었소만, 오늘 이렇게 놀라게 해 드리니 송구스럽소이다."

백소화가 웃으며 말했다.

"정왕 전하께서 그리 말씀하심은, 제 얄팍한 체면이나마 세워 주시겠다는 의미신지요?"

비연은 두 사람이 이야기하는 것을 보고 당정에게 가려 했다. 그러나 군구신이 그녀를 잡아끌어 제 품 안에 가두고는, 백소화에게 계속 말했다.

"성주께서 말씀하신 이상 본 왕도 한 걸음 물러서야겠소이다. 옥명양이 당정에게 사과하기만 한다면, 이 일은 본 왕도 일어나지 않은 것으로 생각하겠소."

이 말을 들은 노부인과 옥명앙 모두 불만스러운 표정을 지었다. 특히 옥명양은 자신이 어젯밤 백씨 가문 저택에 난입했던 것조차 잊은 듯 서둘러 외쳤다.

"성주 어르신! 분명 당정과 정역비가 우리 옥씨 가문의 간판을 부쉈는데, 제가 당정에게 사과해야 한다니요! 어찌 이리 심할 수 있습니까! 우리 옥씨 가문을 아예 안중에도 두지 않는 것은 그렇다 치더라도, 천옥성조차 안중에도 두지 않는 것 아닙니까? 우리 옥씨 가문은 물론이고, 천옥성조차 체면이 땅에 떨어지게 생겼습니다! 성주 어르신께서는 잘 살펴보시지요!"

노부인은 백소화의 태도를 알아채고 스스로 한 걸음 물러서기로 했다.

"성주, 우리 옥씨 가문은 아무것도 무섭지 않지만 천옥성에 귀찮은 일을 만들 생각은 없습니다. 이 일은 정왕이 방금 말한 것처럼, 정왕이 수하를 대신해 사과하고, 정역비가 직접 간판을 되돌리는 것으로 하지요. 그러면 우리 옥씨 가문도 아무 일 없었던 것으로 하겠습니다!"

백소화가 당정을 흘깃 살핀 다음에야 입을 열었다.

"정왕 전하, 전하께서 보시기에……."

너희가 빼앗아 가고 있잖아

군구신은 검을 뽑은 이상 천옥성의 어떤 세력도 두렵지 않았다. 백 성주에 대한 예의로 그저 교양 있는 태도를 유지하고 있었을 뿐, 두려운 마음은 없었다.

군구신은 백소화를 무시하고, 옥씨 가문 노부인을 바라보며 냉랭하게 말했다.

"꿈도 꾸지 마시지!"

노부인이 다급하게 외쳤다.

"군구신, 네가 너무 사람을 업신여기는구나! 설마 천옥성이 마음에 들기라도 한 게냐? 이렇게 행패를 부리는 것도 다 우리 천옥성을 집어삼키려는 생각 아니냐? 맞아, 정역비가 바로 만진국을 공격한 천염국의 무장이지. 정역비가 너를 쫓아 천옥성에 온 것은 아무래도 경매만 하러 온 것은 아니렷다!"

이 말에 경매장 전체가 갑자기 시끌벅적해졌다. 노부인이 이런 말을 하기 전에는 이런 식으로 생각한 사람은 없었다. 그러나 일단 말을 듣고 나니, 모두 정말 그런 게 아닌가 생각하게 되었다.

노부인의 이런 이간질은 상상조차 못 했다. 노부인은 마음뿐 아니라 입이 더더욱 독했다!

군구신이 반박하려 했을 때 비연이 앞으로 나섰다. 그녀는 몹시 화가 나 있었다. 군구신의 말은 한 마디 한 마디 모두 귀한 것이니 이런 독설이나 내뱉는 노부인을 상대하기에는 아깝다는 생각이 들었다. 비연은 자신이 직접 상대하기로 하고 큰 소리로 물었다.

"노부인! 그 나이를 먹고서도, 체면을 세워 주려는데 뻔뻔하게 구는 것은 그렇다 치고, 사리에 맞지 않는 말로 이간질을 하다니! 남의 집이 불난 틈에 도둑질이나 하려는 것과 뭐가 다르지? 그간 쌓아 온 명예를 잃는 게 두렵지 않은 모양이지? 아니, 본래 명예나 지조라고는 없는 인간이었던가?"

계속 조용히 있던 비연이 갑자기 이렇게 노부인을 공격하리라고는 그 누구도 생각지 못했다. 노부인 역시 당황하여 말을 더듬기 시작했다.

"너, 너……."

"나는 또 무슨 나?"

비연이 눈썹을 치켜세우더니 계속 말했다.

"내 말에 틀린 곳이라도 있나? 방금 우리가 좋은 뜻으로 화해하려 했지만 너희 두 모자가 거절했지. 그래도 우리가 그쪽 체면을 세워 주려 했는데, 그쪽이 걷어찬 게 아니라고? 백 성주께서 좋은 뜻으로 화해를 권하셨는데 그쪽은 그 기회를 틈타 도발하다니, 이건 또 그쪽이 스스로 체면을 땅에 떨어뜨린 것 아닌가? 대체 누가 일부러 행패를 부린다는 건지. 이곳에 있는 사람들이라면 모두 똑똑히 보았을 텐데! 겨우 간판 한 개 떨어진 거 가지고, 물건 두 개도 모자라 사람까지 하나 더해서 바꾸자 하다니. 이게 빼앗는 게 아니면 뭐지? 아, 그래, 맞아. 너희 두 모자는 지금 빼앗고 있는 거야!"

이 말을 듣자 노부인은 말할 것도 없고 옥명양도 화가 나서 폭발할 지경이었다. 그러나 타인의 화를 돋우는 비연의 능력은 아직 온전히 드러난 것이 아니었다.

비연은 곧 당정의 가면을 떨어뜨린 그 남자를 가리키며 계속 말했다.

"저 내력이 불분명한 자가 일부러 난리를 치며 경매를 방해하고, 당정의 가면도 벗기려 했지. 분명 너희 모자가 보낸 자가 틀림없다! 너희 모자는 오늘 경매를 하러 온 게 아니라 협잡질로 재물을 얻으러 온 거겠지! 방금도 백리명천의 물건이 다른 이에게 가는 것을 허락하지 않겠다고 그렇게나 호쾌하게 말하더니, 결과가 어땠지? 첫 번째 경매에서 너희 모자는 아무것도 얻지 못했지! 하하, 돈도 없이 경매에 왔다면 분수를 지키고 있는 편이 좋았을 텐데, 다른 이의 웃음거리가 되지 않게! 본 왕비는 천옥성에 대한 인상이 꽤 괜찮은 편인데, 만약 너희 옥씨 가문이 천옥성의 인상을 망쳐 놓는다면 정말 안타까운 일이겠지!"

옥씨 가문은 유명한 수집가 가문으로, 재산이 아주 많았다! 그런데 지금 사람들이 보는 앞에서 비연에게 돈도 없이 협잡질하러 온 무리로 폄하되고 있었다!

"너……."

노부인은 화가 나서 곧 넘어갈 지경이었다.

"너, 너…… 대체 뭐라 하는 세냐?"

옥명양의 얼굴도 붉게 부어올랐다.

"입 닥치지 못해!"

비연은 쉽게 입을 열지 않았지만, 한번 입을 열면 결코 쉽게 용서하지 않았다. 그녀가 계속 말했다.

"정역비는 우리 천염국의 대장이지. 그래, 맞아! 정역비가 바로 만진국을 함락시킨 바로 그 장수란 말이야! 그가 무엇 때문에 천옥성에 왔는지 모르는 모양이니, 본 왕비가 말해 주지. 일개 천옥성 때문에 우리 천염국의 호국대장군을 움직일 필요는 없어. 정역비가 천옥성에 온 건 약혼녀인 당정을 쫓아온 거야! 젊은 연인이 장난을 치다가 실수로 옥씨 가문의 간판을 부수게 되었는데, 옥씨 가문의 대소야가 사과를 받아들이지 않을 뿐 아니라, 저들의 인연을 깨트리고 타인의 약혼녀를 빼앗아 가려 하다니! 노부인, 사람을 너무 업신여긴다는 표현은 본인 아들과 어울리는 말이 아닐지?"

비연이 말을 마치자 경매장 전체가 침묵에 휩싸였다.

당정은 원래 몹시 화가 난 상태였으나 '약혼녀'라는 단어를 듣자 마음속 암담하던 기분이 전부 풀어지고 말았다.

어두운 곳에 몸을 감추고 있던 정역비도 갑자기 답답한 느낌이 사라지는 것 같았다. 그는 슬쩍 입꼬리를 올리며 미소 지었다. 비연의 입에서 이런 말을 듣게 될 줄이야. 그는 비연의 말에 자신이 이렇게 기분이 좋아질 줄 꿈에도 몰랐다.

모두 당정이 정역비의 약혼녀인 줄은 상상도 못 하던 참이었기에 놀라면서도, 이 이상 군구신이 정역비를 천옥성에 데려온 목적을 의심하지 않았다. 대신 옥명양의 요구야말로 사람을 너무 업신여긴 것이었다는 이야기를 주고받기 시작했다.

옥씨 가문은 원래 떳떳한 입장이었으나, 갑자기 까닭 없이 소란을 부리는 사람들로 격하되고 말았다. 거대한 천보대청 여기저기에서 수군거리는 소리가 들렸다.

"옥씨 가문이 저렇게 도발하는 건 대체 무슨 의도인 거지?"

"우리 천옥성은 만진국과 천염국의 전쟁에 관여하지 않았는데, 옥씨 가문이 저렇게 도발한다면…… 좋은 마음에서 그런 것 같지는 않군."

"백 성주, 제대로 살펴보십시오! 옥씨 가문의 이리 새끼가 꽤 오래 야심을 키우고 있었습니다. 이번에도 분명 무슨 음모가 있을 겁니다!"

옥씨 가문 모자는 비연 때문에 화가 나서 제대로 말도 못 할 지경이었고, 동시에 달리 반박할 말도 없었다. 거기에 주변에서 이런 말들까지 들려오니 더욱 수치스러운 기분이 들었다.

그들은 원래 제 세력을 믿고 사람들을 업신여기는 이들로, 뭇사람 앞에서 이런 지경에 떨어지리라고는 전혀 생각지 못했었다. 그들 모자는 감히 고개를 들지도 못한 채 자리를 피하려 했으나, 또한 달갑지 않은 모순적인 기분에 빠져 있었다.

백소화는 처음에는 비연에게 별달리 신경 쓰지 않았으나, 그녀가 입을 연 순간부터 계속 그녀를 주시했다. 그는 마치 넋이 나간 것 같기도 하고, 또 회상에 잠긴 것 같기도 했다. 그의 눈빛은 조금 매혹된 것 같기도 했고, 또 얼이 빠진 것 같기도 했다.

물론 그런 백소화의 눈빛은 군구신을 불만스럽게 만들었다. 군구신은 예의라고는 전혀 갖추지 않고 말했다.

"백 성주, 보아하니 이 일은 성주께서 해결해 주실 수 없는 모양이니, 옆으로 비키시오. 아니라면 본 왕은 지금 당장 천옥성의 주인을 바꾼다 해도 개의치 않겠소이다!"

백소화는 그제야 정신이 들었다. 그의 눈가에 복잡한 빛이 스쳐 가더니, 곧 노부인을 향해 말했다.

"노부인, 정왕비마마의 말씀이 구구절절 옳습니다. 옥씨 가문이 사과하지 않는다면, 지금부터 옥씨 가문의 모든 것이 천옥성과 무관할 것입니다! 만약 옥씨 가문으로 인해 천옥성에도 위기가 닥친다면, 본 성주는 결코 쉽게 넘어가지 않을 겁니다!"

말을 마친 그는 한옆으로 물러나 양 장주 곁에 섰다.

노부인이 미간을 찌푸리더니, 재삼 생각한 후 결국은 물러서기로 했다. 이 상황에서 성주의 지지까지 잃은 이상, 옥씨 가문은 뭇사람의 비난 대상이 되어 버릴 테니까.

노부인이 옥명양에게 눈짓을 보냈으나, 옥명양은 여전히 인상을 쓴 채 꼿꼿하게 서 있었다. 노부인이 깊은 한숨을 내쉬더니, 직접 귀빈석에서 내려와 당정에게 말했다.

"당 소저, 내 아들이 잘못했습니다. 미안해요!"

당정은 결코 만만한 사람이 아니었다. 그녀는 노부인을 흘깃 바라보고는 말했다.

"노부인께서 잘못하신 게 아니거늘, 어찌 노부인께서 사과하시는지요?"

노부인은 화가 치밀어 올랐지만, 아들을 잡아끌 수밖에 없었다.

옥명양은 달갑지 않았지만 부득이하게 사과할 수밖에 없었다.

"당 소저, 제가 실언하였습니다. 죄송합니다!"

당정은 마침내 만족하여 비연에게 고맙다는 눈빛을 보냈다. 비연이 그녀를 흘겨보았고, 자매 두 사람 모두 슬그머니 웃기 시작했다.

어쨌든 사건은 일단락된 셈이었다. 군구신은 나지막한 목소리로 시위에게 백리명천의 수하들을 모두 끌고 가서 심문하라고 명령했다.

비록 정역비가 방금 손을 쓰기는 했으나, 바로 자리를 옮겼기 때문에 위치가 드러나지는 않았다. 군구신이 매복시킨 시위 대부분도 드러나지 않은 상태였다. 군구신은 비연과 함께 귀빈석으로 돌아가 당정에게 경매를 계속하게 했다.

백리명천은 관객들 사이에 몸을 숨긴 채 경매대 위 자옥교주에 시선을 보내고 있었다.

백리명천이 과연 직접 손을 쓸까?

옥씨 가문, 물건은 원래 주인에게로

천보 경매장은 다시 조용해졌고, 모든 이들이 자신의 자리로 돌아가 앉았다. 마치 방금의 다툼은 일어나지 않았다는 듯 원래의 모습으로 돌아간 셈이었다.

그러나 모든 이들은 알고 있었다. 다음 경매에 옥씨 가문의 몫은 없을 것이다. 군구신은 경매의 주최자로서 경매를 거절할 권리가 있었다.

당정은 가면을 고정시킨 후, 다시 자옥교주가 놓인 높은 대 옆으로 다가갔다. 그녀는 담담한 기색으로 경매장을 한 바퀴 훑어본 다음 말하기 시작했다.

"여러분, 방금 만진국의 백리 가문이 무엇 때문에 자옥교주를 가문의 신물로 삼았는지 이야기하고 있었지요. 제가 여러분께 답을 알려 드리려 합니다. 이 답을 들으면 경매장에 계신 모든 분이 몹시 놀라실 것 같군요!"

상당수의 사람이 아직 옥씨 가문과 군구신의 다툼에 빠져 있다가, 당정의 이 말을 듣고 다시 경매에 집중하기 시작했다. 이제 사람들은 수군거리지 않고 첫 번째 경매 때처럼 침묵을 지키며 당정의 말을 기다리고 있었다.

당정은 일부러 잠시 말을 멈춘 다음, 시선을 왼쪽에서 오른쪽으로 천천히 옮기고, 마지막으로 중앙의 경매석을 바라보았다.

긴장하지 않고 있던 사람들도 당정의 시선을 받자, 그녀가 커다란 비밀을 알려 주리라는 것을 직감하고 점차 긴장하기 시작했다.

사실상, 당정 역시 매우 긴장하고 있었다. 자신이 한마디만 더 한다면 백리명천이 모습을 드러내리라는 생각이 들었던 것이다.

왼쪽 귀빈석에서는 비연이 군구신의 손을 꽉 잡고 있었다. 그녀는 긴장한 게 아니라 흥분한 상태였다! 그녀는 백리명천이 대체 무슨 낯짝으로 그녀에게 빚 운운하는지 이해할 수 없었다. 그녀가 아는 것은 단 하나, 백리명천이 나타나기만 하면 절대 놓치지 않으리라는 것이었다!

이 순간 모든 이들이 당정을 보고 있었고, 백리명천 역시 그러했다. 그의 손에는 이미 독침이 준비되어 있었다. 그는 두 눈을 천천히 가늘게 뜨며 당정의 급소를 노리고 있었다.

고요 속에서 당정이 고운 입술을 열었다.

"그 답은……."

갑자기 백리명천이 의자 손잡이 위에 올려놓았던 오른손을 들었다. 그러나 그와 거의 동시에, 우측의 귀빈석에서 옥씨 가문 노부인이 다시 한번 몸을 일으켰다. 노부인은 큰 소리로 당정의 말을 가로챘다.

"답은 바로 만진국 백리 가문이 우리 옥씨 가문 선조의 보물을 훔쳤다는 것이다!"

이 말을 들은 모든 이들이 아연한 표정을 지었다가, 곧 시끄럽게 떠들기 시작했다.

군구신과 비연 모두 눈썹을 치켜세웠다. 두 사람 모두 의아한 표정이었다. 그리고 백리명천의 손은 순간적으로 그대로 굳어 버렸다. 그의 놀라움은 결코 다른 이들에게 뒤지지 않았다. 그러나 그는 곧 손을 거두고 침착한 표정을 유지했다.

당정은 살짝 얼이 빠진 것 같았다. 그녀는 순간 옥씨 가문의 노부인이 분란을 일으키려는 건지, 아니면 진지한 건지 구분할 수 없었다. 그러나 당정은 경험이 풍부한 경매사였기에 곧 정신을 가다듬었다. 그녀는 심지어 그들과 얼굴을 붉혔다 해서 노부인에게 차갑게 말하지도 않았다. 당정은 여전히 예의 바르고 호방한 태도로, 전문가다운 소양을 드러내며 미소 지었다.

"노부인, 죄송합니다. 이 경매장은 정왕 전하께서 위탁하신 것입니다. 경매장의 규칙에 따르면, 정왕 전하께서는 경매를 거부하실 권리가 있습니다. 방금 정왕 전하께서는 이미 옥씨 가문의 모든 이들에게는 경매의 권리를 주지 않겠다고 하셨습니다. 부디 이 사실을 숙지하시고 양해하시기 바랍니다."

노부인은 예의라고는 전혀 갖추지 않은 태도로 반문했다.

"계집, 본 부인이 언제 그 자옥교주 경매에 참여하겠다고 말했느냐?"

당정은 여전히 우아한 태도로 미소 짓고 있었으나, 그녀의 말은 사람들을 얼어붙게 하기 충분했다.

"노부인께서 스스로 자격이 없다는 사실을 아셨다면, 경매에 관여하지 말아 주시지요. 그러지 않으면 저도 경매관의 권력을 행사하여, 노부인께 나가 주시기를 부탁드릴 수밖에 없습니다."

노부인이 큰 소리로 웃기 시작했다.

"망할 계집애, 본 부인이 방금 한 말을 제대로 듣지 못한 모양이지? 본 부인은 이 자옥교주가 우리 옥씨 가문 선조의 물건이라고 말했다! 경매장에는 '물건은 원래 주인에게로 돌아간다'는 규칙이 있지. 이 자옥교주는 우리 옥씨 가문의 물건이니, 우리 옥씨 가문이 가져가는 것이 마땅하다! 경매 따위 할 필요도 없지!"

이건…….

당정은 정말로 얼이 빠졌고, 주변 사람들도 모두 당황했다. 당당한 옥씨 가문의 노부인이 이렇게까지 억지를 부릴 거라고는 아무도 믿을 수 없었다. 그러나 노부인의 이 황당무계한 말은…… 억지를 부리는 게 아니라면 또 뭐란 말인가?

비연이 가장 먼저 반응했다. 그녀는 탁자를 치며 몸을 일으키더니 차가운 목소리로 외쳤다.

"그만! 여봐라, 옥씨 모자를 끌고 나가라! 다시 경매를 방해하려는 자가 있다면, 본 왕비가 예를 갖추지 않는다고 탓할 생각은 마라!"

탁!

노부인도 탁자를 내리쳤다. 심지어 비연보다 더 큰 소리를 내면서. 노부인은 백 성주와 양 장주를 바라보며 진지하게 말했다.

"자옥교주는 정말로 우리 옥씨 가문 선조의 보물이니, 양 장주와 성주 어르신께서 공정한 판결을 내려 주십시오!"

백 성주와 양 장주가 대답하기 전에 비연이 물었다.

"조상의 물건이라고? 설마 너희 옥씨 가문이 인어족의 후예란 말이냐? 그것도 인어족 중 옥인어 일맥이라고? 좋다, 그렇다면 인어족의 모습을 드러내 보아라! 그럴 수 있다면 이 자옥교주를 가져가도 좋다!"

경매장에는 확실히 '물건은 원래의 주인에게 돌아간다'는 규칙이 있었다. 그러나 이 규칙 속의 '원래의 주인'에는 엄격한 제한이 있었다. '원래의 주인'은 반드시 물건의 첫 주인이어야 했다. 또 물건을 되돌려 받고 싶은 원래의 주인은 반드시 직접 경매장에 와서 요구해야 했다. 그러지 않는다면 경매를 계속 진행하게 되어 있었다.

교주의 원래 주인은 인어족이었다. 만약 인어족의 후예가 직접 와서 요구한다면 경매장과 경매의 주인은 무조건 응해야 했다. 그러나 백리명천의 소장품들은 모두 여러 주인을 거쳐 온 물건들이라, 백리명천이 직접 나타나더라도 돌려주지 않을 수 있었다.

비연이 이렇게 이야기하자 백 성주와 양 장주는 아무 말도 하지 않았다. 그들 모두 비연의 생각을 인정하고 있음이 분명했다. 당정도 재빨리 말을 받았다.

"이리된 이상, 노부인께서 경매대 위로 올라오셔서 모두에게 진짜 모습을 보여 주시지요!"

모두 당황하고 있었으나 당정의 말을 듣자 다들 웃으며 한마디씩 하기 시작했다. 모두 노부인이 방금 자극을 받아 정신이 이상해진 것 같다고 생각하고 있었다.

시끄러운 가운데 백리명천이 눈썹을 치켜세우고 노부인을 바라보았다. 그의 입가에 차가운 미소가 어렸다. 그 역시 이 노부인이 미쳤다고 생각했으나, 이 노부인이 계속 미친 소리를 한다 해도 그는 상관이 없을 터였다. 노부인이 이렇게 시간을 끌어 준다면 그에게는 당정의 입을 막고 비연을 납치할 기회가 더욱더 많아질 테니까.

그러나 이게 웬일일까. 노부인이 여전히 강한 어조로 진지하게 외쳤다.

"우리 옥씨 가문은 인어족의 후예가 아니다! 그러나 옥씨 가문은 상고 시대 구려족의 후예다. 자고로 인어족은 우리 구려족의 노비였으니, 인어족의 모든 것은 우리 구려족에게 속한다!"

이 말이 끝나자, 차가운 눈으로 지켜보던 군구신조차 경악하여 그 자리에서 몸을 일으켰다.

구려족!

구려족은 지금은 아는 이가 거의 없는 부족이었다. 군구신과 비연도 3대 신력을 조사할 때에야 알게 되었을 정도였고, 그나마 아는 것이 많지 않았다. 만약 흑삼림 구려족 고묘에 가지 않았다면 그들은 아마 지금까지도 구려족이 인어족과 관계가 있다는 사실조차 알지 못하고 있을 터였다.

그들이 아는 바를 종합하면 과거 인어족이 구려족에게 충성을 바쳤다는 사실 정도는 추측할 수 있었다. 그러나 구려족과 인어족이 정확히 어떤 관계인지는 확신할 수 없었다.

노부인이 어떻게 구려족에 대해 아는 걸까? 또 무슨 배짱으로 인어족이 구려족의 노비였다고 주장하는 걸까? 설마, 노부인이 일부러 소동을 벌이는 게 아니라…… 진실을 이야기하고 있는 걸까?

굳이 호랑이 굴로

군구신은 경악했고, 비연과 당정도 모두 당황했다. 그들은 서로의 얼굴을 바라보기만 할 뿐, 노부인에게 대답하지 못하고 있었다.

경매장은 사람들이 웅성거리는 소리로 매우 시끄러웠다. 경매장에 있는 이들 중 십중팔구는 구려족에 대해 들어 본 적 없었다. 들어 본 적 있는 이들이라 해도, 골동품을 깊이 연구하던 중 옛 서적에서 보거나 얼핏 이야기를 들은 정도였지 깊이 이해하는 것은 아니었다.

백리명천조차 구려족에 대해서 제대로 알지 못했다. 그가 아는 것은 그저 구려족이 흑삼림과 관계있다는 것, 아마도 흑삼림에 살던 옛 부족일 거라는 사실 정도였다. 구려족과 인어족의 관계에 대해서는 오늘 처음 들었다.

그는 의아할 뿐 아니라 분노하고 있었다! 어쨌든 자신의 가문이 원래 다른 가문의 노비였다는 이야기를 들으면 그 누구라도 불만을 품지 않을 수 없는 것이다.

바로 이때 옥명양도 몸을 일으키더니 제 모친 곁에 가서 섰다. 그러더니 여전히 안하무인의 태도로 경매장을 둘러보았다.

"이 일은 옥씨 가문의 비밀이다. 우리는 본래 이 사실을 공개할 생각도, 분쟁을 일으킬 생각도 없어 돈으로 가문의 신물을 되사려 했다. 어쨌든 우리 가문에 그 정도 돈이 없는 것은 아니니까. 그러나 사리에 어두운 자들이 있어, 뜻밖에도 우리 가문이 경매에 참여할 자격을 취소하려 하니 어찌할 수가 없다. 하하, 오늘 내 모친께서 이 일을 고백하신 이상, 본 소야도 숨기지 않고 솔직하게 이야기하겠다. 수년 전, 백리명천은 수단과 방법을 가리지 않고 본 소야의 손에서 그림 한 점을 강탈해 갔다. 그 그림은 바로 인어족의 물건으로, 곧 우리 가문의 물건이었다! 그 그림이 첫 번째 경매의 경매품과 증정품에 없었으니, 분명 마지막 경매에 나올 것으로 생각한다!"

여기까지 들은 백리명천의 눈빛 속에 살기가 번득였다. 그는 확실히 옥명양으로부터 그림을 빼앗은 적이 있었다. 그러나 강제로 빼앗은 게 아니라 돈으로 빼앗은 것이었다! 옥명양은 항상 큰소리를 쳤지만 단 한 번도 그보다 높은 경매가를 부른 적이 없었다. 그런 옥명양이 지금 모두 앞에서 이렇게 그를 모욕하고 있었다! 제기랄!

예전에 옥명양을 죽이지 않은 것은, 부황이 천옥성과 척을 지고 싶지 않다며 저지했기 때문이었다. 그러나 지금은 그 누구의 눈치도 살필 필요가 없었다. 백리명천은 당정의 입을 막기 전에 먼저 옥명양의 입부터 영원히 다물게 해 주어야겠다고 생각했다.

그의 손에 들린 독침이 소리 없이 방향을 바꿔 옥명양을 조준했다.

옥명양은 비록 기고만장하게 떠들고 있었지만, 그들 모자의 오늘 진정한 목표는 정말로 그 인어족 그림이었다.

자옥교주는 의외의 수확으로, 그들은 자옥교주가 군구신의 손에 들어갔고, 경매에 나온다는 사실조차 알지 못하고 있었다.

옥명양은 이미 머릿속에서 백리명천을 까맣게 잊고 있었다. 그는 비연과 군구신을 바라보며 계속 말했다.

"우리 옥씨 가문의 물건이어야 하는 것은 단 하나도 놓칠 수 없으니, 두 분께서는 물건을 원래 주인에게 돌려주시기를 바랍니다! 제 돈을 갈취하려 하지 마시고!"

군구신과 비연은 화를 낼 겨를도 없었다. 두 사람 모두 경악하고 있었다. 그들은 약속이나 한 듯 백리명천의 침궁에서 발견한 인어족 미녀의 그림을 떠올렸다. 옥명양이 말하는 그림은 분명 그 그림일 것이다!

비연이 군구신의 귀에 대고 속삭였다.

"설마, 옥씨 가문이 정말 구려족의 후예인 걸까?"

"구려족의 후예라면 어째서 흑삼림에 살고 있지 않은 걸까? 분명 뭔가가 있어! 일단은 저들의 계교를 이용해 봐야지."

군구신이 길게 설명할 필요 없이 비연은 바로 그의 뜻을 알아차리고 큰 소리로 외쳤다.

"증거 없이 입으로만 말하고 있지 않은가. 자신들이 구려족의 후예라는 건 어떻게 증명할 셈인가? 그리고 인어족이 구려족의 노비였음은 어찌 증명할 생각이냐?"

비연의 질문을 들은 당정은 비연과 군구신이 옥씨 가문을 통해 구려족에 대해 알아볼 생각임을 알아차리고는 재빨리 말했다.

"왕비마마의 말씀이 지극히 옳습니다! 노부인과 옥 소야께서는 증거를 보여 주시지요!"

당정은 백소화와 양 장주도 잊지 않았다.

"성주 어르신, 양 장주님, 어찌 생각하시는지요?"

백소화는 말없이 고개를 끄덕였다.

양 장주는 제법 진지하고 엄숙한 모습으로 말했다.

"노부인께서 이리 말씀하신 이상 분명 사실일 겁니다. 다만 경매장에는 경매장의 규칙이 있으니, 모든 것은 규칙에 따라 행해야 합니다. 노부인과 옥 소야께서는 모두의 앞에서 증거를 보여 주시기 바랍니다. 증거만 보여 주신다면 경매를 주관하신 정왕 전하를 설득할 수 있고, 본 경매장 역시 물건을 원래의 주인에게 돌려 드릴 것입니다!"

이 말에 모두가 옥씨 모자를 바라보았다.

옥씨 모자는 전혀 당황하는 빛이 없었다. 두 사람은 고개를 숙인 채 몇 마디 속삭일 뿐, 여전히 담담한 표정이었다.

노부인이 앞으로 한 걸음 걸어 나오더니 말했다.

"증거라……. 우리 옥씨 가문은 당연히 가지고 있지요. 다만 그것은 옥씨 선조들의 사당 안에 있기에 여기로 가져올 수 없습니다. 귀찮으시더라도 정왕 전하께서 본 부인과 함께 한번 다녀오시지요. 성주 어르신과 양 장주도 동행하셔서 증인이 되어 주십시오!"

비연과 군구신은 똑같이 반응했다.

위험하다! 노부인이 성주와 양 장주를 동행시킨다 해도, 이 일은 여전히 아주 위험했다.

비연과 군구신은 비록 천옥성에 자주 오지는 않았지만 천옥성의 상황에 대해서는 아주 잘 이해하고 있었다. 천옥성의 세력 판도를 따져 보면 성주가 가장 강했고, 옥씨 가문이 다음이며, 경매장이 세 번째였다. 그러나 기반을 따져 보면 옥씨 가문이 가장 탄탄했다.

20여 년 전, 전임 성주가 성주의 자리를 백소화에게 물려 주었다. 백소화는 강력하고 횡포하던 전임 성주와는 달리 천옥성의 평화를 유지하는 외에는 다른 세력에게 거의 참견하거나 구속하지 않았다. 이로 인해 옥씨 가문은 계속 성주의 자리를 차지할 야심을 키우고 있었다.

옥씨 가문 선조들의 사당이라면 당연히 옥씨 가문의 영역에 있을 테고, 얼마나 많은 매복이 있을지 알 수 없었다. 모두 함께 간다 해도, 노부인이 안색을 바꾼다면 격렬한 전투를 치를 수밖에 없을 것이다!

비연과 군구신은 대답하지 않았다. 그 모습을 본 노부인이 백소화와 양 장주를 바라보며 외쳤다.

"두 분, 의향이 어떠하신지요?"

백소화와 양 장주는 비연보다 옥씨 가문의 야심을 훨씬 잘 이해하고 있었다. 백소화가 막 입을 열려고 했을 때, 양 장주가 먼저 말했다.

"노부인, 이 늙은이와 성주 어르신은 물론 증인이 되어 드리고 싶습니다만, 이 일은 일단 정왕 전하의 의향이 어떠하신지 봐야 하는 것 아니겠습니까? 필경, 이 경매의 주최자는 정왕 전하시니까요."

양 장주는 양쪽 어디에도 밉보이고 싶지 않았고, 군구신와 비연이 아마 거절할 거라고 예상했다. 그러나 이게 웬일일까. 군구신이 냉랭하게 대답했다.

"성주 어르신과 양 장주께서 함께 가 주신다면, 본 왕도 끝까지 가 보도록 하지!"

군구신의 이 말은 산에 호랑이가 있는 걸 알면서도 굳이 산에 오르겠다는 것과 마찬가지였다!

군구신은 노부인이 거짓말을 하고 있다 해도 최소한 노부인의 입에서 숨겨진 비밀들을 캐낼 수 있으리라 생각했다. 구려족, 인어족, 장파, 그리고 고운원은 대체 무슨 관계였을까? 그때 대체 무슨 일이 벌어졌던 걸까?

축운궁주는 또 어떤 내력을 갖고 있을까? 축운궁주는 어떻게 흑인어족을 제어할 수 있는 걸까? 또 어떻게 금인어족의 집루를 가지고 있는 걸까?

군구신과 비연이 흑삼림을 떠난 후, 이와 관련한 일에 대해서는 오래도록 진전을 보지 못하고 있었다. 옥씨 가문이 그들에게 돌파구가 되어 줄 수도 있었다.

비연은 군구신의 뜻을 명백히 알 수 있어, 그를 슬쩍 보기만 할 뿐 생각에 잠긴 얼굴로 아무 말도 하지 않았다.

군구신의 대답을 들은 노부인과 옥명양은 크게 기뻐했다. 노부인이 즉시 외쳤다.

"좋습니다! 그럼, 모두 지금 본 부인과 함께 가시지요!"

양 장주는 후회막급이었으나 감히 거절할 수도 없었다. 백소화도 망설이는 듯했으나 곧 고개를 끄덕였다.

"좋습니다, 노부인. 가시지요."

이 모습을 본 당정이 말했다.

"여러분, 본 경매는 잠시 멈추도록 하겠습니다. 증거를 본 후 본 경매관은 바로 여러분께 설명해 드릴 터이니, 너무 조급해하지 마시기 바랍니다!"

모두 계속 기다릴 작정이었다.

노부인과 옥명양이 경매장 밖으로 걸어 나가고, 군구신도 그 뒤를 따르려 할 때였다. 비연이 갑자기 외쳤다.

"잠시만!"

백리명천을 포함, 모든 이가 비연을 바라보았다. 모두 비연이 후회한다고 생각하고 있을 때, 그녀가 다시 외쳤다.

"당정, 선포하려던 답은 옥씨 가문 노부인의 말씀과 절대 충돌하지 않는다. 어쩌면 증거가 될 수도 있으니, 일단 모두에게 알리는 편이 나을 것 같구나!"

비연은 지금까지도 백리명천의 모습을 드러내게 할 마음을 버리지 않고 있었다!

백리명천의 얼굴이 굳기 시작했다…….

배짱이 있으면 숨지 말고

백리명천은 자신이 위험을 벗어났다고 생각했으나, 비연은 그를 잊지 않고 당정을 통해 그의 비밀을 밝히려 했다.

백리명천이 무의식적으로 당정을 바라보았다. 그때 비연이 다시 이어 말했다.

"아니야, 본 왕비가 모두에게 밝히는 편이 낫겠군!"

그 순간 모두가 비연을 바라보았다. 백리명천 역시 예외가 아니었다. 그는 재빨리 독침으로 비연을 조준했다. 그녀는 마침 그가 있는 방향을 바라보고 있었다. 귀여운 미소와 사랑스러운 눈, 어찌 표현할 방법이 없을 정도로 아름다웠다.

백리명천은 독침을 쏴야 한다는 걸 알고 있었지만 저도 모르게 멈춰 버리고 말았다. 정확히 말하자면, 그의 손이 마치 요술에 홀리기라도 한 양 그대로 굳어 버렸다.

비연은 비록 그가 있는 쪽을 바라보고 있었지만, 모습을 위장하고 있는 백리명천을 알아보지는 못했다. 그녀는 멈추지 않고 계속 말했다.

"만진국 백리 가문이 자옥교주를 가문의 신물로 삼은 것은 바로 만진국 백리 가문이 인어족, 그중에서도 옥인어 일맥이기 때문이다. 자옥교주는 본래 그들 일족의 소유다!"

이 말이 끝나자 안 그래도 고요하던 경매장이 마치 소리 없는 세계로 변한 듯 더욱 조용해졌다.

모든 이들이 경악한 가운데 백리명천만이 정신을 차리고 있었다. 그는 비연을 바라보다 시선을 독침을 들고 있는 제 손으로 떨어뜨린 후 놀란 표정을 지었다. 그는 자기 자신에게 놀라고 있었다.

비연에게 손을 쓰지 않았다니……? 그가 미치기라도 한 걸까?

당정과 군구신이 그제야 반응했다. 그들은 비연의 이 돌발 행동에 놀랐을 뿐 아니라, 백리명천이 아무 움직임도 보이지 않는다는 사실에 더욱 놀랐다.

이렇게 커다란 비밀이 폭로되었는데, 백리명천이 여전히 감정을 억누를 수 있다고? 어떻게 그럴 수 있는 걸까? 설마 백리명천도 그들처럼 반응할 여유가 없었던 걸까?

당정은 경계심을 높이는 와중에도, 비연이 순수한 표정을 짓고 있는 것을 보자 웃고 싶어졌다. 그녀는 누구에게도 지지 않는 성격이었지만, 연아, 이 동생에게만은 달랐다!

군구신 역시 입가에 잔잔한 미소를 떠올리고 있었다. 그는 비연 곁으로 한 걸음 다가서서 만약의 사태에 대비했다.

비연 스스로도 무척 놀랐다. 그녀는 자신에게 끝까지 말할 기회가 없으리라 생각했다. 그녀는 관객석을 바라보며 이제 어떻게 해야 할지 고민하기 시작했다.

이 방법으로도 백리명천을 끌어낼 수 없다면…… 설마 정말로 이렇게 경매를 중단해야 하는 걸까? 아무리 생각해도 달갑지 않았다!

그때였다. 옥명양이 갑자기 '하하하' 소리 내어 웃으며 경매장의 고요함을 깨트렸다.

"그렇다면 백리명천이 인어족의 후예란 의미인가?"

사람들은 그제야 경악에서 깨어나 수군거리기 시작했다. 옥명양이 재빨리 사람들을 조용히 시키더니, 유난히도 큰 목소리로 물었다.

"정왕비마마, 그 말이 사실입니까?"

비연이 눈썹을 치켜올렸다. 그러나 마음속으로는 무척 기뻐하고 있었다. 기회가 왔다!

그녀는 바로 소리 높여 대답했다.

"확실하지. 본 왕비의 말에 단 한마디라도 거짓이 있다면, 하늘이 벼락을 내리실 것이다!"

원래 꽤 많은 이들이 의심하고 있었지만, 비연이 이리 말하니 모두 완전히 믿게 되었다.

옥명양이 다시 한번 큰 소리로 웃기 시작했다.

"공교롭게도! 하하하! 우리 옥씨 가문은 구려족의 후예고, 백리 가문이 인어족의 후예라면……. 바꿔 말하자면, 백리 가문은 원래 우리 옥씨 가문의 노비였군! 하하하!"

옥명양은 그야말로 미친 듯이 기뻐하며 웃음을 멈추지 못했다. 그리고 백리명천의 안색은 이 이상 어두울 수 없을 만큼 어두워졌다. 의심할 바 없이, 옥명양이 지금 그를 한계까지 몰아붙이고 있었다!

비연은 옥명양이 거들먹거리도록 잠시 기다린 후 다시 기름을 부어 줄 생각이었다. 그러나 이게 웬일일까. 옥명양에게는 기름을 부어 줄 필요도 없었다. 그는 거들먹거리다 못해 아예 평상심을 완전히 잃고 말았다!

옥명양이 이어 말했다.

"여러분, 본 소야가 오늘 정식으로 선포하지. 백리 황족은 우리 옥씨 가문의 노비니, 백리명천은 나 옥명양의 노예다! 오늘부로 그가 가진 모든 것은, 물건이건 사람이건 전부 본 소야에게 귀속될 것이다!"

옥명양은 곁에 있던 의자에 발 하나를 얹더니, 의기양양한 태도로 계속 말했다.

"사리 분별도 못하는 놈이 감히 몇 번이나 본 소야의 물건을 강탈하다니! 하하! 본 소야가 그를 다시 만나게 되면 무릎을 꿇리고, 본 소야의 신발을 핥게 할 것이다!"

이 말이 끝나는 순간 관객석에서 독침 하나가 옥명양을 향해 날아갔다. 모든 이들이 신경 쓰지 않고 있었으나, 계속 경계를 게을리하지 않던 군구신은 그것을 바로 눈치챘다.

군구신에게 있어 옥명양의 목숨은 전혀 아깝지 않았지만, 어쨌든 이렇게 중요한 때에 옥명양이 목숨을 잃는 것도 달가운 일은 아니었다. 물론 가장 중요한 것은 어떻게든 백리명천이 모습을 드러내게 하는 것이었다.

군구신이 검을 휘두르자 날카로운 검기가 그 독침을 튕겨 냈을 뿐 아니라 주변의 사람들마저 땅에 쓰러지게 했다.

옥명양이며 사람들이 영문을 알지 못하고 의아해하고 있을 때, 당정이 경매대에 떨어진 독침을 주워 옥명양에게 보여 주었다.

"이 독침 끝이 새까만 것을 보시지요! 옥 대소야, 보아하니 경매장 안 누군가가 대소야를 꽤 미워하는 모양입니다!"

옥명양은 당황하여 그대로 굳어 버렸다. 노부인은 경악하여 재빨리 아들을 제 몸 뒤로 감추고 시위를 부르더니, 다시 노한 소리로 외쳤다.

"백리명천, 배짱이 있으면……."

그녀의 말이 끝나기도 전에 백리명천이 자리에서 일어나더니 얼굴에 쓰고 있던 인피면구를 벗어 던졌다.

"나 백리명천이 다시 말하겠는데, 옥명양 너야말로 배짱이 있으면 숨지 마라!"

말을 마친 그가 공중으로 날아오르더니 흉흉한 기세로 옥씨 모자를 향해 달려들었다.

옥씨 모자를 포함, 모든 이들이 놀라서 그대로 멍한 표정만 짓고 있었다. 바로 비연과 군구신이 이 경매를 계획하며 기다려 온 순간이었다!

군구신이 차가운 눈으로 백리명천을 바라보며 과감하게 정역비 일행에게 손짓했다. 그와 동시에 당정이 최고의 위력을 지닌 암기를 꺼냈다!

만약 백리명천이 당정의 내력을 몰랐다면 아마도 오늘 당씨 가문의 암기에 죽을 운명이었을 것이다. 그러나 그는 수희를 통해 모든 것을 알게 되었고, 백새빙천에서 승 회장의 암기를 본 적도 있어 특히 당정을 경계하고 있었다.

백리명천은 이미 우측 귀빈석 가까이 접근해 있었으나, 과감하게 몸을 돌리더니 경매대에 착지했다. 그리고 거의 동시에 당정의 암기가 백리명천의 머리를 날카롭게 스쳐 갔다.

이 순간, 백리명천은 아무것도 고려하지 않고 그저 옥명양을 죽일 생각뿐이었다. 그는 다시 귀빈석 쪽으로 몸을 돌렸다. 그러나 정역비의 화살이 날카로운 파공음을 내며 그를 향해 날아왔다. 백리명천은 살짝 고개를 기울였고, 화살은 그의 머리 옆을 스쳤다.

순식간에 스물이 넘는 궁수들이 관객석에서 달려 나왔다. 그들 모두의 화살이 백리명천을 조준하고 있었다.

당정은 이미 자옥교주를 챙겨 들고, 경매물을 놓아 둔 높은 대 뒤로 물러나 암기로 백리명천을 조준하고 있었다. 정역비는 여전히 모습을 드러내지 않고 있었으나, 그의 활이 백리명천을 노리고 있으리라는 건 자명한 사실이었다.

마침내 백리명천이 고개를 들어 비연과 군구신을 바라보았다. 그들은 좌측 귀빈석 높은 곳에서 그를 내려다보고 있었다. 군구신은 차갑게 그를 경멸하고 있었고, 비연의 그 예쁜 눈도 이미 웃지 않고 있었다. 봉황을 닮은 눈은 심지어 군구신의 그것보다도 차가워 보였다.

백리명천은 군구신을 한번 바라본 다음 곧 시선을 비연의 얼굴로 옮겼다. 그는 그녀의 눈을 응시했다. 왠지는 알 수 없었지만 심장이 뭔가에 물어뜯기기라도 한 듯 갑자기 아파 왔다. 평

생 겪어 본 적 없는, 뭐라 형용할 수 없는 고통이었다. 정말이
지 너무나 괴로웠다!

고요한 가운데 두 쌍의 눈이 서로를 마주 보았고, 비연은 재
빨리 작은 활을 꺼내 망설이는 빛 없이 백리명천에게 화살을
쏘았다.

획!

벽에 부닥쳐도 고개를 돌리지 않는

　백리명천은 말할 것도 없고, 군구신조차 비연이 활을 숨기고 있었다는 걸 알지 못했다. 게다가 누구보다 먼저 활을 쏘다니! 비연은 한번 악랄하기 시작하면 정말로 무서운 사람이었다!

　백리명천이 반응했을 때는 이미 늦었다. 그가 몸을 살짝 피했으나 비연의 화살이 그의 팔을 스치며 옷을 찢고 얕은 혈흔을 남겼다.

　의심의 여지가 없었다. 백리명천은 바로 혈흔이 검게 변하는 걸 보고 깨달았다. 비연은 화살 한 대로 그의 생명을 취할 수 있다고 생각할 만큼 바보가 아니었다. 그녀의 화살은 치명적인 독에 담갔던 것이었다!

　백리명천은 비연의 두 눈을 응시한 채 손을 상처 쪽으로 가져갔다. 그리고 피를 묻힌 손가락을 코로 가져가 냄새로 독의 성질을 확인하고, 자신에게 해독약이 없다는 사실을 인식했다.

　그는 천천히 눈을 가늘게 떴다. 그의 이런 모습은 몹시도 고요해 보이는 동시에 매우 위험해 보였다.

　비연은 그의 시선을 받으면서도 태연자약했다. 그녀는 무서워하지 않았을 뿐 아니라 오히려 강한 기운을 내뿜고 있었다. 그녀가 말했다.

　"백리명천, 본 왕비에게 몇 번이나 빚 이야기를 했었지. 오늘 본 왕비가 말해 주겠다. 이 세상에 누구도 누구에게 빚을 지지 않는 법이야. 세상에는 오직 승자와 패자만 존재할 뿐이지. 현한보검을 내놓아라. 그럼 본 왕비가 통쾌하게 죽여 줄 테니. 아니라면 후회하게 될 것이다!"

백리명천은 이 말을 듣고도 당황하는 빛이 없었다. 아니, 심지어 화조차 내지 않았다. 그가 살며시 입술을 핥는가 싶더니 눈빛에 장난기가 어렸다. 그러더니 무슨 생각을 했는지 갑자기 웃음을 터뜨렸다.

"우리 연아, 현한보검이 갖고 싶었어? 하하, 너무 조급해하지 말고."

인정하지 않을 수 없었다. 백리명천이 웃기 시작하니 정말로 아름다웠다. 매혹적이고 신비한 동시에 어딘가 나른하면서도 고귀한 느낌의 웃음. 그는 마치 아름다운 여우가 변한 듯한 미남이었고, 눈에 웃음기를 담는 것만으로도 모두를 홀릴 수 있을 듯했다.

지금 경매장에 있는 여자들도 그의 웃음기를 보는 순간 혼이 나갔다. 그러나 비연의 눈에 떠오른 것은 혐오였다. 도요곡에서 백리명천의 경박한 일면을 본 이후, 그녀는 그에 대해 그저 혐오감만을 품고 있었다.

그녀가 차갑게 말했다.

"너를 죽이지 못한다고 생각지 마라!"

백리명천이 더욱 보기 좋게 웃으며, 비연에게 대답하지 않고 군구신을 바라보았다. 그가 웃음기를 거두자 절대적으로 아름다운 그 얼굴에 잔혹한 기운이 드러났다. 백리명천이 차가운 목소리로 말했다.

"군구신, 검을 돌려받고 싶으면 얌전히 기다리도록. 본 황자가 옥명양을 죽인 다음 함께 옛일을 이야기할 수 있을 테니까. 그러지 않겠다면, 너희는 영원히 그 검을 보지 못할 것이다!"

말을 마친 그는 군구신의 대답도 기다리지 않고, 심지어 자신이 극독에 중독되었다는 사실조차 상관없다는 듯 허리의 부채를 뽑아 옥씨 모자를 습격했다.

비연과 군구신은 깜짝 놀랐다. 백리명천이 죽음에 임박해서도 이렇게까지 열정적일 줄이야. 대체 얼마나 원한을 품고 있는 걸까!

비연과 군구신은 서로 눈빛을 교환했다. 두 사람 모두 조금 망설이고 있었다.

옥씨 모자는 이미 시위들 뒤에 숨어 있었다. 백리명천이 달려드는 걸 보고 노부인이 날카롭게 외쳤다.

"저자를 떼어 내라! 어서!"

그들은 수가 적지 않았기에 백리명천을 크게 두려워하지 않았다. 게다가 백리명천이 극독에 중독된 상태니 더더욱 무섭지 않았다.

옥명양은 모친의 뒤에 숨어 있었으나 검을 들고 꿈틀거리고 있었다. 그는 예전에 경매에서 백리명천에게 몇 번 패배했을 뿐 아니라, 입씨름을 벌이다가 백리명천의 무공에 당해 오줌을 지릴 뻔한 적이 있었다. 그는 계속 억울한 마음이 있었기에, 오늘 이렇게 활개를 칠 기회를 놓치고 싶지 않았다.

곧 백리명천이 시위들을 죽이기 시작했다. 비연이 무슨 독을 썼는지 백리명천의 움직임은 눈에 띄게 둔했다. 그 모습을 본 옥명양은 대담해져서 바로 검을 들고 앞으로 달려 나갔다.

그러나 백리명천은 일부러 힘을 감추고 있던 참이었다. 옥명양이 제 앞으로 다가오는 순간 백리명천은 우측에서 공격해 오던 시위를 왼팔로 떨쳐 내고, 오른손으로는 촤락 소리가 나도록 부채를 펼쳐 옥명양에게 독침을 여러 발 발사했다.

옥명양은 겨우 몸을 피하긴 했지만 놀란 나머지 땅에 나자빠지고 말았다. 시위들이 재빨리 제 몸으로 옥명양을 가리며 백리명천을 막아섰고, 백리명천은 발걸음을 멈추고 검은 피를 토해 냈다.

옥명양은 놀라서 또 오줌을 지릴 지경이었다. 그는 재빨리 모친의 뒤로 달려가 숨었다. 그는 그제야 백리명천이 일부러 힘을 남겨 둔 채 자신을 기다렸다는 걸 깨달았다. 백리명천은 전력을 다해 그를 죽일 작정이었다!

원래 백리명천의 무공이라면 옥명양처럼 겉으로만 번지르르한 인간을 죽이는 건 손바닥 뒤집듯 쉬운 일이었다. 그러나 백리명천은 방금 독침을 여러 발 발사했으나 하나도 옥명양을 맞히지 못했다. 이것만으로도 비연이 얼마나 대단한 독을 썼는지 알 수 있었다!

이 순간 백리명천은 아주아주 많이 약해진 상태였다. 그는 간신히 버티고 있었다!

노부인이 겁에 질려 있는 아들을 향해 나지막하게 말했다.

"명양, 무서워할 필요 없다. 지금 저건 허세를 부리고 있는 것에 불과해. 가거라. 가서 백리명천의 두 다리를 베어 버리고, 옥씨 가문의 체면을 세우고 오너라! 노비가 네 머리끝까지 기어오르게 둬서는 아니 된다!"

그래도 옥명양이 망설이자 노부인이 다시 말했다.

"어미가 너를 속이는 것 같으냐? 기회를 잃을 수는 없다. 정왕 저들이 거들먹거리게 할 수는 없다. 어서 가거라!"

그제야 옥명양은 용기를 내 다시 한번 나섰다. 그러나 그는 백리명천에게 직접 달려들지 않고 큰 소리로 외쳤다.

"모두 물러나거라! 감히 본 소야를 기습하다니, 본 소야가 직접 손을 봐 주겠다! 오늘 저자가 죽고 싶다 해도, 그 전에 본 소야의 신발을 핥아야 할 것이다!"

시위들이 잇달아 물러났고, 옥명양은 마침내 백리명천과 마주 보게 되었다.

이 순간 백리명천의 얼굴에는 이미 핏기라고는 보이지 않고, 입술에도 검은 피가 묻어 있었다. 보기만 해도 몸서리가 쳐지는 모습이었다.

백리명천은 확실히 약해져 있었고, 심지어 제대로 서 있을 힘도 없어 보였다. 그러나 옥명양을 바라보는 그의 눈빛은 여전히 차갑고 날카로웠다.

옥명양이 검을 쥐고 달려갔다. 백리명천은 아슬아슬하게 피하더니 다시 부채를 휘둘렀다!

옥명양이 발로 걷어차자 백리명천은 생생히 걷어차이면서 독 가루를 뿌렸다. 그러나 그의 움직임은 안타까울 정도로 느렸기 때문에 옥명양은 다시 한번 순조롭게 피할 수 있었다.

옥명양이 무시하듯 코웃음을 쳤다.

"천민들이나 하는 짓을 감히 본 소야 앞에서 하다니! 죽고 싶은 모양이구나!"

말을 마친 그가 검을 휘두르려 했으나 백리명천이 먼저 공격했다. 옥명양이 피하자 백리명천이 다시 공격했고, 옥명양도 다시 피했다.

이렇게 몇 번 오가자 옥명양은 숨이 가빠 오기 시작했다. 백리명천의 상태도 한계에 이르고 있었다. 언제부터인지 그의 입에서 검은 피가 멈추지 않고 계속 흐르고 있었다.

어차피 이렇게 된 이상, 멈추고 싶지 않았다. 심지어 방어할 생각조차 들지 않았다. 백리명천은 계속 공격을 가했다. 벽에 부닥쳐도 고집스럽게 고개를 돌리지 않는 어린아이처럼.

경매장은 온통 조용했다. 비연과 군구신도 모든 이와 마찬가지로 한마디 말도 없이 지켜보고 있었다. 그러나 그들의 마음속에서는 모든 것이 분명해지고 있었다.

그들은 원래 절대적인 우위에 있었으나, 지금 완전히 수동적인 상황으로 변했다! 그들은 처음으로 백리명천이 이렇게나 어려운 상대였음을 깨닫고 있었다!

그들이 이대로 지켜보기만 한다면 백리명천은 죽을 것이다. 그가 죽으면 현한보검을 찾지 못할 수도 있었다. 그들이 손을 쓴다면…… 대체 어떤 방식으로 손을 써야 할까? 그에게 해독약을 주어야 할까?

이 세상에서 가장 무서운 것이 목숨을 아끼지 않는 사람이다. 백리명천은 정말로 제 목숨을 가지고 놀고 있었다. 비연과 군구신은 대체 무엇을 가지고 그와 놀아야 할까?

백리명천은 이미 힘들어 보였다.

결국은 군구신이 입을 열었다.

마침내 한 판을 이겼다

"그만!"

군구신은 사실 이렇게 외치고 싶지 않았지만, 어쩔 수 없었다. 백리명천이 죽는다면 대체 어디 가서 현한보검을 찾는단 말인가? 또한 옥명양이 죽는다면, 노부인은 절대로 그들을 제 조상들의 사당으로 데려가지 않을 것이다.

군구신의 날카로운 외침을 듣고 옥명양이 무의식적으로 돌아보았다. 그러나 백리명천은 듣지 못한 듯 계속 공격했다.

옥명양도 군구신을 신경 쓰지 않고 갑자기 검을 옆으로 눕히더니 백리명천의 급소를 비끼듯이 공격했다. 백리명천이 겨우 피하기는 했으나 제대로 서 있을 수 없어 그대로 바닥에 쓰러지고 말았다. 옥명양이 기뻐하며 장검을 거둬들이더니 웃기 시작했다.

"본 소야가 오늘 너에게 복종을 가르쳐 주마!"

그는 뜻밖에도 발을 들더니 백리명천의 얼굴을 짓밟기 시작했다. 그 모습을 본 비연이 노한 목소리로 외쳤다.

"옥명양, 사람이 위급한 틈을 타서 그런 짓을 하면 누가 너에게 복종하지? 어서 비키지 못해?"

그녀가 독을 쓰지 않았다면 옥명양이 이렇게 기고만장할 기회가 있었을까? 비연은 백리명천을 무척이나 혐오했지만, 그보다는 옥명양의 행동이 더 역겨웠다.

옥명양은 일부러 비연의 말을 듣지 못한 척하며 계속 백리명천의 얼굴을 짓밟았다. 그러나 그 순간, 군구신의 몸이 환영처럼 순식간에 자리를 옮기더니 옥명양의 뒤에 나타났다. 그는 얼음처럼 차가운 얼굴로, 망설이는 빛 없이 옥명양을 사납게 걷어찼다.

옥명양은 바닥에 고꾸라진 다음에야 무슨 일이 벌어졌는지 겨우 깨달았다.

사람들은 군구신의 영술을 알아보고 모두 경악했다!

그리고 노부인은 계속 깜짝 놀라 외쳤다.

"정왕, 뭘 하려는 겁니까? 사람을 업신여기는 것이 너무 심하지 않습니까!"

군구신은 노부인을 신경 쓰지 않고 앞으로 한 걸음 걸어가 옥명양의 등에 발을 올렸다. 옥명양이 고통으로 비명을 질렀지만 군구신은 여전히 신경 쓰지 않았다.

군구신이 백리명천을 바라보았다. 이 순간 백리명천도 차가운 눈으로 그를 쳐다보고 있었다. 땅 위에 쓰러진 채 무력한 상태였지만, 그 가늘고 긴 눈에는 여전히 경멸을 담은 웃음기가 보였다. 그의 오만한 성격은 전혀 줄어들지 않았던 것이다.

군구신이 냉랭하게 말했다.

"검을 내놓으면 기회를 한번 주마. 함께 옥씨 가문 사당에 가서 끝까지 파헤쳐 보는 거다. 네가 옥명양에게 복종해야 할지, 아니면 옥명양이 너에게 복종해야 할지."

현한보검을 위해 군구신은 한 걸음 양보하기로 한 것이었다.

백리명천이 생각에 잠긴 듯하더니, 잠시 후 차가운 목소리로 말했다.

"좋아. 이쪽으로 와 봐."

군구신은 백리명천의 속임수를 두려워하지 않았기에 가까이 다가갔다. 그러나 이게 웬일일까. 백리명천은 군구신에게는 손을 쓰지 않았다. 하지만 군구신이 가까이 다가가기도 전에 독침 하나가 발사되더니 옥명양의 미간을 정확히 맞혔다.

옥명양은 막 몸을 일으키던 참이었는데, 독침에 맞는 순간 온몸이 그대로 굳어 버리더니 일곱 구멍에서 피를 흘리기 시작했다. 그 순간 모두가 경악했다. 물론 노부인을 포함하여.

비연은 재빨리 귀빈석에서 내려와 경매대로 올라갔다. 그러나 그녀가 옥명양 가까이 다가갔을 때 그가 선혈을 토하며 그대로 앞으로 쓰러졌다. 그런데 그의 얼굴이 하필이면 백리명천의 신발 위로 정확히 쓰러지는 바람에 마치 신발을 핥고 있는 것처럼 보였다!

군구신은 주먹을 쥔 채 분노를 참았다. 그는 무릎을 꿇고 옥명양의 숨을 살펴본 후 재빨리 몸을 일으켰다. 그가 비연을 보며 고개를 젓자, 비연은 바로 발걸음을 멈췄다.

경매장은 점점 더 조용해졌다. 들리는 소리라고는 백리명천의 웃음소리뿐이었다. 그의 웃음소리는 크지 않았지만 경매장 전체를 채우는 데는 충분했다. 그 무엇도 마음에 두지 않은 듯 가벼운 웃음소리, 그러나 사악하고 차갑게 들리는 웃음소리.

그는 마치 나른하게 웃고 있는 악마 같았다!

갑자기 노부인이 비명을 지르듯 울기 시작했다.

"명양! 내 아들! 내 아들아!"

노부인은 미친 듯이 시위의 장검을 뽑아 들고 달려왔다.

"백리명천, 이 짐승 같은 놈! 내 너를 죽여 버리겠다! 죽여 버리겠어!"

백리명천은 미동도 하지 않았다. 아무래도 움직일 힘이 없는 모양이었다.

그는 그대로 바닥에 쓰러져 있었으나 두려워하는 빛은 없었다. 아니, 심지어 노부인을 제대로 한번 쳐다보지도 않았다. 비연을 바라보는 백리명천의 그 가늘고 긴 눈에는 웃음기만이 가득했다. 의기양양한, 미친 듯이 날뛰는, 사악한, 그리고 도전하는 듯한 웃음기만이!

비연의 가슴이 오르내렸다. 그녀는 참으려고 노력했지만, 분노를 완전히 억누를 수 없어 결국 얼굴에 드러내고 말았다. 그 모습을 본 백리명천의 웃음기가 더욱더 짙어졌다.

이때 노부인이 백리명천 가까이까지 달려왔다. 그녀는 두 손에 장검을 든 채, 분노 때문인지 아니면 황망함 때문인지 덜덜 떨고 있었다. 그러나 그녀는 여전히 검을 잡은 채 백리명천의 배를 사납게 찌르려 하고 있었다.

백리명천은 안색 하나 바꾸지 않고 기다리고 있었다.

노부인의 검이 백리명천을 찌르려는 순간, 결국 군구신이 움직이고 말았다. 그는 손가락으로 노부인의 검날을 잡는 것만으로 검을 부러뜨린 후, 노부인을 밀어냈다.

노부인은 분노를 군구신에게 모두 쏟아 냈다.

"네놈도 내 아들을 죽인 흉수다! 본 부인의 말을 잘 들어라! 오늘 너희 모두는 천옥성에서 단 한 걸음도 빠져나가지 못할 것이다! 내 이 늙은 몸을 버리는 한이 있더라도, 옥씨 가문 전체를 희생하는 한이 있더라도 너희 모두를 내 아들과 함께 순장시킬 것이다!"

그녀는 부러진 검을 들고 군구신에게 달려왔다. 시위들이 재빨리 저지했다.

백리명천을 돌아보는 군구신의 얼굴은 분노로 파랗게 질려 있었다. 백리명천은 정말로 교활했다. 이것은 분명 군구신, 그의 일을 망쳐 놓는 행위였다. 이런 상황에서라면 노부인이 그들을 데리고 옥씨 가문의 사당에 갈 리 없었다.

이 순간, 백리명천은 여전히 노부인을 공기처럼 취급하고 있었다. 그는 비연을 바라보고 또 바라보았다. 웃음기가 점점 더 짙어지는가 싶더니, 이제 소리 내어 웃고 있었다.

이 판, 그는 비록 낭패한 몰골이 되었지만 그래도 이겼다. 그는 마침내 비연과 군구신에게 한 판을 이긴 것이다!

그의 눈빛은 의기양양하다 못해 즐거워 보였다. 그는 마치 비연과 맞섰던 것처럼 그녀의 눈을 응시하며 웃는 얼굴로 말했다.

"우리 연아, 차 한 잔 마실 시간이 남았다!"

다른 이들은 그 말의 의미를 이해하지 못했지만, 비연은 바로 알아들을 수 있었다. 백리명천은 차 한 잔 마실 시간이면 독이 발작해 자신이 죽을 거라는 사실을 그녀에게 일깨워 준 것이다. 바꿔 말하자면 백리명천은 그녀에게 해독약을 줄 것인지 묻고 있었다!

심지어 그는 그녀를 위협하고 있었다. 해독약을 주지 않으면 영원히 현한보검을 볼 수 없을 거라고.

비연은 주먹을 꽉 쥐었다. 그녀는 자신이 이길 거라 확신했던 이 승부가 백리명천에 의해 이런 꼴이 되리라고는 생각지 못했다. 그녀는 백리명천의 웃는 얼굴을 바라보며 점점 더 분노했고, 결국은 참지 못하고 그에게 다가가 따귀를 올려붙였다!

그녀는 그에게 채찍질을 하고 싶었다!

그러나 군구신이 그녀의 손을 잡았다. 군구신의 분노 역시 비연에게 지지 않았으나, 그는 그녀보다 훨씬 더 냉정한 상태였다.

그가 나지막하게 말했다.

"해독약."

비연은 달갑지 않은 마음에 군구신을 노려보았다.

군구신이 그녀의 손을 잡아끌었다.

"착하지. 나에게 해독약을 줘."

비연이 숨을 몰아쉬며 약을 건넸다. 군구신은 시위에게 백리명천을 묶게 한 뒤 해독약을 먹였다. 그 후 다시 노부인에게 말했다.

"노부인, 만약 당신네 옥씨 가문이 구려족의 후예라는 사실을 증명할 수 있다면, 인어족은 확실히 구려족의 노비니 본 왕은 백리명천을 그쪽의 처리에 맡기겠소. 물론 본 왕을 아들을 죽인 원수라 생각하고 고집을 부린다면, 당신네 옥씨 가문이건 천옥성 전체건 본 왕도 끝까지 가 보도록 하지! 믿지 못하겠다면 시험해 봐도 좋소!"

말을 마친 군구신은 고개를 돌려 한마디도 하지 않고 있던 성주 백소화를 바라보았다!

군구신의 추측

분노하긴 했지만 군구신은 가장 중요한 일을 잊지 않았다. 오늘 어떻게든 옥씨 가문의 사당에 들어가 마음속의 의혹을 풀어야 했다!

그는 백소화를 바라보며, 백소화가 성주로서 이 일을 처리해야 한다는 걸 일깨워 주었다!

백소화가 이 방식에 동의한다면 군구신은 꽤 힘을 아낄 수 있을 것이다. 만약 동의하지 않는다면 군구신도 백리명천의 뜻에 부합하여 천옥성과 적이 될 수밖에 없었다.

백소화가 살짝 미간을 찌푸리더니 앞으로 걸어 나왔다. 그러나 그가 입을 열기도 전에 노부인이 두 눈이 붉어진 채 미친 듯이 외쳤다.

"백 성주, 명양이 참혹하게 죽었습니다! 성주께서도 직접 보셨잖습니까! 저는 원수와 같은 하늘을 지고 살 수 없습니다! 우리 옥씨 가문을 위해 이 일을 처리해 주시지 않는다면…… 성주로서 자격이 없는 겁니다!"

"노부인, 슬픔을 가라앉히시지요."

백소화가 가볍게 탄식하더니 진지하게 말했다.

"이 일은 본 성주가 확실히 직접 보았습니다. 정왕 전하께서 말씀하신 대로, 옥씨 가문이 구려족의 후예임을 증명할 수 있다면 인어족은 구려족의 노비니, 오늘 공자가 했던 말이며 행동은 실례가 아닐 것이며, 백리명천의 살인은 목숨으로 배상해야겠지요! 정왕께서도 비록 흉수는 아니시지만, 그 허물에서 벗어나기 어려우실 겁니다! 본 성주는 온 성의 힘을 다해서라도 옥씨 가문을 위해 공정한 길을 찾을 겁니다! 그러나 만약 옥씨 가문이 증거를 내놓지 못한다면, 공자가 했던 말이며 행동은 타인의 위기를 틈타 사람을 업신여기고 모욕한 것이며 벌을 받아 마땅한 행동이니, 본 성주도 두둔하지 않을 것입니다!"

군구신은 의외라는 생각이 들었다. 그는 성주도 양 장주와 마찬가지로 논쟁을 겁내는 성격이리라 생각했다. 그런데 성주는 의외로 바르고 곧았을 뿐 아니라, 심지어 조금 융통성이 없다는 느낌도 들었다! 그러나 백 성주의 이러한 태도는 그들에게 유리한 일이었다.

옥씨 가문 노부인은 매우 불만스러운 듯, 예의라고는 갖추지 않고 말했다.

"그렇다면, 천옥성이 당신 같은 성주를 둬 뭐에 쓰나?"

백소화는 슬며시 찌푸리고 있던 미간을 갑자기 확 찌푸리며 진지하게 말했다.

"노부인, 설마 본 성주가 사사로운 정으로 잘못을 두둔해 주기를 바라시는 건 아니겠지요? 본 성주는 노부인께서 자식을 잃고 슬퍼하시는 마음을 생각해 다투고 싶지 않으니, 자중하시기 바랍니다!"

"너!"

노부인은 화가 나서 제대로 서 있지도 못할 지경이었다. 다행히도 곁에 있던 시종들이 재빨리 그녀를 부축했다.

그녀는 백소화를 한참 노려보다가 간신히 하고 싶은 말을 삼키고 다시 옥명양을 바라보았다. 그녀의 눈가에 배어 있던 눈물이 흐르기 시작했다. 노부인이 아들의 시신 곁으로 다가가더니 슬프게 통곡하기 시작했다.

이 순간만큼은 아무도 그녀를 방해하지 않았다. 옥명양이 아무리 용서받기 힘든 죄를 저질러 죽어 마땅하다 해도, 모두 노부인에게 어머니로서 슬퍼할 시간을 주고 싶어 했다.

군구신이 미간을 찌푸리며 비연을 바라보았고, 그 순간에야 비연이 백리명천과 서로를 바라보고 있다는 사실을 발견했다. 백리명천의 눈빛은 여전히 의기양양했고, 비연은 금방이라도 화가 나서 터질 것만 같아 보였다.

군구신이 그들 사이를 가로막고, 비연의 이마를 살며시 펴 주었다.

"안심해. 우리는 사당에 가게 될 거고, 검도 돌려받을 수 있을 테니까."

비연이 순순히 고개를 끄덕였다.

군구신이 사랑스럽다는 듯 미소 짓더니 다정한 손길로 그녀의 머리카락을 귀 뒤로 넘겨 주었다.

백리명천은 비연을 볼 수는 없었으나 군구신의 동작은 똑똑히 볼 수 있었다. 그는 마침내 웃음을 멈추고, 살짝 굳은 듯한 눈길로 생각에 잠겼다. 한참 동안 생각에 잠겨 있던 백리명천은 초조해지기라도 한 듯, 노부인을 바라보며 냉랭하게 물었다.

"아직도 충분히 다 울지 못한 건가?"

화가 난 노부인이 재빨리 몸을 일으켜 백리명천에게 달려들려 했으나, 옥씨 가문의 그 사나운 사내가 재빨리 제지하며 속삭였다.

"노마님, 냉정하십시오! 사당에 가서 복수한다 해도 늦지 않습니다."

노부인은 그제야 움직임을 멈췄다. 그녀는 핏발이 가득한 눈으로 당장이라도 죽일 듯이 백리명천을 노려보았다. 그러나 백리명천은 그런 그녀의 시선을 받고도 아무렇지 않은 듯한 표정이었다.

노부인은 보지 않는 게 낫겠다는 듯 고개를 돌렸다. 사당 이야기를 했을 때부터 그녀는 이미 마음속에 정해 둔 계책이 있었다. 지금 아들이 죽었고, 백소화가 저런 태도를 보이는 이상, 그녀는 더더욱 이들 모두를 데리고 사당에 가야 했다. 이것이 그녀가 복수할 수 있는 유일한 방법이었고, 가장 명쾌한 방법이었다!

군구신 일행을 상대하는 일은 잠시 미뤄 두고, 백소화를 죽이면 천옥성은 옥씨 가문의 손에 떨어질 것이다. 그때 가서 군구신에게서 백리명천을 빼앗아 오는 것은 손바닥 뒤집듯 쉬운 일일 것이다!

노부인이 심호흡 후에 군구신에게 말했다.

"증거를 원한다면 본 부인을 따라오시지요. 본 부인이 당신들을 하나하나 납득시킬 테니까! 내 아들의 목숨을 해친 자는 단 한 명도 도망칠 수 없을 겁니다!"

말을 마친 그녀는 부러진 검을 버리고 직접 옥명양의 시신을 업었다. 사내가 도우려 했으나 거절하고는, 이를 악문 채 한 걸음 한 걸음 경매대를 내려왔다. 옥씨 가문 시위들이 잇달아 그녀의 뒤를 따랐다.

백소화가 군구신 일행을 한번 보더니, 다시 당정을 바라본 다음 노부인의 뒤를 따랐다. 양 장주 역시 그 뒤를 따랐다. 그러나 군구신은 다급하게 따라나서지 않고 일부러 백리명천 곁으로 걸어가 나지막하게 말했다.

"인어족은 구려족의 노비였지. 노비란 자자손손, 영원히 노비일 뿐! 기다려라."

이 말을 들은 비연은 마음에 짚이는 게 있었다. 그녀는 군구신의 냉정한 모습에 감탄을 금할 수가 없었다. 군구신이 이렇게 도발하는 것은 바로 백리명천의 약점을 잡기 위해서였다.

백리명천은 본래 아무렇지 않은 듯, 아무 상관 없다는 듯 굴고 있었으나 군구신의 말을 듣자 곧 안색이 가라앉았다!

그는 군구신의 뜻을 알아들었다. 비록 군구신이 무엇 때문에 양보했는지, 왜 그리도 옥씨 가문의 사당에 가고자 하는지는 알지 못했지만, 군구신이 인어족을 모욕하기로 단단히 마음먹었다는 사실은 알 수 있었다. 옥씨 가문의 노부인이 증거를 보일 수 있건 없건, 군구신은 분명히 이 일을 사실로 만들 것이다!

게다가 노부인은 군구신을 대적할 수 없을 테니, 결국 그는 여전히 군구신의 수중에 있으며, 인어족이 노비라는 사실은 진실이 되고 말 것이다.

백리명천, 그는 철저히 패배하게 될 것이다!

말을 마친 군구신은 입가에 가벼운 미소를 떠올리며 비연의 손을 잡고 문밖으로 향했다. 백리명천은 눈을 가늘게 뜬 채 그들의 뒷모습을 지켜보았다. 그리고 마음속으로 저울질하고 한참을 망설인 끝에, 결국 한 걸음 양보하기로 마음먹었다.

그가 소리쳤다.

"연아, 이리 와 봐!"

비연과 군구신이 거의 동시에 몸을 돌렸다. 비연이 유달리 혐오스러운 듯 경고했다.

"다시 한번 본 왕비를 함부로 부르면, 네 혀를 잘라 버리겠다!"

군구신이 다가오더니 백리명천의 턱을 비틀어 잡고 냉랭하게 말했다.

"연아는 네 멋대로 부를 수 있는 이름이 아니다. 그리고 무슨 일이건 본 왕에게 이야기하면 된다. 그녀를 찾을 필요 없이."

백리명천이 나지막하게 말했다.

"본 황자는 검을 돌려줄 생각인데, 그 검이 네 것이었던가?"

이 말을 들은 군구신은 당황했다. 백리명천이 이리 묻는다는 것은 설마 현한보검이 비연의 것이라는 사실을 안다는 걸까? 설마…… 비연의 신분도 아는 걸까?

현한보검은 상고 시기부터 내려오는 명검이니 알아보는 자가 있는 것은 정상이었다. 그러나 백리명천이 어떻게 현한보검이 비연의 것이라는 걸 아는 걸까?

군구신은 바로 축운궁주와 단목요를 떠올렸다. 그 두 사람만이 모든 진상을 환히 알고 있을 것이다. 단목요는 그들 수중에 있으니, 바꿔 말하자면 이 사실은 축운궁주에 의해 퍼진 것일 가능성이 컸다!

보아하니 백리명천과 축운궁주가 결탁했음이 분명했다. 수희가 고묘의 물 아래 있었을 때 축운궁주에게 투항했을 것이다!

군구신은 생각할수록 놀라웠지만 겉으로는 드러내지 않았다. 그리고 백리명천은 계속 골몰하느라 자신이 정보를 흘렸다는 사실조차 의식하지 못하고 있었다.

군구신은 백리명천에게 생각할 기회를 주지 않고 냉랭하게 말했다.

"허튼소리는 그만하고, 검은?"

군구신, 질투하다

백리명천은 검을 돌려주지 않기로 마음먹은 상태였다. 그는 자신이 이번에 얼굴을 드러내리라고는 생각지 못했고, 이 지경에 이르리라고는 더더욱 생각지 못했다.

그는 상대가 제 목숨을 가지고 협박하는 것도, 자신을 엄하게 고문하는 것도 상관없었다. 그러나 '노비'라는 비천한 신분을 얻게 되는 것은 별개의 문제였다!

현공대륙은 예로부터 노비를 가장 비천하게 여겨 왔다. 심지어 죄를 지은 천민보다도 한 급 아래라 생각했으며, 짐승과 같다고 여겼다. 그는 평생 어떤 누명이나 악명을 뒤집어쓰더라도 신경 쓰지 않았다. 그러나 노비라니! 이것은 그의 마지막 한계였고, 최후의 존엄이었다!

그는 분명 불쾌해하면서도 아무렇지도 않은 듯 웃으며 말했다.

"본 황자는 이번에 검은 두고 검집만 가져왔지. 본 황자를 놓아준다면 먼저 검집을 돌려주지! 하하. 그다음 우리가 옥씨 가문과 빚을 청산하고, 본 황자가 순조롭게 천옥성을 떠나게 되면 수하를 시켜 검을 보내 주겠다!"

군구신은 백리명천이 이 상황이 되어서도 흥정할 줄은 예상지 못해 냉랭한 목소리로 말했다.

"본 왕이 마지막으로 기회를 주겠다. 돌려줄 거냐, 돌려주지 않을 거냐?"

백리명천이 말했다.

"내가 너를 속여 무엇 하지? 검집은 내가 방금 앉아 있던 자리 아래쪽에 있다. 검은 저 멀리, 만진국 밖에 있지. 오가는 데 최소한 보름은 걸릴 거다. 너야 시간을 버려 가며 기다릴 수 있을지 몰라도, 옥씨 가문 노부인은 그렇게 참을성이 있지는 않을 것 같군!"

군구신은 낮은 목소리로 비연에게 백리명천의 말을 전달했고, 비연은 직접 검집을 찾으러 갔다.

백리명천이 앉아 있던 자리 아래에는 정말로 검이 한 자루 있었는데, 검은 천으로 단단히 싸여 있어 한눈에 어떤 검인지는 알 수 없었다. 주변에 사람이 많아 비연은 천을 전부 벗기지 않고 살짝 들어만 보았다. 그리고 바로 현한보검의 검집이라는 걸 확인했다.

이 검은 부황이 그녀에게 남긴 것이었다. 비록 정식으로 하사받은 것은 아니었지만, 어린 시절 몇 번이나 본 적이 있는 검이었다.

비연은 재빨리 검을 살짝 뽑아 보았다. 과연 백리명천이 말한 대로였다. 이 검은 결코 현한보검이 아니었다.

비연은 백리명천이 검집과 검을 떼어 놓을 수 있으리라고는 생각지 못했기에 화가 꽤 난 상태였다. 그러나 그녀는 꾹 눌러 참고, 검은 천으로 다시 검을 감싼 후 군구신 곁으로 돌아와 속삭였다.

"그가 말한 대로야."

군구신도 놀라는 동시에 화가 났다. 그러나 그는 곧 백리명천이 왜 이런 행동을 했는지 알아차렸다. 그가 현한보검의 검집을 가져온 것은 아마도 그들을 속이기 위해서였을 것이다! 백리명천이 말하지 않았다면, 겉으로만 봐서는 군구신도 비연도 이검이 완벽한 현한보검이라 믿었을 것이다.

군구신이 중얼거렸다.

"비열한 놈!"

백리명천이 입 끝을 올리며 말했다.

"그래서, 어쩔 작정이지?"

군구신은 백리명천의 말을 전혀 믿지 않았다. 그의 눈가에 복잡한 빛이 스쳐 가는가 싶더니, 얼마 지나지 않아 승낙했다.

"좋다."

백리명천이 남몰래 안도의 한숨을 내쉬며 말을 이으려 했을 때, 이게 웬일인가. 군구신이 갑자기 그의 턱을 꽉 잡더니 힘을 주어 그의 턱을 돌려 버렸다!

"다시 한번 본 왕의 귀에 네가 연아라 부르는 소리가 들리면 본 왕이 네 턱을 부숴 버리겠다!"

군구신은 나지막하게 경고한 후 시위들에게 백리명천을 묶으라 명령했다.

백리명천은 창졸간에 당한 일이라 눈을 휘둥그렇게 뜬 채 한참 동안 아무 반응도 보이지 못했다.

군구신은 백리명천을 기다리지 않고 비연과 함께 먼저 걸어 나갔다. 비연은 본래 억울한 감정을 억누르고 있었는데, 백리명천의 그 모습을 보자 결국 저도 모르게 피식 웃고 말았다.

군구신의 노기는 아직 다 가라앉지 않은 상태였다. 그는 비연이 웃는 것을 보면서도 여전히 엄숙했다. 어쨌든 그는 이런 일을 굉장히 신경 쓰고 있었다!

그리고 비연은 그의 엄숙한 모습을 보자 더욱 기분이 좋아졌다. 그녀는 그의 손에서 제 손을 빼더니, 마치 작은 새가 사람에게 앉듯이 그의 팔을 잡았다. 그녀는 군구신이 질투하는 모습이 그가 다정할 때보다 더 좋았다!

군구신은 결국 엄숙한 표정을 오래 유지하지 못했다. 경매대에서 내려와 귀빈용 통로에 들어서자 그는 나지막한 목소리로, 자신이 방금 백리명천과 대화하던 중 발견한 점을 비연에게 이야기해 주었다.

비연은 깜짝 놀랐다.

"결국은 축운궁과 결탁한 거구나!"

군구신이 진지하게 말했다.

"십중팔구. 옥인어족이 바다에 들어가지 않는 것에도 분명 숨겨진 비밀이 있을 거야. 일단 백리명천을 옥씨 가문 사당에 데려가는 것도 나쁜 일만은 아니야. 상황에 따라 대응하며 그를 시험해 보면 되니까!"

비연은 몹시 화가 난 듯 말했다.

"시험을 해서 아무것도 나오지 않으면 의부에게 보내 버리지, 뭐. 의부가 제대로 손봐 줄 테니까! 의부는 평생 제자라곤 백리명천 하나만을 들였는데, 감히 인정하니 마니 하면서 서신에 답도 하지 않는다고 하더라고!"

비연은 여기까지 말한 후 고개를 돌려 경매석을 바라보았다. 전다다는 여전히 자리에 앉아 있었다. 그녀는 원래 전다다를 부를 생각이었지만 곧 생각을 바꿨다. 전다다가 그렇게 많은 소장품 입찰에 성공한 이상 그들과 너무 가까이 있는 것은 위험할 것 같았다.

비연은 다시 백리명천을 바라보았다. 그는 이미 정신을 차리고, 탈구된 제 턱을 되돌리려고 하고 있었다. 그 낭패한 모습은 은근히 해학적인 재미가 있었다.

백리명천은 턱을 제자리로 돌려놓은 후, 음침한 표정으로 눈을 들다가 비연과 시선이 마주쳤다. 이 순간만은 그도 웃음이 나오지 않았다. 그러나 그는 눈을 가늘게 뜬 채 턱을 문질렀다. 그 모습을 본 비연은 여전히 백리명천을 한 대 치고 싶은 충동이 들었다.

비연은 경멸하는 듯한 시선을 던진 후 재빨리 고개를 돌리고 군구신의 팔을 더욱 꽉 잡았다.

백리명천은 손으로 조심스럽게 제 턱을 만져 보고, 턱이 다시 탈구되지 않을 거라고 확신한 다음 비연과 군구신의 뒤를 따랐다. 그는 그들과 일정한 거리를 유지하며 걸었다. 군구신과 비연이 서로 사랑하는 듯한 모습을 보니 눈꼴신 느낌이 들어, 차라리 고개를 숙여 길이나 제대로 보기로 했다.

그는 그들을 쫓아가며 부채에 독침을 숨겼다. 이 독침에 묻은 독은 모두 사람들의 턱을 흐물흐물하게 할 만한 것이었다!

백리명천은 일단 옥씨 가문과 빚을 청산한 다음 구려족과 관련한 진상을 알아보겠다고 말했다. 그러나 사실 그는 이미 옥씨 가문을 이용해 비연과 군구신을 해결한 다음, 다시 노부인과 빚을 청산할 계획을 세우고 있었다!

그 누구라도 옥씨 사당으로 향하는 이 길이 위험하다는 걸 알아볼 수 있었다.

모두 떠난 후에야 당정이 따라나섰고, 정역비가 재빨리 그녀에게로 다가와 손을 잡았다. 그리고 경매장 밖으로 나오자마자 당정의 가면을 벗겼다. 그는 비록 당정이 여자 옷을 입은 모습을 본 적 있었지만, 이 순간의 느낌은 그때와 완전히 달랐다.

그는 열심히 당정을 바라보았다. 그의 입가에 웃음기가 새어 나오기 시작했다. 슬며시 웃는 것 같기도 했고, 환희에 가득 차 보이기도 했다. 정역비가 다시 당정에게 가면을 씌워 주며 속삭였다.

"잠시 후에 사당에 들어가지 말고, 밖에서 기다리도록 해."

당정은 그에게 자신이 예뻐 보이는지 물어보려던 참이었다. 그런데 이런 말을 들으니 재빨리 화제를 바꿨다.

"너는?"

정역비가 말했다.

"쓸데없는 소리. 당연히 전하와 왕비마마를 지켜야지!"

"너야말로 쓸데없는 소리 하고 있네."

당정은 정역비에게 이렇게 말한 후 그 이상 그를 상대하려 하지 않았다.

그의 이 말은 정말 부질없는 소리였다. 그가 들어가건 아니건, 그녀는 절대로 물러설 생각이 없었다!

정역비는 반박하지 않고 당정의 손을 더욱 꽉 잡았다. 옥씨 가문의 사당이 보일 무렵에야 그가 겨우 다시 입을 열었다.

"맞아, 왜 모두 너를 홍두라 부르지?"

예전에 당정의 부모가 군영에 왔을 때도 당정을 홍두라 불렀다. 정역비는 당시 무척 궁금하기는 했지만 물어보지 않았다.

오늘 경매장에서도 당정은 가명을 쓰는 척했지만 실제로는 본명을 사용했다.

당정은 홍두라는 제 이름을 무척 싫어했고, 사람들이 이 이름에 관해 물어보면 난처해하곤 했다. 그러나 정역비가 물어 오니 이상하게도 전혀 아무렇지 않았다.

당정이 웃으며 말했다.

"우리 어머니가 팥죽을 좋아하셔서, 혼례 후 거의 매일 밤 아버지에게 팥죽을 끓이게 하셨어. 팥, 그러니까 홍두는 그분들 사랑의 상징이고, 나는 그분들 감정의 결과물이니까, 우리 아버지가 나에게 홍두라는 이름을 지어 주셨지!"

정역비가 웃기 시작했다.

"당홍두, 당홍두……. 하하, 너도 팥죽 좋아해? 본 장군도 나중에 배워 볼까!"

"좋아하지 않아!"

당정이 코웃음을 치더니, 잠시 생각한 후에 말했다.

"나는 술을 좋아하는데!"

정역비는 대답하지 않았다.

당정이 재빨리 그를 꼬집었다. 정역비는 피하지 않고 가볍게 헛기침을 하더니 말했다.

"기다려 봐. 우리가 혼례를 치르는 날, 내가 금주의 맹세를 깨트릴 테니까!"

당정은 유유자적하게 한마디 되돌려 주었다.

"이미 깨트린 것이 아니었어? 화 형이랑 술을 겨루려고 했잖아!"

정역비는 말없이 귀까지 붉어지고 말았다.

당정은 계속 정역비를 놀리려 했지만, 앞쪽에서 걷던 사람들이 발걸음을 멈추고 있었다.

옥씨 가문 사당에 도착한 것이다……

이게 무슨 증거라고

옥씨 가문 사당은 현공대륙에서 가장 유명한 사당 중 하나로, 오랜 역사에도 불구하고 완벽하게 보존되어 있었다.

이 사당은 아주 넓었는데, 아주 드문 '십진원자', 즉 열 개의 정원으로 이루어진 사당이었다. 정원은 모두 회回 자 형태로 되어 있었는데, 정면에 대전이 있었고, 좌우 양쪽으로 곁채가 있었다.

비연과 군구신은 옥씨 가문의 사당이 오래되었다는 것만 알 뿐 자세한 상황은 전혀 알지 못했다. 동행한 백소화와 양 장주 역시 이곳은 처음이었다. 필경 사당은 외부인이 쉽게 들어갈 만한 곳이 아니었으니까.

거대한 패방[1]을 지나자 노부인이 직접 사당의 대문을 열었다.

문안 정원에 남자들이 세 줄로 늘어서 있었는데, 모두 분노에 가득 찬 눈으로 비연 일행을 노려보았다. 그들 모두 옥씨 가문의 사내들로, 사당을 수호하는 자들이었다. 옥씨 가문의 유일한 적자가 살해당했다는 소식을 듣고, 백리명천과 비연 일행에 대한 원한에 가득 차 있었다.

---

1 위에 망대가 있고 문짝이 없는 대문 모양의 중국 특유의 건축물로, 옛날 타인의 모범이 될 만한 행위나 공로가 있는 사람을 표창하고 기념하기 위해, 또는 미관을 위해 세웠다.

물론 그들이 아무리 노려본들 백리명천을 놀라게 할 수는 없었고, 비연 일행은 더더군다나 놀라게 할 수 없었다. 비연 일행은 아주 담담했고, 백리명천은 경멸하는 듯한 표정을 짓고 있었다.

노부인이 앞에서 걸어가더니, 우두머리에게 무슨 말인가를 했다. 남자들이 양쪽으로 갈라졌다. 노부인이 고개를 돌리더니 비연 일행을 하나하나 훑어본 후 마지막으로 백소화에게 말했다.

"백 성주, 그대들이 원하는 증거는 이 안에 있으니 들어가시지!"

백소화가 고개를 끄덕이며 사람들을 이끌고 들어가려 했을 때였다. 뒤에서 맑은 목소리가 들려왔다.

"여러분, 잠시만 기다려 주세요!"

모두 돌아보았다. 거대한 패방 밖에서 한 소녀가 그들을 바라보고 있었다. 나이는 열대여섯 정도에 머리를 양쪽으로 빗어 내리고, 낡고 소박한 옷을 입고 있었지만, 등에는 황금빛 찬란한 주판을 지고 있었다. 전다다였다.

비연과 당정이 거의 동시에 그녀에게 경고의 눈빛을 보냈다. 백리명천도 턱을 쓰다듬으며 전다다를 자세히 살펴보았다.

그는 방금 이 소녀에게 꽤 호기심을 느꼈으나 제대로 살펴볼 기회가 없었다. 항상 거짓말을 늘어놓는 그는 당연히 전다다가 경매장에서 했던 말을 믿지 않았다. 그의 시선이 곧 전다다가 등에 지고 있는 주판으로 향했고, 그는 남몰래 고민하기 시작했다.

'이 소녀는 대체 누구지? 누가 보낸 걸까? 적일까, 아니면 친구일까?'

비연 일행은 아무 말도 하지 못하고 있었다. 그러나 노부인은 예의를 차리지 않고 외쳤다.

"여기가 어디라고 오는 게야! 꺼지지 못해!"

전다다가 물기 어린 큰 눈으로 노부인을 바라보며 상당히 억울하다는 듯 물었다.

"노부인, 저들은 들어가도 되는데 저는 왜 안 된다는 거죠?"

노부인은 그녀와 쓸데없는 말을 할 생각이 없어 바로 시위에게 명령했다.

"어서 저 계집애를 치워 버려!"

전다다가 바로 패방을 끌어안더니 진지하게 말했다.

"노부인, 전 그렇게 큰돈을 써서 천 오라버니의 소장품을 모두 샀단 말이에요! 저는 당연히 옥씨 가문이 구려족의 후예라는 증거를 봐야만 해요. 아니면 언젠가 옥씨 가문에서 저에게 그 물건들을 돌려 달라고 할 수도 있잖아요? 그러면 전 어떻게 해요?"

노부인이 확신에 가득 차 외쳤다.

"네가 가져간 그 물건 중에 인어족의 물건은 없다!"

전다다가 하늘을 바라보며 생각에 잠긴 듯 느릿느릿 말했다.

"어쨌든 모두 옥씨 가문이 하는 말이잖아요. 그 인어족 여자의 그림은 인어족을 그렸다 해도, 인어족의 것이 아니라 그림을 그린 화가의 것일 수도 있잖아요? 어쨌든 상관없어요. 저는 물건을 산 사람으로서 증거를 볼 권리가 있다고요. 제가 제일 처음으로 진상을 알아야만 해요."

노부인은 원래 전다다에 대해 별생각이 없었으나, 전다다의 이 말을 들으니 반박할 말이 없었다.

그녀는 화가 나서 외쳤다.

"너같이 어린 계집애도 우리 옥씨 가문을 업신여긴다는 말이냐! 좋다, 들어오너라. 본 부인이 완벽하게 인정하게 해 줄 테니까!"

비연과 당정은 여전히 전다다를 노려보았지만 전다다는 보지 못한 척했다. 결국은 군구신이 비연과 당정에게 눈치를 주었고, 두 사람은 전다다를 노려보는 일을 그만두었다. 이렇게 중요한 때 다른 이들이 전다다가 비연 일행과 관계있다는 것을 알게 되면 쟁론이 벌어질 수도 있었다.

백리명천은 '천 오라버니'라는 말을 음미해 보았다. 그는 항상 다른 이들을 희롱했으면 희롱했지, 누군가에게 희롱당하는 것은 이번이 처음이었다. 그는 전다다의 내력이며 목적에 더더욱 호기심을 느끼고, 즐거운 마음으로 동행하기로 했다. 그는 이 소녀가 좀 더 재미있게 보이면, 데려가서 소장품을 관리하게 해도 좋겠다고 생각했다.

노부인은 고개 한번 돌리지 않고 사당의 대문으로 들어갔다. 백소화, 양 장주 모두 그녀를 따랐다.

군구신은 일부러 백리명천을 먼저 들어가게 했다. 비연과 당정은 기회를 잡아 전다다에게 속삭였다.

비연이 먼저 말했다.

"전아, 이게 무슨 일이야!"

당정이 당황했다.

"전아?"

비연은 설명할 겨를이 없어 다시 물었다.

"의부께서 전하라는 말씀이라도 있었어?"

"저에게 물건들을 입찰해 가져오라고 했어요. 다른 이야기는 없었고요."

전다다의 대답에 비연이 다시 물었다.

"그럼 무엇 때문에 여기 온 거야?"

전다다가 속삭였다.

"저는 여기에 몇 번이나 조사하러 왔었지만, 인어족이나 구려족과 관련된 물건은 본 적이 없어요. 하지만 안에는 뱀이 아주 많죠. 그야말로 뱀 소굴이라니까! 나는 언니들을 도와주러 온 거예요."

모두 깜짝 놀랐다. 그때 옥씨 가문의 시위가 가까이 왔고, 비연과 군구신은 계속 앞으로 걸어가기 시작했다. 당정은 정역비의 손을 잡고 성큼성큼 걸었다. 전다다는 아무 일 없었다는 듯 제일 끝에서 깡충깡충 뛰어갔다.

대문으로 들어서니 첫 번째 정원이 나왔다. 양쪽 곁채의 문은 잠겨 있는 것이 주인이 없는 것처럼 보였다. 앞에 있는 거대한 대전의 문도 단단히 닫혀 있었다.

노부인은 한마디 말도 없이 직접 대전의 대문이며 양쪽 측문을 열었다. 음산한 기운이 바로 훅 끼쳐 왔다. 대전 안 좌우 양쪽 벽에는 위령패가 잔뜩 늘어서 있고, 대전 중앙에는 거대한 제사상이 있었다.

제사상 중앙에는 사람 키 반 정도 높이의 위령패가 하나 놓여 있었는데, 바로 옥명양 부친의 위령패였다. 검은 바탕에 황금색 글씨가 각인된 것이, 장중한 느낌이 들면서도 신비롭고 공포스럽기도 했다. 배짱이 두둑하지 않은 사람이라면 그 위령패를 오래 들여다보는 것만으로도 털이 곤두설 지경이었다.

노부인이 안으로 들어갔고, 비연과 군구신도 그녀 뒤를 따랐다. 백리명천도 그들 뒤를 따라 들어왔다. 그들이 대전 전체를 둘러보았지만 아무것도 발견할 수 없었다.

비연이 참지 못하고 물었다.

"증거는?"

노부인은 시종 음침한 얼굴이었다. 그녀는 비연을 상대하지 않고 한옆으로 걸어가더니 벽에 숨겨진 격자문을 열었다. 그 모습을 본 모두가 경계를 높였으나, 노부인은 그런 그들을 무시하듯 웃으며 말했다.

"소인배 무리가 군자를 헤아릴 수 있을 리 만무하지! 흥, 본부인이 너희를 납득시킨다고 한 이상 반드시 이행할 것이다! 너희의 그 소인배 같은 마음은 모두 거둬들여라!"

말을 마친 그녀가 기관을 움직였다. 그러자 거대한 위령패가 천천히 돌아가더니 모두를 등지게 되었다.

이 위령패 뒤에는 황금빛으로 그려진 그림만 한 폭 있었는데, 바로 옥으로 만든 여의를 그린 그림이었다.

여의가 둘로 나뉘어 팔八 자를 거꾸로 한 듯한 모습으로 한 표식을 받치고 있었는데, 이 표식은 아주 간단한 용의 그림으로, 중간에 옛 글자로 '구려'라고 적혀 있었다.

비연 일행은 모두 경악했다. 그들은 구려족 고묘 벽화에서 구려족의 깃발을 본 적 있었다. 그 깃발 위에 그려진 것이 바로 이 표식이었고, 표식 위에 쓰인 옛 글자는 찍어 낸 듯 거의 똑같았다!

확실히 구려족의 표식이었다! 그러나 이 옥여의는 또 무슨 의미일까? 어째서 구려족의 깃발에는 옥여의가 없었던 걸까?

당정은 옥여의를 노려보았다. 분명 익숙한 느낌이었지만, 대체 어디서 본 건지 생각나지 않았다. 옥여의같이 길한 물건이라면 그녀는 그동안 적지 않게 보았던 것이다.

백리명천과 백소화는 구려족의 표식을 본 적 없었지만, '구려'라는 두 글자는 알아볼 수 있었다. 그들 모두 의혹을 느끼면서도 아무 말도 하지 못했다.

비연은 군구신과 눈빛을 주고받은 후 이해할 수 없다는 듯 물었다.

"이게 대체 무슨 증거라는 거지?"

놀라운 증거

비연의 질문을 들은 노부인이 오만하게 반문했다.

"그림에 구려라고 쓰여 있는데, 알아보지 못하는 모양이지?"

비연이 차가운 눈으로 바라보며 더욱 오만한 어조로 말했다.

"구려라는 글자가 있으면 다 구려족인가? 우리가 바보로 보이나 보지?"

노부인이 말했다.

"이것은 구려족의 표지란 말이다! 우리 구려족은 천 년 전 이미 흑삼림의 주인이었어!"

비연의 가슴이 서늘해져 왔다. 그러나 그녀는 여전히 냉소하며 말했다.

"능씨 가문을 잊지 말라고 말해 주고 싶군."

노부인이 코웃음을 쳤다.

"능씨? 구려족이 흑삼림을 장악하고 있던 시기에 능씨는 존재하지도 않았어. 진정한 흑삼림은 지금 흑삼림 중앙에 있는 중앙 숲이다. 우리 구려족은 바로 그 숲의 주인이었고, 고대의 용 시신을 지켜 왔지! 우리는 신의 후예고, 현공대륙에서 가장 존귀한 가문이다!"

이 말을 들은 비연은 불안해지기 시작했다. 그녀는 옥씨 가문이 구려족의 후예가 아니기를 바랐다. 그러나 지금 노부인이 이리 많은 비밀을 이야기하는 걸 보니 믿지 않을 수가 없었다. 비연이 서둘러 물었다.

"그런데 왜 지금은 지키지 않는 거지?"

노부인이 마치 아랫사람을 내려다보는 듯한 태도로 말했다.

"그건 우리 옥씨 가문의 일이니 너와는 상관이 없다!"

비연의 눈가에 일말의 복잡한 빛이 스쳐 갔다.

"아무 증거 없이 입으로만 주장하고 있잖아. 이런 표식 하나로는 아무것도 증명할 수 없지. 차라리 우리 모두 함께 흑삼림에 한번 다녀오는 건 어때?"

옥씨 가문 노부인은 분명 놀란 듯했지만 곧 오만한 표정으로 되돌아왔다. 그녀는 비연에게 대답하지 않고 제대 옆으로 다가가 그 거대한 위령패를 살짝 밀었다. 그러자 위령패가 천천히 원래의 자리로 돌아왔고, 위령패 뒤의 벽이 드러났다. 그 순간 모두 차가운 숨을 들이마셨다!

벽 가득, 화려한 색채의 그림이 그려져 있었다. 화려한 옷차림의 여자 둘이 등과 등을 맞대고 바닥에 가부좌를 틀고 앉아 있었다. 그들은 제례라도 올리듯 두 손을 합장하고 있었다. 그리고 그녀들 주변을 인어들이 둘러싸고 있었다.

이 인어들은 비록 전신을 드러내지는 않지만 꼬리는 일부분 보였다. 그리고 뾰족하고 길쭉한 귀며 언뜻언뜻 보이는 비늘들은…… 분명 인어족의 특징이었다.

금인어, 은인어, 옥인어, 흑인어가 모두 있었다. 두 여자를 둘러싸고 있는 그들은 무릎을 꿇고 있기도 하고, 두 손을 모은 채 절을 하고 있기도 했다.

마치 그 두 여자를 주인으로, 아니, 심지어 신으로 모시고 있는 것 같았다.

비연 일행에게 가장 의아했던 부분은 이 인어들 모두 얼굴 반은 남자, 나머지 반은 여자의 모습으로 화장하고 있다는 것이었다. 백리명천이 소장하고 있던 그 인어의 그림과 거의 같은 모습이었다.

비연 일행이 이미 구려족을 조사하고 있었다는 사실을 노부인이 알 리 만무했다. 그녀는 비연 일행이 경악하는 모습을 보고, 반박할 말이 없을 거라 여기며 재빨리 말했다.

"보라고, 이 그림! 이 인어족들의 화장이 백리명천의 그 그림과 똑같잖아! 이 화장법을 음양장이라 하는데, 남자도 여자도 아닌, 음양이 섞인 화장이지. 지금은 황궁 안 태감들에게 나타나는 모습이지만, 천 년 전에는 바로 이게 노예의 표식이었어."

비연은 정신을 차리고 일부러 탐색해 보았다.

"나는 어째서 음양장이 천 년 전에는 노비의 표식이었다는 것을 들어 본 적 없지? 이 그림은 그냥 제사를 지내는 모습 아냐? 이 인어들이 무릎 꿇은 상대가 이 두 여자라고 확언할 수는 없잖아. 내가 보기엔 그저 다 같이 제사를 지내는 것 같은데."

노부인이 바로 반박했다.

"이 두 여자분 중 한 분은 바로 우리 구려족의 성녀시고, 다른 한 분은 우리 구려족의 제사장이시다. 이분들은 제사를 지내고 있지만, 인어족은 결코 아니지. 하하, 인어족은 제물이란 말이다. 제사에 바치는 소나 돼지, 양과 같은……. 원래 노예란 짐 승과 차이가 없는 것들이니까! 저들은……."

"그만!"

백리명천이 갑자기 소리치며 노부인의 말을 잘랐다.

비연은 노부인의 말을 너무나 듣고 싶었기에 미간을 찌푸리며, 백리명천에게 차가운 목소리로 외쳤다.

"입 다물지 못해!"

백리명천이 계속 입을 열려고 하자 비연이 재빨리 선수를 쳐서 노부인에게 질문을 던졌다.

"그림 하나만 가지고 어떻게 그쪽을 믿지? 이게 제사를 지내는 그림이란 것도, 인어들이 제물이란 것도 모두 그쪽 말일 뿐이잖아."

비연은 이제 옥씨 가문이 구려족이 아니더라도 구려족과 큰 관련이 있을 거라고 확신하고 있었다. 옥씨 가문은 분명 다른 이들이 모르는 비밀을 많이 알고 있을 것이다! 그녀는 반드시 인내심을 발휘해 최대한 많이, 쓸 만한 정보를 캐내야 했다.

사실 백리명천이 노부인의 말을 끊은 것은 그녀의 말을 듣기 싫어서가 아니라, 그녀에게 질문하기 위해서였다. 그는 원래 다시 입을 열려 했으나, 비연이 질문하는 것을 듣고 조용해졌다.

그는 비연이 자신과 같은 입장이라는 걸 알아챘다. 그들은 인어족이 구려족의 노비라는 사실을 믿지 않고 있었다. 그는 또한 궁금했다. 비연과 군구신은 대체 무엇 때문에 이곳에 온 걸까?

비연과 군구신은 마치 노부인에게서 무슨 비밀이라도 캐내기 위해 온 것 같았다. 소장품을 위해서가 아니라……. 그리고 그를 모욕하기 위해서도 아니라.

그는 코를 쓰다듬으며 한옆에 서 있는 무표정한 진묵을 바라보았다. 무척 궁금했다. 장파의 음양장은 인어족의 음양장과 같은 걸까?

백리명천이 인어 그림을 소장하게 되었을 때, 사실 그는 순수하게 음양장이 매우 재미있다고만 생각했다. 지금 보니 그가 그 그림을 소장한 것은 옳은 일이었다.

그는 곧 또 한 사람을 떠올렸다. 바로 축운궁주였다. 그녀는 얼마나 많은 비밀을 알고 있을까? 대체 무엇을 하고 싶은 걸까?

노부인은 준비해 둔 바가 있는 듯, 비연의 질문에도 허둥거리지 않고 위령패를 원래의 자리로 되돌려 놓았다.

"정왕비가 승복할 수 없다면, 안으로 들어오시지."

그들은 두 번째 정원의 대전으로 갔다. 노부인은 방금과 마찬가지로 기관을 움직이고 위령패를 살짝 밀었다. 두 번째로 보게 된 벽화는 비연 일행을 더욱 경악시켰다!

이 그림의 배경은 뜻밖에도 빙해영경이었다. 구려족 고묘의 빙해영경 벽화와 거의 똑같아 보이는 풍경이었다. 이 그림 속 빙해영경의 산 정상에는 화려한 옷차림의 여자 두 사람이 서 있었는데, 성대한 제례를 거행하고 있는 듯했다. 두 여자는 어깨를 나란히 하고 선 채, 빙해영경의 약곡이 아니라 산의 다른 쪽을 바라보며 제례를 올리고 있었다. 그리고 이 산의 다른 쪽이란 바로 빙해였다.

두 여자 앞은 무릎을 꿇은 인어족들로 가득했다. 금인어, 은인어, 옥인어, 흑인어가 모두 있었고, 이 인어족은 모두 꽁꽁 묶인 채 미동도 하지 못하고 있었다. 이 인어족은 정말로 제물이었고, 언제라도 절벽 아래로 떠밀려 빙해로 떨어질 것만 같았다.

비연은 저도 모르게 약왕정을 쓰다듬으며 물었다.

"대체 무엇에 제사를 지내는 거지?"

노부인이 말했다.

"물론 선조에게지. 신에게 제사를 지내는 거다!"

그러자 비연이 입을 열기도 전에 백리명천이 갑자기 코웃음을 쳤다.

"이것도 증거로는 부족하다! 본 황자는 승복할 수 없다! 다른 증거가 있나?"

노부인의 눈가에 사나운 빛이 스쳐 갔다.

"당연히 있지. 우리 옥씨 가문의 사당에는 정원이 열이나 있다고. 전각도 열이나 있고, 증거라면 당연히 아직 많아! 모두 나를 따라와라!"

백리명천은 크게 기뻐했고, 비연 일행도 속으로 기뻐했다. 그들 모두 노부인을 따라 세 번째 전각으로 향했다.

세 번째 전각의 벽화도 두 번째와 별 차이 없이, 제사를 올리는 그림이었다. 다만 배경이 달랐는데, 이 그림의 배경은 북해 영경이었다.

노부인이 더 설명할 필요도 없었다. 모두 이 그림을 보자마자 그 의미를 알아차렸다. 그러나 잠시의 침묵이 지나간 후, 비연과 백리명천이 이구동성으로 외쳤다.

"증거라기에는 부족해!"

비연이 바로 백리명천을 바라보았고, 백리명천도 그녀를 바라보았다. 두 사람은 눈이 마주치는 순간 거의 동시에 경멸의 눈빛을 보냈다.

그 순간, 군구신이 가볍게 비연을 제 등 뒤로 잡아끌었다. 그는 백리명천은 상대하지 않고 노부인에게 물었다.

"그림으로는 그저 추측만 할 수 있을 뿐이지. 아무리 많아도 증거라기에는 부족하다. 옥씨 가문에 다른 증거는 없나? 아니면…… 증인이라도?"

노부인의 눈에는 이미 살기가 가득했다. 그녀는 생각조차 하지 않고 바로 대답했다.

"당연히 있지! 하하, 본 부인을 따라오라고! 이 물건을 보면 너희 모두 승복하지 않을 도리가 없을 테니까!"

백소화의 깊은 생각

옥씨 가문의 사당에는 모두 열 개의 정원이 있었고, 전각도 열 채가 있었다. 지금까지 본 세 전각을 생각하면, 앞으로 일곱 폭의 벽화가 남아 있을 터였다. 이 벽화들은 구려족 고묘 벽화들과 관계가 있을까? 무슨 새로운 정보라도 담고 있을까?

비연과 군구신은 비록 그 벽화들을 보고 싶어 조급한 상황이었지만, 지금은 노부인이 대체 어떤 물건으로 옥씨 가문이 구려족의 후예라는 걸 증명할지 호기심이 일었다.

그들은 노부인을 따라 네 번째 정원으로 들어갔다. 모두 경계를 곤두세우는 동시에 기대에 가득 차 있었다.

비연이 웃으며 속삭였다.

"어쩌면 고묘에서보다 더 많은 정보를 얻을지도 모르겠어!"

군구신이 등 뒤에서 걸어오는 백리명천을 흘깃 본 후에야 나지막한 목소리로 말했다.

"연아, 이제부터는 아무 말도 하지 마. 백리명천이 우리보다 더 조급하니까."

비연은 바로 그의 뜻을 알아차리고 고개를 끄덕였다.

지금 그들은 옥씨 가문이 구려족과 밀접한 관계라고 이미 확신하고 있었다. 이제 백리명천으로 하여금 입을 열게 하고 그들은 곁에서 듣기만 하면 되는 것이다. 군구신이 일부러 백리명천을 자극했던 것은 바로 그의 입을 통해 비밀을 알기 위해서였다.

이때 백리명천은 비연과 군구신의 뒷모습을 쳐다보고 있었다. 그의 눈은 원래도 경멸로 가득했지만, 그들이 이마를 맞대고 귀엣말을 주고받는 걸 보자 더욱 경멸스럽다는 표정을 지었다. 그러나 사실 그의 마음속은 진지했다. 그는 비연과 군구신이 정말로 이해하지 못하는 건지, 아니면 모르는 척하는 건지 고민하고 있었다.

그의 시선이 점차 군구신의 손에 들린, 그 검은 비단에 싸인 검으로 향했다. 그는 구려족 고묘의 건명검이 이미 군구신과 비연의 손에 떨어졌으리라 생각했다. 그런데 저들이 설마 구려족에 대해 이렇게 아는 것이 없단 말인가?

그는 남몰래 결심했다. 앞으로는 먼저 말을 하지 않고, 비연이 계속 연기하는 것을 지켜봐야겠다고.

그리고 백리명천 뒤에 있던 진묵과 망중은 군구신의 명령 없이도 백리명천을 주시하고 있었다.

그들 뒤로는 정역비, 당정, 전다다, 그리고 백소화 일행이 있었다.

당정은 이미 백소화에게 눈짓을 몇 번 했고, 백소화는 잔잔하게 미소지었다. 당정은 백소화가 계속 그녀를 모르는 척하면서 그녀와 거리를 유지하려 한다고만 생각했다. 그러나 이게 웬일일까. 모퉁이를 도는 순간 백소화가 몇 걸음 빠르게 그녀에게 다가오더니 속삭였다.

"당정, 현한보검이 정왕 전하의 물건인가? 백리명천에게 빼앗긴 상태고?"

이건 상당히 민감한 질문이었다. 현한보검은 상고 시대부터 내려오는 명검이었다. 운공대륙에서는 꽤 많은 이들이 현한보검이 대진 황족의 물건이라는 사실을 알고 있었으나, 현공대륙에서는 이 보검도 다른 상고 시기의 보물들과 마찬가지로 이미 전설이 되어 있었다.

당정은 백소화와 나이를 잊은 친구였으나, 자신의 진짜 신분을 이야기한 적도, 운한각의 비밀을 이야기한 적도 없었다. 그녀는 잠시 생각하다가, 아무 일도 아니라는 듯 대답했다.

"응, 전하의 물건이에요."

백소화가 다시 물었다.

"정왕 전하께서는 어떻게 그 검을 얻으신 거지?"

당정이 경계하면서도 일부러 장난치듯 웃었다.

"화 형, 설마 그 검이 마음에 드신 건 아니죠?"

"호기심일 뿐이야. 현한보검은 상고 시대부터 내려오는 명검이니까. 내가 천옥성에서 20년 가까이 있었지만 그 검의 행방은 들은 적이 없었거든. 그런데 정왕 전하께서 그 검을 얻으셨다니, 정말이지 능력이 대단하시군!"

이 말을 들은 당정은 얼마간 마음을 놓았다. 그녀는 여전히 웃으며 속삭였다.

"화 형, 노부인이 다시 우리를 괴롭히려 하면 우리를 좀 도와주세요. 이곳에서 나간 다음에 내가 정왕 전하께 어떻게 현한보검을 얻었는지 말씀해 주시라 할 테니까. 어때요?"

백소화가 나지막한 목소리로 말했다.

"이전에는 내가 너를 잘못 판단했지. 지금 정왕 전하와 정왕 비마마까지 잘못 판단할 수는 없다. 그분들은 나의 도움이 필요하지 않을 것 같구나."

당정이 눈을 흘기며 말했다.

"나도 화 형을 잘못 봤어요. 내가 예전에 성주 어르신에 대해 나쁜 말을 많이 했는데, 설마 원한을 새겨 두고 있거나 하지는 않겠죠?"

백소화가 잠시 멈칫하더니, 바로 참을 수 없다는 듯 웃기 시작했다.

"그럼 말해 봐라. 너는 대체 어느 집안 여식이냐? 나도 내가 너에 대해 나쁜 말을 한 적 있는 건 아닌지 잘 생각해 봐야겠는데?"

백소화는 예전에 운공대륙 당씨 가문에 대해 언급한 적이 없었다. 물론 신분과 관련한 비밀과 관련되어 있으니, 당정은 기지를 발휘해 웃으며 말했다.

"말한 적이 있어요, 두세 번 있다고요. 잘 생각해 봐요! 나는 기억하고 있으니까. 그러니까 우리는 피차 잘못이 없는 거고, 서로 원한을 품을 일도 없는 거라고요!"

백소화도 웃으며 고개를 끄덕였다.

"그래, 알았다. 내가 잘 생각해 보지."

백소화는 당정과 더 대화를 나누지 않았지만, 일부러 거리를 유지하려 하지도 않았다. 다른 이들은 그가 당정과 무슨 이야기를 한다고만 여길 뿐, 그들의 관계를 의심하지는 않았다.

백소화는 자신이 예전에 당정에 대해 무슨 말을 했는지 생각하는 대신, 다시 한번 비연과 군구신을 바라보았다. 그의 눈빛은 엄숙했고, 심지어 걱정하는 것처럼 보이기도 했다.

세 번째 정원에서 네 번째 정원으로 가는 길은 지금까지보다 상당히 멀고, 더욱 음산했다. 모두 한참 후에야 네 번째 정원에 도착했다.

네 번째 정원의 모습도 앞의 세 정원과 거의 비슷했다. 노부인은 여전히 직접 대문을 열고, 사람들을 제대로 보지도 않은 채 안으로 들어갔다.

비연과 군구신은 바로 따라 들어가지 않았다. 아무래도 뭔가 이상했다. 지금까지 노부인은 곁문도 모두 열어 두었지만 이번에는 그러지 않았다.

백리명천 역시 이상한 점을 발견하고 움직이지 않았다. 그 모습을 본 당정 일행도 움직이지 않았다.

노부인이 대문 안에서 발걸음을 멈추고 돌아보더니 냉소했다.

"왜들 그러지? 나 같은 노인이 잡아먹기라도 할까 봐 겁이 나나? 아니면, 증거를 보기 무서운 건가? 궤변을 더 늘어놓을 수 없을까 봐?"

말을 마친 그녀는 직접 양쪽의 곁문도 열었다.

그 자리에 있던 이들은 모두 영리한 사람들이었고, 노부인이 자신들을 일부러 도발하고 있다는 사실 정도는 눈치챌 수 있었다. 그러나 그들은 지금 산에 호랑이가 있다는 사실을 알면서도 그 산을 오르러 온 셈이었고, 물러설 수는 없었다.

군구신이 비연의 손을 꽉 잡은 채 먼저 안으로 들어갔고, 백리명천도 그 뒤를 따랐다.

당정이 정역비의 손을 잡으려 했을 때, 정역비가 먼저 그녀의 손을 꼭 잡아 주었다.

양 장주도 빠른 걸음으로 다가오더니 백소화 곁에 따라붙었다.

전다다는 외톨이가 되어 자신도 모르게 진묵의 뒤를 따라가기 시작했다.

모두 대전 안으로 들어왔다. 위령패에 쓰인 글자가 다르다는 것 외에는 앞의 세 전각과 완전히 같아 보였다.

이번에 노부인은 기관을 발동시키지 않고, 맨손으로 제대 중앙의 거대한 위령패를 밀었다. 그러나 혼자 힘만으로는 밀 수 없자, 군구신에게 도움을 청했다.

군구신은 망중에게 도우라 명했고, 망중이 손을 대는 순간 위령패가 천천히 움직이기 시작했다. 마침내 위령패가 위치를 옮겼을 때, 황금빛, 은빛, 보랏빛……. 화려한 빛깔이 한 줄기 한 줄기 새어 나오기 시작했다.

모두 의아해하는 가운데 백리명천이 차가운 숨을 들이마셨다. 다른 이들은 아직 추측하고 있는 것에 불과했지만 그는 한눈에 알아볼 수 있었다. 이 빛은 바로 인어족의 비늘에서 나오는 빛이었다! 바꿔 말하자면, 이 거대한 위령패 뒤에는 수많은 인어의 비늘이 있다는 이야기였다.

위령패가 움직임에 따라 빛은 점점 더 성대해졌고, 모두 점차 그 빛이 무엇인지 제대로 볼 수 있었다. 비늘들, 비늘들이었다. 빽빽하게 늘어선 비늘들, 인어족의 비늘! 세상에!

모두 경악으로 몸이 굳었다! 망중 역시 놀란 나머지 깊이 숨을 들이마시고는 재빨리 위령패를 한옆으로 밀었다.

그 순간, 빛이 마치 폭발하듯 그들에게 쏟아졌다. 모두 눈이 부신 나머지 제 앞조차 제대로 볼 수 없게 되었다……

어떤 방식으로 제사를

비연 일행은 본래 경악하고 있었다. 이리 성대한 빛은 그들의 생각에서 한참 벗어난 것인지라 무의식적으로 손을 들어 눈을 가렸다.

백리명천에게조차 너무나 창졸간의 일이었다. 그는 안에 있는 것이 인어족의 비늘이라 추측하기는 했지만, 그렇게 많은 비늘이 있으리라고는 생각지 못했다. 이렇게 화려한 빛을 만들기 위해서는 대체 얼마나 많은 비늘이 필요할까? 대체 얼마나 많은 인어족이 참혹하게 죽은 걸까?

모두 눈을 가리는 바로 그 순간, 노부인이 갑자기 뒤로 한 걸음 물러서더니 기관을 발동시켰다. 그 찰나, 모두의 발아래에 함정이 열렸다.

그 누구도 반응할 시간이 없었다. 발아래가 텅 비어 버리니 모두 그대로 아래로 떨어질 수밖에 없었다.

모두가 떨어지는 것을 확인한 노부인은 재빨리 기관을 눌렀고, 양쪽으로 열렸던 바닥은 빠른 속도로 다시 합쳐졌다. 모든 것은 원래대로 돌아간 것만 같았다. 평평한 바닥에는 아무 흔적도 남지 않아 아무 일도 벌어지지 않은 것만 같았다.

노부인은 여전히 손을 기관 위에 얹은 채 덜덜 떨고 있었다. 그녀는 물론 비연 일행이 자신을 경계하리라는 걸 알고 있었다.

그녀는 사실 꽤 한참 망설인 후에야 겨우 손을 쓴 참이었다.

텅 빈 바닥을 바라보며 잠시 멍한 표정을 짓던 그녀는 갑자기 큰 소리로 웃기 시작했다. 웃고 또 웃던 노부인의 눈에서 마침내 눈물이 흘러내리기 시작했다. 그녀는 자리를 떠나지 않고 벽에 기댄 채 천천히 바닥에 무릎을 꿇었다.

그녀는 늘그막에야 겨우 아들을 얻었다. 옥명양은 아직 젊은 나이였으나 그녀는 이미 노인이었다. 그리고 이 순간, 그녀는 아주 많이 늙어 버린 것 같았다. 마치 금방이라도 관 속으로 들어갈 것처럼.

그녀는 한참 동안 바닥을 지켜보다가 중얼거리기 시작했다.

"원수를 갚았어. 하하…… 갚았다고! 너희 모두 죽을 것이다. 다 죽고 말 거야! 얘야, 어미가 네 복수를 했구나!"

옥씨 가문 사당에는 선조들의 위령패뿐 아니라 대대로 내려오는 보물들과 옥씨 가문의 비밀이 숨겨져 있었다. 이 사당에는 기관이며 함정이 아주 많았는데, 그중에서도 이 네 번째 대전의 함정이 가장 위험하고 치명적이었다.

옥씨 가문의 사당이 건축된 지 500여 년이 흘렀다. 도적이건 원수건 이 함정에 빠진 사람 중 살아서 나온 사람은 아무도 없었다.

그렇다. 옥씨 가문의 사당은 겨우 500여 년의 역사뿐이었다. 천년이 아니라. 옥씨 가문은 당연히 구려족의 후예가 아니었다.

그러나 옥씨 가문은 구려족의 물건을 상당히 많이 보존하고 있었다. 사람들이 알지 못하는 천 년 전의 비밀들까지 포함하여.

부득이한 경우가 아니었다면 그녀는 그 비밀들을 결코 외부에 보여 주지 않았을 것이다.

옥씨 가문의 조상들은 그 누구에게도 구려족과 인어족과 관련한 비밀을 알려 주어서는 안 된다고 금지령을 내렸다! 그러나 그녀는 그들을 죽여 입을 막을 수 있다고 확신했기에 감히 비연 일행에게 벽화를 보여 주었다.

사실 그녀의 남편이건 그녀건, 혹은 그녀의 아들이건, 옥씨 가문의 가주가 될 자격은 아무에게도 없었다. 옥씨 가문은 매 세대마다 가주가 있는 게 아니었고, 그들 대의 가주는 아주 어린 시절에 사라져 버렸다! 그녀의 남편은 잠시 가주 역할을 대신한 것에 불과했다.

노부인은 점차 말수를 줄였다. 그녀는 마치 바보가 된 것처럼, 혹은 미친 것처럼 바닥을 노려보았다. 그 모습을 보고 밖에서 대기하고 있던 사내가 들어와 좋은 말로 권했다.

"노마님, 슬픔을 삭이십시오. 경매장 쪽 사람들이 해산하지 않고 모두 기다리고 있습니다."

노부인이 천천히 고개를 들었다. 그녀의 늙은 눈에 눈물이 난잡하게 흐르고 있었다.

"옥씨 가문의 가주를 찾아야 해. 그게 아니라면 내 이 늙은 몸도 명양을 따라갈 수 있을 텐데."

사내가 서둘러 다시 말했다.

"노마님, 그만 슬퍼하십시오. 노마님께서 계시지 않으면 옥씨 가문은 어찌합니까?"

노부인은 잠시 침묵하더니, 마침내 사내의 부축을 받고 일어났다.

"명령을 내려라. 성을 봉쇄하고, 그 누구의 출입도 허락해서는 안 된다! 백씨 가문 저택과 경매장에도 이야기해라. 만약 주인을 다시 보고 싶거든 얌전히 기다리라고. 본 부인이 명양의 일을 처리한 후 그들에게 설명해 주겠다고 말이다!"

사내가 난감해하며 물었다.

"그럼 천보대청 사람들은……."

노부인이 가볍게 코웃음을 쳤다.

"경매장에서 알아서 하라고 해!"

사내는 뭔가 타당하지 않다고 생각했지만 그 이상 말하지 못하고, 공손한 태도로 명을 받들러 떠났다. 노부인은 눈물을 닦고, 직접 명양의 일을 처리하기 위해 떠났다.

이 순간, 비연 일행은 이미 바닥에 착지한 상태였다. 주변은 온통 칠흑과 같은 어둠이었다. 군구신은 한 손으로 비연의 손을 꽉 잡은 채 다른 손으로 화절자[2]를 꺼냈다. 정역비와 당정, 전다다, 진묵, 망중, 모두 재빨리 비연과 군구신 쪽으로 달려왔다.

다른 한편에는 백소화와 양 장주가 함께 있었고, 그들 모두에게서 상당히 떨어진 곳에 백리명천 혼자 서 있었다. 그의 손에는 화절자가 없었지만 모두 그를 제대로 볼 수 있었고, 그도

---

2 거친 종이 뭉치를 말아 만든 물건으로 안쪽에 인화성 물질을 발라 두기도 한다. 한번 불을 붙였다가 끄면 불씨 없이도 오랜 시간 불 기운이 남아 있다. 기술을 익힌 사람이 입으로 한 번 불면 다시 타오르기 시작한다.

모두를 똑똑히 볼 수 있었다.

모두가 자신을 바라보자 백리명천이 가볍게 웃으며 말했다.

"본 황자는 봐서 뭐 하게? 본 황자를 죽인다 해서 여기서 나갈 수 있는 것도 아닐 텐데!"

모두 대답하지 않았다.

백리명천이 군구신을 바라보며 말했다.

"능력이 되면 그 능력을 펼쳐야지. 거기 서서 뭐 하는 거야? 어서 출구를 찾지 않고!"

백리명천은 담담하고 나른해 보였지만, 사실 속으로는 매우 기분이 나쁜 상태였다. 그는 옥씨 가문 사당에 들어온 후 계속 경계심을 늦추지 않았지만, 그렇게 많은 동족의 비늘을 보는 순간 그대로 굳어 버리고 말았다.

군구신이 계속 대답하지 않자 그는 도전하듯 바라보았다.

"군구신, 본 황자와 내기 한번 할 배짱이 있나?"

군구신과 비연도 지금 기분이 아주 좋지 않았다. 그들 역시 백리명천 이상으로 경계심을 돋우고 있었다. 그러나 그렇게 많은 인어의 비늘에 경악한 나머지, 창졸간에 함정에 빠지고 말았다.

그 순간 비연은, 인어들이 설사 노예였다 해도 그렇게 학대받아서는 안 된다는 생각에 잠겨 있었다!

비늘을 떼어 내다니, 살아 있는 자에게는 말로 형용할 수 없는 고통이었을 것이다. 죽은 자라 해도, 시체에 채찍질하는 것과 마찬가지로 절대 용서할 수 없는 모욕이었다!

군구신은 그전에 본 두 벽화를 생각하고 있었다. 구려족은 무엇 때문에 인어족을 제물로 삼았을까? 인어족의 신분이 비천했기 때문일까, 아니면 다른 연유가 있는 걸까?

빙해영경과 북해영경의 제사는 아마 하늘이나 신에게 지내는 게 아니라, 빙해의 지살과 북해의 천살에 지내는 것이었을 거다! 그들은 인어족을 대체 어떤 방식으로 제물로 삼았던 걸까? 그들의 비늘을 벗겨 냈을까? 인어족은 천살, 지살과 관련이 있을까? 옥씨 가문 사당의 비밀은 그들이 생각했던 것보다 훨씬 많았고, 훨씬 놀라웠다!

군구신은 백리명천의 도전에 정면으로 응하지 않았다. 대신 그는 도전하듯 백리명천을 바라보며 말했다.

"백리명천, 보아하니 너희 인어족은 정말로 구려족의 노비였던 모양이군!"

백리명천의 안색이 바로 변하더니, 냉랭하게 말했다.

"본 황자는 다르게 생각한다. 구려족은 우리 인어족의 원수였음이 틀림없다!"

군구신이 기다린 것은 바로 백리명천의 이 말이었다. 그가 바로 이어 말했다.

"보아하니 금인어와 은인어 모두 구려족에게 멸족당한 듯하고, 너희 옥인어족은 요행히 살아남은 모양이군. 흑인어족에 대해서는 수희가 너에게 말해 주었을 테고."

백리명천은 더 이상 예의를 지키지 않기로 마음먹고 대답했다.

"뭐라고? 이제 연극은 그만하는 게 어때? 구려족의 건명보검을 얻었으니, 네가 본 황자를 대신해 추리 좀 해 보는 게 어때? 이 옥씨 가문이 정말로 구려족의 후예인지?"

　두 사람이 막 툭 털어놓고 얘기를 시작하려는 순간이었다. 군구신이 입술을 떼자마자 갑자기 주변 어둠 속에서 바스락거리는 소리가 들려왔다…….

함정 속의 위험

바스락거리는 소리가 사방팔방에서 들려오자 모두 긴장하기 시작했다. 모두 이게 무슨 소리인지 궁금해하고 있을 때, 백리명천과 전다다가 거의 동시에 입을 열었다.

"뱀이다!"

전다다가 이리 빨리 알아챌 수 있었던 건 바로 이 소리에 익숙하기 때문이었다. 그리고 백리명천이 이리 빨리 알아챌 수 있었던 건 바로 이 소리를 무서워하기 때문이었다. 백리명천은 뱀을 무서워했다.

뱀이라는 걸 안 순간 비연 일행은 압박감에서 벗어났다. 전다다가 이 일은 자신에게 맡겨 달라고 말했으니까.

전다다는 일부러 공포에 질린 척 백리명천을 바라보았다.

"오라버니가 보기에도 뱀이 맞아요? 분명 꽤 적지 않을 것 같은데?"

다른 일이라면 백리명천은 웃으며 넘겼을 것이다. 그러나 뱀이라니……. 그의 안색은 이미 하얗게 질려 있었다. 그는 하늘도 땅도 두렵지 않았지만 뱀만은 두려웠다. 독이 있는 뱀이건 없는 뱀이건, 크건 작건 다 무서웠다.

주변의 바스락거리는 소리가 점점 더 가까워지자 그는 모골마저 송연해 왔다. 그가 대답했다.

"적지 않은 정도가 아니라 아주 많아!"

전다다가 다시 물었다.

"그럼 어떻게 하죠?"

백리명천은 최대한 자신의 공포심을 숨기려 노력하며 말했다.

"겨우 뱀 무리일 뿐인데, 무서워할 필요 있나?"

전다다가 가련하게 말했다.

"나는 아주 무서운데요."

군구신이 태양혈을 문지르며 다른 방향을 바라보았다. 비연은 몰래 당정에게 눈짓을 보냈고, 당정 역시 비연을 바라보며 어깨를 으쓱거렸다. 진묵은 여전히 무표정했고, 망중은 새어 나오는 웃음을 간신히 참고 있었다. 그들 모두 감히 소리를 낼 엄두조차 내지 못하고 있었다.

백소화와 양 장주도 경계하기 시작했다. 양 장주의 안색은 백리명천과 같았다. 물론 그는 뱀을 무서워하는 게 아니라 죽음을 두려워하는 중이었다.

갑자기 전다다가 소리쳤다.

"아이고, 무서워, 너무 무서워! 우리 빨리 도망쳐요!"

백리명천은 본래 겁에 질려 있었는데, 전다다가 갑자기 이렇게 반응하니 깜짝 놀라 하마터면 제 기분을 드러낼 뻔했다. 그가 사납게 전다다를 노려보았다. 그러나 그가 입을 열기도 전에 전다다가 억울하다는 시선을 던지며 말했다.

"천 오라버니, 독을 쓰실 줄 알잖아요? 어서 저 뱀들을 독으로 죽여 버려요!"

백리명천은 진심으로, 이 소녀가 어찌 이리 쉽게 자신을 '천 오라버니'라 부를 수 있는지 궁금해졌다. 귀로만 들으면 그들이 아주 잘 아는 사이 같았기 때문이다. 물론 지금은 이 점을 생각할 여유가 없었다.

그가 부채를 펼쳤다. 다른 손에는 이미 독이 준비되어 있었다. 그는 겉보기에는 여전히 나른해 보였지만, 사실 모공 하나하나 경계심을 곤두세우고 있었다.

마침내 바스락거리는 소리가 멈췄다. 얼마 지나지 않아 사방 어둠 속에서 녹색이며 붉은색 눈이 떠오르기 시작했다. 몹시도 위험해 보이는 그 눈들의 움직임을 보고 마침내 모두 깨달았다. 정말 뱀이었다. 그것도 아주 빽빽한 뱀의 무리. 모두 붉은 혀를 날름 내밀며 앞다투어 그들을 향해 기어오고 있었는데, 공격 의도가 아주 충분해 보였다.

이리 많은 뱀이라니. 먼저 손을 쓰지 않으면 곧 저들에게 파묻히게 될 것이다!

"군구신, 일단 저 구역질 나는 것들을 베어 버리고 다시 천천히 이야기하자!"

백리명천은 말을 마치자마자 바로 손을 쓰기 시작했다. 그는 암기뿐 아니라 독도 쓰고 있었다.

그 모습을 본 백소화와 양 장주도 바로 검을 뽑았다. 비연은 전다다가 무엇을 하고 싶은지 알지 못해 일단 모두에게 눈짓했고, 모두 잇달아 손을 쓰기 시작했다.

이때 전다다가 갑자기 입으로 쉬 하는 소리를 내기 시작했다. 백리명천과 백소화 일행은 처음에는 눈치채지 못했지만, 전다다가 내는 소리가 점점 더 커졌다. 그리고 뱀들이 점차 멈춰 서기 시작하자 그들도 뭔가 이상하다는 걸 깨달았다.

백리명천이 가장 빠르게 반응했다. 그가 전다다를 바라보더니 예민하게 물었다.

"너인가?"

전다다는 죄 없다는 얼굴로 물었다.

"천 오라버니, 무슨 말씀이셔요?"

백리명천이 차가운 목소리로 말했다.

"네가 내는 소리가 이 뱀들을 멈추게 했냐는 말이다. 아직도 연기를 계속할 건가? 뱀을 부릴 수 있는 모양이지? 흑삼림 출신인가?"

"천 오라버니, 무슨 뜻이신지 저는 모르겠는걸요."

전다다의 말에 백리명천이 코웃음을 쳤다.

"그럼 그 소리는 뭐지? 오줌이라도 싸는 중인가?"

전다다는 잠시 멍하니 굳어 버렸다. 갑자기 흑삼림에 있는 목연이 떠올랐다. 그녀는 백리명천에게 반박하지 않고 계속 소리를 내어, 뱀들에게 백리명천을 공격하라고 명령했다.

이 함정 속에 뱀이 얼마나 있건 그녀에게는 아무 문제가 되지 않았다! 옥씨 가문의 노부인은 아마 그들이 뱀에게 물려 죽기를 기다려 수습하러 올 것이다. 그때가 되면 그녀는 뱀 몇 마리에게 노부인을 맛보게 해 줄 생각이었다! 그리고 이곳을 나가기 전, 그녀는 낭연히 백리명천을 잡는 걸 도와야 했다!

뱀 무리가 전부 자신을 공격하려는 걸 보고 백리명천은 저도 모르게 몸서리를 쳤다. 공포심을 겨우 참으며 뱀을 상대하던 그가 전다다에게 물었다.

"네 주인이 대체 누구지?"

그는 전다다가 흑삼림 출신이리라 확신했다. 그러나 그는 흑삼림과 아무 상관이 없었고, 과거 죄를 지은 적도 없었다! 이 소녀는 그를 연모하는 척하면서 실제로는 좋은 마음을 먹고 있지 않았다.

하지만 그녀 자신이 어딘가의 주인 같지는 않으니, 아무래도 뒤에 누군가가 있을 것이다!

전다다는 백리명천을 향해 헤실헤실 웃은 후 계속 소리를 크게 냈다. 일순간 뱀 무리가 미친 듯이 백리명천에게 달려들었다.

백리명천은 온몸에 소름이 돋아, 뱀들을 죽이며 계속 몸을 피했다. 이제 그는 응대할 겨를이 없었고, 심지어 두려움도 제어할 수 없었다. 물론 다시 질문을 던질 여유도 없었다.

백소화와 양 장주는 이미 멈춰 선 다음이었다. 그들은 전다다가 백리명천과 무슨 은원이라도 있어 일부러 귀찮게 만드는구나 여기고 있었다. 비연 일행은 여전히 전다다와의 관계를 드러내지 않고 조용히 수수방관 중이었다.

이 함정 속에 있는 게 독사뿐이라면 군구신 혼자서도 충분히 상대할 수 있었다. 백리명천을 잡는 일 역시 지금 그의 실력으로는 그렇게 어려운 일이 아니었다. 그러나 전다다 덕분에 힘을 아끼고, 그도 상당히 편하게 있을 수 있었다.

비록 백리명천이 그와 이야기를 나눌 생각이 있다 해도, 그는 백리명천 같은 여우에게 호의를 보일 생각은 없었다. 백리명천을 잡은 후 칠 숙부에게 보내는 것도 괜찮을 것 같았다. 칠 숙부의 능력이라면 분명 그들이 알려고 하는 것을 알아내 줄 테니까. 지금 그가 직접 심문하고 싶은 사람은 바로 옥씨 가문의 노부인이었다!

백리명천은 비록 뱀이 두려웠지만, 실력이 어디 간 것은 아니었다. 잠시 후 그는 뱀 무리의 절반쯤을 죽였다. 그는 이제 손을 나눠 전다다에게 독침을 쏘기도 했다. 연속해서 쏜 독침이 모두 빗나갔지만, 그는 퇴로를 찾아 어둠 속으로 도망칠 수 있었다.

전다다는 바로 뱀 무리로 하여금 그를 쫓게 했다. 그리고 자신도 재빨리 그를 쫓아갔다.

그 모습을 본 비연 일행도 잇달아 전다다를 쫓아갔다. 그러나 얼마 지나지 않아 뱀 무리가 제어를 잃고 고개를 돌리더니 그들을 향해 쏟아져 왔다.

웬일일까?

전다다가 경악하여 발걸음을 멈췄다. 그녀는 다시 소리를 내어 뱀 무리를 부리려고 했으나, 예상과는 달리 뱀들은 그녀의 통제를 받지 않았다. 그러나 또한 누구도 공격하지 않고, 그저 도망치듯 그들 곁을 총총히 기어서 사라졌다.

비연이 속삭였다.

"대체 어찌 된 일이지?"

전다다가 돌아보고는 고개를 저었다.

"모르겠어. 아무래도 앞에 무슨 천적이라도 있는 모양이야. 아마…… 아주 무서운."

군구신이 살짝 굳었다.

"설마, 이 함정에 뱀만 있는 게 아닌가?"

그의 말이 끝나는 순간, 앞쪽 어둠 속에서 백리명천의 비명이 들려왔다. 군구신과 비연은 서로의 얼굴을 바라보았고, 말을 할 여유도 없이, 약속이나 한 듯 앞을 향해 달리기 시작했다…….

이렇게까지 놀라게 만든

백리명천 같은 이가 이 정도로 비명을 지른다면 분명 큰일일 것이다!

비연 일행 모두 어둠 속을 향해 달려갔다. 화절자도 빛을 내고 있었다. 그러나 그들이 보게 된 것은 백리명천이 벽에 붙은 채 창백한 얼굴로 온몸을 굳히고 있는 모습이었다. 그는 앞쪽 어둠을 바라보며 공포에 질려 있었다.

이건…… . 어찌 된 일이지?

앞쪽은 손을 뻗으면 다섯 손가락이 안 보일 정도의 어둠이었다. 저 어둠 속에 무엇이 있기에 독사들이 도망치고, 백리명천이 이렇게까지 놀라는 걸까?

비연과 군구신은 서로를 바라보았다.

군구신이 막 백리명천에게 손을 쓰려 했을 때 전다다가 갑자기 소리쳤다.

"어서 저기를 봐요!"

모두 전다다가 가리키는 방향을 보았다. 칠흑과 같은 어둠 속에 두 쌍의 거대한 눈이 있었다. 한 쌍은 녹색, 한 쌍은 붉은색. 마치 거대한 보석 알 네 개가 공중에 떠 있는 것 같아, 지극히도 기이해 보였다!

모두 바로 알아치렸다.

뱀의 눈이다! 눈 크기로 미루어 보건대, 이 두 뱀은 분명 아주 거대할 것이다!

그러나 아무리 거대한 뱀이라 해도 백리명천이 이렇게까지 놀라다니! 비연과 당정 같은 여자들도 무서워하지 않는데 어찌 그가……

모두 백리명천에게 의아한 눈길을 던졌다.

백리명천은 심호흡을 몇 번 한 후 두려움을 감추려 했다. 그러나 그 순간, 비연이 갑자기 의미심장하게 미소 지었다.

"백리명천, 뱀이 무서운 모양이지?"

백리명천의 표정이 굳었다.

"나, 나는…… 웃기지 마! 이 세상에 본 황자가 무서워하는 것은 없다! 본 황자는 저런 구역질 나는 물건을 상대하기 싫을 뿐이다! 그래서 너희들을 끌어들여 상대하게 하려 한 거야!"

이렇게 간신히 변명을 늘어놓는데 누가 믿겠는가?

비연이 눈을 가늘게 떴다.

어쩌면 백리명천을 잡은 후 바로 의부에게 보낼 필요가 없을지도 모르겠다는 생각이 들었다.

일단 현한보검의 행방을 알아낸 다음 보내도 늦지 않겠는데? 가혹한 고문을 할 필요도, 독을 쓸 필요도 없고, 그저 뱀으로 위협하기만 하면!

백리명천도 비연의 생각을 알아차린 듯 그녀에게 경고하는 시선을 던졌다.

두 사람의 눈길이 다시 한번 교차했다.

곧, 군구신이 또 한 번 두 사람 사이를 막아섰다. 아무리 적의 서린 눈길이라 해도 이렇게 긴 시간 눈빛이 오가는 건 군구신에게 있어 불쾌한 일이었다. 그는 허락할 수 없었다!

군구신은 여전히 비연을 바라보며, 백리명천을 등진 채 말했다.

"저 녀석과 쓸데없는 소리는 하지 말고, 당정과 함께 뒤에 있도록 해. 여기는 우리에게 맡기고."

보아하니 군구신은 어둠 속에 잠복하고 있는 거대한 뱀은 안중에도 두지 않고, 직접 백리명천을 잡을 생각인 듯했다! 비연은 고개를 끄덕이고는 당정과 전다다를 끌고 뒤로 물러났다.

군구신이 검을 뽑더니 백리명천을 가리켰다. 그 모습을 보고 정역비, 진묵, 망중은 앞으로 나가 두 마리 뱀을 향해 검을 뽑았다. 양 장주는 몸을 피하려 했지만, 백소화는 뜻밖에도 군구신 앞을 막아섰다.

"정왕 전하, 옥씨 가문과 구려족, 그리고 인어족의 관계를 조사하기 전에는 그에게 손을 써서는 안 됩니다!"

군구신이 비꼬듯 말했다.

"백 성주, 옥씨 가문은 그대의 생명을 취할 모략을 오래전부터 꾸미고 있었고, 지금 이렇게 함정에 빠지는 일까지 생겼는데, 아직도 옥씨 가문을 위해 무언가를 하려 하다니, 정말 보기 드문 덕행이오!"

"이 일은 옥씨 가문과만 관계있는 게 아니라, 경매장을 비롯해 천옥성 전체와 관련이 있는 일입니다. 본 성주는 사람들 앞에서 합당한 설명을 해야 합니다!"

백소화의 말에 군구신이 대답했다.

"본 왕은 일단 그를 잡겠소. 백 성주가 설명해야 한다면, 본 왕은 당연히 그를 빌려 드리리다!"

백소화가 망설이는 사이, 백리명천의 시선이 옆으로 향했다. 그는 결코 앉아서 죽음을 기다리는 성격이 아니었다.

그는 방금 확실히 실태를 범했다. 그러나 이성을 잃을 정도로 놀란 것은 아니었다. 그가 도망치지 않고 이곳에 서 있었던 것은 바로 저 거대한 뱀을 이용해 군구신 일행의 힘을 분산시키기 위해서였다.

백리명천은 백소화와 양 장주가 손을 쓰지 않을 거라 예상했다. 정역비를 비롯한 세 사람은 저 거대한 뱀에게 신경 쓰고 있으니, 그는 군구신만 상대하면 된다.

그는 독을 이용해 공격하고, 기회를 봐 비연을 납치할 생각이었다. 비연만 납치할 수 있다면 그는 안전해진다.

그는 심지어 저 두 거대한 뱀이 상대하기 어렵기를 기대하고 있었다. 그렇다면 그는 어쩌면 군구신을 죽일 수 있을지도 모른다!

백소화는 여전히 망설이고 있었고, 군구신과 백리명천은 대치 중이었다. 그리고 다른 쪽에서는 비연 등 세 여자가 벽에 붙은 채 수수방관 중이었다.

거대한 뱀 두 마리는 이 모습을 보고 몹시 화가 났다. 그들이 보기에 이 인간들은 자신들을 아예 안중에도 두고 있지 않은 것 같았다!

갑자기 녹색 눈의 거대한 뱀이 사납게 몸을 쭉 뻗더니, 정역비 일행의 머리를 넘어 군구신 일행을 습격했다. 그와 동시에 붉은 눈의 거대한 뱀도 정역비 일행의 머리를 넘어 비연 일행을 습격했다.

이 거대한 뱀들의 속도는 경악스러울 정도였다. 보통 몸집이 클수록 움직임은 굼뜨기 마련이다. 아무리 괴이한 짐승이라 해도 이렇게 빠를 수는 없었다. 그러나 이 두 뱀의 공격 속도는 마치 활을 떠난 화살과도 같았다!

군구신은 순간적으로 녹색 눈 뱀의 쩍 벌린 입을 피한 후 환영처럼 움직여 비연 앞에 착지했다. 그리고 바로 검을 쥔 채 비연 일행을 습격한 붉은 눈을 찔러 갔다.

녹색 눈은 뒤이어 백소화와 백리명천을 공격하려 했으나, 군구신이 붉은 눈을 상대하는 걸 보고 바로 어둠 속에서 제 거대한 꼬리를 휘둘러 사납게 군구신을 쳐 내려 했다. 그러나 군구신이 검을 내려치자 뱀의 꼬리는 바로 사라졌다.

정역비 일행이 잇달아 도우러 왔다. 당정도 암기를 발사하며 함께 도왔다. 전다다는 휘파람을 불며 뱀들을 제어해 보려고 노력 중이었다. 비연은 경계심 어린 눈으로 뱀들을 보며 사람들 등 뒤로 물러나 약왕정을 만지고 있었다. 의심할 바 없이 약을 배합 중이었다.

두 거대한 뱀은 머리와 꼬리를 동시에 사용해 공격했고, 군구신 일행은 힘을 합쳐 응대했다.

그들은 꽤 여유가 있었다.

군구신은 뱀의 머리를 피하고 다시 꼬리를 피한 다음 검에 힘을 모아 정확한 자리를 조준했다. 그가 녹색 눈 뱀의 거대한 머리를 베려 했을 때, 백리명천이 갑자기 백소화를 넘어 그에게 수많은 독침을 발사했다.

군구신은 독침을 피하느라 뱀을 공격할 좋은 기회를 날렸을 뿐 아니라 방어조차도 어려워지고 말았다. 비연이 모두의 뒤에 가 있다는 것을 알면서도 그는 계속 그녀에게 신경 쓰며, 두 뱀이 갑자기 그녀를 공격하지 못하도록 하고 있었다!

군구신이 피하는 것을 보자 두 뱀은 거의 동시에 꼬리를 휘둘렀다.

그 기세가 어찌나 웅장한지, 산을 무너뜨리고 바다를 메울 것 같았다. 그리고 그 대단한 위세의 꼬리는 군구신 일행 모두의 머리를 넘어 비연에게로 날아갔다.

"연아……."

백리명천이 중얼거리며 그대로 굳어 버렸다.

"연아!"

군구신이 경악했다. 이미 검으로 베기에는 늦은 상황이었다. 그는 생각조차 하지 않고 바로 움직여 제 몸으로 뱀의 꼬리를 막아 내려 했다.

그러나 이번에는 그보다 더 빠른 이가 있었다!

대설이 공중에서 나타나더니 거대하고 위풍당당한 본래의 모습을 드러냈다. 그는 비연 앞에 당당하게 선 채 앞발로 붉은

눈 뱀의 꼬리를 쳐 내고, 다른 앞발로 녹색 눈 뱀의 꼬리를 쳐
낸 다음 거대한 포효를 내질렀다.

그 눈빛, 그 자태는 그야말로 저 높은 곳, 짐승들의 왕이라
할 만했다. 그 패기로운 모습은 도무지 말로는 형용할 수 없을
정도였다!

도망치는 대설

대설이 이렇게 적절한 순간에, 또 이렇게 위풍당당하게 나타나니 거대한 뱀들은 말할 것도 없고 그 자리에 있던 사람들 모두 깜짝 놀랐다.

어쨌든 비연이 안전한 걸 보고 모두 안도의 한숨을 내쉬었다. 군구신은 백리명천을 찾아 빚을 갚을 생각도 하지 않고 일단 비연을 부축했다. 당정 일행도 모두 뒤로 물러섰다.

두 마리 거대한 뱀 역시 후퇴한 다음이었다. 그들의 몸 절반이상이 이미 어둠 속에 잠겨 있었고, 목과 머리만 드러나 있었다. 그들의 검고 매끄러운 목이 함께 뒤엉켜 있었다.

두 거대하고 평평한 머리는 좌우 양쪽에서 붉은 혀를 날름거리며 그 보석 같은 커다란 눈으로 대설을 노려보았다. 어두운 가운데 그들은 저세상의 무엇인 것처럼 공포스러웠고, 보고 있노라면 모골이 송연해질 수밖에 없었다.

이렇게 백리명천과 백소화, 양 장주는 방관자가 되었고, 비연 일행이 거대한 뱀들과 대치하게 되었다.

당정 일행은 모두 뱀을 노려보았지만, 비연과 군구신은 약속이라도 한 듯 백리명천을 바라보았다. 비연의 눈길에는 경멸이, 군구신의 눈길에는 살의가 가득했다!

그렇다. 그들은 지금도 저 두 마리 독사를 안중에 두고 있지 않았다. 방금 백리명천이 사람이 위급한 틈을 타서 독침을 쏘지 않았다면 군구신은 이미 저 두 뱀을 해결했을 것이다.

대설이 나온 이상, 비연과 군구신은 저 뱀들을 대설에게 맡기고 힘을 합쳐 백리명천을 사로잡을 생각이었다.

비연이 군구신에게 나지막하게 속삭였다.

"나를 데려가. 독을 조심하고! 저 빌어먹을 여우 놈!"

군구신이 대답했다.

"필요 없어. 저 녀석의 독이 빠른지, 아니면 내 검이 빠른지 보고 싶으니까."

백리명천은 대설을 바라보다가 곧 비연과 군구신의 시선을 인식했다. 그는 저도 모르게 그들의 시선을 피하고 말았다. 마음속으로 죄책감이 떠오르고 있었다.

대체 무엇에 대한 죄책감일까? 적과 상대할 때는 본래 수단을 가리지 않는 법, 상대가 죽어야 내가 산다!

백리명천은 곧 마음속의 죄책감을 무시하고 부채를 펼쳐 독을 숨겼다.

백소화는 계속 대설을 응시하고 있었는데, 마치 옛 친구를 만난 듯한 시선이었다. 그는 분명 이 일에 끼어들 생각이 없는 것 같았다.

군구신이 검을 휘둘러 손을 쓰기 시작했다! 백리명천은 이길 수 없다는 걸 알면서도 물러서지 않고 응전해 왔다.

군구신이 움직인 순간, 대설이 불시에 입을 벌리더니 두 뱀을 향해 울부짖었다.

"우우……."

그들도 전투를 시작할 모양이었다. 대설이 막 뛰어오르려 할 때, 이게 어찌 된 일일까! 두 뱀이 나란히 입을 쩍 벌리더니 독 안개를 분출했다!

"우우!"

대설이 다시 포효했다. 그러나 위풍당당한 울음이 아니라 공포에 질린 울음소리였다! 대설은 바로 뒤로 물러났고, 거대한 몸은 환영처럼 조그만 빙려서로 변했다. 그러고는 재빨리 비연의 몸 위로 뛰어오르더니 몸을 감췄다.

대설은 원래 진묵의 몸 위에서 자고 있다가 함정에 떨어지는 바람에 깨어났다. 그는 몰래 비연에게로 옮겨 갔다. 사실 군구신의 몸에 숨고 싶었지만 그건 불가능하니 차선의 선택이었다. 어쨌든 군구신이 가장 강하니, 그의 몸에 숨는 것이 가장 안전할 것 같았다.

방금 그는 어쩔 수 없이 몸을 드러냈다. 그런데 뱀 두 마리가 모두 후퇴하는 걸 보고 대설도 용기와 자신감이 생겨서 전투를 치르려 했다. 그러나 그 뱀들이 갑자기 독 안개를 내뿜는 것이 아닌가! 대설은 빙해에 있는 그 백독불침의 암컷이 아니었다. 그는 독이 무서웠다!

대설은 순식간에 숨어 버렸고, 모두 멍한 표정을 지었다. 심지어 거대한 두 뱀마저 당황한 것 같았다. 사람이건 뱀이건, 모두 속으로 대설을 무시하기 시작했다!

백리명천은 군구신과 몇 초식 겨룬 것만으로도 이미 견딜 수 없는 지경이 되어 있었다. 그는 대설이 숨는 걸 보고 무척 기뻐하며, 독을 써서 군구신을 물러나게 했다. 그리고 큰 소리로 웃으며 말했다.

"저 뱀들이 아주 교활한걸. 훈수도 둘 줄 알고 말이야! 하하, 군구신, 우리 내기할까? 네 검이 빠를지, 아니면 저 뱀들이 빠를지!"

과연, 정역비 일행이 독 안개를 내뿜는 거대한 뱀 두 마리를 상대하는 건 조금 힘들어 보였다.

비연이 독을 해독할 수 있다 해도 반드시 안전하다고는 보장할 수 없었다. 바꿔 말하자면, 군구신은 방금처럼 뒷일에 대한 걱정이 없는 상태가 아니었다!

군구신은 무의식적으로 비연을 돌아보았고, 백리명천은 바로 이 기회를 기다리고 있었다. 그는 부채의 독침을 사용하지 않고 발을 차올렸다. 그의 발끝에서 독침이 발사되어 군구신에게로 날아갔다.

군구신은 아슬아슬하게 피한 후 망설이기 시작했다. 그러자 비연이 큰 소리로 외쳤다.

"모두 비켜! 본 왕비가 한번 봐야겠다. 저 축생들의 독이 대단한지, 아니면 본 왕비의 약이 대단한지 말이다! 당정, 정역비, 망중, 진묵, 너희 모두 전하를 도와 백리명천을 상대하도록 해라. 원칙이고 도리고 생각할 필요 없다. 어떻게든 저자를 잡기만 하면 된다!"

이 말을 들은 군구신의 입가에 미소가 떠올랐다. 그는 비연이 약왕정에 손을 얹고 있는 걸 보았다. 보아하니 그녀의 약이 완성된 모양이었다.

한시름 놓은 군구신은 정역비 일행이 오기를 기다리지 않고 검을 들어 백리명천을 겨눴다. 정역비 일행은 비연이 걱정스러웠지만 군구신의 이런 태도를 보고 바로 도우러 달려왔다.

전다다가 눈알을 굴리며 고함을 질렀다.

"천 오라버니는 내 거야! 모두 멈춰! 내가 할 거라고!"

그리고 단검을 뽑아 백리명천을 공격해 왔다.

백리명천은 당황하여 그대로 굳어 버렸다. 군구신 하나만으로도 버틸 수 없을 지경인데 이렇게 많은 이들이 오다니. 그는 저항을 포기한 채 뒷걸음질 치다가 등이 벽에 닿았다.

이 순간, 거대한 뱀 두 마리가 비연에게 독 안개를 내뿜었다. 비연은 뒷짐을 진 채 살짝 물러서는 한편, 약왕정으로 배합한 약을 화살에 묻혔다.

두 거대한 뱀은 비연이 뭘 하는지도 모르고, 천천히 고개를 내밀고 다시 독 안개를 내뿜었다. 그들은 대설이 다시 나타나지 않을 걸 확신한 후, 빠른 속도로 비연을 향해 고개를 쑥 내밀었다.

비연이 기다려 왔던 게 바로 이 순간이었다. 약을 묻힌 화살 두 대가 동시에 날아가더니, 한 대는 녹색 눈의 뱀을, 또 한 대는 붉은 눈의 뱀을 맞혔다.

두 뱀은 어떤 반응도 보이지 않았다. 보통의 공격이나 독은 그들처럼 거대하고 기이한 짐승들에게 어떠한 영향도 끼치지 못한다. 방금 당정도 그들의 몸에 적지 않은 암기를 던졌고, 그 중에는 독에 담근 것도 있었지만 뱀들은 지금까지도 아무렇지 않은 상태였다.

뱀들은 계속 빠르게 다가왔다. 독 안개가, 피처럼 붉은 입이 다가오는 걸 보면서도 비연은 그 자리에서 전혀 움직이려 하지 않았다.

이 순간 군구신의 검은 이미 백리명천의 목을 겨누고 있었다. 당정 일행은 군구신을 도울 필요도 없었다. 군구신을 제외한 모두 고개를 돌려 비연을 바라보았다.

거대한 뱀 두 마리가 비연에게 다가가는 모습에 모두 당황했다. 계속 방관 중이던 백소화가 앞으로 달려 나오며 외쳤다.

"조심해!"

그러나 그 위험한 순간, 어찌 된 일인지 두 독사가 그대로 멈추더니, 마치 도망치듯 빠른 속도로 어둠 속으로 사라졌다.

비연은 여전히 그 자리에 선 채 전방의 어둠을 바라보았다. 그녀의 입가에는 영리한 미소가 떠올라 있었고 눈은 별처럼 빛났다. 무어라 표현할 수 없이 총명하고 사랑스러운 모습이었다.

보고 있던 백리명천마저 멈칫했다. 그의 머릿속에 문득 도요곡에서의 일이 떠올랐다. 사실 천염국 어약방에서, 대리시에서, 궁에서, 고씨 가문에서, 신농곡에서, 그리고 심지어 북강에서, 이 연약해 보이는 비연은 이렇게 영리하게 온갖 위험과 힘든 일을 해결했다. 그런 그녀의 모습을 그가 얼마나 지켜보았는지 셀 수도 없었다. 그러나 그의 인상 중 가장 깊이 남아 있는 것은 역시 도요곡에서의 일이었다.

그녀는 그가 천염국에 고심 끝에 배치해 놓은 판을 모두 휘저어 버렸을 뿐 아니라, 그에게 납치된 후 오히려 멋지게 한 대 먹였다. 그날 밤, 그녀는 그에게 이렇게 영리한 미소를 지으며 연기처럼 사라졌다. 그리고 그 순간 그는 그녀의 빚을 장부에 기록했다.

멍한 표정을 짓고 있는 건 백리명천만이 아니었다. 백소화 역시 무의식적으로 미간을 찌푸리며 머리를 흔들고 있었다. 눈 앞의 이 젊은 여자는 자신의 옛 친구를 너무나 닮아 있었다. 그리고 동시에 너무나 달랐다…….

호두 때문에 왔다

두 뱀이 멀리 떨어졌다는 걸 확신한 후에야 비연은 모두를 바라보았다.

그녀가 모두를 바라보며 미소 지었다. 젊은 여자 특유의 영리한 모습은 줄어들고, 대신 성숙한 여자의 우아한 느낌이 더해졌다. 이 순간, 그녀는 온 세상의 모든 재능과 풍격을 다 지닌 듯 자신감 넘치고 고귀해 보였다. 그 누구라도 지금의 그녀를 침범할 수는 없을 터였다.

백소화는 더욱 홀린 듯한 표정이 되었다. 그는 마침내 비연이 자신의 옛 친구와 어디가 닮았는지 알게 되었다. 그녀의 자태였다. 웃을 때 드러나는, 행동거지 하나하나에서 배어 나오는 기질이 몹시 닮아 있었다.

분위기라는 건 높은 신분만으로도 얻을 수 있으나 기질은 그렇지 않다. 기질이라는 건 화장이니 옷차림이니 하는 것으로는 펼쳐 보일 수 없는 것으로, 마음 안에서, 뼛속에서부터 우러나오는 것이다.

천하에 이리도…… 자태와 기질을 닮은 사람이 있다니? 우연일까? 아니면…….

백소화는 눈 한번 떼지 못하고 비연을 바라보았다. 그 잘생긴 미간을 꽉 찌푸린 채. 그러나 그의 이상한 모습을 눈치챈 사람은 없었다. 모두가 비연을 보고 있었기 때문이다.

모두 놀라기도 하고 기뻐하기도 했으며 감탄하기도 했다. 하지만 군구신은 계속 백리명천을 경계하느라 고개를 돌리지 않고 있었다.

다른 일이라면 그도 마음을 놓지 못했을 것이다. 그러나 그녀가 자신에게 약이 있다고 말한 이상 그는 안심할 수 있었다. 그는 그녀가 약으로 뱀을 물리칠 수 있으리라 믿었다!

전다다가 참지 못하고 물었다.

"왕비마마, 무슨 약을 쓰신 거예요? 어쩜 그리 신기하죠?"

"그야 당연히 뱀을 쫓는 가루, 구사분이지."

비연의 대답에 당정이 달갑지 않은 표정으로 말했다.

"내 암기는 저들에게 상처를 입히지 못했는데, 구사분은 쓸모가 있군요? 저는 구사분은 모두 사기라고 들었는데…… 작은 뱀도 쫓아 버리지 못한다고 말입니다."

비연이 그녀를 힐끗 노려보고는 말했다.

"같은 약이라도 어떻게 만드느냐에 따라 약효가 달라지기 마련이지. 게다가 이 구사분은 나만의 비법으로 만든 거야. 저 뱀들은 말할 것도 없고, 더 큰 이무기가 온다 해도 내 앞에서는 고분고분해질 수밖에 없을걸! 내가 무슨 약재를 썼냐 하면……."

약재에 관해 이야기하기 시작하자 비연의 눈이 반짝이기 시작했다. 백리명천은 자신의 처지도 잊은 채 그녀의 말을 가로챘다.

"그 구사분, 사멸문을 주재료로 쓴 건가?"

사멸문은 뱀을 쫓아내는 약초의 일종이었다. 봄과 여름에 황금빛 꽃이 피는데, 이상할 정도로 아름답고 향도 짙었다. 그러나 뱀들은 그 향만 맡아도 도망치기 바빴다. 그래서 사멸문을 연고로 만들어 바르거나 먹으면 독사로 인한 상처를 치료할 수 있었다.

모두 이 이름을 듣고 의아해하는 가운데, 비연이 눈썹을 치켜세우고 백리명천을 바라보았다. 그녀는 그의 말에 대답하지 않고 그저 이렇게 물었다.

"그게 그쪽이랑 무슨 상관이지?"

백리명천 역시 말이라면 자신 있었지만 비연에게는 항상 답할 말을 찾지 못했다. 난감해진 그는 속으로 말이 많았다고 스스로에게 욕을 했다. 그러나 겉으로는 아무렇지 않다는 듯 말했다.

"보아하니 본 황자의 말이 맞나 보군."

비연은 확실히 사멸문을 사용했다. 그러나 그 외에도 웅황이나 술, 거위의 똥과 같은 다른 재료도 꽤 썼다. 그녀는 대답하지 않고, 전다다가 오히려 못 들어 주겠다는 듯 반문했다.

"그렇게 잘 알면서 방금 왜 그렇게 놀란 거야? 입을 좀 다무시지!"

백리명천은 전다다를 흘깃 보고는 의미심장하게 말했다.

"그야 본 황자는 약을 갖고 있지 않았고, 연아에게는 무슨 약이건 다 있으니까."

백리명천의 시선이 비연의 약앙정으로 떨어졌다. 예전에 고운원의 집에서 비연이 아무것도 없는 허공에서 약을 꺼내는 능력을 보인 적이 있었기 때문에 그는 오래전부터 약왕정을 의심하고 있었다. 지금 보니 저 약왕정에는 뭔가가 있음이 틀림없었다! 저건 대체 어떤 보물일까? 비연은 저걸 어디서 찾아냈을까?

비연은 쓸데없는 말은 하고 싶지 않았다. 이제 손을 쓸 때였다. 그런데 군구신이 먼저 망중에게 천을 가져오라 하여 백리명천의 입과 두 손을 묶었다. 그러고는 백리명천을 진묵에게 맡기려 했을 때 비연이 막아섰다.

"뒤져 봐야 해. 지닌 물건을 전부 찾아내야지."

백리명천은 꽤 담담한 상태였으나 이 말을 듣자 성난 눈으로 비연을 바라보았다. 비연은 미소를 지은 후 바로 그런 그를 모르는 체했다.

진묵과 망중이 백리명천의 온몸을 뒤지기 시작했다. 위아래로, 안팎으로 뒤지고 또 뒤지니 정말로 꽤 많은 물건이 나왔다. 단약, 가루약, 암기, 양쪽 다리에 숨겨 놓은 비수 두 자루 등등.

진묵이 이 모든 물건을 멀리 던져 버리는 데도 백리명천은 제대로 쳐다보지도 않았다. 그러나 진묵이 그의 허리에서 호두한 알을 꺼냈을 때는 그도 참을 수 없었다. 백리명천이 고개를 들어 진묵을 바라보았는데, 그 눈에 살기가 가득했다.

그가 이번에 천옥성에 온 가장 중요한 목적은 바로 그가 궁전에 떨어뜨린 그 호두가 누구의 손으로 들어가는지 보기 위해서였다. 고 영감이 그에게 준 물건이니, 그가 설사 원하지 않는다 해도 다른 이의 손이 닿게 할 수는 없었다!

영리한 진묵은 그 호두를 비연에게 건넸다. 비연은 그것을 한번 살펴본 후 미소 지으며 말했다.

"보아하니 이거, 꽤 중요한 물건인 모양이야!"

백리명천은 그제야 자신이 충동적이었다는 걸 깨닫고 고개를 돌렸다.

비연은 전다다에게 웃으며 말했다.

"아가씨, 네 번째 경매품의 증정품에 호두 한 알이 있었지. 사자 머리 모양의 그것 말이야. 이 호두랑 한 쌍인 것 같아. 아가씨의 천 오라버니가 저리도 긴장하는 걸 보면, 이 호두가 분명 그가 제일 아끼는 물건이었던 것 같아!"

이 말을 들은 전다다는 비연이 그 호두를 자신에게 주려 한다 생각하고, 물기 어린 큰 눈을 빛냈다. 그녀는 마치 거대한 금덩이를 보듯 비연의 손에 들린 호두를 뚫어져라 바라보았다!

그녀는 칠 숙부의 부탁을 받아 백리명천의 모든 소장품을 사러 왔다. 그 소장품들은 모두 칠 숙부에게 보내야 했기 때문에, 아무리 마음에 드는 물건이 있어도 함부로 건드릴 수 없었다. 그러나 비연이 빼앗은 물건을 그녀에게 준다면, 그건 그대로 그녀의 것이었다!

이 호두는 색으로 보나 무늬로 보나 쉽게 찾기 어려운 최상급의 물건이었다. 백리명천이 이리도 아끼는 걸 보면 분명 꽤 가치가 있는 물건일 테고, 많은 양의 금화로 바꿀 수 있을 것이다!

전다다는 즐거운 마음에 바로 손을 내밀고, 비연이 호두를 자신에게 주기를 기다렸다. 그러나 이게 웬일일까, 비연은 호두를 제 주머니에 넣더니 전다다에게 말했다.

"아가씨, 이 호두는 원래 한 쌍이니, 원래 주기로 한 한 알을 증정하지 않겠어. 대신에 자옥교주를 드리도록 하지. 어때?"

비연의 이 말은 듣기에는 의논하는 것 같았으나, 전다다는 자신이 거절할 수 없다는 걸 알고 있었다!

다른 이였다면 전다다도 양보하지 않았겠지만, 상대는 비연이었고, 전다다는 참을 수밖에 없었다. 전다다는 비연이 지금 일부러 백리명천을 자극하고 있다는 사실을 명백하게 알고 있었다.

그녀는 잠깐 생각하는 척하다가 고개를 끄덕였다.

"좋아요. 구려족과 옥씨 가문이 무슨 관계건, 어쨌든 옥씨 가문은 자옥교주를 가질 이유가 없을 테니까."

"그럼 결정된 거야!"

비연이 즐거워하며 일부러 백리명천에게 다가가 속삭였다.

"잘 생각해 봐. 우리가 나간 다음 수하를 시켜 현한보검을 가져오게 하는 게 좋을지, 아니면 본 왕비가 너를 뱀 굴에 집어넣고 이 호두 한 쌍을 부숴 버리는 것이 좋을지."

백리명천은 이렇게까지 화가 나 본 적이 없었다. 그러나 그는 고개를 숙인 채 아무 말도 하지 않았다.

비연은 직접 백리명천의 턱을 잡고 그에게 독약 한 알을 먹였다. 백리명천은 곧 사지가 무력해 오는 것을 느끼며 바닥에 주저앉았다.

어쨌든 그들은 아직 출구를 찾지 못한 상태였다. 이렇게 교활한 녀석을 데려가느니, 잠시 여기 놔두는 게 나을 것 같았다.

비연은 주변에 구사분을 뿌린 다음 뒤로 물러났다.

"진묵, 일단 여기 남아서 이자를 감시해!"

진묵이 고개를 끄덕이기도 전에 전다다가 바로 자발적으로 나섰다.

"왕비마마, 제가 남을게요!"

진을 치는 군인 같다

전다다가 왜 이러는 걸까?

비연이 의심스럽게 바라보았고, 당정도 전다다를 노려보며 시끄럽게 굴지 말라는 신호를 보냈다. 그러나 전다다가 진지하게 말했다.

"왕비마마, 이 밀실은 위험하고, 앞쪽에는 함정이 더 있을 것 같아요. 저는 짐승을 몰아내는 데 능하지만, 무술에는 익숙하지 못합니다. 따라가도 아마 민폐만 끼칠 것 같아요. 차라리 왕비마마의 시위를 따라가게 하고, 저는 여기서 지키는 게 도움이 될 것 같습니다."

비연이 들어 보니 그럴듯했다. 그녀는 백리명천에게 약이 없다는 것과 한참 동안은 독 기운이 풀리지 않으리라 생각해 승낙했다.

이렇게 비연 일행은 앞쪽 어둠 속으로 사라지고 전다다는 백리명천 곁에 남아 있게 되었다. 그녀는 백리명천에게서 다섯 걸음 떨어진 곳 벽에 기대앉은 채 화절자를 가지고 놀았다.

처음에는 두 사람 모두 침묵을 지켰다. 그러나 비연 일행의 발걸음 소리가 멀어지자 두 사람은 약속이나 한 듯 서로를 바라보았다.

전다다가 갑자기 웃으며 천천히 백리명천에게로 다가왔다.

대체 뭘 하려는 걸까?

백리명천은 어쩐지 모골이 송연해져서 저도 모르게 뒷걸음질을 치려 했다. 그러나 애석하게도 온몸에 힘이 빠진 상태였다.

전다다는 백리명천 앞에 멈추더니 더욱 비밀스럽게 웃었다. 백리명천은 고개를 돌려 다른 곳을 바라보았으나, 전다다는 뜻밖에도 그의 입을 막고 있던 천을 풀어 주었다.

놀란 백리명천이 바로 고개를 돌려 그녀를 바라보았다. 전다다는 눈을 빛내며 웃고 있었는데, 몹시도 귀여워 보였다.

백리명천이 입을 열었다.

"너……."

전다다는 그 큰 눈이 일직선이 되도록 활짝 웃으며 그를 불렀다.

"천 오라버니!"

백리명천은 조금 감동받았다. 이 소녀가 정말 그를 사모하고 있었던 걸까? 그래서 그를 구하러 온 걸까? 방금까지 했던 행동은 모두 비연에게 보여 주기 위한 거고?

여기까지 생각이 이른 백리명천의 입가에 미소가 떠올랐다. 그는 전다다를 향해 특별히 다정하게 웃어 주었다. 그는 이 소녀를 제대로 속여 보기로 마음먹었다!

그런 백리명천을 본 전다다는 잠시 멈칫하더니, 곧 정신을 차린 듯 더욱 찬란하게 웃으며 물었다.

"천 오라버니, 저들에게 발견되지 않은 다른 소장품이 있는지……."

여기까지 들은 백리명천의 미소가 그대로 멈췄다. 뭔가 이상하다는 생각이 들었다. 곧이어 전다다가 계속 말하는 소리가 들렸다.

"나에게 말해 봐요. 내가 오라버니 대신 보관해 줄게요."

백리명천 입가의 미소가 철저히 굳어 버렸다. 그는 전다다를 한참 동안 바라보다가, 잇새로 한 단어를 내뱉었다.

"사기꾼."

전다다는 욕을 먹어도 화내지 않았다. 그녀는 자리로 돌아가 앉더니, 노파심에서 하는 이야기인 양 계속 권하기 시작했다.

"천 오라버니, 어쨌든 오라버니는 저들에게서 탈출하지 못할 거라고요. 오라버니에게 그렇게 좋은 물건이 많은데 적의 손에 남겨 두느니, 저처럼 오라버니를 사모하는 사람이 보관하게 하는 게 좋지 않아요? 응?"

백리명천은 원래 그녀를 상대하지 않으려 했지만, 이 말을 듣자마자 바로 말했다.

"나를 한 번만 도와주면, 네가 얼마나 많은 물건을 원하건 모두 주지. 어떠냐?"

"나에겐 그렇게 대단한 능력이 없는걸요."

전다다의 대답에 백리명천이 그녀를 한번 훑어본 후 나지막하게 말했다.

"가서 내 그 약들을 찾아와. 그러면 말해 주지."

전다다가 긴장한 표정으로 말했다.

"일단 말해 줘요! 그럼 내가 약을 찾아올게요!"

백리명천은 바보가 아니었다.

"그럼 됐다."

전다다는 그를 한참 바라보다가 결국 몸을 일으켰다. 백리명천이 속으로 안도의 한숨을 내쉬며 기대하기 시작했다. 그러나 이게 웬일일까. 전다다는 멀리 있는 물건을 더 멀리 걷어차 버렸다.

백리명천이 분노한 눈으로 바라보며 입에서 나오는 대로 내뱉었다.

"망할 계집애, 네가 비연의 친동생이라 해도 믿겠군!"

그의 이 말은 전다다의 교활한 사기며 악랄한 행동이 비연과 똑같다는 생각에서 나온 것이었다.

전다다는 그가 화가 나서 하는 말이라는 걸 알기 때문에 변명하지 않고, 흥이 깨졌다는 듯 자리로 돌아가 앉았다. 그녀는 당장이라도 뱀을 불러들이고 싶었으나 참을 수밖에 없었다. 어쨌든 이 녀석은 칠 숙부의 제자니 혼을 내도 칠 숙부가 내야 했기 때문이다. 또 비연도 저 녀석을 심문할 듯하니, 전다다로서는 불장난을 할 이유가 없었다.

전다다는 가부좌를 틀고 앉아 되는대로 주판을 두드리며 목연을 떠올렸다. 목연이 이 자리에 있다면 저 거대한 뱀 두 마리를 위로해 줄 수 있었을 텐데……. 그녀도 그렇게 남들 앞에서 체면을 떨구는 일은 없었을 것이다. 그녀는 돌아가면 짐승을 부리는 법을 좀 더 열심히 연습해야겠다고 마음먹었다.

백리명천은 한참을 기다렸으나 진다다는 아무 말도 하지 않았다. 그는 마침내 참을 수 없어 전다다를 바라보았지만, 보면 볼수록 전다다의 속을 알 수가 없었다.

이때, 비연 일행은 앞으로 나아가는 중이었다. 비연의 구사 분 때문인지 그 거대한 뱀 두 마리는 그림자조차 보이지 않았다. 비연은 계속 앞으로 걸어가면서 이 밀실이 아주 크다는 것을 눈치챘다.

그들은 깊은 곳으로 갈수록 점점 더 경계를 곤두세웠다. 한참 후, 그들은 마침내 통로의 끝에 도착했다. 그곳에는 높고 거대한 석문이 있었는데, 큰 뱀 두 마리는 석문 양쪽에 똬리를 튼 채 덜덜 떨고 있었다.

계속 침묵하던 양 장주가 마침내 입을 열었다.

"정왕 전하, 왕비마마, 이 문이 출구일까요?"

"그야 석문을 열어 봐야 알겠지."

군구신은 비연과 당정을 뒤쪽으로 보내고 정역비, 진묵, 망중을 앞으로 불러 엄호하라 명했다. 그의 경험으로 보건대, 이렇게 큰 함정에 겨우 독사 정도만 있을 리 없었다. 이 문이 출구라 해도, 분명 문을 연 다음 위험이 닥칠 것이다.

모두 자리를 잡고 섰다. 정역비가 앞장서서 석문을 열겠다고 했으나 군구신이 그를 제지한 후, 백소화와 양 장주를 바라보며 냉랭하게 말했다.

"두 분, 계속 수수방관하실 생각인지?"

양 장주는 달갑지 않은 표정이었지만 어쨌든 군구신 뒤로 걸어와 섰다. 백소화는 여기까지 오는 내내 고개를 숙이고 생각에 잠겨 있었는데, 이제야 정신이 든 모양이었다. 그가 재빨리 앞으로 걸어 나오더니 정역비에게 말했다.

"오른쪽으로 세 걸음 가시지요. 대문은 볼 필요 없고, 좌측만 막아 주시면 됩니다."

정역비가 고개를 돌려 군구신에게 묻는 듯한 시선을 보냈다. 군구신이 고개를 끄덕이자 정역비가 백소화의 말에 따랐다.

백소화가 다시 진묵에게 말했다.

"왼쪽으로 두 걸음 가십시오. 대문은 신경 쓰지 말고 오른쪽만 지켜 주시면 됩니다."

진묵이 비연을 바라보았다. 비연은 상황을 파악할 수 없었지만 군구신이 고개를 끄덕이는 걸 봤기 때문에 자신도 고개를 끄덕였다. 진묵이 백소화의 말대로 움직였다.

이때 백소화가 다시 말했다.

"여러분은 천옥성에 오신 손님입니다. 여러분이 함정에 빠지게 된 것은 다 제가 세심하게 대접하지 못했기 때문입니다. 이 문은 제가 열겠습니다!"

군구신은 아무 말도 하지 않았지만, 속으로는 백소화를 다시 봤다. 백소화가 정역비 일행을 앞쪽에 서게 하고 자신이 후방 중간에 선 것은 작은 진법을 펼친 것이라 볼 수 있었다. 백소화의 자리가 가장 위험했고, 다음은 문을 열 정역비였다. 이 작은 진법은 대문의 위험을 막아 내고, 주변을 아울러 돌보기 위한 것이었다.

백소화가 넷 걸음 조절하지, 이 진법은 더욱 엄밀해져 바람조차 통할 수 없을 것 같았다. 그들이 큰 실수를 저지르지 않는 한, 대문에서건 주변에서건 어떤 무기가 쏟아지더라도 막아 낼 수 있을 듯했다.

백소화의 꼿꼿한 자세를 보며 군구신은 문득 그가 군인 같다는 느낌을 받았다. 그것도 보통 군인이라기보다는 진법을 펼치는 군인이었다. 그러나 이 순간은 그런 생각을 할 여유가 없었다.

백소화가 고개를 돌려 모두를 한번 바라보더니, 손을 뻗어 석문을 열었다. 석문이 천천히 열리더니, 사방팔방에서 화살이 쏟아졌다.

백소화의 안배 덕에 그들은 아무 상처도 입지 않고 모든 화살을 피해 냈다. 열린 석문 안쪽으로는 온통 어둠뿐이었다. 보아하니 이곳은 출구가 아닌 것 같았다.

백소화가 말했다.

"잠시 기다리십시오. 먼저 들어가 살펴보겠습니다."

군구신이 말리기도 전에 백소화가 들어가 그 안의 횃불을 켜더니, 놀란 소리로 외쳤다.

"좋지 않습니다! 구사일생입니다!"

구사일생?

모두 그 의미를 알 수 없어 당황하고 있을 때, 당정의 안색이 크게 변했다.

"구사일생이 여기 나타나다니!"

성주의 내력은

구사일생?

당정이 경악하는 가운데, 비연은 더욱 경악하여 군구신에게 물었다.

"십면매복, 구사일생?"

군구신이 고개를 끄덕였다.

"십면매복 진법, 구사일생. 사문이 곧 생이니 생문이 되는. 생이 사가 되고, 사가 생이 되니 생사가 뒤바뀌는 진이지."

하나의 진에는 여덟 개의 문이 있기 마련이었다.

바로 쉼을 뜻하는 휴, 삶을 뜻하는 생, 상처를 뜻하는 상, 닫힘을 뜻하는 두, 풍경을 뜻하는 경, 죽음을 뜻하는 사, 놀라움을 뜻하는 경, 열림을 뜻하는 개였다.

이 여덟 개의 문이 여덟 방향에 하나씩 있는데, 각각 다른 위험을 숨기고 있었다. 일반적으로 개, 휴, 생의 세 문은 길하고, 사, 경, 상의 세 문은 위험하며, 두문과 경문은 보통이라고들 했다.

보통 진법이라면 개, 휴, 생의 세 문 중 하나만 찾으면 순조롭게 통과할 수 있었다. 두문이나 경문을 찾는다면 공을 들여야 몸을 뺄 수 있고, 사, 경, 상의 세 문을 찾는다면 결과를 예측하기 힘들었다.

그러나 십면매복 진법은 다른 진과 달랐다. 극히 어렵고 기이한 이 진법은 보통의 길하고 흉한 규칙에서 벗어나 있었다. 비연과 군구신은 어린 시절 어른들이 이야기하는 것을 듣고 이 진법과 파해법을 알게 되었다.

구사일생이란 이 진법을 파해하는 법을 뜻했다. 이 진법 속에서 생문은 사실 죽음으로 가는 길이었고, 사문이 바로 살 수 있는 길이었다.

"그게 다 무슨 뜻인가요?"

당정은 이해할 수 없다는 표정이었고, 정역비 일행도 망연자실해하고 있었다.

"이 진법에 대해 알지 못하나?"

비연의 물음에 당정이 대답했다.

"고서를 읽던 중 아주 특별한 기관에 대한 글을 본 적이 있습니다. 그 기관의 이름이 구사일생이었고요. 고서에 따르면, 지금까지 그 기관을 파해한 사람이 없다고 했습니다. 일단 갇히면 죽는 수밖에 없다고요. 하지만 이 기관은 이미 실전된 지 천 년이 넘었다고 했기에, 저는 지금까지 날조된 이야기가 아닌가 생각하고 있었습니다."

비연과 군구신은 기관에 대해서는 아는 바가 많지 않았다. 그러나 당정이 이야기하는 것을 듣고는 그들 모두 놀랐다.

만약 석문 안쪽이 십면매복 진법이라면, 그들은 사문을 판별해 내기만 해도 순조롭게 통과 가능했다. 그러나 당정이 말한 기관이라면 어려움이 커질 수밖에 없었다.

백소화가 이야기한 '구사일생'이 그중에서 어떤 의미인지는 알 수 없었다.

비연 일행이 재빨리 석문 안으로 들어갔다. 백소화가 이미 벽에 걸린 등불이며 횃불을 모두 켜 놓고 기다리고 있었다. 그러나 그 빛만으로는 앞쪽 일부분만이 보일 뿐이었다.

좀 더 앞으로 걸어가 보니 어두컴컴했지만, 그 어두운 가운데에도 희미하게 수많은 돌기둥들이 보였다. 기둥은 모두 세 사람이 함께 안아야 할 만한 둘레였고, 그 기둥들 뒤로는 또 칠흑 같은 어둠이었다. 그 누구도 저 어둠 속에 통로가 있을지, 아니면 끝이 있을지는 알 수 없었다.

어쨌든 비연과 군구신은 안도의 한숨을 내쉬었다. 백소화가 이야기한 '구사일생'은 어둠 속 돌기둥을 통해 배치한 기문둔갑 진법이지, 당정이 이야기한 기관이 아니었다!

모두 조용히 돌기둥들을 바라보았다. 긴말이 필요 없었다. 모두 나갈 길은 이곳뿐이라는 사실을 알고 있었으니까. 이 진법 안에 어떤 위험이 도사리고 있을지를 떠나, 이 진법만으로도 몹시 위험했다. 부주의하게 길을 잘못 들면 죽을 수밖에 없는 진법이었다.

한참 침묵한 끝에 백소화가 말했다.

"정왕 전하, 왕비마마, 이것은 기문둔갑술입니다. 이 진법의 이름은 십면매복이라 하고, 아주 위험합니다. 파해할 방법은 구사일생이라는 네 글자 안에 있습니다."

비연이 입술을 떼려 했을 때, 군구신이 먼저 입을 열었다. 그가 비연의 말을 막는 건 아주 드문 일이었다.

군구신은 마음속에 생각한 바가 있는 듯, 일부러 아무것도 모르는 척 물었다.

"구사일생? 어떻게 파해하는 것인가?"

백소화는 그들이 밖에서 나누는 이야기를 듣지 못한 상태였다. 그는 속으로 자신이 이 진법을 파해해 본 적 있어 다행이라 생각하며 열심히 설명했다. 뜻밖에도 비연과 군구신이 알고 있는 바와 그의 설명은 정확히 일치했다.

이쯤 되자 군구신은 물론이고 비연과 당정 일행도 답답한 마음이 들었다. 백소화는 천옥성의 성주니 역사나 골동품 등에 해박해야 했다. 그러나 그는 구려족이나 인어족에 대해서는 아는 것이 거의 없었고, 오히려 병사를 배치하는 일이나 진법에 익숙해 보이고, 기문둔갑술에 대해서는 상당한 이해를 자랑했다.

그가 성주가 된 후 거의 일을 하지 않고, 사람들 앞에 나서는 일도 극히 드물었다고 했다. 그는 성주가 되기 전에는 어떤 일을 했을까? 성주가 된 후에 일을 하지 않았다면, 대신 무엇을 했을까?

물론 이렇게 중요한 순간에 그런 생각을 깊게 할 여유는 없었다. 군구신은 일부러 이해하지 못한 척 물었다.

"그렇다면 백 성주가 보기에 사문은 어디에 있는 것 같소?"

백소화가 살짝 미간을 찌푸리며 말했다.

"아직 찾지 못했습니다. 어쨌든 이 일은 신중에 신중을 기해야 합니다. 정왕 전하, 사람을 보내 백리명천과 그 아가씨를 불러오십시오. 이 진법은 계속 변하기 마련이니, 일단 잘못된 문에 들어서면 흉하고 길한 것이 변해 버릴 수도 있습니다. 그렇게 되면 구사일생의 해법이 아니면 파해할 수 없지요. 우리 열 사람 모두 일단 진법 안에 들어가면, 함께 들어가고 함께 물러나와야지 다른 마음을 먹어서는 안 됩니다."

이곳에 있는 사람이라면 다른 마음을 먹을 리 없었다. 백리명천은 이미 사로잡힌 상태니, 설사 다른 마음을 먹는다 해도 나쁜 짓을 저지를 수 없을 것이다. 군구신은 진묵에게 사람들을 데려오라 명했다.

이 순간 백리명천과 전다다는 다시 이야기를 시작한 참이었다. 멀리서 보면 그들은 마치 의기투합한 친구처럼 보였다. 그들은 열정적으로 이야기를 나누고 있었으나, 사실 서로를 시험하는 동시에 냉소하고 조롱하며 사기를 치고 있었다.

그들 모두 제 욕망을 거두지 못하고 다시 힘을 겨루는 중이었다. 백리명천은 전다다를 협박하거나 이익으로 꾀어 자신을 돕게 할 생각이었고, 동시에 그녀의 신분을 탐색했다. 그리고 전다다는 백리명천의 소장품에 대한 욕망을 내려놓지 못하고 있었다.

진묵은 신중하게 멀리서 잠시 이야기를 들어 보았다. 그리고 전다다가 백리명천의 속임수에 넘어가지도, 어떤 비밀도 흘리지도 않았다는 걸 확인한 후에야 그들에게 다가갔다.

"아가씨, 전하께서 모셔 오라 하셨습니다."

전다다가 무척 기뻐하며 물었다.

"출구를 찾은 건가요?"

진묵은 말없이 백리명천의 팔을 잡고 끌고 가기 시작했다. 백리명천은 온몸에 힘이 없어 그대로 끌려가는 수밖에 없었다.

전다다는 진묵이 별다른 말을 하지 않자 고개 한번 돌리지 않고 먼저 걷기 시작했다.

백리명천 일행이 석문에 도착했을 때, 마침 백소화가 사문을 찾은 후였다. 모두 아무 말도 하지 않는 가운데 백리명천이 말했다.

"하하! 십면매복, 구사일생, 여기서 볼 줄이야!"

백소화가 놀라며 물었다.

"삼전하, 이 진법을 보신 적 있으십니까?"

기문둔갑술에 정통한 자는 본래 많지 않았다. 단시간 내에 진법과 파해 방법을 판단해 낼 수 있는 이는 더더욱 적었다. 백소화는 젊은 시절 본 적 있었기에 파해법을 알았을 뿐, 스스로 생각해 낸 것은 아니었다.

"이상한 영감에게서 배웠지."

백리명천은 잠시 망설이는 듯하더니 비연과 군구신을 바라보며 말했다.

"그 이상한 영감, 저자들도 아는 사람이라고. 그런데 저자들을 보호하려 하는 사람이고. 왜, 저자들은 모른다고 하나?"

군구신과 비연은 아무 말도 하지 않았다. 그러나 백소화가 서둘러 물었다.

"이상한 영감이라니, 누구입니까? 존명은 어찌 되는지요?"

백리명천은 정말로 알지 못했다. 수희가 축운궁주를 통해 알아 온 정보에는 한계가 있었기 때문이다.

비연의 신분을 알게 된 백리명천은 온 힘을 다해 고 영감과 관련한 것을 포함하여 운공대륙의 모든 것을 조사했다. 그러나 안타깝게도 아무 수확이 없었다. 그는 심지어 고 영감의 이름조차 알지 못했다.

백소화는 백리명천을 바라보았지만, 백리명천은 눈썹을 치켜세운 채, 비연과 군구신을 바라보며 그들의 대답을 기다렸다.

모두 다 너 때문에 그런 거잖아

백리명천이 비연과 군구신을 바라보자 백소화의 시선도 따라갔다.

군구신의 눈가에 복잡한 빛이 스쳐 가더니 오히려 반문했다.

"이상한 영감이 누구인지는 네가 이미 알고 있는 것 아닌가?"

백리명천이 군구신에게 현한보검의 주인이 맞는지 물었을 때, 군구신은 백리명천이 모든 비밀을 알고 있다고 의심했다. 군구신은 이 기회에 자신의 추측이 맞는지 탐색 중이었다.

백리명천은 자신이 실마리를 제공했다는 사실을 눈치채지 못한 채 말했다.

"그 괴이한 영감은 제자인 본 황자에게 위험을 무릅쓰고 승회장을 구하러 가게 하더니, 그다음에는 몇 번이나 본 황자에게 너희들과 적이 되는 걸 허락하지 않겠다고 경고하더군. 하하! 본 황자가 아무리 제자라 해도, 너희들보다 그 영감을 잘 알 리가 있나."

백리명천도 탐색하기 위해 이렇게 말하고 있었다. 그러나 말을 하다 보니 어쩐지 마음이 아려 왔다.

10여 년 동안 부친에게도 마음을 쓰지 않던 그가 가장 많이, 그리고 유일하게 신경 쓴 사람이 바로 사부였다. 그러나 그는 사부가 누구인지, 이름이 무엇인지조차 알지 못했다. 언제나 스스로 영리하다고 자부하는 그였지만, 이 순간만은 자신이 바보처럼 느껴졌다.

대체 무엇을 탐색하고 싶단 말인가.

이런 말을 한다 해도 비연 일행을 조롱할 수는 없고, 오히려 자신을 웃음거리로 만들 뿐이다. 가슴이 점점 답답해졌다. 그러나 그는 여전히 웃음기를 머금고 있었다.

백소화도 뭔가를 깨달은 모양이었다. 강렬한 호기심이 일었지만, 더 묻지 않고 기다렸다.

군구신은 이 화제를 이어 나가고 싶지 않았다. 그러나 비연은 화를 주체할 수 없어 마구 쏟아 내기 시작했다.

"네 사부께서 계속 서신을 보내셨지만 너는 한 통도 답하지 않았잖아. 그뿐이야? 그분의 뜻을 어기고 능 호법과 결탁했지. 그다음에는 수하를 시켜 소씨 성을 가진 그 늙은 도적놈과 결탁하게 하고. 너야말로 그분을 사부라 여기기는 하는 거야? 그분이 너에게 보내는 서신에서 계속 그랬을 텐데. 네가 계속 회신을 하지 않는다면 은의가 끊어질 거라고! 영원히 그를 사부라 부르지 말라고! 그런데 네가 회신을 하기나 했어?"

백리명천은 입에서 나오는 대로 외쳤다.

"본 황자는 모두 너 때문에 그런 거잖아!"

이 말이 끝나자 모두 당혹한 표정을 지었고, 백리명천 자신도 굳어 버렸다.

그는 지금까지 그 누구와도 진심으로 결탁한 적이 없었다. 그는 계속 흔들리는 것처럼 보였고, 언제나 신의라고는 지키지 않는 것처럼 보였다. 그러나 사실 그의 모든 행동은 직접 비연을 잡기 위해서였다.

그때 그는 승 회장이 비연과 한패라는 사실을 알지 못해 비연이 승 회장의 손에 떨어지는 걸 막으려 했고, 인질을 잡자 승 회장에게 한마디 말도 없이 떠났다. 그 후로는 비연이 축운궁주의 손에 떨어지는 걸 막기 위해 거짓으로 능 호법과 결탁했다. 그리고 소 숙부 관련한 일은 모두 수희가 저지른 일일 뿐, 사실 그는 전혀 알지 못하는 일이었다!

그가 북강에서 한 모든 일은 직접 비연을 잡은 후 그녀와 빚을 청산하기 위한 것이었다. 그리도 단순했던 이유였다.

'모두 너 때문에 그런 거잖아.'

백리명천은 멍하니 비연을 바라보았다. 머릿속에는 자신이 내뱉은 말이 계속 맴돌고 있었다. 비연 역시 의아한 얼굴로 백리명천을 바라보았다.

시간이 멈춰 버린 것만 같았다. 비연은 평생 처음으로 마음에 다른 것은 담지 않고 백리명천만을 바라보고 있었다. 그녀는 계속 정신을 차리지 못하고 있었지만, 백리명천은 곧 정신을 가다듬었다. 그가 후회하며 재빨리 덧붙였다.

"너를 찾아 빚을 청산하려고 그런 거였어! 네가 축운궁주 손에 떨어지면 본 황자에게 진 빚을 어떻게 갚지? 너…… 네가…… 본 황자가 경고하겠는데, 설사 네가 죽는다 해도 일단 본 황자에게 빚부터 갚고 죽어야 해!"

이 변명은 하지 않는 편이 나았다!

비연이 겨우 정신을 차렸고, 동시에 군구신의 검이 백리명천의 목에 닿았다. 백리명천이 고개를 돌려 보니 군구신이 눈을 가늘게 뜨고 바라보고 있었다. 그 눈빛 속에 가득한 것은 분노와 살의였다!

백리명천의 첫 반응은 뜻밖에도 회피였다. 그도 뭔가를 인식한 듯했다. 그러나 곧 다시 눈을 들어 군구신과 마주 보았다. 마치 회피함으로써 묵인하는 것으로 오해받을까 봐 두려운 듯이.

그의 반응을 지켜보던 군구신의 노기와 살의가 더욱 강해졌다. 백리명천도 도전하듯 바라보았다.

두 남자가 이런 눈빛을 교환한 게 처음은 아니었으나, 이 순간만큼은 다른 때와는 전혀 달랐다. 적의 속에 뭔가가 숨어 있었고, 서로가 서로의 속을 훤히 알고 있었다.

고요하던 석실 안이 더욱 고요해졌다. 이 자리에 있는 이들 중 상황을 이해하는 이가 얼마나 되는지는 알 수 없었지만 모두 침묵을 지키고 있었다.

비연이 주먹을 쥐었다. 무슨 말이라도 하고 싶었지만, 결국은 아무 말도 하지 않았다. 그녀는 발걸음을 옮겨 군구신의 등 뒤에 멈춰 섰다.

침묵이 계속되었다. 검을 쥔 군구신의 손에 푸른 힘줄이 돋아나고 있었다. 그는 분명 극도의 자제력을 발휘하고 있었다.

백리명천이 고칠소의 제자가 아니었다면 조금의 망설임도 없이 그를 베어 버렸을 것이다. 백리명천이 어떤 심사건 상관없이, '모두 너 때문에 그런 거잖아'라는 말 한마디만으로도 군구신은 도저히 용납할 수 없었다. 다른 남자가 제 아내를 노리는 걸 허락할 사내가 이 세상 어디에 있겠는가.

마침내 백소화가 입을 열었다.

"두 분, 어떤 은원이 있건 나가서 해결하도록 하십시오. 제가 다시 말씀드리지만, 진상이 밝혀지기 전에는 누구도 죽어서는 안 됩니다."

말을 마친 그가 군구신 일행의 반응을 기다리지도 않고 몸을 돌려 십면매복 진 안으로 들어갔다.

백리명천은 일단 시선을 거두었으나 군구신은 움직이려 하지 않았다. 비연이 슬며시 그의 옷자락을 잡아당겼다. 군구신은 그제야 건명보검을 거둬들이고 진묵과 망중에게 명령했다.

"철저히 감시하도록!"

그는 비연의 손을 잡고, 백소화의 뒤를 따라 진법 안으로 들어갔다. 진묵과 망중도 백리명천을 끌고 뒤를 따랐고, 당정 일행도 잇달아 들어갔다.

백리명천은 비연의 뒷모습을 바라보았으나 곧 고개를 숙였다. 그의 눈에 뜻밖에도 평생 단 한 번도 떠올린 적 없는 황망한 빛이 보였다. 점차 그는 깊은 생각에 빠져들었다.

전다다는 또 행렬의 제일 끝에서 걷고 있었다. 그녀는 정역비 곁에 있던 당정을 재빨리 잡아끌고는 속삭였다.

"큰일이잖아! 홍두 언니, 다 들었지?"

당정도 마음속으로는 경악하고 있었지만 나지막한 목소리로 질책했다.

"작은 일 가지고 그렇게 놀라지 마."

전다다가 코웃음을 치며 말했다.

"설마 언니, 예전부터 알고 있었던 거야? 이미 알고 있었으면서 왜 칠 숙부에게는 말하지 않았어?"

"아직 어리면서 뭘 안다고 그래? 여기는 그런 얘기를 할 만한 곳이 아니니까 그 입 다물어!"

"이 이상한 곳을 나가면 바로 칠 숙부께 편지를 쓸 테야! 홍두 언니, 우리 내기할래? 내가 이기면 순금으로 주조한 암기를 하나 주면 돼. 내가 지면 뭐든 언니 마음대로 하고."

전다다의 말에 당정이 물었다.

"무슨 내기?"

전다다가 웃으며 대답했다.

"백리명천이 했던 모든 행동이 전부 다 연아 언니를 위한 거였다는 걸 칠 숙부가 알게 되면, 제자를 도우려 할 것 같지 않아?"

당정이 재빨리 전다다의 입을 막으며 말했다.

"죽고 싶은 모양이구나! 지금 안 그래도 질투 때문에 난리 난 거 안 보여?"

전다다는 당정의 손을 놓고 속살거렸다.

"홍두 언니, 백리명천도 그렇게 나쁘지만은 않아."

당정이 바로 전다다를 노려보았다.

"유치하게 굴지 마! 잊은 건 아니겠지? 저 녀석은 지금 죽은 궁주와 결탁한 상태라고. 저자를 동정할 필요도 없어. 돌아가면 바로 칠 숙부께 보낼 거고, 칠 숙부가 알아서 처리하실 거야. 그리고 연아는 남편이 있는 유부녀야. 유부녀를 넘보는 자가 나쁘지 않을 수 있어?"

전다다는 반박할 말이 없었다.

얼마 지나지 않아 모두 진법 안으로 들어섰다. 정역비가 돌아보더니 당정을 잡아끌었다. 앞쪽에서는 군구신이 시종일관 비연의 손을 잡고 있었다. 진법을 파해하는 법을 알고 있다지만, 일단 진법에 들어오니 모두 경계하지 않을 수 없었다.

전다다는 슬쩍 비연을 보고, 다시 당정을 흘깃거린 다음 갑자기 자신이 너무 불쌍하다고 생각했다. 그녀는 재빨리 진묵 뒤로 달려가 살랑거리며 따라가기 시작했다.

백소화는 모두를 이끌고 '사문'으로 들어갔다. 거대한 돌기둥 몇 개를 돌고 나니 순조롭게 진에서 나갈 수 있었다. 모두 횃불을 들고 어둠 속으로 향했다.

한참을 걸어가니 앞쪽에 다시 돌문이 하나 보였다. 전에 본 돌문과 달리, 눈앞의 이 돌문 손잡이는 예스럽고 소박한 옥여의 한 쌍으로 이루어져 있었다.

이 문이 출구일까?

네가 죽어야 내가 살 수 있다

비연 일행이 십면매복 진법을 이해하지 못했다면 그들에게는 아마 두 가지 길밖에 없었을 것이다. 진법 안에서 죽거나, 아니면 영원히 갇혀 있거나.

독사건 이 진법이건 모두 아주 위험했다. 이 함정 이후에 또 어떤 함정이 숨겨져 있을지 도저히 상상하기도 어려운 상황이었다.

굳게 닫힌 돌문을 보며 모두 문이 열린 후 빛을 볼 수 있기를, 문 뒤에 출구가 있기를 희망했다. 그들의 운세는 지금까지 그리 좋지만은 않았으니까.

모두 지켜보는 가운데, 군구신이 일각도 지체하지 않고 백소화에게 물었다.

"백 성주, 방금 썼던 그 방법을 계속 쓸 생각이신지?"

물론 그도 진법을 알고 있었지만 백소화만큼 정통하지는 않았다. 군구신은 진정으로 능력 있는 사람 앞에서는 나서지 않고, 겸손하고 예의 바르게 대하곤 했다.

백소화는 군구신의 질문을 듣고 바로 그가 진법을 잘 안다는 사실을 알아차렸다.

백소화는 확실히 이쪽 방면의 실력자였다. 본래 실력을 노출할 생각이 없었으나, 이런 곳에 온 이상 그렇게 많은 것을 고려

할 수 없었다.

백소화는 고개를 끄덕이기만 하고 길게 이야기하지는 않았다. 군구신은 비연을 비롯한 여자들을 가장 안전한 곳에 서게 하고, 자신이 가장 위험한 곳에 섰다. 그리고 다른 이들은 원래 대로 서게 했다.

진묵은 제일 끝에서 백리명천을 잡은 채 서 있었다. 군구신에게서 다른 명령이 없자 그는 바로 백리명천을 바닥에 내팽개쳤다.

"이봐!"

백리명천은 몹시 불만스러워했지만 진묵은 무표정하게 앞으로 걸어갔다. 군구신이 그제야 백리명천을 떠올리고 고개를 돌렸다. 그러나 그가 한마디 하기도 전에 전다다가 달려 나왔다.

"정왕 전하, 안심하셔요! 제가 잘 감시할 테니까요!"

군구신은 진묵보다 무표정한 얼굴로 말없이 고개를 돌렸다. 전다다는 몹시 기뻐하며 재빨리 백리명천이 손을 잡더니, 힘을 주어 그를 한옆으로 끌어다 두었다.

백리명천의 안색은 가라앉아 있었다. 울적하다는 표현 정도로는 지금 그의 기분을 나타낼 수 없었다. 치욕적이라는 말 정도면 가능할 것도 같았다. 그는 눈을 가늘게 뜨고 전다다를 노려보고, 모든 이들을 기억해 두었다.

백소화가 모든 이들이 준비되었는지 확인한 다음 두 손으로 돌문을 밀었다. 그러나 이게 웬일까, 이번에는 문이 열리지 않았다.

백소화는 깜짝 놀랐고, 등 뒤의 모든 이들도 함께 놀랐다. 백소화가 잠시 망설이더니 두 손으로 옥여의 형태의 손잡이를 잡고 힘을 주었다. 그제야 문이 열리기 시작했다.

모든 이들의 우려와 달리 돌문은 순조롭게 열렸고, 어떤 기관이나 함정도 나타나지 않았다. 잠시 기다려도 주변에 아무 움직임이 없는 걸 보고 모두 기뻐하기 시작했다. 그러나 그들의 기쁨은 오래가지 않았다. 문안은 여전히 칠흑 같은 어둠일 뿐 출구가 아니었다. 그들을 기다리고 있는 것은 뱀이나 십면 매복보다 더 위험하고 무서운 무엇이었다.

백소화가 횃불을 들고 먼저 걸어 들어갔다. 군구신이 습관적으로 고개를 돌리더니 비연을 향해 손을 내밀었다.

정역비도 손을 내민 채 당정을 기다렸다. 그러나 당정은 옥여의 모양의 손잡이를 노려보며 한참 동안 움직이지 않았다.

정역비가 재촉했다.

"어서 이리 와!"

당정은 계속 손잡이를 바라보며 걸어갔다. 덕분에, 모두가 들어간 다음에야 겨우 정역비 곁에 도착했다.

정역비가 의심스러운 표정으로 물었다.

"뭘 보고 있는 거야?"

당정은 옥여의 모양의 손잡이를 문지르며 대답했다.

"보면 볼수록 익숙한 느낌이야. 분명 어디선가 본 것 같아."

정역비가 그녀의 손을 잡아끌었다.

"일단 들어간 다음에 천천히 생각해 보면 되지."

이때, 비연 일행은 문안에서 발을 멈춘 채 눈앞의 모든 것을 멍하니 바라보았다. 이곳은 출구가 아니라 봉인된 거나 마찬가지인 밀실이었다. 세 벽에는 거대한 옥여의가 하나씩 그려져 있었다. 옥여의 주변에는 상서로운 구름무늬가 둘러싸고 있어 장중하고 신비로운 느낌이 들었다.

밀실 바닥에는 열 개의 거대한 옥여의 조각이 있었는데, 그중 아홉 개는 서로 이어져 원을 이루고, 나머지 하나는 원 가운데에 높게 조각되어 있었다. 이외에는 밀실에 다른 물건이라곤 없었다.

여의로 만든 원은 마치 진법처럼 보이기도 했고 제대처럼 보이기도 했다. 모두 생각에 잠겼고, 심지어 백리명천마저 호기심을 느끼고 있었다. 바로 그때 밀실에 들어온 당정이 발걸음을 멈추더니 깜짝 놀라 외쳤다.

"구사일생! 정말 구사일생이야!"

구사일생?

모두 잇달아 고개를 돌렸다. 당정이 앞으로 뛰어나가 진지하게 살펴보고는 더욱 확신에 찬 목소리로 말했다.

"내, 내가 말했던 구사일생이에요. 상고 시대의 기관! 아무도 파해할 수 없는!"

모두 침묵하고 있었으나, 이 순간 더욱 고요해졌다.

곧 전다다가 큰 소리로 물었다.

"확신해요?"

"틀림없어요! 어릴 때 기관술과 관련한 고서적에서 본 적 있어요! 옥여의는 그저 겉모습일 뿐이고, 결국은 이것도 진법이에요. 보통 기둥으로 바꿔서 생각해 보면 똑같은 거예요."

당정이 말을 마치자 백소화가 소리 없이 미간을 찌푸렸다. 그는 당정을 꽤 오래 알고 지냈지만, 그녀가 기관술에 익숙하다는 사실은 지금 처음 알게 되었다. 그는 마치 추궁하듯 당정을 한참 동안 바라보았으나 결국 아무 말도 하지 않았다.

전다다가 조금 다급하게 외쳤다.

"파해할 수 없다면, 파해하지 않으면 그만이죠. 우리 모두 나가요!"

모두 서로의 얼굴만 바라보는 가운데 군구신이 명령했다.

"망중, 정역비, 가서 길을 보고 와라. 어서!"

그들은 함정에 빠진 후 오른쪽으로 길을 틀어 여기까지 왔고, 왼쪽으로는 가 보지 않은 상태였다. 군구신은 망중과 정역비에게 다른 쪽으로 갔을 때 길이 있는지 가서 보게 한 것이었다.

그가 두 사람만을 보낸 것은 출구가 이 밀실 안에 있으리라 확실하기 때문이었다. 그게 아니라면 옥씨 가문 사람이 아무 이유도 없이 이 밀실 안에 이렇게 위험한 기관을 설치해 두었을 리 없었다.

과연, 군구신의 추측이 옳았다.

정역비와 망중이 곧 돌아와, 다른 쪽에는 함정조차 없이 그저 막힌 벽뿐이라고 말했다. 바꿔 말하자면, 그들은 구사일생을 건드리지 않으면 영원히 이 안에 갇혀 죽을 수밖에 없었다.

양 장주를 제외하면 그 자리에 있는 모두가 죽음을 두려워할 만큼 연약한 성격들은 아니었다. 고요한 가운데 모두 당정을 바라보았고, 비연과 군구신이 거의 동시에 소리쳤다.

"당정, 이 기관에 대해 얼마나 알고 있지?"

"당정, 이 기관은 무엇 때문에 구사일생이라 부르느냐?"

당정은 눈을 내리깐 채 침울한 표정으로 말했다.

"구사일생이라는 것은, 열 사람이 동행해야 하는데, 그중 아홉 명이 죽고 한 사람만 산다는 의미입니다."

여기까지 들은 모두의 표정이 어두워졌다. 이 세상에 아무리 대단한 기관이라 해도 사람의 마음만큼 위험하지는 않다. 만약 함께 들어가고 함께 나올 수 있다면 생사가 두렵지 않을 것이다. 가장 무서운 것은 바로 이렇게 네가 죽어야 내가 살 수 있는 상황인 것이다.

당정은 더욱 침울한 표정으로 계속 말했다.

"열 사람이 되지 않으면 파해는 말할 것도 없고, 이 기관을 발동시킬 수도 없습니다."

모두 무의식중에 차가운 숨을 들이마셨다. 그들은 바로 열 명이었다. 만약 전다다가 쫓아오지 않았다면 그들에게는 기회조차 없었을 것이다! 그리고 옥씨 가문 노부인이 전다다를 들어오게 한 것은, 아마도 그들이 이 기관을 파해하지 못할 거라 생각했기 때문일 것이다.

당정이 계속 이어 말했다.

"이 기관을 발동시키는 방법은 하나뿐입니다. 저 옥여의의 중심에 서는 거지요. 한 사람이 서면 옥여의 하나에 숨겨진 기관이 바로 발동할 테고, 생사를 판결 내릴 겁니다. 아마도 열 사람이 전부 서면 모든 기관이 발동할 테고요. 이 옥여의 열 개 중 아홉 개가 죽음이고 하나만이 삶입니다. 구사일생은…… 생사는 운에 따를 수밖에 없습니다."

이 말이 끝나자 모두의 안색이 변했다. 고요하던 밀실은 마치 소리 없는 세계로 변한 것만 같았다…….

바로 그런 것인가

거대한 밀실은 바늘이 떨어지는 소리까지 들릴 만큼 조용해졌다.

당정을 제외하면 그 누구도 구사일생의 뜻을 짐작조차 하지 못했다! 그들 중 누구도 죽고 싶어 하는 이는 없었지만, 홀로 살고 싶은 이는 더더욱 없었다.

이 기관이 어디가 파해하기 어렵다는 걸까? 이 기관은 파해할 수 없는 기관이었다!

어떻게 해야 할까!

당정이 말한 대로 기관을 발동시키든가, 아니면 그대로 움직이지 않고 죽음을 기다리는 수밖에 없었다.

누군가가 그들을 구하러 온다 해도, 옥씨 가문이 협조하지 않는다면 이 함정의 존재를 어찌 알 수 있겠는가? 그리고 설사 함정으로 그들을 구하러 오는 이들이 있다 해도, 지금 그들에게는 물과 양식이 없었다. 그들이 과연 얼마나 버틸 수 있을까?

백리명천을 포함한 모두가 군구신을 바라보았다. 그들은 누군가가 의견을 내기를 기다리고 있었다.

군구신은 비연의 손을 잡고 가장 보수적인 방법을 취하기로 했다. 기다려라!

군구신 일행 일곱과 백소화는 차마 네가 죽어야 내가 산다는 방식을 취할 수는 없었다.

양 장주는 자신의 운세를 시험할 엄두조차 내지 못했다.

백리명천은 이 순간 비연을 훔쳐보며 무슨 생각엔가 잠겨 있었다.

모두 밀실 밖으로 물러 나와, 횃불 하나만 남기고 다른 횃불들은 꺼 버렸다. 겨우 한숨 돌릴 수 있게 되자 그제야 피로감을 느꼈다. 어쨌든 그들은 이곳에 들어온 후 이미 꽤 긴 시간을 보냈다. 아마 밖은 지금 한밤중일 것이다.

밀실 안은 음산하고 서늘했다. 바닥은 유난히도 차게 느껴졌다. 군구신은 먼저 자리에 앉은 다음 비연을 제 무릎 위에 앉혔다. 비연이 그를 안타까워했지만, 그는 두말없이 바로 그녀를 잡아끌었다.

곁에서는 정역비가 외투를 벗어 바닥 위에 몇 겹으로 깔더니 당정을 앉게 했다.

그 모습을 본 전다다는 왠지 모를 섭섭한 느낌이, 심지어 외로운 느낌이 들었다. 그녀는 속으로 비연과 당정에게 화를 내기 시작했다.

'흥! 언니라면서, 어려움은 함께 나누면서 복은 같이 나눌 생각을 하지 않다니! 여기서 나가면 꼭 칠 숙부에게 전부 다 일러바칠 거야.'

이 순간 비연과 당정, 그리고 군구신 일행은 정말로 그녀를 잊고 있었다. 모두 마음이 무거운 상태였다. 파해할 방법이 없다는 걸 알면서도 모두 이 기관의 규칙에 결점은 없을지 머리를 짜내고 있었다.

전다다가 잠시 쭈그리고 앉아 있노라니 마침내 망중이 그녀를 발견했다. 망중이 재빨리 몸을 일으켰다.

"아가씨, 제 옷을 드릴 테니 깔고 앉으십시오."

전다다가 감격하여 망중을 바라보았다. 그러나 막 옷을 받으려는 순간, 곁에 있던 백리명천을 흘깃 보게 되었다.

백리명천은 벽에 기댄 채 두 눈을 감고 지친 듯 앉아 있었다. 눈을 감은 그의 모습은 눈을 뜬 모습과 천양지차였다. 뭐라 표현하기 어려운 고요한 기질이 배어 나왔고, 마치 잠든 아이처럼 순수하게 보였다.

전다다는 망중의 옷을 거절하고 계속 백리명천을 바라보았다. 그녀는 문득 어머니에게서 들었던 말이 떠올랐다. 어머니는, 아이처럼 조용히 깊은 잠에 빠질 수 있는 사람이라면 나쁜 사람이 아니라고 했었다. 그녀는 다시 한번 백리명천이 그렇게 용서받지 못할 정도로 나쁜 녀석은 아닐 거라고 생각했다.

전다다가 생각에 잠겨 계속 바라보고 있는데 백리명천이 갑자기 눈을 떴다. 두 사람의 시선이 마주쳤다. 창졸간의 일이라 전다다는 피하는 것조차 잊고 말았다.

백리명천의 눈가에 무시하는 빛이 스쳐 갔지만, 그의 입가에는 곧 경박한 미소가 떠올랐다. 가늘고 긴 눈에도 웃음기가 어리자, 그 나른하고 신비한 느낌은 사람의 마음을 매혹시키기 충분했다.

그가 말했다.

"꼬마 아가씨, 이제 다 봤어? 본 황자가 너무 잘생겼지?"

전다다는 난처해졌다. 그러나 그녀는 그럴수록 예쁘게 웃으며 눈썹을 치켜세웠다.

"망중 오라버니, 수고스럽겠지만 저 외투를 벗겨 주실래요? 외투가 아주 좋아 보이는데, 정말 편할 것 같아요. 그래, 그 위에 앉으면 정말 편할 거야!"

백리명천의 눈동자에 바로 살의가 어렸고, 전다다는 그에게 도전적으로 혀를 내밀었다.

평소라면 백리명천은 약해 보이지 않기 위해서라도 어떻게든 전다다를 한번 놀려서 그녀가 그의 옷 위에 앉는 걸 바늘방석에 앉는 것처럼 여기게 했을 것이다. 그러나 이 순간은 그럴 기분이 아니었다. 그는 전다다를 노려본 후 바로 고개를 돌려버렸다.

망중이 비연과 군구신을 바라보았다. 그는 두 주인이 이쪽 대화를 듣고도 모르는 체하는 건지, 아니면 아예 듣지 못한 건지 확신할 수 없었다.

하지만 그들이 입을 열지 않는 이상 묵인한 것이라 여기고 과감하게 손을 썼다.

망중은 백리명천의 옷은 물론이고 가죽까지도 벗겨 버리고 싶은 심정이었다. 백리명천이 그의 여주인을 넘보는 것은 말할 것도 없고, 천염국에 내란을 일으켰던 것이며, 누명을 씌우고 이간질을 해 무고한 생명을 죽거나 다치게 한 걸 생각하면 바로 죽여도 시원치 않았다!

백리명천은 저항하지 않고, 망중이 제 옷을 벗겨 가도록 내버려 두었다. 그는 한참 후에야 고개를 들어 전다다를 흘깃 보았다. 그녀는 백리명천의 옷을 입고 두 손까지 잘 감싼 후, 긴 옷자락을 깔고 앉아 있었다. 그야말로 철저하게, 쓸 수 있는 것은 다 쓴다고 할 만했다.

그는 화가 나고 울적했지만, 그 장면을 보자 왠지 모르게 입꼬리가 올라갔다. 지금 그의 얼굴에 떠오른 웃음은 사악해 보이지도, 경박해 보이지도 않고, 마치 이웃집 오라비라도 된 것처럼 다정하기만 했다. 그러나 안타깝게도 지금 그의 모습을 보고 있는 사람은 없었다.

그는 보고 또 보다가 저도 모르게 중얼거렸다.

"바로 이런 모습이었을까?"

그에게 여동생이 있었다면 이런 모습이었을지도 모른다. 영리하면서도 약삭빠르고, 동시에 약간 어리숙한 구석도 있고. 또 어떻게든 오라비에게서 좋은 것을 얻어 내려 하고.

그는 모후 배 속의 그 아이를 잊어 본 적이 없었다. 그때 그는 부황보다도, 모후보다도 더 그 아이를 기다리고 있었다. 심지어 매일 모후에게 가서 꼭 여동생을 낳아 달라고 조르기도 했다. 그는 모후가 임신한 채로 죽으리라고는 한 번도 생각한 적이 없었다. 그리고 자신이 그 범인으로 지목되리라고는 더더욱!

모후가 그리웠고, 본 적 없는 그 아이가 그리웠다. 그는 심지어 그 아이는 여동생이었을 거라고 고집스럽게 생각했다. 그 아이가 어떤 모습이었을지 수없이 상상했었다. 꿈에서 그 아이를 본 후 깨어나 다급하게 그림으로 그리려 한 적도 있었다. 그러나 안타깝게도, 붓을 드는 순간 그 아이의 모습은 이미 기억에서 지워진 다음이었다.

그때의 그 일이 없었다면, 그 후의 모든 것은 완전히 달랐을 것이다. 그리고 만약 그 사건 후에 고 영감을 만나지 않았다면, 그 후의 모든 것은 아예 존재하지 않았을 것이다. 그는 죽었을 테니까.

고 영감을, 그는 빌어먹게도 너무나 그리워하고 있었다.

생각이 여기에 이르자 백리명천의 입가에 떠오른 미소가 점차 사라졌다. 그는 멀리 있는 군구신을 한참 동안 바라보다가 시선을 비연에게로 옮겼다.

백리명천은 무슨 생각에라도 잠긴 듯 오래도록 비연에게서 눈길을 떼지 않았다.

모두 조용히 기다리고 있었다. 지금으로서는 그게 최선의 방법이었지만, 영원히 기다릴 수는 없었다. 햇빛도 들지 않는 밀실, 시간의 흔적조차 없는 것 같았다. 시간은 그저 감각에 의지해 추측할 수밖에 없었다.

시간이 얼마나 흘렀을까, 마침내 배고픔을 견딜 수 없어졌다. 밀실에는 뱀도 있고 불도 있었으나 물이나 장작이 없었다. 모두 뱀을 잡을 생각까지는 했으나 그저 생각뿐이었다.

비연이 약왕정에서 단약을 연마해 모두에게 나누어 주었다. 그녀는 아무 말 없이 백리명천에게도 한 알 건넸다.

약은 결국 약일 뿐 음식이 아니었다. 다시 한참 기다리고 나니 더는 구원을 기대할 수 없다는 사실을 깨닫게 되었다. 모두 무거운 침묵에 빠져들었다.

무엇을 택하건 죽을 수밖에 없는 이 상황에서, 대체 어떻게 해야 할까?

마음이 같지 않으면 죽을 수밖에

　무엇을 택하건 죽을 수밖에 없다 하니 공기마저 유달리 무거워진 것 같았다.

　고요한 가운데, 거의 말이 없던 양 장주가 갑자기 중얼거리기 시작했다.

　"정말 여기서 죽어야 하는 건가? 나는 죽고 싶지 않아! 죽고 싶지 않아……."

　그의 말은 묘하게 우습게 들렸다. 이 자리에 있는 사람 중에서 가장 나이가 많은 양 장주가 생사에 가장 담담하지 못하다니.

　백소화가 미간을 찌푸린 채 그를 바라보았지만 여전히 아무 말도 하지 않았다. 망중은 무시하는 듯한 눈빛을 보냈고, 다른 이들은 아예 듣지 못한 척했다.

　정역비는 처음엔 당정 곁에 서 있었으나, 곧 당정의 손에 이끌려 앉았다. 두 사람은 조용히 서로에게 기대어 있었다. 항상 큰언니처럼 구는 당정도 이 순간만큼은 마치 작은 새처럼 보였다. 그녀의 얼굴은 낙담으로 가득 차 있었는데, 그녀의 머릿속을 채우고 있는 것은 단 하나였다. 만약 그들이 정말 이곳에서 나가지 못한다면, 평생 정역비에게 시집갈 기회가 없는 것 아닌가? 그 얼마나 안타까운 일인지!

　전다다는 어린 시절부터 고기를 좋아하여, 하루 세 끼 고기를 먹지 못하면 늘 불만스러워했다. 그녀는 며칠 제대로 먹지 못한 참이었고, 바로 시든 꽃처럼 무력하게 벽에 기댄 채 손가락으로 바닥에 동그라미만 그리고 있었다.

진묵은 평소와 다를 바 없이 검을 잡고 고개를 숙이고 있었다. 이런 순간에도 그는 여전히 비연에게서 다섯 걸음 이상 떨어지지 않고 있었다.

비연은 군구신의 품에 안긴 채 손으로 가볍게 약왕정을 두드렸다. 무슨 생각을 하는지는 알 수 없었지만, 아까부터 정신이 나간 것 같았다.

군구신은 돌문 안을 바라보며 미간을 찌푸리고 있었다.

그들 사이에서 시간은 멈춰 버렸으나 밖에서는 나는 듯이 흐르고 있을 터였다. 이대로 있은들 그들에게는 아무 방법도 없었다. 마침내 군구신이 평온한 목소리로 말했다.

"모두 의견을 말해 보도록. 계속 기다릴지, 아니면 들어갈지."

이렇게 말한다는 것은, 군구신은 들어갈 생각이 있다는 의미였다. 그는 이미 수도 없이 저울질을 한 후였다. 기다리는 것과 들어가는 것의 위험은 사실 같았다. 기다릴수록 낭패한 꼴이 될 뿐이니, 차라리 용감하게 들어가는 편이 나을 듯했다.

한편으로는 대체 어떤 위험이 닥칠지 궁금하기도 했다. 대체 어떻게 틀림없이 죽을 수밖에 없다는 걸까?

예전이라면 비연이 가장 먼저 찬성했을 것이다. 그러나 그녀는 여전히 침묵을 지키고 있었다. 다만 약왕정을 두드리는 손가락에 분명 힘이 들어가 있었다.

가장 먼저 입을 연 사람은 백소화였다. 그는 명쾌하게 말했다.

"들어갑시다!"

그 뒤를 이어 오랜만에 자기 의견을 말할 기회를 얻은 망중이, 주인의 뜻을 알아차리고 망설이지 않고 말했다.

"들어가겠습니다!"

진묵이 대답할 차례였다. 그의 말투는 여전히 차갑게 들렸지만, 내용은 전혀 그렇지 않았다.

"나는 당연히 전하와 왕비마마 뜻에 따를 거야."

전다다는 잠시 생각하다가 이를 악물고 몸을 일으켰다. 그리고 심호흡 후에 진지하게 말했다.

"들어가요! 안 그래도 들어가고 싶었다고요. 어떻게 죽건, 나는 절대 굶어 죽고 싶지 않아!"

모두 마음이 무겁던 차에 전다다의 이 말을 듣자 그만 새어 나오는 웃음을 참을 수 없었다. 백리명천은 다시 전다다를 바라보며 호기심을 느꼈다.

'이 계집애는 굶어 죽은 귀신이 붙었나, 설마 걸신이 들린 건 아니겠지?'

비연은 계속 아무 말도 하지 않았지만, 모든 이들은 그녀가 군구신과 한마음이리라 생각했다.

이제 남은 사람은 백리명천과 양 장주였다. 모두 양 장주를 바라보았다. 아무래도 모두 백리명천은 이미 선택권을 잃었다고 생각하는 것 같았다.

양 장주는 이미 중얼거림을 멈추고 주먹을 꽉 쥔 채 고개를 숙이고 있었다. 아무래도 구사일생에 뛰어들 용기가 나지 않는 모양이었다.

백리명천은 모두를 바라보다 곧 양 장주를 바라보았다. 그의 입가에 장난스러운 미소가 걸렸다.

이 구사일생은 열 사람이 동시에 들어가야 발동시킬 수 있다. 바꿔 말하자면, 한 사람이라도 물러선다면 다른 사람들은 모두 죽음을 기다릴 수밖에 없었다.

백리명천은 이곳에서 여러 사람과 함께 죽을지언정 나가서 군구신의 인질이 될 생각은 없었다. 그는 상황을 지켜보다가 갑자기 큰 소리로 웃기 시작했다.

"양 장주, 존귀하신 정왕 전하께서는 항상 바람처럼 빠르시지. 결정을 내릴 때는 늘 과감하시단 말이야. 그런 분이 그쪽을 좋게 보셔서 선택의 기회를 주셨으니, 잘 고민해 본 다음에 대답하라고."

이 말은 군구신을 조소할 뿐 아니라 그의 일을 망쳐 놓기 위한 것이기도 했다.

군구신이 양 장주를 핍박하여 모두와 함께 들어가게 한다면 백리명천의 말대로가 된다. 핍박하지 않는다면 모두 함께 여기서 죽음을 기다리는 수밖에 없었다.

양 장주가 몰래 백리명천을 흘깃거렸다. 감격한 듯한 표정이었지만 또 말할 엄두는 나지 않는 모양이었다.

군구신은 백리명천을 상대하지 않고 다시 잠시 기다렸다. 그리고 양 장주가 계속 입을 열지 않자 시선을 옮기고 강요하지 않았다.

그가 강요할 생각이었다면 방금 묻지도 않고 바로 결정을 내렸을 것이다. 그러나 그는 양 장주는 물론이고 그의 명령을 듣는 시위라 해도, 이렇게 생사가 결정되는 순간에는 강요할 생각이 없었다. 그는 기다릴 수 있었다!

지금 모두 굶주림과 추위에 시달리느라 힘이 빠진 상태였다. 며칠 더 기다려 죽음이 목전에 닥치면 양 장주의 선택도 달라질 것이다. 구사일생 안으로 들어가면 최소한 살아날 가능성이 조금은 있을 테니까.

군구신은 두 손으로 비연을 안은 채 그녀의 어깨에 턱을 묻었다. 완벽에 가깝도록 잘생긴 그의 얼굴은 몹시도 평온해 보였다.

군구신의 분노와 살의를 불러일으키고 다시 한번 비웃을 수 있으리라 생각했던 백리명천은 깜짝 놀랐다. 물론 군구신은 그를 죽일 수 없을 거라는 것도 계산한 뒤였다. 하지만 군구신이 저리도 평온하고 담담할 수 있으리라고는 생각지도 못했다.

그는 군구신을 다시 보게 되었다. 그리고 문득, 자신이 군구신과 그렇게 오래 겨뤄 왔음에도 불구하고 사실 군구신을 전혀 이해하지 못하고 있다는 사실을 알아차렸다. 군구신은 냉담하고 차가운 성격이 아니라, 두려울 정도로 냉정한 성격이었다! 비연과 관련한 일이 아니라면 그는 어떤 상황에서도 냉정을 유지할 수 있었다!

여기까지 생각하자 백리명천은 다시 시선을 비연에게로 옮겼다. 그러나 그저 한번 흘깃거렸을 뿐, 다급하게 시선을 돌렸다. 마치 뭔가를 피하려는 것처럼.

모든 이들이 다시 침묵 속에 빠져들었다.

군구신은 잠시 조용히 있더니, 뭔가 깨달은 듯 갑자기 고개를 들어 양 장주를 바라보며 중얼거렸다.

"마음이 같지 않으면 죽을 수밖에……."

그가 말을 끝내기도 전에, 계속 침묵하며 생각에 빠져 있던 비연도 갑자기 소리쳤다.

"맞아! 마음이 같지 않으면 죽을 수밖에!"

모든 이들이 답답해하는 가운데 그들 두 사람은 서로를 바라보았다. 설명할 필요도 없었다. 그들은 서로의 뜻을 이해하고 환하게 웃기 시작했다.

비연이 재빨리 몸을 일으키더니 횃불을 들고 석실 안을 가로질렀다. 군구신 역시 그녀를 쫓았다. 그리고 두 사람이 동시에 옥여의를 밟았다.

그 모습을 본 당정 일행이 모두 경악하여 소리쳤다.

"전하!"

"왕비마마!"

"안 됩니다!"

거의 동시에 군구신이 서 있던 옥여의 위로 날카로운 칼날이 솟아올랐다. 사람 키 반을 훌쩍 넘는 칼날이 군구신을 가두었고, 비연 역시 갇히고 말았다! 그러나 군구신과 비연은 상관없다는 듯 모든 칼날이 튀어나오게 했다. 그 모습을 보고 모두 더욱 놀랐다.

당정이 소리쳤다.

"미쳤나요!"

그렇다! 비연과 군구신이 미치기라도 한 걸까?

이 기관은 일단 한 사람이라도 옥여의를 밟으면 생사를 알수 있거나, 아니면 열 명이 모두 옥여의를 밟아야 생사를 알 수 있거나일 터였다. 바꿔 말하자면, 치명적인 기관은 아홉 개의 옥여의 속에 숨어 있거나, 기관 전체의 어딘가에 숨어 있을 가능성이 컸다.

비연과 군구신이 옥여의를 밟았을 때 옥여의의 반응은 똑같았다. 이 두 옥여의는 분명 죽음이다. 왜냐하면 살 수 있는 길은 단 하나였기 때문이다.

그들이 만약 다시 어지럽게 움직인다면 어떤 기관이 움직일지, 또 어떤 결과가 나올지 상상조차 어려운 상황이었다!

가장 큰 이득을 본 사람은 누구

당정은 화가 나서 소리쳤지만, 비연과 군구신은 진법에 집중하느라 신경조차 쓰지 못하고 있었다.

당정은 급한 나머지 길게 생각하지 않고 가장 가까운 옥여의 위로 힘차게 올라섰다! 비연이 미쳤다면 그녀도 함께 미쳐야 하니까!

그 모습을 본 정역비도 망설임 없이 그 뒤를 따랐다.

전다다는 불만스러운 듯 입술을 비죽거리면서도 역시 옥여의 위로 올라섰고, 망중과 진묵 역시 똑같이 행동했다.

백소화는 어쩔 수 없다는 듯 쓰게 웃으며 바로 뛰어올랐다.

당정 일행이 옥여의 위로 올라오는 걸 보고 비연과 군구신은 동작을 멈추고 그들을 돌아보았다. 당정 일행이 선 곳 발아래 옥여의에서도 높은 칼날이 솟아 나와 그들을 가두었다. 모두 그 자리에 꼼짝도 못하고 선 채 마음을 졸였다.

이제 남은 옥여의는 둘뿐이었다. 백리명천과 양 장주는 여전히 석실 밖에서 안쪽을 바라보고 있었다.

분위기가 무서울 정도로 고요해졌다. 잠시 기다려 보았지만 구사일생 진법에서는 어떤 움직임도 보이지 않았다. 모두 긴장했던 몸에서 힘을 풀었다.

전다다가 비어 있는 옥여의를 바라보더니 갑자기 분노한 목소리로 당정에게 말했다.

"전하와 마마는 미친 게 아니라 우둔하신 거예요! 이제 생사의 문제가 절반의 확률이 되었군요. 우리는 헛되이, 저 밖에 있는 두 사람 좋은 일만 한 거라고요!"

구사일생. 열 개의 옥여의 중 하나만이 안전하고 나머지는 모두 사로라고 했다. 지금 그들 여덟 명이 밟고 있는 옥여의의 반응이 모두 같으니, 이 여덟 자리는 안전하지 않을 것이다. 안전한 옥여의는 남아 있는 두 옥여의 중 하나일 테고.

원래 진퇴양난의 상황이었지만, 지금 이렇게 옥여의 위에 올라온 이상 퇴로가 없었다!

그 누구도 자신이 밟고 있는 기관이 언제 발동할지 알지 못했다. 다음 순간 그들 발아래 기관이 갑자기 발동해 그들을 사지로 몰아넣을지, 아니면 다른 두 사람이 올라온 다음에 그들 발아래 기관이 발동할지…….

만약 그들이 이 옥여의에서 내려간다면 또 어떤 기관이 발동할지는 귀신만이 알 터였다.

전다다의 말을 듣자 당정은 더 화가 났다. 그녀는 군구신은 감히 노려보지 못하고 대신 비연을 사납게 바라보며 말했다.

"대체 왜 그러신 건가요? 진법에 들어온다 해도 이런 방식은 아니잖아요! 저 밖에 있는, 삶을 탐하는 자를 먼저 올라가게 한 후 우리가 한 명 한 명 올라가고, 왕비마마가 제일 마지막으로 올라가셨어야죠! 그렇게 하면 생로 하나는 선택할 수 있는 건데! 대체 왜……."

사실 당정이 하고 싶은 말은 이것이었다. 연아, 네가 죽는다면 우리가 네 오라버니에게 뭐라 말할 수 있겠니! 그러나 백소화가 있었기 때문에 그녀는 하고 싶은 말을 눌러 삼켰다.

"왕비마마, 어찌 되었건 마마께서 목숨을 잃게 만들 수는 없어요!"

이 말만으로도 비연의 심장이 조여 오고 눈가도 붉어졌다.

그녀는 확실히 죽을 수 없었다. 그녀가 해야 하는 일이 아주 많이 남아 있으니까. 그러나 이 자리의 누군들 그렇지 않을까? 생과 사의 갈림길 앞에서는 누구라도 평등한 법. 누구는 되고 누구는 안 된다고 말할 수 없는 법 아닌가. 그 누구의 목숨인들 아닌 게 있던가.

만약 이 중에서 절대로 죽을 수 없는 사람을 한 명 고르라면, 그 사람은 그녀가 아니라 군구신이어야 했다. 건명력은 봉황력보다 훨씬 높은 힘이었고, 천살과 지살에 대항할 수 있었다. 군구신의 목숨이 그녀의 목숨보다 훨씬 중요했다.

백소화 앞이었기에 비연도 많은 이야기를 할 수 없었다. 그리고 이야기를 할 필요도 없었다. 그녀와 군구신 모두 이미 '구사일생'이 무엇인지 깨달았기 때문이다. 그렇지 않았다면, 그들이 아무리 모험을 하려 한다 해도 이렇게 자신과 사람들의 목숨을 가벼이 여길 수 있겠는가?

비연은 당정에게 미소 지었다. 본래 밝게 빛나던 그녀의 눈동자는 눈물 때문인지 더욱 맑아 보여, 보는 사람마다 그 아름다움에 감동할 수밖에 없었다.

비연이 말했다.

"우리는 미쳤고, 또 바보고……. 그럼 여러분은? 여기 왜 올라온 거야? 죽고 싶어서?"

당정은 비연이 이렇게 웃어넘기리라 생각지 못했기에 더욱 화가 났다.

"너……."

그러나 비연이 말했다.

"나는 죽을 수 없어. 그리고 여러분 중 단 한 사람도 죽어서는 안 되지!"

당정은 화가 치민 상태였기에 이 말이 그저 허튼소리로만 들렸다. 그녀가 계속 욕을 하려는데 비연이 돌문 밖을 내다보며 소리쳤다.

"양 장주, 열 개 중 하나라면 선택하기 어렵겠지만, 둘 중 하나라면 선택할 수 있지 않겠는가?"

전다다의 말이 옳았다. 구사일생의 규칙에 따르면 양 장주와 백리명천이 가장 큰 이득을 보게 되는 사람들이었다. 아니, 정확히 말하자면 양 장주가 가장 큰 이득을 보게 되어 있었다. 양 장주는 그저 백리명천을 옥여의로 끌고 오기만 하면 자신의 생사를 알 수 있으니까.

백리명천이 올라간 옥여의에서 날카로운 칼날이 솟아 나온다면 남아 있는 옥여의는 분명 안전할 것이다. 양 장주가 그 위로 올라가면 다른 아홉 명은 죽고 출구가 열릴 것이다.

그러나 백리명천이 올라간 옥여의에서 칼날이 올라오지 않는다면 남은 옥여의가 사로다. 그럼 양 장주는 다른 옥여의에 올라가지 않고 계속 죽음을 기다릴 수 있을 것이다.

양 장주는 계속 군구신과 백소화가 자신을 핍박하지 않을까 근심하고 있었다. 전다다의 말을 듣고도 그 의미를 깨닫지 못하던 차에, 비연의 말을 듣고 나서야 자신이 가장 큰 이득을 봤다는 걸 깨달았다! 그는 기뻐하며 재빨리 백리명천을 바라보았다.

백리명천은 당연히 이 이치를 한참 전부터 깨닫고 있었다. 그는 양 장주에게 경고의 눈빛을 던졌다. 양 장주는 긴장했으나, 사태가 절박하니 백리명천의 눈빛조차 무시할 수밖에 없었다. 그는 심호흡 후에 몸을 굽혀 백리명천의 팔을 잡았다.

그러나 이게 웬일일까. 그가 백리명천을 끌기 시작했을 때 백리명천이 갑자기 고개를 숙이더니 양 장주의 손등을 사납게 물었다! 양 장주는 아픔에 바로 백리명천을 떨쳐 냈다.

"죽고 싶으냐!"

그가 다리를 들어 백리명천을 걷어차려 했을 때, 문득 제 손등에서 흘러나오는 피가 검게 변하고 있는 걸 발견했다. 상처 역시 점차 검어지고 있었다.

독!

양 장주는 경악하여 눈을 휘둥그렇게 떴다.

백리명천의 입가에 차갑고 사악한 미소가 떠올랐다. 지금 그의 모습은 마치 악마 같았다. 그가 지니고 있던 물건은 모두 빼앗겼지만, 그는 입 안에 독약을 하나 더 숨기고 있었다. 이 밀실에서 나간 다음 기회를 보아 쓰기 위해 남겨 둔 것이었다. 백

리명천 자신도 이 독약을 양 장주에게 쓰게 될 거라고는 생각
지 못했었다!

비연이 독을 먹였기에 그는 온몸에 힘이 없는 상태였으나 목
숨이 위험하지는 않았다. 그러나 그가 양 장주에게 사용한 독
은 곧바로 사지를 마비시킨 후 반 시진 안에 급사하게 만드는
것이었다.

바닥에 쓰러진 양 장주가 허둥지둥 외쳤다.

"삼전하, 이 늙은이를 용서해 주십시오! 제발 살려 주십시오!"

백리명천은 그를 제대로 보지도 않고 석실 안을 바라보았다.
이 순간 비연을 비롯한 여덟 사람이 모두 그를 보고 있었다. 백
리명천이 더욱 사악하게 미소 지었다.

"정말 미안하게도, 본 황자가 가장 큰 이득을 본 모양이군!"

그가 미소 지으며, 미동도 하지 못하는 양 장주를 끌고 석실
안으로 기어갔다.

백리명천은 비연과 군구신의 행동이 아주 이상하다고 생각했
다. 저 두 사람은 아주 침착한 사람들로, 이렇게 충동적으로 굴
거나 자포자기할 리 없었다. 그러나 충동 외에는 다른 원인을
생각할 수 없었다.

그는 더 생각하지 않기로 했다. 가능한 한 빨리 양 장주를
옥여의 위로 올려야 했다. 그럼 그의 생사에 대한 답이 나올 것
이다.

완벽한 승리

백리명천은 온 힘을 다해 양 장주를 끌고 석실 안으로 기어 갔다. 무척 낭패해 보였지만 입가에는 의기양양한 미소가 어려 있었다. 그런 그의 모습은 전혀 가련하지 않고 오히려 승리자 같아 보였다!

그 모습을 보고, 특히 백리명천의 미소를 보고 당정 일행은 화가 치밀어 올라 말도 제대로 나오지 않을 지경이었다. 정역 비와 망중조차 분노하여, 생애 처음으로 군구신에게 불만스러 운 감정을 품었다.

진묵과 백소화는 냉정을 지키면서도 미간을 찌푸리고 있었다.

전다는 힘차게 숨을 토해 냈다. 한 번, 또 한 번.

당정은 이제 백리명천을 보고 싶지 않아 계속 비연을 잡아먹 을 듯이 노려보았다.

비연은 당정을 흘깃 보고는 곧 시선을 피했다. 군구신을 바 라보니 그가 차가운 눈으로 백리명천을 노려보고 있는 게 보였 다. 그녀는 군구신이 입을 열 생각이 없다는 걸 깨닫고, 자신도 아무 말 없이 눈썹을 치켜세운 채 백리명천을 바라보았다. 그 녀의 눈에 교활한 빛이 스쳐 갔다.

이렇게 백리명천은 힘들여 기어 왔다. 한참 후에야 그는 마 침내 양 장주를 옥여의 근처로 끌고 왔다. 그가 숨을 헐떡이며 멈췄다. 온몸에서 땀을 흘리고 있었지만 그래도 여전히 웃는 얼굴이었다. 그는 고개를 들더니 군구신과 비연의 얼음처럼 차가운 눈빛을 바라보았다. 그의 웃음이 더욱 짙어졌다.

그가 비연에게 말했다.

"연아, 말해 봐라. 본 황자가 어디를 선택해야 할까?"

비연은 대답하지 않았고, 군구신의 눈빛은 더욱 차가워졌다.

백리명천은 상관없다는 듯, 이미 덜덜 떨고 있는 양 장주에게 말했다.

"골라 보시지?"

"삼황자님, 제발 용서해 주십시오! 우리, 우리 누가 구하러 오기를 기다립시다! 제 수하들이, 제가 돌아가지 않으면 분명 찾으러 올 겁니다! 삼황자님, 우리가 나가면…… 나가면, 이 늙은이가 약속드리겠습니다. 정왕…… 정왕, 저들이 경매장에 위탁한 모든 물건을 이 늙은이가 아무 조건 없이 돌려 드리겠습니다! 그리고 또, 제가 뭐든지 돕겠습니다……."

백리명천은 그런 얘기들을 듣고 싶지 않다는 듯, 남아 있는 두 옥여의로 시선을 옮겼다. 그는 잠시 망설이더니 결국은 눈앞의 옥여의를 선택했다.

그는 있는 힘을 다해 양 장주를 위로 밀어 올려 양 장주가 옥여의 위에 무릎 꿇고 앉게 했다. 그다음, 그는 힘없이 바닥에 주저앉았다. 그러나 그의 시선은 양 장주에게서 떠나지 않았다.

이 순간, 비연 일행도 모두 양 장주를 보고 있었다. 양 장주 발아래의 저 옥여의는 생로일까, 아니면 사로일까?

생로라면 백리명천이 한 모든 일은 헛수고일 것이다. 필경 그 스스로 옥여의를 밟고 죽으려 하지는 않을 테니까! 사로라면, 백리명천이야말로 완벽한 승리자인 것이다!

양 장주는 말할 필요 없고, 당정 일행도 모두 눈 한번 돌리지 않고 양 장주를 바라보았다. 심장이 쿵쿵 소리를 내며 더욱더 빠르게 뛰고 있었다. 그중에서도 백리명천의 심장이 가장 빠르게 뛰고 있었다!

이 순간, 그 누구도 비연과 군구신이 여전히 담담한 표정으로 안색 하나 변하지 않고 있다는 사실을 눈치채지 못했다.

갑자기 날카로운 칼날이 옥여의에서 솟아올라 양 장주를 칼날 안에 가두었다. 양 장주 발아래 옥여의는 다른 이들의 옥여의와 같았다!

그렇다면 모두 사로 아닌가? 그럼 남은 하나가 안전한 것일까? 바로 '구사일생'의 '일생'인 걸까? 백리명천이 이긴 걸까? 그가 안전해진 걸까?

양 장주는 그야말로 무너져 내렸고, 당정 일행도 모두 멍한 표정이었다. 도저히 믿을 수가 없었다. 아니, 믿고 싶지 않았다!

백리명천 스스로도 멍한 표정이었지만, 그는 곧 큰 소리로 웃기 시작했다. 어찌나 기쁜지 말로는 표현하기 어려운 모양이었다!

그가 또 한 번 이겼다! 경매장에서의 일과 비교하면, 그의 이번 승리는 그야말로 완벽했다! 너무나 통쾌했다!

"하하, 하하!"

웃음이 멈추지 않았다. 백리명천은 눈을 들어 양 장주를 보더니, 다시 당정 일행을 하나하나 쳐다보았다. 마지막으로 그의 눈길이 비연과 군구신에게로 향했다.

비연과 군구신의 눈빛은 여전히 얼음처럼 차가웠다. 백리명천은 문득 살짝 굳고 말았다.

그가 이겼다! 그런데 비연과 군구신은 어째서 안색 하나 변하지 않고 저런 눈빛을 보내고 있는 걸까? 마치 높은 곳에서 아랫사람을 내려다보듯이 그를 보는 이유가 뭘까? 어째서 저들은 그에게 승자의 오만함이 아니라 한 단계 떨어진 듯한 감정을 느끼게 하는 걸까?

일이 여기에 이르렀는데, 저들에게 다른 음모가 있는 걸까? 아니라면 대체 무슨 배짱으로 저러는 걸까?

백리명천의 웃음소리가 멈췄다. 그는 도저히 이해할 수 없었다.

이미 지쳐 온몸에 힘이라곤 하나도 없었지만, 그는 휴식을 취하지 않고 심호흡을 했다. 그리고 이를 악문 채 몸을 일으키기 시작했다. 잠시 비틀거렸지만 그는 의연하게 자리에서 일어나 혐오스럽다는 듯 비연과 군구신을 바라보았다.

그는 본래 제대로 서 있을 수 없는 상황이었지만 강하게 버텨 냈다. 그리고 눈썹을 치켜세운 채 비연과 군구신을 바라보며 외쳤다.

"이번에는 나, 백리명천이 이겼다!"

말을 마친 그는 앞으로 휘청하더니 그대로 나동그라졌다. 바닥에 세게 부딪친 얼굴이 몹시 아팠지만 그는 여전히 웃고 있었다.

"이겼어! 하하, 내가 완벽하게 이겼다고!"

마침내 그가 움직이지 않고 휴식을 취했다.

그는 몸이 회복되었다 싶었을 때 겨우 옥여의로 기어갔다.

방 안은 조용했다. 고요 속에서 당정은 마침내 참을 수가 없었다. 그녀는 가라앉은 얼굴로 한마디도 하지 않고 암기로 백리명천을 조준했다. 그녀는 감히 옥여의를 떠날 수는 없었지만, 그녀의 암기는 언제라도 떠날 수 있었다.

백리명천, 네가 이겼다고? 그야말로 기상천외한 생각이군!

어쨌든 모두 죽을 거라면, 그녀는 당연히 백리명천을 가장 먼저 죽일 생각이었다!

그러나 당정이 손을 쓰려는 순간, 군구신이 소리 없이 손을 들어서 제지했다.

"대체……."

당정이 중얼거리는데 군구신이 날카롭게 바라보았다. 그와 동시에 비연 역시 당정에게 눈짓했다. 이때야 당정과 다른 사람들은 뭔가 이상하다는 걸 겨우 눈치챘다.

당정이 눈을 크게 뜬 채 의심스러운 표정으로 입을 열려고 했을 때였다. 비연이 그녀를 노려보았고, 당정은 완벽하게 입을 다물고 말았다.

비연과 군구신은 대체 무슨 생각인 걸까? 구사일생, 이 판은 이미 결정되었다. 그런데 그들에게 이 기관을 파해할 다른 방법이 있는 걸까?

모두 이해할 수 없었지만, 동시에 말을 할 수도 없었다.

백리명천은 모두를 등지고 있었기에 분위기가 바뀐 걸 눈치 채지 못했다. 그는 너무나 피곤해, 지금 잠든다면 사흘은 깨지 않을 것 같았다.

한참 후에야 그가 마침내 몸을 일으켰다. 그는 비연 일행을 바라보며 큰 소리로 웃더니, 뒤에 있는 옥여의로 다시 걸어갔 다. 그는 옥여의 옆에 멈춰 서서 웃으며 말했다.

"구사일생, 정말로 구사일생이구나! 하하, 말해 봐. 너희들 은 왜 그리 융통성이 없지?"

모두 대답하지 않았다.

백리명천이 아무렇지 않다는 듯 다시 말했다.

"본 황자가 올라가면 너희의 인생이 여기서 끝나는 거라고! 그래, 무슨 유언이라도 남기고 싶으면 말해 봐. 본 황자가 선심 을 베풀어 전해 주기로 하지!"

모두 여전히 침묵을 지켰다.

백리명천이 비연과 군구신을 바라보았다. 의심할 바 없이 그 가 바라는 것은 그 둘의 대답뿐이었다. 그러나 그들 두 사람은 여전히 한마디 말도 없이 차갑게 노려볼 뿐이었다.

잠시 후, 백리명천이 고개를 숙이더니 냉소하기 시작했다.

"없다면, 하하, 그럼 우리 영원히 이별하게 되겠지!"

그는 한 손으로 옥여의를 잡고 몸을 일으켰다. 심호흡을 한 번 한 후 위로 오르려다가, 갑자기 무슨 생각을 했는지 동작을 멈췄다. 그는 비연을 곁눈질하더니 또 재빨리 시선을 거두었다.

그는 한참 동안 그렇게 멈춰 서 있었다.

이유를 알 수 없는 번뇌가 치밀어 올라왔다. 그는 고민하고 또 고민하다가 갑자기 손을 놓고 바닥에 주저앉았다. 그는 비연을 다시 흘깃 본 다음, 계속 옥여의 앞에서 깊은 생각에 빠져 있었다. 지금 그의 모습은 유난히도 고요해 보였다.

비연과 군구신은 백리명천이 옥여의에 오르기를 기다리고 있었다. 그런데 그 모습을 보자 답답해졌다.

살아날 길이 있는데, 어째서 저 녀석은 가려 하지 않는 걸까?

우리 이야기 좀 해 볼까

백리명천의 반응을 보고 모두 의아해했다.

다른 상황이었다면 백리명천이 무슨 간계라도 부리는 건 아닌지 의심했을 것이다. 그가 교활하다는 건 모두가 겪어 본 바 있으니까. 그러나 이 상황에서는 아무리 그렇다고 해도 속임수를 부릴 이유가 없었다. 옥여의 위로 올라가지 않으면 그는 죽음을 기다리는 수밖에 없었다.

백리명천은 고개를 숙인 채 한참 동안 침묵하더니, 겨우 고개를 들어 비연을 바라보았다. 미간을 찌푸린 채 잠시 그녀를 바라보던 그는 다시 고개를 숙이고 탁한 숨을 토해 냈다.

그 모습을 보고 모두가 더욱 미묘한 기분을 느꼈다. 대체 저 녀석이 왜 저러는 거지?

비연이 조금 불안한 눈길로 군구신을 바라보았고, 군구신도 그녀를 바라보았다. 다른 사람들도 서로 얼굴만 바라보며 아무도 입을 열지 않고 있었다.

그런데 이게 웬일일까. 백리명천이 갑자기 고개를 들더니 옥여의에 기댄 채 눈을 감았다. 미간을 찌푸린 그가 미동도 하지 않으니, 마치 잠들어 있는 것같이 보이기도 했다.

살아날 길이 있는데 도망치지 않고, 여기서 잠든 채 죽음을 기다릴 작정인 걸까?

고요 속에서 전다다가 가장 먼저 외쳤다.

"저, 저자는…… 배도 고프지 않은 거야?"

당정이 중얼거렸다.

"독 때문에 바보가 된 건 아니겠지?"

정역비도 나지막하게 속삭였다.

"이렇게 중요한 순간에…… 힘이 빠져서?"

마침내 비연이 참지 못하고 입을 열고 말았다.

"백리명천, 살아날 길이 눈앞에 있는데 갈 생각이 없는 거야?"

백리명천은 대답하지 않았다. 자신이 직접 독을 쓰지 않았다면 비연은 백리명천이 독 때문에 정신을 잃은 건 아닌지 의심했을 것이다.

비연이 다시 한마디 던졌다.

"이봐! 도망치지 않을 거냐고!"

그때야 백리명천이 눈을 뜨더니 퉁명스럽게 대답했다.

"그게 너랑 무슨 상관인데?"

비연은 갑자기 할 말이 없어 입술을 꾹 닫고 고개를 돌렸다.

그 순간 군구신은 손을 쓸까 말까 망설이는 중이었다. 사실 그와 비연은 '구사일생'의 비밀을 이미 알아차린 상태라 언제라도 움직일 수 있었다.

그들은 방금 비밀을 폭로할까도 생각했지만, 당정 일행이 잇달아 옥여의 위로 올라오는 걸 보고 그만두었다. 이 기회를 틈타 양 장주를 시험해 보고도 싶었다. 그러나 백리명천이 입속에 독을 숨기고 있을 줄 누가 알았겠는가.

백리명천, 저 여우 같은 놈이 설마 다른 탈출 방법을 숨기고 있는 건 아닐까? 옥여의 위로 올라가지 않는 게 설마 구사일생의 비밀을 꿰뚫어 보았기 때문일까? 군구신은 마음속으로 여러 가지 가능성을 짚어 보며 신중하게 상황을 살폈다.

군구신이 망설이고 있는데, 백리명천이 고개를 들더니 그를 바라보았다. 군구신이 백리명천의 의중을 떠보려 했을 때, 백리명천이 갑자기 시선을 비연에게 옮겼다. 그리고 눈을 살짝 가늘게 뜨고 웃으며 말했다.

"연아, 사람이 죽을 때가 되면 진실만을 말하기 마련이잖아. 우리 이야기 좀 해 볼까?"

뭐라고?

비연은 도무지 영문을 알 수 없었다. 구사일생의 규칙에 따르면 죽게 되어 있는 건 그녀였으니, 저 말은 그녀가 해야 할 말이었다! 백리명천은 대체 무슨 생각일까?

비연이 퉁명스럽게 물었다.

"무슨 이야기를 하자는 거지?"

백리명천이 소리 내어 웃으며 대답했다.

"사랑, 연애에 대해."

비연은 당황했고, 군구신은 분노했으며, 다른 이들은 눈을 휘둥그렇게 떴다. 백리명천이 '모두 다 너 때문에 그런 거잖아'라고 말한 이후 모두 대강 짐작하기는 했지만, 백리명천이 이 순간 비연에게 이리 대답하리라고는 예측하지 못했다. 군구신이라는 남편이 뻔히 눈을 뜨고 보고 있는 앞에서!

군구신이 차가운 목소리로 외쳤다.

"죽고 싶은 모양이군!"

비연 역시 정신을 차리고 화를 냈다.

"다시 한번 헛소리를 하면 내가 직접 네 입을 찢어 주겠어!"

그러나 백리명천은 여전히 웃고 있었다. 그는 유달리 진지한 표정이었다. 아마 평생 이렇게 진지하고 진실했던 적은 없을 것이다. 그의 이 진지함과 진실함은 다른 사람에게 보여 주기 위한 게 아니라, 바로 자기 자신과 직면하기 위한 것이었다.

그가 말했다.

"비연, 본 황자는 너를 좋아한다. 그러니 기꺼운 마음으로 너와 함께 죽겠다."

이 순간 비연은 그대로 멍하니 굳어 버렸다. 그리고 군구신을 포함한 다른 사람들은 모두 깜짝 놀랐다. 그들은 '좋아한다'라는 말뿐 아니라 '함께 죽겠다'라는 말 때문에 경악하고 있었다.

예전에 백리명천이 이런 말을 했다면 사람들은 그가 경박하고 무례하다 생각하고 넘겼을 것이다. 그러나 생사의 갈림길에 선 이상 모두 명백하게 알 수 있었다. 백리명천은 농담을 하는 게 아니라 진지했다. 그의 이 고백은 그의 목숨과도 같은 무게를 지니고 있었다!

군구신은 당연히 분노했으나, 마음속에 분노만 있는 건 아니었다. 대체 뭐라 표현해야 할지 알 수 없을 정도로 답답했다.

비연이 정신을 차리며, 점차 경악의 표정을 떠올렸다. 그것을 본 백리명천의 눈가에 저도 모르게 낙담하는 빛이 떠올랐다.

사실 비연의 이런 반응은 그가 예상한 것보다 훨씬 나았다. 최소한 그녀는 혐오스러워하거나 그를 조소하지는 않았으니까. 그러나 그는 결국 실망했고, 심지어 마음이 몹시도 쓰라렸다.

평생 이런 기분을 느꼈던 적이 없었던 그는 어찌해야 할지 몰라 웃을 수밖에 없었다. 그는 소리 내어 웃으며 비연의 시선을 피해 눈을 감았다. 그래, 계속 이렇게 죽음을 기다리면 되는 거다!

아무 생각 없이 '모두 다 너 때문에 그런 거잖아'라고 말한 후, 그는 자신이 뭔가 이상하다는 걸 깨달았다. 그는 자신이 무엇 때문에 그리도 비연을 찾아 빚을 받아 내려 했는지 생각하기 시작했다.

빚을 받기 위해서라면 방법은 많았고, 굳이 그가 직접 행동에 옮길 이유는 없었다. 게다가 그는 어린 시절부터 타인의 손을 빌려 복수하는 일을 수도 없이 해 왔다! 하지만 그는 그녀에게서 빚을 받아 내겠다는 핑계로 그 모든 것을 직접 했다. 그건 그녀의 무엇 때문이었을까?

그가 스스로의 마음을 깨닫기도 전에 빚을 갚을 기회가 다가왔고, 동시에 생사의 갈림길에 서게 되었다. 그가 일어나 옥여의 위에 서기만 하면 비연은 분명히 죽는다. 천하의 무슨 일이건 한 번 죽으면 모든 것이 끝이고, 옛 빚도 다 갚게 되는 것 아닌가?

그러나 그는 도저히 마음을 모질게 먹을 수 없었다! 이 빚을 그렇게 깨끗하게 청산해 버리고 싶지 않았다!

고 영감이 그런 말을 한 적 있었다. 한 여자를 좋아하게 되면 온갖 방법을 고심하게 된다고. 귀찮게 굴기도 하고, 억지를 쓰기도 하고……. 그렇게 최선을 다해 그녀와의 관계를 유지하려 하게 된다고.

다만, 어떤 사람들은 좋은 친구가 되거나 계속 마음에 연정을 품고 있지만, 어떤 사람들은 반대로 적대적으로 굴거나 원한을 사기도 한다고.

그는 바로 후자의 경우였다.

그녀가 죽지 않았으면 했다. 그는 그녀를 좋아했다.

분위기가 갑자기 가라앉았다.

비연이 천천히 군구신을 바라보았다. 어린 시절부터의 습관 때문인지, 아니면 성인이 된 후 생겨난 습관인지, 그녀는 무슨 일이 닥치건 그가 제 곁에 있으면 그부터 바라보았다.

그리고 어린 시절이건 지금이건 그는 단 한 번도 그녀의 질문에 틀린 답을 내놓은 적이 없었다. 그러나 이번만은 그도 틀릴 예정이었다. 백리명천을 바라보는 그 검고 깊은 눈동자는 그 바닥이 보이지 않았다.

비연이 막 입을 떼려 했을 때, 그가 갑자기 하늘로 솟아오르더니 옥여의의 날카로운 칼날을 넘어 백리명천 앞에 착지했다.

이 모습을 본 모든 이들이 차가운 숨을 들이마셨다!

"전하!"

"군구신! 안 돼!"

"정왕 전하……."

모두 군구신이 화가 난 나머지 구사일생의 규칙을 잊었다고 여겼다.

그러나 군구신은 아무 소리도 들리지 않는 듯 백리명천 앞에 몸을 숙이더니 그의 턱을 치켜올렸다.

백리명천은 눈을 뜨고 그를 바라볼 수밖에 없었다. 워낙 창졸간에 당해 놀란 나머지, 반항하는 것마저 잊은 듯했다.

군구신이 차가운 시선으로 백리명천의 두 눈을 바라보며 한 글자 한 글자 똑똑히 이야기했다.

"안타깝지만 그녀는 본 왕의 아내다. 사람은 물론이고 마음도 모두 본 왕에게 있지. 그러니 그녀는 결코 네가 자신과 함께 죽기를 바라지 않는다! 너의 호감은 본 왕이 그녀 대신 감사하도록 하겠다! 그리고 네 사부의 체면을 생각해 본 왕은 너를 죽이지 않겠다. 네 사부가 너를 사문에서 쫓아내는 날이 바로 본 왕이 너를 죽일 때니까!"

말을 마친 군구신은 백리명천에게 말할 기회조차 주지 않고, 손에 사납게 힘을 주어 다시 한번 백리명천의 턱을 비틀었다. 그리고 백리명천을 들어 옥여의 위로 끌고 갔다……

사람의 마음을 시험하는 거짓말

옥여의 위에 올려지자 백리명천은 겨우 정신이 들었다. 그는 군구신이 왜 옥여의를 떠났는지 이해할 수 없었다. 다른 사람들도 모두 깜짝 놀라 말을 잇지 못하고 있었다.

바로 그때였다. 날카로운 칼날이 올라오더니 백리명천을 그 안에 가두었다. 이에 모든 이들이 더욱 경악했다.

어째서 이런 걸까? 구사일생이 아니란 말인가? 아홉 개의 옥여의는 죽음이고 나머지 하나는 안전한 것이 아니었다는 말인가? 어째서 마지막 옥여의에서도 칼날이 솟아오른 걸까? 대체 어찌 된 일이지?

앞으로 또 무슨 일이 벌어질까? 출구가 열릴까? 기관이 정식으로 발동할까?

갑자기 지하에서 찰칵찰칵 소리가 들려왔지만 모두 서로의 얼굴만 바라보았다. 혹시라도 소리를 냈다가 기관이라도 발동시킬까 걱정되어서인지 아무도 입을 열지 못했다.

그러나 이 찰칵 소리와 함께 옥여의 아래의 기관이 발동되더니, 옥여의가 아래로 내려가기 시작했다. 물론 옥여의 위에 서 있던 사람들도 함께 천천히 아래로 내려가기 시작했다.

마침내 전다다가 참지 못하고 외쳤다.

"대체 어찌 된 일이지?"

이 말이 끝나자마자 옥여의가 급속도로 하강하기 시작했다. 모두 대처할 틈도 없이 함께 밀실 아래에 감춰져 있는 지하 석실로 떨어졌다.

옥여의는 거대한 쇠사슬로 공중에 매달려 있었다. 모두 옥여의 위에 올라선 채 눈을 휘둥그렇게 떴다. 그들 모두 죽지 않았다!

전다다가 중얼거렸다.

"우리…… 우리 탈출한 건가요?"

군구신이 그제야 설명했다.

"마음이 같지 않으면 죽을 수밖에 없다. 그것은 곧, 사람들의 마음이 같다면 살아날 기회가 있다는 이야기지!"

소위 구사일생이라 하는 것은 사실 기관이 아니라 거짓말에 불과했다. 사람의 마음을 흔들어 놓는 거짓말!

사실 모든 옥여의 위로 칼날이 솟아오르면 생로가 발동하게 되어 있었다. 그러나 열 사람 중 단 한 사람이라도 삶을 탐하고 죽음을 두려워한다면, 혹은 사심을 품고 혼자 살 길을 찾으려 한다면 이 기관은 영원히 발동되지 않을 터였다.

천 년 동안 구사일생 함정에 빠져 죽었던 이들은 사실 기관 때문에 죽은 게 아니라 갇힌 채 굶어 죽은 것이었다. 심지어 서로 싸우다가 죽었을 수도 있었다.

그러나 열 사람 모두 같은 마음으로, 서로에게 강요하거나 '일생'을 억지로 얻으려 하지 않고 옥여의 위에 서기만 하면 이 기관은 곧 파해되었다.

열 사람이 안 될 경우라도, 만약 두려워하지 않고 희생하기를 원하는 사람이 옥여의를 하나하나 밟아 준다면 똑같이 기관이 발동했다. 모든 규칙은 그저 사람의 마음을 시험하는 것이었을 뿐이다.

모두 군구신의 말을 듣고 나서야 그와 비연이 한 행동의 의미를 알게 되었다.

전다다가 크게 안도의 한숨을 내쉬며 말했다.

"다행이네요. 우리 몇몇은 모두 한마음이었으니. 이 비밀을 알아보지 못했다 해도 결국은 우리 모두 이 기관을 파해할 수 있었을 테니까요!"

당정이 눈썹을 치켜세운 채 비연을 한참 바라보다가 참지 못하고 피식 웃었다.

"장난도 참. 미리 말하지 않고!"

"콜록, 콜록!"

정역비가 가볍게 기침해 다른 이들이 함께 있음을 일깨워 주자, 당정이 다급하게 입을 다물었다. 다행히도 지금 다른 이들은 당정이 무슨 말을 했는지에 신경 쓰지 않고 있었다.

백리명천에 의해 중독된 양 장주는 이미 숨을 헐떡이고 있었다. 백소화는 그런 그를 냉랭하게 바라보았다. 마치 양 장주가 방금 했던 행동에 매우 분노하고 있는 것 같았다.

백소화는 양 장주를 위해 급히 약을 요청하지도 않고, 오히려 마음속으로 비연 일행에게 고마워하고 있었다. 비연과 군구신이 시험하지 않았더라면, 그는 양 장주가 이런 사람이라는 걸 몰랐을 거다!

죽음을 두려워하는 것은 인간의 본능이니 크게 비난할 이유가 없었다. 그러나 양 장주는 백리명천에게 애원하며, 군구신이 위탁한 물건을 모두 백리명천에게 돌려주겠다고 말했다. 이것은 엄연히 천옥성의 규칙을 위반하는 일이었고, 경매장의 규칙을 어기는 일이었다. 이런 사람은 경매장의 장주가 될 자격이 없었다!

백리명천이 미간을 찌푸린 채 비연과 군구신을 바라보았다. 그는 갑자기 자신이 방금 했던 행동이며 말이 얼마나 우습게 들렸을지 의식하게 되었다! 특히…… 특히 그가 솔직하게 이야기했던 '좋아한다'라는 고백은……!

모후가 세상을 떠난 후, 그가 사부를 제외하고 누군가에게 솔직하게 말한 것은 이번이 처음이었다. 바로 '비연, 본 황자는 너를 좋아한다. 그러니 기꺼운 마음으로 너와 함께 죽겠다'라는 말이!

비연과 군구신이 분명 승리하리라 확신하면서도, 일부러 그의 낭패한 몰골을 보기 위해 놀린 게 아니라면 무엇일까!

언제나 웃고 있던 백리명천의 눈은 마치 평생 웃음기를 담은 적 없는 것처럼, 점차 원한의 빛이 떠오르기 시작했다.

그의 시선이 비연의 얼굴로 떨어졌다. 그의 목소리도 차갑게 가라앉아 있었다.

"연아, 또 본 황자를 놀렸구나. 하하, 지금 당장 본 황자를 죽이는 게 좋을 서다. 아니라면 인젠가 너도 후회할 날이 올 테니!"

비연은 그를 놀릴 의도가 결코 없었다. 지난번 도요곡에서도 그저 탈출할 생각뿐이었다. 이번에는 군구신처럼, 그저 양 장주를 시험해 볼 생각이었다. 그러다 백리명천의 입 속에 독이 숨겨져 있는 걸 보고 좀 더 신중하게 행동하느라 한참 동안 움직이지 못했을 뿐이었다.

백리명천의 원한 서린 시선을 받으면서도 비연은 두려워하지도, 가책을 느끼지도 않았다. 오히려 마음이 더 편해졌다. 물론 그에게서 그리도 무거운 '좋아한다'라는 말을 들었을 때는 정말로 머리가 텅 비어 버린 것 같아 어찌해야 할지 몰랐지만 말이다.

그녀는 남몰래 안도의 한숨을 내쉰 후 바로 대답했다.

"내 손을 더럽힐 생각 없어! 안심해도 좋아. 반드시 너를 네 사부에게 보내 줄 테니까. 네 사부가 너와 빚을 청산하고 나면, 내 부군의 검은 언제라도 네 목숨을 취할 수 있을 거야!"

백리명천은 대답하지 않았지만, 눈빛이 더욱 음험해졌다. 가슴 역시 눈에 띄게 오르락내리락했다. 백리명천은 심호흡을 하며 분노를 참아 냈다.

군구신이 비연 곁으로 뛰어내린 다음, 다시 그녀를 안고 옥여의 밖으로 뛰어내렸다. 다른 이들 역시 잇달아 바닥으로 뛰어내렸다. 마지막으로 진묵과 망중이 각각 백리명천과 양 장주를 잡고 아래로 뛰어내렸다.

모든 이들이 바닥으로 뛰어내리자 공중에 매달려 있던 옥여의가 하나하나 위로 올라가더니 원래의 자리로 되돌아갔다. 아래에서 보면 천장은 평평하니, 어떤 흔적도 보이지 않았다. 직접 겪지 않았다면, 그 누구도 저 천장 안에 기관이 숨어 있다는 걸 알 수 없을 터였다.

그들이 뛰어내린 곳은 석실이었는데, 실내에는 그들을 제외하고 아무도 없었다. 대신 살짝 열린 돌문이 보였는데, 문밖에서 희끄무레한 빛이 쏟아져 들어오고 있었다.

분명 출구였다.

비연은 양 장주를 한번 살펴본 후, 재빨리 약왕정에서 약을 배합했다. 그리고 그것을 백소화에게 건넸다.

백소화는 양 장주에게 약을 반만 먹여 목숨만 유지하게 해 두었다. 양 장주는 찔리는 구석이 있어 두어 번 나지막한 목소리로 남은 약을 달라고 하다가, 백소화가 대답하지 않는 것을 보고 그만두었다.

백소화는 스스로 제일 앞으로 나섰고, 사람들 모두 그 뒤를 따랐다.

돌문 밖으로 난 통로를 걸어간 지 얼마 되지 않아서였다. 전다다가 기뻐하며, 당정과 정역비를 제치고 제일 앞으로 달려 나가더니 웃으며 말했다.

"이 빛은 햇빛이 아니라 야명주의 빛이에요! 그리고 황금 냄새가 나요! 앞은 출구가 아니라 분명 보물 창고예요!"

보물 창고?

모두 보물 창고보다는 출구를 바라고 있었기 때문에 전다다처럼 흥분하거나 기뻐하지는 않았다. 그렇다고 절망한 것은 아니었다. 정말로 보물 창고라면, 이 지하에 분명 편리하게 출입할 수 있는 문이 있을 것이다. 그렇지 않다면 옥씨 가문 사람들이 어떻게 들어오겠는가?

모두 빠르게 앞으로 걸어갔다. 점점 밝아지는 빛 속에 희미하게 황금 빛이 어려 있었다.

모두 통로 끝 돌문으로 들어갔다. 거대한 원형의 석실 안에는 금과 은을 비롯한 각종 골동품과 보물, 그리고 인어 비늘이 잔뜩 쌓여 있었다……

노비가 아니라 원수인 듯

옥씨 가문이 사람을 가두는 밀실이 이렇게 거대한 보물 창고와 연결되어 있을 줄이야⋯⋯.

모두 뜻밖이었다.

그 자리에서 기이한 보물을 가장 많이 보았던 사람은 역시 경매장의 양 장주였다. 그는 다른 누구보다도 크게 반응했다. 심지어 몸 안에 아직 독이 있다는 것도 잊은 채 본능적으로 기뻐하며 탐욕스러운 표정을 지었다.

그러나 재물을 목숨처럼 사랑하는 전다는 오히려 기뻐 보이지 않았다. 다른 이들은 더더욱 재물을 쳐다도 보지 않았다. 그들은 모두 가득 쌓여 있는 인어 비늘 더미를 바라보고 있었다.

그 인어 비늘은 네 빛깔이었는데, 황금빛이 가장 많아 다른 빛을 뒤덮고 있었다. 이 비늘의 양은 그들이 전에 본 것보다 훨씬 많았다. 이 비늘에 대체 어떤 잔혹한 이야기가 숨어 있을지 도무지 상상조차 할 수 없을 정도였다!

고요한 가운데, 비연은 저도 모르게 백리명천을 곁눈질했다. 점차 다른 사람들도 모두 그를 바라보기 시작했다.

대체 얼마나 큰 원한이기에 이렇게 잔혹하게 대규모로 학살할 수 있을까? 아무래도 부족 간에 전쟁이 있었던 게 틀림없었다. 그러나 전쟁을 했다 해서 이렇게 잔인하게 비늘을 벗겨 낼 필요까지는 없지 않은가!

옥씨 가문과 구려족의 관계는 말할 것도 없고, 단순히 옥씨 가문과 인어족의 관계만 이야기한다 해도, 결코 노부인이 말한 대로 주인과 노예 관계는 아니었다!

백리명천은 여전히 진묵에게 잡혀 있는 상태였다. 그도 쌓여 있는 비늘을 바라보고 있었다. 그의 가늘고 긴 눈이 온통 황금빛으로 가득 찼다. 따뜻하고 부드럽게 느껴지는 황금빛이었지만, 그에게는 유달리 자극적으로 느껴졌다!

아무리 인간미 없는 사람이라도 이렇게 많은 동족이 학살당한 증거를 눈앞에 두면 분노하고 원한을 품기 마련이다. 하물며 백리명천은 인간적인 감정이 부족한 사람이 아니었다.

어린 시절 그 일이 있기 전 그는 열정적이고 따뜻한 성격이었고, 인어족이라는 신분을 자랑스러워했다. 그가 가장 사랑하는 일은 바로 인어족과 함께 거대한 강에서 자유롭게 헤엄치는 것이었다.

천 년 전에 인어족이 흔적도 없이 사라지고, 옥인어족이 은거하게 된 건 바로 여기 쌓여 있는 비늘과 관계있는 건 아닐까? 축운궁주 역시 인어족의 후예라 했다. 그녀는 이게 어찌 된 일인지 알고 있을까?

옥인어족이 바다에 들어가면 안 된다는 저주에는 대체 어떤 비밀이 숨어 있는 걸까? 옥씨 가문과 구려족 중 누가 인어족을 도살한 걸까? 인어족이 망하지 않은 이상, 이런 살육이 또 벌어질 수 있을까?

백리명천의 눈에서 다시 한번 원한이 쏟아졌다. 이번 원한은 이전과 완전히 달랐다! 이전에는 개인적인 은원으로 마음속에서 나왔다면, 지금의 원한은 가문의 존망과 관련된 것으로 인어족의 핏줄 속에서 불타오르고 있었다.

그는 원래 어떻게 빚을 받아 낼지만 고민했기에 축운궁주에게 별 관심 없이, 그저 수희에게 장단을 맞춰 주고 있었을 뿐이었다. 옥씨 가문 사당에 들어서는 순간에도 인어족이 노비였다는 말을 믿지 않았고, 그저 옥씨 가문의 노부인이 어떻게 상황을 수습하는지 지켜보려는 생각뿐이었다.

그러나 이 순간 그의 머릿속을 가득 채운 생각은 옥씨 가문의 배경을 철저히 조사하고, 이 상황에서 몸을 빼내 축운궁주를 만나야겠다는 것이었다!

모든 이들이 백리명천의 원한을 느낄 수 있었다.

백소화가 먼저 입을 열었다.

"이렇게까지 잔인하다니, 노비가 아니라 원수였던 것 같습니다."

군구신과 비연도 물론 이 말을 들었다. 두 사람 모두 무슨 말인가 하려다가 결국은 그만두었다.

군구신이 성큼성큼 안으로 들어갔고 비연 역시 그 뒤를 따랐다. 그 모습을 보고 모두가 잇달아 들어갔다.

진묵은 백리명천을 데리고 들어간 뒤 벽에 기대게 했다. 백리명천은 그 자리에 앉은 채 쌓여 있는 비늘에서 시선을 떼지 않았다.

군구신은 정역비 일행에게 보물 상자를 조사하도록 명령한 후 비연과 함께 원형 석실을 살펴보기 시작했다.

이 석실 오른쪽으로는 꽉 닫힌 돌문이 있었는데, 출구처럼 보였다. 비연이 그 문을 밀어 볼지 말지 머뭇거리자 군구신이 말했다.

"보물 창고가 감옥에 있을 리 없으니, 아무래도 여기 있는 모든 기관은 사람을 가두기 위한 게 아니라 도적을 막기 위한 것일 거야."

비연이 고개를 끄덕이며 말했다.

"그렇다면 옥씨 가문 사람이 이 보물 창고에 내려올 때는 아마 우리가 온 길을 그대로 따라오겠지. 그들은 구사일생의 현기를 아는 거겠지? 그래서 쉽게 들어올 수 있을 테고."

백소화도 고개를 끄덕이며 진지하게 말했다.

"보물 창고는 대부분 입구와 출구가 분리되어 있기 마련입니다. 입구는 그저 들어올 수만 있고 나갈 수는 없으며, 출구는 나갈 수만 있고 들어올 수는 없지요. 구사일생을 설치해 놓은 걸 보면, 아마 위의 밀실로 되돌아갈 방법은 없을 겁니다. 이 길이 바로 출구로 통하는 길이겠지요!"

비연이 몹시 기뻐하며 당정을 바라보았다.

"당정, 네 생각은 어떻지?"

당정은 암기에 익숙할 뿐 아니라 기관술도 상당히 잘 알고 있으니, 이 자리에 있는 사람 중에서 가장 발언권이 센 셈이었다.

당정은 벽에 그려진 거대한 옥여의를 바라보다가 비연이 부르는 걸 듣고 고개를 돌렸다.

"마마, 무슨 일이신가요?"

비연은 당정이 정신을 팔고 있던 이유를 알지 못했기에 웃으며 물었다.

"출구를 찾는 것 외에 또 다른 일이 있는 건가?"

당정은 꽤 능력이 있었다. 그녀는 주변을 둘러보며 이미 분석을 끝낸 상태였는데, 대부분 비연 일행의 추측과 비슷했다.

마지막으로 당정이 다시 한번 진지하게 말했다.

"형세를 보건대 구사일생 아래는 보물 창고입니다. 이 거대한 석실은 보물을 보관하는 곳이고, 방금 우리가 떨어진 작은 석실도 분명 그럴 겁니다! 이 크고 작은 석실 두 곳을 연결하는 통로가 있다는 걸 생각하면, 분명 다른 물건을 보관하게 되어 있을 겁니다. 작은 석실이 텅 비어 있는 건 이상하니, 분명 뭔가 숨겨져 있을 겁니다! 게다가 보물 창고는 도적이 들어오는 걸 막을 뿐 아니라 나가는 것도 막아야 하니, 출구가 입구보다 훨씬 위험할 듯합니다. 우리가 지금 기뻐할 일은 아닌 것 같아요!"

당정의 마지막 말은 실망스러웠지만, 비연과 군구신은 낙담하지 않았을 뿐 아니라 오히려 두 눈을 빛냈다.

옥씨 가문의 보물 창고에는 분명 기이한 보물 외에도 조상들에게서 전해져 내려오는 물건들이 있을 것이다. 어쩌면 그중에서 몇 가지 비밀을 발견할 수 있을지도 모른다. 만약 옥씨 가문의 족보 같은 물건을 찾을 수 있다면, 모든 진상도 밝혀낼 수 있을 것이다!

비연은 흥분한 나머지 배가 고픈 것도 잊고 몸을 돌려 되돌아갔다.

"어서 돌아가 살펴보자!"

모두 비연의 뒤를 따랐지만, 전다다는 미동도 하지 않았다.

비연이 고개를 돌렸다가 하마터면 '전아'라고 부를 뻔했으나, 다행히도 제때 말을 삼킬 수 있었다.

그녀는 일부러 놀리듯 말했다.

"꼬마 아가씨, 함께 가야지!"

꼬마 아가씨?

전다다는 속으로 투덜거렸다.

'흥, 언니는 뭐 대단히 큰 것처럼 말하네!'

전다다는 백리명천을 흘깃 본 다음, 바로 엄숙한 태도로 말했다.

"이 나쁜 놈은 여기 남겨 두시지요. 제가 대신 파수를 보고 있겠습니다. 저자가 여기 있는 보물들을 엿보지 못하도록 말이지요!"

비연은 전다다가 금원보에 욕심을 낸다 생각하고 호쾌하게 그러라고 대답했다. 물론 그녀는 진묵을 함께 남겨 두는 걸 잊지 않았다. 백리명천이 중독된 상태에서도 양 장주를 처리할 수 있었으니, 전다다 하나만 남겨 두는 것이 불안했다.

이렇게 비연 일행은 오던 길로 되돌아가고, 전다다와 진묵이 백리명천을 지키게 되었다.

비연이 멀리 간 것을 확인한 전다다의 입이 슬며시 위로 올라가기 시작했다. 그녀는 왼쪽으로 가서 백리명천을 바라보고, 다시 오른쪽으로 가서 진묵을 바라보았다. 두 사람 모두 그녀를 상대하지 않자, 그녀의 미소에 사악한 빛이 더해졌다.

그녀는 금원보 더미로 다가가더니 진지하게 말했다.

"옥씨 가문 노부인은 정말 너무하지. 본 소저를 이렇게 오랫동안 가둬 두다니. 내 몸도 마음도 힘들게 했을 뿐 아니라 굶기기까지 했으니. 흥, 내가 배상을 받아 내야 옳겠지!"

그녀는 등 뒤에서 별 낌새가 없자 두 사람을 아예 공기 취급하며, 쌓여 있는 금원보로 머리를 들이밀었다.

전다다는 백리명천에게서 벗겨 냈던 보랏빛 외투를 펼치고 거대한 황금 보따리를 싸기 시작했다. 그녀가 싼 보따리가 어찌나 큰지, 몇 번이나 어깨에 떠메려 했지만 도저히 어깨까지 올릴 수 없었다. 결국은 바닥에 질질 끌고 갈 수밖에 없었다.

물론 바닥에 끄는 것도 그야말로 젖 먹던 힘까지 다 짜내서야 겨우 문가까지 끌고 갈 수 있었다.

"후……."

그녀는 크게 한숨을 내쉬고 고개를 들었다. 그리고 그제야 백리명천과 진묵이 무표정한 얼굴로 자신을 바라보고 있는 걸 발견했다…….

붉은빛, 이상한 모습이 다시 나타나다

백리명천과 진묵이 자신을 보고 있는 걸 발견한 전다다는 갑자기 민망한 기분이 들었다. 그녀는 웃으며 변명했다.

"보상금이야, 보상금!"

진묵은 고개를 돌려 다른 방향을 바라볼 뿐 아무 대답도 하지 않았다.

백리명천은 그녀를 물끄러미 응시하더니, 아무 말 없이 시선을 돌려 인어족 비늘을 바라보았다.

전다다는 마음이 좀 찔렸다. 그녀는 고개를 숙인 채 천천히 금원보 보따리를 벽으로 끌고 간 다음, 보따리에 기댄 채 가부좌를 틀고 앉았다.

그녀는 깊이 생각한 후 결국은 몸을 일으켰다. 전다다는 보따리에서 금원보를 하나하나 꺼내 다시 금원보 더미로 돌려놓았다. 정말이지 마음이 아파 견딜 수가 없었다!

그녀가 자리로 돌아왔을 때, 백리명천과 진묵이 각각 오른쪽과 왼쪽을 보면서 그녀에게는 눈길도 주지 않았다. 그녀가 진지하게 말했다.

"다 되돌려 놨어. 하나도 안 가졌다고! 이 일로 나를 모욕해서는 안 돼! 그리고 방금 있었던 일에 대해서는 한 마디도 입 밖에 내지 말도록 해!"

진묵은 앞쪽 꽉 닫힌 돌문에서 뭔가를 발견한 듯 살짝 미간을 찌푸릴 뿐, 전다다를 상대하지 않았다.

백리명천은 여전히 인어족 비늘을 바라보았다. 가늘게 뜬 그의 눈에 붉은빛이 스쳐 가더니 곧 텅 비어 버렸다. 마치 혼을 빼앗긴 듯한 모습이었다.

전다다는 백리명천의 이상한 모습을 눈치채지 못했다. 그녀는 찔릴 뿐 아니라 민망하기도 해서 입을 비죽이며 보랏빛 외투를 백리명천에게 던졌고, 그제야 그는 정신이 들었다.

백리명천은 바로 자신에게 무슨 일인가 생겼음을 깨달았으나, 대체 어디가 이상해진 건지는 알 수 없었다. 그저 아주 기이한 느낌이 들 뿐이었다.

전다다가 차갑게 말했다.

"돌려줄게."

백리명천이 외투를 흘깃 본 다음 무시하듯 코웃음을 치고 아무 말도 하지 않았다.

전다다도 코웃음을 되돌려 주었다. 갑자기 기분이 상쾌해지는 듯하더니 켕기는 구석이 사라졌다. 그녀는 거리를 재어 본 다음, 백리명천의 왼쪽, 진묵에게서 가까운 자리에 앉았다.

방 안이 다시 고요해졌다.

백리명천은 자신이 대체 어찌 된 건지 알 수 없었다. 인어족 비늘을 바라본 지 얼마 되지 않아 눈에 다시 붉은빛이 나타났고, 그는 그대로 멍하니 있었다. 정신을 차리기까지 시간이 얼마나 흘렀는지도 알 수 없었다.

그는 자신이 어딘가 이상해졌다는 걸 깨달았을 뿐 아니라, 기억을 잃은 것 같다는 느낌도 받았다. 방금 멍하니 있던 그 시간 동안 그는 아무것도 기억할 수 없었다. 아니, 머릿속이 그대로 텅 비어 버린 것 같았다. 대체 어찌 된 걸까?

그는 다시 한번 가득 쌓인 비늘을 바라보았다. 마음속 원한이 이유 모를 공포감으로 변했다. 그는 재빨리 시선을 돌리고는 다시 비늘을 바라볼 엄두조차 내지 못했다.

대체 어찌 된 걸까? 북해에서 돌아온 후 이런 증상이 있었다. 설마…… 북해와 관련된 걸까? 인어족이 바다에 들어가서는 안 되는 것과도 관계가 있을까?

그는 아주 오랫동안 정신을 잃었다. 그 기간에 무슨 일이 벌어졌던 걸까?

소 숙부는 옥 인어의 선혈이 봉인을 풀 수 있노라고, 북해에 봉인된 건명력을 끌어낼 수 있다고 했다. 축운궁주는 북해에 옥인어족에게 속한 힘이 잠들어 있다고 했다. 진실은 그중 무엇일까? 도무지 답을 알 수 없었다.

계속 생각을 거듭하다 보니 두통이 밀려왔다. 백리명천은 고개를 저으며 잠시 생각을 접어 두기로 했다. 그리고 고개를 돌려 전다다를 바라보았다. 이 순간 그녀는 입술을 비죽이며 금원보 더미를 바라보고 있었는데, 그 표정은 귀엽다면 무척 귀여웠다.

백리명천이 전다다를 바라보다가 저도 모르게 웃으며 물었다.

"꼬마 아가씨, 돈을 아주 좋아하나 보군?"

전다다는 그제야 고개를 들었다. 그녀는 잠시 멈칫하는 듯하더니 바로 대답했다.

"그쪽이 알 바 아니거든!"

백리명천이 화를 내지 않고 다시 말했다.

"돈이 없어 보이지는 않는데."

전다다가 반문했다.

"돈이 없지 않다고 좋아할 수 없는 건 아니잖아?"

백리명천이 고개를 들어 벽을 바라보더니 잠시 후에야 대답했다.

"사람은 자신에게 모자란 것을 좋아하기 마련이야. 자기에게 있는 물건은 그렇게까지 좋아하기 어렵지."

전다다는 이 말에 다른 의미가 있다는 생각이 들어 한참 생각한 후, 고개를 끄덕이려다가 갑자기 멈췄다.

그녀는 백리명천을 바라보며 진지하게 말했다.

"아니야! 가진 물건일수록 당연히 더 아껴야 하는 거잖아?"

백리명천은 그렇다고 생각하지 않았다.

전다다가 점점 더 진지해졌다.

"만약 아끼고 귀하게 여기지 않으면 잃게 될 거야! 얻지 못하면 그저 여한이 남을 뿐이지만 잃게 되면 후회막급이겠지! 인생은 짧아. 여한을 남기는 게 후회하는 것보다 나은 거야!"

백리명천은 그저 아무 얘기나 하며 신경을 분산시키려 했을 뿐이었다.

그런데 전다다, 이 소녀가 뜻밖에도 이리 영리할 줄이야.

차라리 여한을 남기고, 후회하지 않는 것이 낫다……! 그러나 이 세상에 후회하지 않을 수 있는 사람이 대체 얼마나 될까?

백리명천이 물었다.

"만약 아꼈는데도 잃게 된다면?"

전다다는 생각도 하지 않고 대답했다.

"그럼 잊어버려야지!"

백리명천이 소리 내어 냉소했다.

"말은 쉽지!"

전다다가 바로 진지하게 물었다.

"쉽지 않았던 모양이지? 무엇을 잃었는데?"

이 말을 들은 백리명천은 당황했다. 그는 그제야 자신이 너무 많은 이야기를 했음을 깨닫고, 차가운 목소리로 말했다.

"우스운 이야기군. 본 황자가 어찌 무엇이건 잃었겠느냐!"

전다다는 아무 말도 하지 않았고, 백리명천 역시 더 말하지 않았다. 두 사람은 침묵 속에 빠져들었다.

전다다가 비늘을 흘깃 보더니, 잠시 망설이다가 나지막한 목소리로 말했다.

"부족 사람들을 잃었잖아. 아주…… 아주 많이."

백리명천은 대답하지 않았다.

전다다가 진묵을 곁눈질했다. 그러나 그가 자신들을 신경 쓰지 않는 걸 보고, 그녀는 다시 목소리를 낮춰 백리명천을 위로하기 시작했다.

"힘들어하지 마. 최소한 이 비밀을 알았잖아. 비록 스스로 복수를 할 수 없더라도, 정왕 전하께서 옥씨 가문 노부인을 그대

236

로 내버려 두지 않으실걸. 우리가 나가면 옥씨 가문은 완전히 난리가 날 거야!"

백리명천은 여전히 아무 말도 하지 않았다.

전다다가 다시 말했다.

"주먹을 쥐어 봐."

백리명천은 그제야 눈을 들어 물었다.

"무엇 때문에?"

전다다가 주먹을 쥔 다음 진지하게 말했다.

"우리 칠 숙부가 말해 준 건데, 모든 사람의 심장은 딱 자기 주먹 크기래. 그래서 그 안에 담을 수 있는 사람은 한계가 있어. 너무 많은 사람을 담으면 힘들어 죽게 되는 거야."

백리명천은 믿는 듯 마는 듯 한 표정이었지만, 어쨌든 주먹을 쥐었다.

"그것 봐. 심장은 딱 그 정도 크기인데, 어떻게 저렇게 많은 이들을 대신해 괴로워할 수 있겠어?"

전다다가 백리명천의 눈동자를 물끄러미 바라보았다.

"너무 괴로워하지 마. 응?"

전다다의 맑은 눈동자를 바라보는 순간, 백리명천은 살짝 굳어 버렸다. 마음에 따뜻한 기운이 올라왔다. 그는 입을 열어 무슨 말이라도 하려 했지만, 한마디도 나오지 않았다.

전다다가 그를 바라보며 대답을 기다리고 있었다. 그는 황망하게 전다다의 시선을 피했지만, 전다다는 기죽지 않고 계속 권하려 했다. 백리명천은 차라리 화제를 돌리기로 했다.

"칠 숙부? 숙부가 그렇게 많은가?"

전다다가 이야기한 칠 숙부는 바로 고칠소로, 백리명천의 사부인 고 영감이었다. 전다다는 백리명천이 자신의 신분을 알아내려 한다는 걸 깨닫고 일부러 거짓말을 했다.

"물론이지. 하지만 나는 칠 숙부가 가장 좋아. 정말 대단한 분이거든. 칠 숙부의 이야기를 듣는 게 제일 재미있어!"

"보아하니 정말 대단한 분인 모양이군!"

백리명천의 말에 전다다가 진지하게 대답했다.

"그야 당연하지!"

백리명천이 재빨리 물었다.

"어떤 부분이 그렇게 대단하지?"

전다다가 헤헤 웃었다.

"그건 말해 줄 수 없지!"

백리명천은 그제야 눈앞의 이 소녀가 보이는 것처럼 그렇게 멍청하고 귀엽기만 한 게 아니라, 아주 영리하다는 걸 깨달았다! 그가 어떻게 속을 더 떠볼지 고민하고 있노라니, 전다다는 대화를 나누지 않겠다는 듯 몸을 일으켜 통로로 걸어갔다.

이 순간, 비연 일행은 작은 석실에 숨겨진 것을 발견했다. 바로 벽에 보이지 않게 숨겨져 있던 옥여의를⋯⋯.

그녀가 틀렸을 리 없어

옥씨 가문 사당 안은 제례를 위한 전각이건, 아니면 지하 밀실이건, 어디에나 옥여의가 그려진 벽화가 있었다. 크기가 큰 것도 있고 작은 것도 있었으며, 색도 모두 달랐다. 생동감이 넘치게 그려진 것도 있고, 모호해 잘 보이지 않는 것도 있었다. 그러나 지금 비연 일행이 보고 있는 것은 진짜 백옥으로 만들어진 옥여의였다.

이 옥여의는 크기가 크지 않아 여의 꽃 부분은 성인의 손바닥 정도의 크기였지만, 아주 정교하여 조잡한 느낌이 전혀 없었다. 멀리서 보면 옅은 빛이 옥여의 전체를 감싸고 있는 것처럼 보여 매우 신비로운 느낌을 주었고, 가까이서 보면 매끄럽고 투명하여 맑고 상쾌한 기분이 들었다.

이 옥여의는 결코 단순한 물건이 아니었다. 그러나 성의 없게 벽의 격자 사이에 숨겨져 있는 걸 보면 대단한 보물 같지도 않았다.

모두 의혹에 가득 찬 눈빛으로 바라보는 가운데 비연이 손을 뻗었다. 옥여의를 꺼내 한번 제대로 살펴볼 생각이었다. 그러나 이게 웬일일까. 그녀는 뜻밖에도 옥여의를 움직일 수 없었다.

비연이 모두를 바라보여 외쳤다.

"이상해!"

군구신이 시험해 보았으나 여전히 움직일 수 없었다. 옥여의는 마치 그 자리에 그대로 고정된 것 같았다.

이 순간 모두 홀연히 깨달았고, 비연이 외쳤다.

"설마 이것도 기관인 걸까?"

모두 거의 동시에 당정을 바라보았다.

이 순간 당정은 격자 안 도안을 응시하고 있었다. 그것은 옥씨 가문 위령패 뒤에 있던 도안과 같았는데, 바로 둘로 나뉜 옥여의가 팔八 자 형태로 용을 받치고 있는 모양이었다.

당정은 넋이 나간 듯한 표정으로, 다른 이들이 자신을 바라보고 있는 것조차 눈치채지 못했다. 그녀 뒤에 있던 정역비가 조용히 그녀를 잡아당겼지만, 당정은 움직이지 않았다.

정역비가 입 끝을 들어 올리며 다시 잡아당기자, 당정이 뜻밖에도 사납게 그의 손을 쳐내며 외쳤다.

"방해하지 마!"

정역비는 말할 것도 없고 일행 모두 깜짝 놀랐다. 당정이 왜 이러는 걸까?

모두 의아해하는 동안 당정이 갑자기 고개를 들더니 흥분한 얼굴로 외쳤다.

"기억났어! 기억났다고! 틀릴 리 없어, 그분이라고!"

뭐라고?

모두 더욱더 의아한 표정이 되었다.

당정이 비연에게로 달려가더니 흥분하여 외쳤다.

"옥 언니 말이야! 옥 언니야, 생각났어!"

옥씨 가문 위령패의 도안을 봤을 때부터 당정은 계속 익숙한 느낌을 받았다. 아무리 생각해도 어디선가 본 적 있는 도안이었다.

지금 다시 이 도안을 보자 그녀는 마침내 이 옥여의를 어디서 봤는지 기억해 냈다. 바로 한가보 소 부인의 등에서 봤던 것이다!

소 부인 등에는 기이한 표식이 하나 있었는데, 얼핏 보기에는 아무것도 아닌 것 같았지만 진지하게 들여다보면 그게 옥여의 절반이라는 것을 알 수 있었다.

당정이 소 부인에게 물어보았을 때, 소 부인은 태어날 때부터 있던 거라고 답했다. 어린 시절에는 아주 아름다웠지만, 나이가 들면서 모양이 비틀리고, 심지어 추해 보이기까지 하게 되었다고.

어째서 이런 표식이 있는 건지, 어째서 절반뿐인지는 소 부인도 알지 못했다. 소 부인은 고아였고, 줄곧 이 표식이 가문과 관계있는 건 아닐까 의심하고 있었다. 그러나 최근 수년 동안 계속 추적해 보았지만 안타깝게도 아무 수확이 없었다.

당정의 설명을 들은 비연 일행은 비할 데 없이 놀랐다. 비연과 군구신은 비록 소 부인에 대해 아는 게 많지는 않았지만, 소 부인이 고아라는 사실은 알고 있었다. 설마 소 부인이 옥씨 가문과 관계있는 걸까?

백소화와 양 장주는 '옥 언니'가 누구인지 알지 못했다. 그러나 당정의 이야기를 듣고 '옥 언니'가 분명 옥씨 가문 사람이리라 생각하게 되었다.

백소화가 궁금한 듯 물었다.

"옥씨 가문의 누구입니까?"

당정은 그제야 그 자리에 외부인이 있음을 깨닫고 말없이 비연을 흘깃거렸다. 백소화는 믿을 만한 사람이었지만, 그녀는 이런 일을 자기 마음대로 할 생각이 없었다.

비연도 군구신을 바라보았다. 의심할 바 없이 군구신이 결정을 내려 주기를 바라는 듯했다.

군구신은 생각한 바가 있어 이렇게만 말했다.

"말하자면 너무 긴 이야기인지라."

백소화는 영리한 사람이었기에, 이 말을 듣자 고개를 끄덕이며 더 묻지 않았다.

당정이 진지하게 그 옥여의를 살펴보았지만, 옥여의의 비밀을 찾아낼 수는 없었다.

비연이 말했다.

"먼저 출구를 찾는 게 좋을 것 같아."

당정의 추측에 따르면 적지 않은 함정이 그들을 기다리고 있을 터였다. 이곳에서 시간과 체력을 낭비하느니 어서 출구를 찾는 편이 나았다. 나가기만 하면 옥씨 가문 노부인을 체포해 심문할 수 있을 테고, 그렇게 되면 모든 진상이 밝혀질 것이다.

모두 동의했다.

그들이 보물 창고로 돌아왔을 때 전다다는 이미 웅크린 채 잠들어 있었고, 백리명천은 벽에 기댄 채 쉬고 있었다. 진묵은 꽉 닫힌 거대한 돌문 앞에 서 있었는데, 한 손으로 뒷짐을 진 채 다른 손은 돌문 앞에서 그림을 그리듯 움직이고 있었다.

비연이 재빨리 물었다.

"진묵, 새로 알아낸 거라도 있어?"

진묵이 고개를 돌리더니 보기 드물게 해맑게 웃었다. 보는 사람이 함께 즐거워지는 웃음이었다. 이 세상에 만약 웃는 얼굴과 진귀하다는 말이 어울리는 사람이 있다면, 바로 진묵일 터였다.

비연은 그가 웃는 걸 처음 보는 건 아니었지만, 이 순간은 정말 진귀한 느낌이 들었다. 그가 이렇게 웃는 걸 보면 분명 아주 좋은 일이 있음이 분명했다.

과연, 진묵이 말했다.

"주인님, 문 여는 법을 발견했어."

모두 놀라며 기뻐했고, 비연은 특히 행복한 표정으로 물었다.

"어떻게 여는데?"

진묵이 늘 가지고 다니는 안료용 광석을 꺼내더니 벽 위에 그림을 그리기 시작했다. 뜻밖에도 벽 위에 모호하게 보이던 그림들이 점차 또렷하게 나타났다.

벽의 벽돌 하나하나마다 불규칙한 도안이 무질서하게 널려 있었는데, 전체적인 그림을 이루지는 못하고 있었다. 모두 이게 어찌 된 일인지 이해하지 못했다.

진묵이 가볍게 벽돌 하나를 두드렸다. 소리를 들어 보니 안쪽이 비어 있었다. 진묵은 그 벽돌을 빼냈다. 사람들은 그 벽돌 뒤에 무슨 기관이라도 있지 않을까 생각했지만, 진묵은 이내 다른 벽돌의 위치를 옮기기 시작했다.

모두 의아해하는 가운데 비연이 외쳤다.

"조각 그림 맞추기!"

그렇다, 조각 그림 맞추기였다!

진묵은 모두가 이해할 수 있도록, 모호하게 그려진 그림을 다시 한번 그렸다. 그의 안목이라면 그림을 다시 그릴 필요 없이도 완벽하게 그림을 짜 맞출 수 있었다.

진묵은 조용히 벽돌을 옮겼고, 모두의 시선이 그의 손길을 좇았다. 점차 돌문 위에 옥여의 도안이 또렷하게 나타났다. 두 개의 옥여의가 좌우 양쪽에, 마치 손잡이처럼 우뚝 서 있었다.

그리고?

모두 눈 한번 감지 못하고 긴장한 채 기다렸다. 진묵이 빼냈던 벽돌을 텅 빈 자리에 되돌려 넣자 돌문이 천천히 자동으로 열렸다.

빛이 쏟아져 들어오기 시작했다. 그 빛이 어찌나 자극적으로 느껴지는지 모두 눈을 감고 싶었지만, 경험을 되살려 그들 중 아무도 눈을 감지 않고 일단 뒷걸음질을 쳤다. 문 뒤가 어떤 곳일지 그 누구도 알지 못했기 때문이다.

그러나!

문이 완벽하게 열리고 모두의 눈이 빛에 익숙해졌을 때, 모두 놀라고 기뻐했다! 출구였다!

정말로 출구였다. 바깥으로는 햇빛 아래 꽃이 활짝 피어 있는 작은 정원이 보였다.

당정이 웃으며 말했다.

"내 추측이 틀렸네요!"

비연도 웃으며 말했다.

"이렇게 어려운 기관이면 다른 기관 열 개만 한걸. 진묵이 없었으면 우린 아마 저 안에서 굶어 죽었을 거야!"

군구신은 망중에게 백리명천을 끌고 나오라 명령했다. 비연은 눈을 가늘게 뜬 채 가장 먼저 밖으로 나가 외쳤다.

"자, 살아 나왔으니 일단 빚을 갚으러 가야겠지!"

잘됐어, 마침 밥을 얻어먹으러 가려던 참이야

옥씨 가문 보물 창고의 출입구는 작은 정원으로 통하고 있
었다.

모두 빠져나오자 돌문이 자동으로 닫혔다. 돌문의 이쪽에도
매우 희미한 옥여의 도안이 그려져 있었는데, 가까이에서 유심
히 보지 않는 한 잘 알아볼 수 없었다.

곧 돌문 가장 아래쪽에 있는 벽돌이 자동으로 빠져나오더
니, 다른 벽돌들이 자동으로 이동하기 시작했다. 그 속도가 어
찌나 빠른지 눈으로도 좇지 못할 정도였다.

벽돌의 이동이 끝났을 때는 옥여의 도안은 이미 흩어져 아
무 의미도 없어 보이는 문양으로 변해 있었다. 진묵이 설명해
주지 않았다면 모두 눈앞의 도안이 옥여의 그림의 일부라는 걸
알아볼 수 없었을 것이다.

당정이 재빨리 앞으로 나가, 기억에 의지해 벽돌의 위치를
바꿔 가며 옥여의 그림을 복원했다. 그러나 아무리 밀어도 문은
열리지 않았다. 과연 이 문은 나올 수만 있을 뿐 다시 들어갈 수
는 없었다!

"아주 절묘한데! 앞으로는 암기 대신 기관술을 배워야겠어."

당정은 아주 신이 난 모양이었다. 그녀는 조심스럽게 벽돌
하나를 집어넣으며 중얼거렸다.

"기관술의 최고 경지는 바로 사람을 가두는 것이고, 구사일 생이 바로 그러하지. 기관술의 가장 교묘한 경지는 지극히 간단한 동시에 지극히 어려워. 가장 간단한 설치로 가장 어려운 판을 짜내는 거지!"

정역비는 그녀의 말에 동의했지만, 계속 눈을 내리깐 채 아무 말도 하지 않았다. 의심할 바 없이, 그는 당정의 부친을 생각하는 중이었다.

당 가주가 만약 당정의 이 말을 듣는다면 분명 조급해할 것이다. 당씨 가문에는 자식이 당정뿐이니, 당정이 암기를 계승하지 않는다면 당씨 가문의 암기는 그대로 끊어질 테니 말이다.

군구신은 꽤 감개무량했지만 담담하게 말했다.

"기관술도 대단하지만 권모술수는 더 대단하겠지. 갇혀 죽는다……. 간단하기도 하고 복잡하기도 하군."

비연은 당장이라도 옥 노부인 앞에 나서지 못해 안달이었다. 그녀가 재촉했다.

"이렇게 주도면밀하게 판을 깔아 놓은 걸 보면, 이 보물 창고에는 분명 대단한 비밀이 있을 거야! 어서 가자고!"

모두 이곳이 옥씨 가문 사당의 정원이라 생각했으나, 백소화와 양 장주는 이곳이 옥씨 가문 저택의 후원임을 알아보았다! 당정이 다시 한번 감탄했다.

"사당으로 들어가 저택으로 나오다니! 대단한걸!"

이 말이 끝나는 순간, 칼을 든 시위 몇 명이 주변이며 지붕에서 나타나 그들을 포위했다. 모두 키가 크고 몸집이 우람했으며, 얼굴도 아주 악랄해 보였다. 그러나 그들이 움직이기도 전에 정역비와 망중이 먼저 손을 쓰기 시작했다.

옥씨 가문은 이 보물 창고의 기관에 대단한 자신감을 가지고 있는 모양이었다. 이 시위들은 겉만 번지르르할 뿐 실력은 형편없었다. 정역비는 말할 것도 없고 망중도 세 초식이면 그들을 해치울 수 있었다.

얼마 지나지 않아 시위들은 모두 바닥에 쓰러졌다. 비연이 바로 앞으로 나서더니 시위의 등을 밟은 후 물었다.

"너희 노부인은 지금 어디 있지?"

시위들이 비연을 흘깃 보고는 아무 말도 하지 않았다. 비연이 비수를 꺼내 시위의 눈앞에 대고 날카롭게 외쳤다.

"솔직하게 말할지, 아니면 눈이 멀지 스스로 선택하도록 해!"

시위는 비연의 비수에 위협당하지 않았다. 그러나 이 순간 그녀의 패기며 잔혹한 눈빛에 얼어붙고 말았다. 이런 시선은 남자라 해도 쉽게 가질 수 있는 게 아니었다.

시위가 재빨리 대답했다.

"노마님, 마님은 객당에 계십니다!"

객당?

비연이 다시 물었다.

"옥씨 가문에 어떤 손님들이 온 거지?"

시위의 시선이 곁에 있던 백소화와 양 장주에게로 날아가는가 싶더니, 겨우 대답했다.

"백씨 저택의 노집사와…… 경매장의 집사들입니다. 노마님께서 직접 연회를 베풀어 초청하셨습니다."

이 말을 듣자 모두 어찌 된 일인지 알아차렸다. 그들이 밀실에 갇혀 있던 동안 옥씨 가문의 노부인은 이미 옥명양과 관련한 일을 수습한 것이다. 그리고 지금 그녀는 분명 백씨 가문과 경매장에게 손을 쓰는 중일 터였다.

백씨 가문이건 경매장이건, 주인이 돌아오지 않으면 주인을 찾기 위해 노부인에게 올 수밖에 없었다.

만약 노부인이 공개적으로 두 곳을 압박한다면 도움을 얻기 어려울 뿐 아니라 사람들의 입방아에 오르게 된다. 그녀는 현명하게도 매수, 혹은 위협의 방법으로 백씨 가문의 집사와 경매장의 집사들을 제 사람으로 끌어들이기로 작정한 것이다.

비연이 발을 내려놓은 후 직접 시위를 잡아끌었다.

"잘됐군. 우리 모두 배가 고프던 참이라, 마침 밥이나 얻어먹으러 갈까 했거든. 길을 안내하도록!"

밥 이야기를 듣자 전다다가 즉시 앞으로 달려 나왔다.

"어머나! 왕비마마, 이런 일에 마마께서 직접 손을 쓰실 필요 없어요. 제가 할게요!"

그녀는 비연이 승낙하기도 전에 냉큼 시위를 잡아채더니 가장 앞으로 끌고 가 재촉했다.

"자, 어서! 나 배가 고파 죽을 지경이란 말이야. 어서 길을 안내하라고!"

시위는 곧 모두를 옥씨 가문 객당으로 안내했다.

객당의 대문은 굳게 닫혀 있었고, 문밖에는 시위가 여럿 있었다. 비연 일행을 본 그들은 눈을 휘둥그렇게 떴다.

이번에는 정역비와 망중뿐 아니라 당정과 전다다도 가세했다.

싸움이 막 시작되었을 무렵 객당의 대문이 열리더니, 옥씨 가문 집사와 옥명양의 수하였던 그 사나운 사내가 함께 나왔다. 그들은 비연 일행을 보자 경악하여 그 자리에 굳어 버렸다. 그리고 그들이 정신을 차렸을 때는 정역비 일행이 이미 시위들을 모두 처리한 다음이었다.

집사와 사내는 바로 문을 닫으려 했다. 그러나 그들이 문을 채 다 닫기도 전에 정역비의 발길질이 날아갔고, 그들은 깜짝 놀라 도망쳤다.

정역비와 망중이 앞에서 길을 열고, 당정과 전다다가 그 뒤를 따랐다. 비연과 군구신은 중간에 있었고, 백소화와 양 장주가 그 뒤였다. 진묵은 계속 백리명천을 붙잡은 채 가장 뒤에서 오고 있었다.

백리명천은 힘이 빠진 것 같기도 하고 낙담한 듯 보이기도 했다. 그러나 사실 그는 지금 정신이 나가 있는 상태였다. 그의 매력적인 두 눈은 텅 비어 있었고, 간간이 붉은빛이 반짝이고 있었다. 그러나 그가 고개를 숙이고 있었기에 진묵은 그것을 알아채지 못했다.

객당 대문으로 들어선 후 정원을 하나 지나니 바로 옥씨 가문이 손님을 맞이하는 정자인 강현청이 나왔다. 산해진미며 귀한 술은 이미 준비되어 있었지만 연회는 아직 시작되기 전이었다.

옥씨 노부인은 집사와 사내가 도망쳐 들어오는 걸 보고 바로 몸을 일으켰다. 그리고 어찌 된 일인지 묻기도 전에 비연 일행이 문가에 나타났다.

모두 당혹했지만, 그중에서도 가장 놀란 사람은 역시 노부인이었다.

"너희…… 너희……."

비연이 문틀을 넘어 성큼성큼 걸어가며 말했다.

"우리? 우리는 손님이 되어 드리러 왔지. 설마 우리를 환영하지 않는 건 아니시겠지?"

노부인은 경악한 나머지 대답할 말이 떠오르지 않았다.

그녀가 비연 일행을 속여 사당으로 데려간 건 죽일 마음을 품었기 때문이었다. 그녀는 비연 일행이 뱀 무리에게 당하거나, 아니면 두 마리 거대한 뱀에게 삼켜지리라 생각했다. 비연 일행이 죽지 않는 것으로도 모자라, 구사일생을 뚫고, 옥여의 도안까지 파해한 후 순조롭게 탈출할 줄 어찌 알았겠는가.

어떻게 이럴 수가 있지?

천 년 동안, 옥씨 가문의 보물 창고에 난입한 이들 중 살아남은 사람은 단 한 명도 없었다. 설사 그들 옥씨 가문의 사람이라 하더라도, 파해법을 알고 있지 않다면 아무도 순조롭게 탈출하지 못했다!

그런데 비연 일행은 대체 어떻게 해낸 걸까?

노부인은 한참 동안 아무 말도 하지 못했고, 백씨 가문의 집사와 경매장의 집사들은 여전히 멍한 표정이었다.

거대한 정자는 지극히도 고요했다. 그리고 그 고요함 속에서 비연이 호쾌하게 앞으로 걸어가 노부인 앞에서 발걸음을 멈췄다.

비연이 눈썹을 치켜세운 채 노부인의 눈을 바라보았다. 노부인은 깜짝 놀란 나머지 제대로 서 있을 수도 없어, 무의식적으로 상석에 있는 의자 등받이를 잡았다.

비연이 살짝 입꼬리를 올리더니, 불시에 의자의 등받이를 사납게 끌어당겨 의자를 빼앗았다. 노부인은 경악하여 뒤로 물러나다 하마터면 쓰러질 뻔했다.

패기 있게 자리에 앉은 비연이 노부인은 제대로 쳐다보지도 않고 일행에게 외쳤다.

"거기 서서 다들 뭐 하는 거야? 어서 앉아! 식사해야지!"

그것은······ 힘

밥을 먹겠다고?

옥씨 가문 노부인은 다시 한번 당황했다. 이렇게 오래 살아오는 동안, 비연과 같은 사람은 또 처음이었다.

이런 상황에서 밥을 먹겠다고? 밥이 넘어가나?

비연이 말을 마치자마자 군구신이 소매를 걷고 그녀 곁에 앉았고, 전다다도 재빨리 홍소육이 담긴 그릇 앞에 앉았다.

정역비는 신하였기에 감히 군구신과 같은 좌석에 앉을 수 없었다. 그가 망설이는 걸 본 당정이 그를 잡아끌어 자리에 앉혔고, 백소화와 양 장주도 함께 앉았다.

비연은 망중과 진묵이 여전히 서 있는 걸 보고 노려보았다. 망중이 속으로 기뻐하며 재빨리 자리에 앉았고, 진묵은 백리명천 곁에 선 채 움직이지 않았다. 그는 분명 백리명천을 지키고 있었다.

백리명천은 이미 원 상태로 되돌아와 있었다. 그는 여전히 고개를 숙인 채 조용히 있었다. 그는 점점 더 제 몸의 이상한 상태를 또렷하게 느끼고 있었다. 심지어 이 '실신'과도 같은 상태에 공포감마저 느끼고 있었다.

그는 자신이 '실신' 상태에 있을 때 자제력을 잃거나 하는 일이 있었을지도 모른다고 생각했다. 그저 비연 일행의 반응을 보고, 자신이 이상한 행동을 하지 않았다는 걸 확인하는 수밖에 없었다.

비연은 백리명천의 이상한 점을 발견하지 못한 상태였다. 그녀는 잠시 망설이다가 차갑게, 질책하듯 말했다.

"진묵, 그 나쁜 놈이 굶어 죽는다면 너무 편한 죽음이잖아? 끌고 와!"

백리명천은 바로 정신을 차리고 비연을 노려보았다. 그러나 비연은 시선을 피하며 상대하지 않았다.

백리명천은 진묵에게 끌려가 자리에 앉는 순간까지도 비연에게서 시선을 돌리지 않고 계속 노려보았다. 그 눈빛은 마치 비연이 그에게 목숨 여러 번은 빚진 것 같은 그런 눈빛이었다.

비연은 도저히 참을 수 없어 노한 눈으로 마주 노려보며 차갑게 진묵에게 외쳤다.

"저자가 목숨을 부지하도록 죽이나 몇 입 먹여! 다른 건 한 입도 먹이지 말고!"

탁자 위에는 온통 생선이며 고기 요리가 가득했고, 죽은커녕 쌀밥도 보이지 않았다. 진묵이 난감하다는 듯 비연을 바라보았다. 그러자 비연은 바로 노부인을 노려보았다.

이건…… 죽을 달라는 건가?

노부인은 안 그래도 화가 나 있던 참에 비연이 이리 노려보니 너무나 치욕스러워 그대로 폭발할 것만 같았다! 그녀가 노한 소리로 외쳤다.

"여봐라, 이리 오너라! 어서 이들을 잡아! 어서!"

사나운 사내가 시위들을 이끌고 달려왔고, 밖에서 방금 처리했던 시위들도 잇달아 들어왔다.

정역비가 먼저 그들을 돌아보았고, 그 뒤를 이어 당정, 전다다, 망중, 진묵 일행이 고개를 돌렸다. 그 순간 모든 시위가 발걸음을 멈췄다.

그들은 서로 얼굴만 바라볼 뿐 아무도 먼저 앞으로 나서지 못했다. 정역비 일행의 능력이 어떠한지는 모두 다 들은 적이 있었다. 게다가 문 앞에서 죽임을 당하거나 다친 시위도 적은 수가 아니었다.

그 모습을 본 노부인이 화가 나서 다시 외쳤다.

"하나라도 잡는다면 본 부인이 큰 상을 내리겠다!"

시위들이 망설이기 시작했다. 몇 사람은 마음이 동한 듯 슬쩍 몸을 움직이기 시작했다.

이때 군구신은 그릇 두 개에 뜨거운 물을 옮겨 가며 온도를 식히고 있었다. 그는 물의 온도가 적당한지 살피더니 비연에게 건네주었다. 그리고 비연이 물을 마시는 걸 본 다음에야 마침내 시위들을 바라보며 차갑게 물었다.

"그래, 본 왕의 일행 중에서 누구를 잡을 생각이지?"

이 말에 시위들이 모두 겁을 먹었다. 그들은 감히 대답하지 못했을 뿐 아니라 뒷걸음질을 치기 시작했다.

군구신은 그들에게 손을 쓸 생각이 없었다.

"이렇게 하는 게 낫겠군. 너희들 중 누구라도 노부인을 잡아 온다면 본 왕이 큰 상을 내리겠다!"

이 말에 노부인이 세 번째로 얼이 빠졌고, 모두 침묵에 빠졌다.

갑자기 옥씨 가문 노부인에게서 가장 가까이 있던 사내가 칼끝을 돌리더니 바로 노부인의 목에 가져다 대고 외쳤다.

"소인의 성은 왕이요, 이름은 표입니다! 정왕 전하께 온 힘을 다해 충성을 바치겠습니다!"

이 모습을 본 시위들이 모두 무기를 던지더니 포권하며 외쳤다.

"소인들도 정왕 전하께 온 힘을 다하여 충성을 바치고 싶습니다!"

노부인은 눈을 휘둥그렇게 떴다. 자신이 보고 들은 걸 도저히 믿을 수 없다는 듯한 표정이었다.

군구신은 오히려 평온한 목소리로 말했다.

"그렇다면 일단 죽을 한 솥 가져오너라. 어서!"

한 솥? 비연은 한 그릇만을 원한 거 아니었나?

다른 사람은 말할 것도 없고 백리명천조차 답답해졌다. 군구신은 설마 그의 배를 터지게 해서 죽일 생각인 걸까?

그러나 비연은 홀연히 깨달았다. 그들이 그렇게 오래 굶었으니 생선이나 육류를 먹는 것은 좋지 않았다. 일단 소화에 부담이 없는 음식을 먹어 위를 달래 주어야 큰 문제가 생기지 않을 터였다. 다행히도 군구신이 세심하게 신경 써 주었다. 아니었다면 마지막에는 그들 전부 백리명천의 비웃음을 샀을 것이다.

비연이 물을 마시며 군구신을 바라보았다. 군구신은 그 자리에 다른 사람들이 있는 것도 신경 쓰지 않고 그녀의 입매에 묻은 물방울을 가볍게 닦아 주었다. 그 눈빛이며 동작은 그저 '사랑한다'라는 말만으로는 형용하기 부족해 보였다.

시위들은 깊이 생각하지 않고, 그야말로 앞다투어 주방으로 달려갔다.

얼마 지나지 않아 뜨거운 김이 모락모락 피어오르는 좁쌀 죽과 함께 시중을 들 시녀들이 왔다. 비연은 신중하게 죽을 살펴보았다. 그리고 독이 없다는 걸 확인한 후에야 시녀들에게 죽을 그릇에 나눠 담도록 했다.

전다다가 이미 홍소육 한 덩이를 들고 있는 걸 본 비연이 그녀의 젓가락을 치며 일깨워 주었다.

"일단 죽부터 먹어. 배가 고플수록 천천히 먹고 적게 먹어야 하는 거야. 위장을 보호해야지."

그제야 모두가 상황을 이해하고 조용히 죽을 먹었다. 백리명천만이 차가운 웃음소리를 냈다. 분명 비연이 방금 자신에게 했던 말을 비웃고 있는 거였다. 비연은 심호흡을 한 후 간신히 참았다.

백리명천은 원래 도전적으로 굴 생각이 없었다. 그러나 비연이 자신을 상대하지 않는 걸 보니 마음속에 분노가 치밀어 오르는 걸 참을 수 없었다. 그는 분노할수록 웃었고, 분노할수록 제 생각과는 반대되는 말을 했다. 어린 시절부터의 버릇이었다.

백리명천이 웃으며 말했다.

"왕비마마께서 그리도 본 황자를 아끼신다면, 직언하셔도 괜찮습니다. 그렇게 돌려 말씀하실 필요 없습니다. 하하!"

비연은 비록 화가 났지만, 이렇게 중요한 때에 백리명천에게 시간을 낭비할 수는 없었다. 그녀는 그를 상대하지 않았을 뿐 아니라 군구신의 손을 잡아, 백리명천에게 손을 쓰지 못하게 했다.

그들 두 사람이 아무 말도 하지 않는데 그 자리의 누가 감히 말을 할 수 있겠는가? 모두 조용히 죽을 먹을 뿐이었다. 백리명천은 난처했지만 힘을 내어, 여전히 웃으며 말했다.

"왕비마마께서 대답하지 않으심은 묵인하시는 모양입니다? 하하, 본 황자가 정말 몸 둘 바를 모르겠습니다."

비연은 아무것도 듣지 못한 것처럼 고개를 숙이고 죽을 먹었다. 군구신은 고개를 숙이고 있었지만 눈에는 온통 분노가 가득했고, 손도 다시 주먹을 쥐고 있었다.

비연이 재빨리 음식을 집어 그의 입에 넣어 주었다. 고요한 가운데 이 모습을 본 백리명천은 마침내 웃음이 나오지 않았다.

다른 사람들은 웃고 싶어도 웃음이 나오지 않는 경우가 있다지만, 그는 아무리 슬프고 고통스러워도 항상 웃음이 나왔고, 반드시 웃을 수 있어야 했다.

이 순간, 그는 처음으로 웃음이 나오지 않았고, 웃고 싶지도 않았다.

그가 고개를 숙였다. 눈에 다시 한번 붉은빛이 어렸다. 그러나 이번에는 예전과 달리 정신을 잃지 않았다. 오히려 제 몸 안에서 솟아나 오장육부로 흐르고 있는 힘을 또렷하게 느낄 수 있었다.

그 힘은 그의 전신을 씻어 내듯 구석구석 퍼져 나갔다. 동시에 그의 온몸을 점거하고 있는 것 같았다.

이게 어찌 된 일일까? 이 힘은 대체 어디서 온 걸까?

곧, 백리명천은 이 힘이 그의 중독된 몸을 회복시켜 주고 있다는 걸 느낄 수 있었다. 그는 계속 고개를 숙인 채 아무 말도 하지 않았다.

이 힘은 백리명천의 체내에 잠복해 있을 뿐 밖으로 드러나지는 않았다. 비연과 군구신은 말할 것도 없고 백리명천 곁에 앉아 있는 진묵조차 전혀 눈치채지 못했다.

이렇게 모두 천천히 죽과 음식을 먹었고, 노부인은 제 수하들에게 잡힌 채 한옆에 서서 이 모습을 바라보았다. 그녀의 표정은 그야말로 절망 그 자체였다.

한참 후, 모두 배부르게 먹고 편안해진 다음에야 비연이 노부인을 바라보더니 바로 본론으로 들어갔다.

"옥여의가 너희 옥씨 가문에게 있어 대체 어떤 물건이지?"

그녀가 조금이라도 억울하게 하지 않겠다

비연이 바로 옥여의를 언급하자 옥씨 가문 노부인은 의아하여 어쩔 줄 몰랐다. 노부인은 황망한 눈빛을 감추기 위해 재빨리 고개를 숙였다.

옥여의가 옥씨 가문의 모든 비밀을 밝힐 열쇠라 생각하고 있던 비연은 노부인의 이런 반응을 보고 자신의 추측에 더욱 확신이 생겼다.

"옥여의는 바로 옥씨 가문의 표식이고, 옥씨 가문은 구려족이 아니겠지! 두 가문의 표식이 합쳐진 걸까, 아니면……."

비연은 일부러 잠시 멈추었다가 계속 말했다.

"설마 옥씨 가문이 구려족의 노비였던가? 인어족이 아니라?"

이 말을 들은 노부인은 마침내 참지 못하고 고개를 들어 외쳤다.

"그런 황당무계한!"

"황당무계하다고?"

비연은 일부러 진지하게 생각하는 척하다가 고개를 돌려 군구신을 바라보며 말했다.

"설마 우리 추측이 틀린 걸까?"

군구신 역시 자못 진지한 표정이었다.

"틀린 모양이군. 인어족이 옥씨 가문의 노비인 게 아니라, 옥씨 가문이 인어족의 노비였던 모양이야."

그러고는 양 장주를 바라보며 다시 말했다.

"양 장주께서는 다시 경매를 계속할 수 있도록 안배해 주셔
야겠군."

이것은 천하 사람들 앞에서, 인어족을 위해 잘못 알려진 일
을 바로잡는 동시에 옥씨 가문의 체면을 땅에 떨어뜨리겠다는
의미였다.

비연은 하마터면 피식 웃을 뻔했다. 그녀는 바로 이 방법으
로 노부인을 자극할 생각이었다. 그런데 군구신 역시 그녀와
똑같이 생각했다니!

그녀는 군구신을 바라보며 저도 모르게 생각하기 시작했다.
만약 자극이 아니라 정말 손을 쓰는 거라면 이 남자는 어느 정
도까지 잔인해질 수 있을까?

그가 그녀의 영 오라버니였다는 걸 알게 된 후로, 그녀는 그
의 차가운 얼굴을 볼 때도 그의 다정함을 느낄 수 있었다.

군구신은 말을 마침 다음에야 다시 노부인을 바라보았다. 과
연, 노부인은 감정을 억누르지 못하고 안색이 파랗게 질려 있
었다.

노부인이 분노하여 외쳤다.

"정왕, 사람을 업신여기는 게 너무 심하지 않은가! 우리 옥
씨 가문이 얼마나 존귀한데, 어찌 비천한 인어족의 노비였겠느
냐! 본 부인이 말해 두겠는데, 우리 옥씨 가문이 인어족의 주인
이 아니라 해도, 인어속보다는 존귀하다!"

과연 옥씨 가문은 구려족의 후예가 아니었다!

군구신이 차갑게 경고했다.

"본 왕이 마지막 기회를 주겠다. 증거를 내놓지 못한다면, 지금 이후로 너희 옥씨 가문은 인어족의 노비가 될 것이다!"

노부인이 사납게 고개를 들었다.

말을 하고 싶지 않은 걸까, 아니면 할 말이 없는 걸까. 노부인은 침묵했고, 군구신은 그녀에게 시간을 많이 줄 생각이 없었다. 그는 차를 한 모금 마신 후 양 장주에게 말했다.

"가서 안배하도록!"

양 장주는 군구신의 수하가 아니었지만 이미 그의 기세에 굴복한 다음이었다. 양 장주가 바로 몸을 일으켰다.

"예!"

그 모습을 본 노부인도 마침내 다급해졌다.

"정왕 전하, 잠시만…… 사람들 없는 곳에서 이야기를 들어 주십시오!"

군구신 역시 아무 상관 없는 사람들에게 진상을 알릴 생각이 없었기에 고개를 끄덕이며 몸을 일으켰다. 비연은 당연히 함께 일어나 노부인을 따라 곁채로 갔다.

정자의 문을 나서는 순간 비연은 백리명천을 돌아보았다. 그는 여전히 고개를 숙인 채, 이 일과 자신은 아무런 상관이 없다는 듯 미동도 하지 않았다. 비연은 조금 이상하다는 생각이 들었지만 당장은 깊이 생각할 여유가 없어 일단 정자를 나왔다.

곁채에 도착하자, 군구신이 묻기도 전에 노부인이 조건부터 이야기했다.

"정왕 전하, 이 늙은이가 직접 사람들 앞에 나가 이 일을 밝히고 인어족의 명예도 되돌리겠습니다. 이 일은 결국 오해일 뿐입니다. 경매가 끝난 후 백리명천은 데려가십시오. 그리고 이후로는 서로에게 상관하지 말도록 합시다! 아들의 복수도…… 옥씨 가문은 더 언급하지 않겠습니다. 그러면 어떠실까요?"

군구신이 대답하기 전에 비연이 먼저 입을 열었다. 노부인은 지금 사로잡힌 주제에 대체 무슨 배짱으로 조건을 이야기하려는 걸까? 비연으로서는 도무지 알 수 없었다.

"그쪽이 사실을 밝힐 필요는 없지!"

노부인은 비연을 무시한 채 군구신만을 바라보며 말했다.

"정왕 전하, 이 일은 우리 옥씨 가문의 비밀과 관련이 있습니다. 전하께서 사람을 너무 괴롭히지 않으셨다면, 이 늙은이도 그날 경매장에서 진상을 언급하지 않았을 겁니다. 일이 이렇게된 이상, 이 늙은이도 모든 것을 말씀드리겠습니다. 우리 옥씨 가문은 비록 구려족이 아니지만, 자고로 구려족과 하나였고, 구려족의 성녀는 반드시 우리 옥씨 가문에서 나왔습니다. 인어족은 구려족의 노비였으니, 당연히 우리 옥씨 가문의 노비기도 합니다!"

성녀!

비록 이 진상은 비연 일행이 추측한 것과 차이가 크지 않았지만, 두 사람은 여전히 경악하지 않을 수 없었다. 물론 두 사람은 아무 말도 하지 않고 노부인이 계속 이야기하기를 기다렸다.

노부인이 계속 말했다.

"정왕 전하, 전하께서 바라시는 증거는 바로 우리 옥씨 가문의 비밀이며, 외부에 알려서는 안 되는 것입니다. 계속 강요하시면…… 진상이 밝혀지는 순간, 백리명천은 물론이고 전하께도 좋지 않을 겁니다!"

비연이 냉소하기 시작했다.

"옥씨 가문의 비밀이 밖에 알려져서는 안 된다……. 그래서 우리를 가문의 사당으로 끌어들여, 죽여서 입을 막으려 했군!"

노부인은 비연을 흘깃 보기만 할 뿐 상대하려 하지 않고, 다시 군구신을 향해 말했다.

"정왕 전하, 전하께서 천옥성 경매장에 오신 건 백리명천 때문이 아닙니까? 지금 각자의 길을 가면 그만인데, 굳이 다른 이의 입에 오르내리려 하십니까? 게다가 정말로 우리 옥씨 가문의 비밀을 드러내신다면, 아마 전하께도 해가 미칠 겁니다. 우리 옥씨 가문은 이 천옥성 구석에서 천 년 동안 비밀을 지켜 왔습니다. 그리고 결코 아무 이유 없이 비밀을 지켜 온 게 아닙니다."

노부인은 정말 어찌해야 할지 알 수 없었다. 그녀는 이미 옥씨 가문의 비밀을 드러냈고, 이 이상 드러낼 수는 없었다. 심지어 옥씨 가문의 비밀 중 많은 수는 그녀 자신도 알지 못했다.

그녀가 아는 것은 그저, 옥씨 가문의 비밀이 일단 드러나면 그 뒤에 따라올 결과는 그 누구라도 감당할 수 없으리라는 것뿐이었다. 그렇기에 그녀는 아들을 잃은 원한까지 잠시 내려놓을 수밖에 없었다.

노부인의 얼굴이 점차 엄숙해졌다.

비연은 안 그래도 조금 화가 나 있던 차에 그녀의 엄숙한 표정을 보자 더욱 짜증이 치밀어 올랐다. 노부인은 사태의 심각성을 알면서, 대체 왜 경매장에서 구려족을 언급했던 걸까?

비연 일행이 갖은 고생을 다 하고 구사일생에서 빠져나온 후에야 노부인은 후회하며 사태가 심각하다고 말하고 있었다. 이게 다 무슨 의미란 말인가?

비연이 노한 소리로 외쳤다.

"그래서, 지금 우리에게 경고하는 건가?"

노부인은 자신이 비연을 이기지 못한다는 걸 알고 있었다. 그래서 다시 한번 비연을 무시하고 군구신에게 달래듯 말했다.

"정왕 전하, 전하께서는 현명하신 분이십니다. 지금 천염국이 만진국을 막 점령하였지요. 이 늙은이 생각에는, 전하께서세 번 생각하신 후에 행하시고, 일부러 귀찮은 일을 찾지 않으시는 편이 나을 것 같습니다!"

군구신은 비연이 아무리 작은 일이라도 억울할 일을 당하게 하고 싶지 않을 정도로 그녀를 아꼈다. 그는 마음속으로 생각한 바가 있었지만, 일부러 노부인을 상대하지 않고 비연에게 물었다.

"이 일은 애비의 마음대로 하는 게 좋겠군. 어떠한가?"

비연이 의기양양하게 노부인을 바라보며 말했다.

"당연히 좋지요. 신첩은 증거와 비밀을 모두 알고 싶습니다! 하지만 진상을 꼭 공표할 필요는 없다고 생각합니다. 진짜인지 거짓인지는 세상 사람들이 알아서 말하도록 내버려 두지요!"

"너! 너……."

노부인은 마침내 비연 일행이 비밀을 알려고 한다는 사실을 철저히 깨달은 듯했다. 그녀가 노성을 질렀다.

"고비연! 이 늙은이가 오늘 죽는다 해도, 너희에게는 비밀을 한마디도 말하지 않을 거다!"

비연은 목적을 폭로한 이상 노부인의 위협을 두려워하지 않았다. 그녀가 말했다.

"그쪽이 바로 죽는다 해도 상관없지. 너희 옥씨 가문의 성녀는 등 뒤에 옥여의 표식을 지니고 있다지? 성녀가 곧 돌아올 것이다!"

비연은 상황을 완벽하게 파악하지는 못했으나 십중팔구 확신하고 있었다. 소 부인이 바로 옥씨 가문의 성녀일 것이다!

비연의 말에 노부인이 깜짝 놀라 그대로 굳어 버렸다.

소위 휴식이라는 것

옥씨 가문 성녀의 등에는 확실히 옥여의 모양의 표식이 있다!

그러나 이 일은 노부인을 제외하면 이 세상에서 그 누구도 알지 못하는 일이었다!

노부인은 경악한 눈으로 비연을 바라보며 한참 동안 아무 말도 하지 않았다. 비연이 어떻게 이 비밀을 아는 걸까?

비연은 노부인의 반응을 보고, 자신의 도박이 맞았음을 깨달았다. 그녀는 일부러 자극하듯 말했다.

"본 왕비가 기회를 주려 했지만 필요하지 않은 모양이니, 이제 그쪽이 말하려 한다 해도 본 왕비는 들을 생각이 없지. 그러니……."

"나는 이제 이 일에서 손을 떼겠다!"

노부인이 갑자기 비연의 말을 끊었다.

"옥씨 가문은 성녀께서 가주가 되셔야 하는 법. 성녀께서 오신다면 이 늙은이는 그저 기다리면 그뿐!"

역대 구려족의 제사장은 모두 옥씨 가문 성녀들이 담당해 왔다. 옥씨 가문 성녀는 자매 두 사람으로, 등에 각각 옥여의 절반 형태의 표식이 있어, 두 표식을 합치면 온전한 옥여의가 되었다.

옥여의는 원래 상고 시대의 병기로 사악한 것을 몰아내는 용도로 사용되었으나, 후세 사람들에게는 길한 물건으로 받아들여졌다. 그렇기에 옥씨 가문의 성녀들은 구려족의 제사장이 되어, 하늘에 제사를 올려 복을 빌며 백성들을 보호하는 역할을 맡게 되었다.

노부인은 세상을 떠난 남편에게서 이 이야기를 들어 알게 되었다. 그녀의 남편에게는 여동생이 둘 있었고, 그 둘이 바로 옥씨 가문의 성녀로, 등에 옥여의 표식을 지니고 있었다. 그러나 두 자매는 어린 시절 실종되어 지금까지 아무 소식이 없었다.

옥씨 가문은 성녀를 배출할 뿐 아니라, 성녀는 결코 외부로 시집가지 않고 가주의 역할을 맡았다. 노부인의 남편은 두 여동생이 실종되었기 때문에 어쩔 수 없이 가주가 된 것이었다.

노부인은 비연이 어떻게 이 비밀을 알고 있는지 이해할 수 없었다. 더군다나 비연과 옥씨 가문의 성녀가 어떤 관계인지도 알 수 없었다. 하지만 그녀는 옥씨 가문의 두 성녀에 관해 이야기하고 싶지 않았고, 비연의 덫에도 걸리고 싶지 않았기 때문에 그저 기다리는 수밖에 없었다!

옥여의 표식은 결코 위조할 수 없다. 비연이 거짓말을 한 거라면, 비연이 대체 이 일을 어떻게 수습할지 지켜보면 된다.

비연이 거짓말을 하지 않은 거라면 성녀가 돌아올 테고, 옥씨 가문에게도 좋은 일이다. 성녀가 돌아온 후 모든 비밀을 알게 되면 아마 함께 그 비밀을 지키려 할 테니, 그때 성녀와 함께 비연 일행을 상대하면 된다!

비연은 노부인의 말을 듣자마자 바로 그 뜻을 알아차렸다.

그녀는 마음속으로 의아한 느낌이 들었다.

옥씨 가문의 노부인은 감정을 억누르는 사람이 아니었다. 그럴 수 있는 사람이었다면 경매장에서 그렇게 기고만장했을 리 없다. 그런 노부인이 옥씨 가문의 비밀을 이리도 지키는 걸 보면, 대단히 거대한 비밀이 존재하는 게 분명했다.

비연은 점점 더 이번에 군구신과 함께 이곳에 오기를 잘했다고 여기게 되었다. 그들은 분명 커다란 수확을 얻을 것이다!

비연이 말했다.

"그렇다면, 기다리도록!"

노부인은 차가운 눈으로 비연을 노려볼 뿐 아무 말도 하지 않았다.

계속 곁에서 지켜보던 군구신이 마침내 입을 열었다. 그는 문밖에 있던 망중에게 명령했다.

"본 왕이 노부인과 나눌 대화가 아직 남아 있으나, 지금 당장 이야기를 끝낼 수는 없을 것 같군. 노부인을 모시고 가서 휴식을 취하게 해 드려라."

소위 '휴식'이라는 것은 바로 연금을 의미했다. 군구신은 소부인이 오기 전에 옥씨 가문을 제압할 작정이었다.

그는 일부러 큰 소리로 명령했는데, 바로 그들을 기다리고 있는 백소화와 양 장주에게 들려주기 위해서였다. 백소화와 양 장주는 분명 외부인이었고, 그는 이어지는 일에 그들이 끼어들기를 바라지 않았다.

망중은 군구신의 뜻을 알아차리고, 직접 노부인을 다른 문으로 끌고 나갔다. 군구신과 비연은 원래의 자리로 돌아와 앉았다.

군구신이 입을 뗐다.

"백 성주. 양 장주께서 원기가 크게 상해 아직 회복되지 않은 상태니, 백 성주께서 양 장주가 휴식을 취할 수 있도록 배웅해 드리는 게 어떻겠소?"

이 '휴식'은 노부인의 '휴식'과 또 다른 의미였다.

양 장주 체내의 독은 아직 완전히 해독되지 않은 상태였다. 군구신은 백소화에게 그를 바래다주라 하면서 해독약은 주지 않았다. 바로 백소화의 태도를 시험하기 위해서였다.

백소화가 양 장주를 돕고 싶다면 분명 그 자리에서 해독약을 달라고 할 것이다. 하지만 백소화가 양 장주를 좋게 보지 않았다면 바로 군구신의 뜻을 따라 양 장주를 데려가 연금시킬 것이다. 백소화가 양 장주를 제어할 수만 있다면 경매장 역시 장악할 수 있었다.

백소화는 양 장주가 밀실에서 보인 행동에 매우 실망한 상태였다. 그는 군구신의 뜻을 알아차리고 그저 이렇게만 말했다.

"정왕 전하께서 배려해 주심에 감사드립니다."

양 장주는 마음속으로 짚이는 것이 있었으나, 온몸에 힘이 없어 그저 순종할 수밖에 없었다. 그 역시 백소화를 따라 말했다.

"정왕 전하께서 배려해 주심에 감사드립니다!"

군구신은 언제나 영리한 사람을 좋아했다. 그가 고개를 끄덕이며 답했다.

270

"천만에."

백소화는 바로 양 장주와 함께 자리를 떠났다. 백씨 가문의 집사며 경매장의 집사들도 모두 그 뒤를 따랐다.

저택 대문을 나서니 백씨 가문과 경매장의 시위들이 모두 마차를 준비해 놓고 기다리고 있었다. 백소화는 아무 말 없이 마차에 올랐다.

양 장주는 권세를 잃을지언정 목숨을 아끼는 사람이었기 때문에 백소화가 자신을 도와 해독약을 얻어 주기를 바라고 있었다. 그는 마차에 오른 다음 수하들에게 백소화를 따라가라고 명령했다.

백소화는 양 장주는 안중에도 없었다. 그는 마차에 오르자마자 두 눈을 살짝 감은 채 집사에게 말했다.

"노백, 조사할 일이 있다. 백리명천 사부의 성이 무엇인지, 이름이 무엇인지 알아 오너라. 그들이 괴이한 영감이라고 하더군. 그리고 현한보검이 어떻게 정왕의 손에 떨어지게 된 건지도 조사해 보도록."

집사가 대답했다.

"예, 저택에 돌아간 후 바로 조사를 시작하겠습니다."

그러나 백소화는 무척 조급했다.

"지금 당장 마차에서 내리도록. 바로 조사를 시작해라."

집사는 답답했다. 주인은 언제나 침착하고, 어지러운 일에 끼어들지 않았다. 그런데 어째서 갑자기 정왕과 백리명천에게 흥미가 생긴 걸까?

물론 답답한 것은 답답한 것이고, 집사는 길게 묻지 않고 재빨리 마차에서 내렸다.

백소화의 마차가 멀어져 가는 동안, 옥씨 저택에서는 당정과 전다다가 한가보의 소 부인에게 서신을 보내고 있었고, 비연과 군구신은 백리명천을 노려보았다.

그들은 지금 망설이는 중이었다. 백리명천을 이곳에 남겨 둬야 할까, 아니면 바로 고칠소에게 보내야 할까?

한참을 침묵하던 군구신이 먼저 입을 열었다.

"정역비, 적당한 장소를 찾아 백리명천을 가둬 두어라!"

이 순간 백리명천은 이미 힘을 어느 정도 회복한 상태였다. 그는 비록 체내의 그 신비한 힘을 조종할 수는 없었지만, 그 신비한 힘에 휘말리지도 않았다. 그는 대체 어찌 된 일인지 알 수 없어, 일단은 아무 일도 없는 척 참을 수밖에 없었다.

그는 눈을 들어 군구신과 비연을 바라본 후, 다시 한번 비연을 사납게 노려보았다.

비연은 그가 조금 이상하다고 생각했지만, 그가 자신을 노려보는 걸 보자 오히려 의심이 들지 않았다. 그녀도 노려보며 차가운 목소리로 말했다.

"현한보검을 어디 뒀는지 잘 생각해 보는 게 어때? 아니라면 본 왕비가 뱀들과 함께 너와 놀아 줄 테니까!"

백리명천이 진묵에게 끌려간 후, 정역비가 당정과 백소화의 우정에 관해 이야기하기 시작했다. 군구신과 비연은 모두 놀랐다.

군구신은 잠시 망설이더니, 정역비에게 병사들을 징발해 와 혹시라도 있을지 모를 문제에 대비하도록 했다. 소 부인이 남쪽에서 이곳까지 오려면 시일이 꽤 필요하니, 그들은 천옥성에서 한참 더 머물러야 했다. 옥씨 무리는 아무래도 신용하기 어려웠다.

정역비가 떠나고, 마침내 비연과 군구신 두 사람만이 남게 되었다.

"전하."

"연아."

두 사람이 거의 동시에 입을 열었다. 비연은 큰 소리로 웃기 시작했고, 군구신도 입 끝을 살짝 올리며 다른 이들에게는 거의 보여 주지 않는 다정한 미소를 지었다.

"먼저 이야기해 봐!"

비연의 말에 군구신이 가볍게 탄식하듯 입을 열었다.

"백리명천을 대체 남겨 둬야 하는 걸까, 아니면 보내야 하는 걸까?"

경악스러운 살의

군구신이 백리명천에 대해 말하자 비연은 그만 웃고 말았다.

두 사람이 서로 짝하여 오래 지내면, 말이 없이도 마음이 통하게 되는 걸까? 그녀가 하고 싶었던 얘기도 바로 백리명천에 대한 것이었다.

비연이 군구신에게 물었다.

"당신은 어떻게 하고 싶어?"

군구신은 진지하게 대답했다.

"남겨 두고 싶지 않아. 하지만…… 남겨 둬야겠지."

남겨 둬야 한다고?

비연이 다시 웃었다. 그들 두 사람은 또다시 같은 결론에 도달했다. 비록 마음속에는 백리명천에 대한 원한이 있었지만, 비연은 여전히 이성적이었다.

비연이 말했다.

"확실히 그래. 그 녀석은 인어 비늘과 관련한 진실을 알아야만 해. 당신도 그렇게 생각하는 거지? 그럼 남겨 두자."

옥씨 사당에서 그렇게 많은 비늘을 보지 않았다면 비연은 분명 망설임 없이 백리명천을 고칠소에게 보냈을 것이다.

뱀과 함께 놀아 주느니 했던 것도 그저 위협이었을 뿐, 그녀는 애초에 그런 방법을 쓸 생각이 없었다.

이 며칠 동안, 그녀는 백리명천의 괴벽한 성격을 눈에 담고 있었다. 그러나 그 보기만 해도 몸서리쳐지는 비늘 더미를 보았을 때, 그녀는 백리명천을 남길 수밖에 없다 생각했다. 그것은 인어족만의 재난이 아니라 현공대륙에서 가장 참혹한 대학살이었다. 아무리 적대하는 세력에 대해서라도, 그런 학살이 벌어져서는 안 되는 일이었다.

개인적인 목적이 아니더라도 그들은 그 학살의 내막을, 역사의 진실을 알아야 했다. 그리고 백리명천은 인어족 당사자로서, 그 누구보다도 진실을 알 권리가 있었다.

비연의 말을 들은 군구신은 더 말할 필요가 없다는 것을 깨달았다. 그는 비연의 손을 잡으며 말했다.

"피곤하지. 하인에게 정리하라 할 테니, 우리 일단 이곳에서 며칠 지내자."

두 사람이 손을 잡고 밖으로 나가는 순간, 비연의 머릿속에 갑자기 백리명천이 살길을 포기하고 그녀에게 고백하던 모습이 떠올랐다. 비연은 재빨리 고개를 저으며 속으로 중얼거렸다.

'미친놈!'

군구신은 그녀가 머리를 흔드는 걸 보고 물었다.

"왜 그래?"

비연은 이 불쾌한 화제를 꺼내고 싶지 않았다.

"별일 아니야. 목이 뻐근해서."

군구신이 열심히 말했다.

"내가 가서 주물러 줄게."

비연은 기쁜 표정으로 그의 팔에 매달리며 속삭였다.

"그럼 나도 당신을 안마해 줄 거야."

군구신은 웃기만 할 뿐 대답하지 않고 계속 앞으로 걸어갔다.

그 역시 저도 모르는 사이에 밀실에서의 그 일을 떠올리고 있었다. 그는 무척 분노하고 있었지만, 동시에 백리명천이 그 순간 진심이었음을 아주 잘 알고 있었다. 남자의 진지한 눈빛은 남자를 속일 수 없는 법이니까.

군구신은 잠시 생각에 빠져 있다가 자신에게 기댄 제 사람을 바라보았다. 정말, 정말 다행이었다.

10년 동안 헤어져 있었다. 10년을 잊고 지냈다. 그러나 결국은 다시 만나 서로를 사랑하게 되었다.

두 사람이 조용히 걸어가고 있노라니 문밖에서 망중의 조급한 목소리가 들렸다.

"전하, 왕비마마, 백리명천이 도망쳤습니다!"

뭐라고?

비연과 군구신이 다급하게 문밖으로 나갔다. 비연이 외쳤다.

"진묵에게 무슨 일이라도 생긴 거야?"

그녀는 자신이 배합한 독약의 효과를 아주 잘 알고 있었다. 백리명천은 최소한 사흘은 지나야 겨우 회복할 수 있었다. 그런데 어떻게 도망친 걸까?

그 교활한 여우 자식이 진묵을 어떻게 한 것이거나, 진묵을 협박해 자신을 데리고 도망치게 한 게 분명했다!

망중이 다급하게 말했다.

"아닙니다. 백리명천이 회복했습니다! 게다가, 게다가…… 저로서는 표현하기 어렵지만, 마치 마귀라도 들린 것 같습니다. 백리명천은 저택 후문으로 도망쳤고, 진묵이 쫓아갔습니다!"

"연아, 여기서 기다리고 있어. 조심하고!"

말을 마친 군구신이 바로 후문 쪽으로 달려갔다. 눈 깜빡할 사이에 그의 그림자조차 보이지 않게 되었다.

비연이라고 그대로 기다리고만 있을 수 없어, 바로 시위들을 불러 망중과 함께 쫓아가기 시작했다.

군구신은 최대한 빠른 속도로 저택 후문을 나섰다. 문밖으로 나가자마자 진묵이 부상을 입고 쓰러져 있는 게 보였다. 군구신이 다급하게 물었다.

"백리명천은?"

진묵이 재빨리 대답했다.

"서쪽으로 간 지 얼마 안 됐습니다. 공력이 회복된 듯하니, 전하, 조심하십시오."

군구신은 계속 쫓아갔다. 얼마 지나지 않아 백리명천의 뒷모습을 볼 수 있었다.

군구신의 몸이 환영처럼 흔들리더니 곧 백리명천 앞에 착지했다. 그리고 백리명천이 정신을 차리기도 전에 그의 멱살을 잡았다. 그 속도가 어찌나 빠른지 경악스러울 정도였다.

그러나 백리명천과 눈이 마주쳤을 때 군구신은 그대로 굳어 버렸다. 백리명천의 가늘고 긴 눈매는 기이한 핏빛으로 변해 있었다. 그리고 그 눈에 가득 찬 악한 기운은…… 그야밀로 악마의 눈이었다.

"너⋯⋯."

"하하!"

백리명천이 입 끝을 끌어 올리더니 불시에 힘을 폭발시켰다. 군구신은 그를 잡은 손을 놓치고 뒤로 한참 날아가 그대로 바닥에 처박히고 말았다.

망중과 진묵 모두 백리명천이 이상해졌다고 말했기에 군구신도 어느 정도는 대비하고 있었다. 그러나 백리명천에게 이렇게 강력한 힘이 깃들어 있을 줄은 상상조차 할 수 없었다.

백리명천의 실력이라면 군구신이 가장 잘 알고 있었다. 이 힘은 대체 어디서 온 걸까? 대체 어떠한 힘이기에 그의 체내에 숨어 있으며, 독약의 제어도 받지 않는 걸까?

의문이 가득했지만 깊이 생각할 겨를이 없었다. 군구신은 백리명천이 도망치려 하는 걸 보고 한 손으로 바닥을 짚은 채, 다른 손으로 항상 몸에 지니고 다니는 건명보검을 뽑았다. 그리고 그것을 힘주어 휘두르는 순간, 순식간에 날듯이 앞으로 나아갔다.

군구신은 이번에는 백리명천 앞이 아니라 등 뒤에 착지해 곧바로 건명보검으로 그의 목을 겨눴다.

이번에는 백리명천도 그를 경계하고 있었다. 그는 피할 시간이 없자 피하지 않고, 등 뒤로 뻗어 오는 칼날을 두 손가락 사이에 끼웠다.

두 사람은 이렇게 대치 상태에 빠졌다. 군구신은 백리명천의 손에서 전해져 오는 강력한 힘을 느낄 수 있었다. 그의 다른 손 역시 검의 손잡이를 잡았다.

비록 그의 체내에 절반, 건명보검에 절반 있었지만 지금 그는 건명력을 조종할 수 없었다. 그의 손에 들린 검이 건명보검이 아니었다면 아마 백리명천의 손가락에 이미 검이 부러졌을 것이다.

군구신은 강하게 버텨 냈다. 대체 어떤 수를 써야 하는 걸까? 대체 어찌해야 백리명천을 가둘 수 있을까?

백리명천의 손에서 전해져 오는 힘은 놀랍게도 점점 증가했다. 방금보다 더하면 더했지 절대 덜하지 않았다.

군구신은 더욱 놀랐다. 그러나 그를 더욱 경악하게 한 것은 바로 백리명천의 힘이 아니라, 건명보검이 그 힘에 대항하고 있다는 사실이었다.

어찌 된 일인가?

건명력은 아직 폭발하지 않았다!

백리명천 역시 제 이상함을 분명하게 느끼고 있었다. 그가 돌아보는 바로 그 순간, 건명보검이 갑자기 건명력을 폭발시켰다. 비록 절반에 불과한 힘이었으나, 단숨에 백리명천의 힘을 압도하면서 그를 날려 버렸다!

백리명천이 땅에 쓰러지는 순간 군구신은 정신을 차렸고, 바로 쫓아갔다. 그의 두 눈동자에는 살의가 어려 있었다. 그는 검을 들어 백리명천의 심장을 바로 찔렀다.

그러나 백리명천이 전광석화와도 같이 몸을 굴려 피했고, 건

날이 빗나가며 백리명천의 어깨를 꿰뚫게 되었다.

백리명천은 멍하니 굳어 버렸다. 그의 눈에 어린 핏빛도 갑자기 사라지고 있었다.

군구신 역시 그대로 멍하니 굳어 버렸다. 그는 그제야 자신이 백리명천에게 공포스러운 살의를 품었음을 깨달았다. 그러나 그는 백리명천을 죽이고자 마음먹은 적이 없었다!

그의 시선이 건명보검으로 향했고, 마침내 보검에 어린 살기를 발견했다. 그는 문득 자신이 건명보검을 제어하지 못했을 뿐 아니라 오히려 보검에게 조종당했음을 깨달았다.

이 순간, 그의 체내에 있던 건명력이 점차 떠오르기 시작했다. 마치 건명보검으로 흘러가고 싶은 듯이!

어째서일까! 무엇 때문에 건명보검이 백리명천에게 이렇게 거대한 적의를 품고 있는 걸까?

힘이 거부하는 것을 느낀 순간 군구신은 바로 결단을 내렸다. 그는 온 힘을 다해 백리명천의 어깨에서 보검을 뽑아내 바로 검집 안에 넣었다.

그렇게 해도 그는 여전히 자신을 제어할 수 없었다. 군구신은 두 손으로 보검을 잡은 채 사납게 땅에 꽂았다.

백리명천이 몸을 일으켰다. 그의 아련한 눈동자에 경악이 어려 있었다. 그러나 그는 일각도 지체하지 않고, 선혈이 흐르는 어깨를 감싼 채 몸을 돌려 도망치기 시작했다……

납득이 된다

군구신은 백리명천이 도망치는 것을 지켜보며, 마음속에 계속 떠오르는 살의를 억눌렀다. 그는 자신보다는 건명보검의 살의를 더욱 억제해야 했다.

비록 건명력이 둘로 나뉘어 보검과 그의 몸 안에 숨어 있지만, 그는 자신과 보검이 연결되어 있다고 느낀 적이 없었다. 그러나 지금 처음으로 자신과 보검이 하나라는 걸 느낀 것이다.

그는 백리명천을 죽일 생각이 없었다. 하지만 어린 시절부터 연마해 온 평범하지 않은 의지력이 아니었다면 이 순간 그는 자신과 보검을 구분할 수 없었을 테고, 보검의 살의를 자기 자신의 감정으로 오인했을 것이다.

백리명천의 뒷모습이 사라진 후에야 계속 꿈틀거리던 건명보검도 점차 평온을 되찾았다. 군구신이 막 안도의 한숨을 내쉬었을 때 비연 일행이 쫓아왔다.

비연이 깜짝 놀라 말했다.

"백리명천이 도망친 거야?"

군구신이 대답했다.

"돌아가서 이야기하자."

비연은 바닥에 가득한 핏자국을 보고 그 이상 묻지 않았다.

방 안으로 돌아온 후 군구신은 그녀에게 상세하게 이야기해 주었다.

"백리명천도 참 잘도 숨기고 있었네!"

비연은 분노보다는 답답한 마음이 더 컸다.

"그런데 건명보검이 무엇 때문에 그에게 살의를 품은 거지?"

비록 보검에 영혼이 있다 하나, 건명보검은 백리명천을 처음 만난 셈이었고, 별다른 곡절은 없었다!

여기까지 생각한 비연이 문득 깨닫고 놀란 소리를 질렀다.

"인어족?"

건명보검은 구려족의 것이었고, 인어족은 구려족의 노비였으며, 과거 대규모의 학살이 있었다. 분명 그들 사이에는 무엇인가 은원이 얽혀 있을 것이다!

군구신도 미간을 살짝 찌푸린 채 생각에 잠겨 있었다.

비연이 한참 고민해 보았지만, 또다시 뭔가 이상하다는 생각이 들어 중얼거렸다.

"원한이라면, 인어족이 구려족에게 가져야 하는 거잖아! 게다가 이 검이 인어족을 구분해 낼 수 있는 거라면 너무 대단한 것 아닌가? 아니야, 아니야……."

비연은 계속 생각에 빠져 중얼거렸고, 군구신은 침묵을 지켰다. 두 사람은 서로의 얼굴을 마주 보며, 한 사람은 계속 말을 하고 한 사람은 계속 조용히 있었다. 그런 그들에게서는 어떤 위화감도 느껴지지 않았다. 오히려 말로 표현하기 어려운 따뜻한 기운이 넘쳤다.

잠시 후, 비연과 군구신이 동시에 고개를 들어 서로를 바라보았다. 두 쌍의 눈동자에 경악의 빛이 어려 있었다.

비연이 외쳤다.

"설마, 천살!"

군구신이 고개를 끄덕였다.

"그럴 가능성이 있지."

목연이 축운궁주에게서 들은 비밀에 의하면, 옥인어족이 바다에 들어가지 못하는 이유는 몽족이 옥인어족의 피를 매개로 하여 건명력을 북해 안 결계에 가두었기 때문이라고 했다.

그때 백리명천이 바다에 들어간 후 건명력이 나타나 군구신의 것이 되었다. 그러니 목연의 이야기는 분명 진실일 것이다.

그들은 다시 구려족 고묘의 벽화를 통해 천살이 건명력에 의해 북해에 갇혔음을 알게 되었다. 그때 그들은 모순적인 사실을 떠올렸다. 건명력이 이미 북해를 떠났는데 천살의 힘은 어째서 계속 나타나지 않는 걸까?

그들은 심지어 인어족이 바다에 들어가지 못하는 다른 원인이 있는 건 아닌지 의심하기도 했고, 하소만에게 명령을 내려 북해를 지켜보도록 하기도 했다. 그러나 백리명천이 지닌 힘이 천살이라면, 이 모든 것이 납득이 갔다!

옥인어가 바다에 들어가지 못하는 이유는 결계 때문이 아니라, 옥인어가 천살의 힘을 얻을 수 있기 때문이었다.

그리고 천살의 힘을 얻을 수 있었기 때문에, 백리명천은 중상을 입은 상태에서도 북해 속에서 죽지 않은 것이다. 소식이 끊겼던 그 기간에 백리명천이 천살의 힘을 얻게 되었을 가능성이 컸다.

비연은 생각하면 생각할수록 이상하기만 했다.

"건명력이 천살과 지살을 억제할 수 있다면, 건명보검이 백리명천에게 살의를 품는 것도 이상한 일이 아니겠지!"

군구신이 진지하게 고개를 끄덕였다. 그가 처음에 백리명천을 잡았을 때 건명보검은 어떤 움직임도 보이지 않았다. 그러나 백리명천의 그 신비한 힘이 점차 폭발하자 건명보검이 바로 깨어났다.

군구신이 고민하기 시작했다.

"예전에 구려족이 인어족을 학살한 것도 이 일과 관련이 있는 걸까?"

비연은 옥씨 가문 사당에 있던 벽화를 떠올리며 진지하게 말했다.

"그 제사도…… 설마 구려족이 인어족 전체를 멸하려 한 걸까? 하지만 옥인어 일맥의 죄가 어찌 모든 인어족과 연루될 수 있는 거지? 어째서 비늘을 벗겨 낸 걸까? 분명 원인이 있을 텐데."

비연은 무의식적으로 약왕정을 어루만졌다. 그녀는 지금까지도 백의 사부와 구려족의 관계를 알지 못하고 있었다. 그러나 그녀는 백의 사부를 추종하던 구려족이 그렇게 잔혹한 짓을 저질렀다고 믿고 싶지 않았다.

군구신도 분명 뭔가 있다는 느낌을 받았다. 그러나 지금 그는 다른 일에 좀 더 관심을 두고 있었다.

"우리의 추측이 옳다면, 빙해의 지살도 누군가의 소유가 될 수 있다는 얘기일까?"

비연의 심장이 갑자기 쿵, 소리를 내며 뛰기 시작했다. 그녀는 불안한 마음을 느끼며 고개를 끄덕였다.

군구신은 바로 그녀의 불안한 심정을 눈치채고, 비연 뒤로 걸어와 가볍게 그녀의 목이며 어깨를 주물러 주었다.

"나쁜 생각은 하지 마. 다른 사람이 가질 힘이라면, 네 부황과 모후께서……. 아니라면 그때…… 모든 것이 달라졌을 거야. 일단 소 부인이 오기를 기다리자. 옥씨 가문이 우리에게 답을 줄 수도 있으니까."

비연은 약왕정을 꼭 쥔 채 생각했다. 백의 사부는 분명 모든 것을 알고 있었을 것이다. 그런데 왜 얘기해 주지 않는 걸까? 이리도 오랫동안 나타나지 않고 있는 것은……. 그는 지금 괜찮을까?

비연의 몸이 아직 굳어 있는 것을 느낀 군구신이 등 뒤에서 몸을 굽혀 그녀의 손에서 약왕정을 빼앗았다. 그런 다음 귓가에 대고 속삭였다.

"눈을 감고, 몸에서 힘을 빼 봐."

비연이 돌아보며 물었다.

"백리명천을 계속 찾아야 할까?"

"일단 소 부인을 기다리자. 어쩌면 우리가 그를 찾지 않아도, 그가 우리를 찾아올 수도 있으니까."

군구신을 제외하면 다른 이들은 아마 백리명천의 힘을 당해 낼 수 없을 것이다. 그러나 군구신 스스로 그를 쫓아간다면 그

것은 곧 죽이느냐 죽느냐의 문제가 된다. 그런 진퇴양난의 상황에 들어가기보다는 당분간 이 일을 미뤄 두는 편이 나았다.

비연이 계속 말을 이어 나가려는 것을 보고, 군구신이 긴 손가락을 뻗어 그녀의 입술을 눌렀다.

"자, 착하지, 나쁜 생각은 하지 말고. 눈을 감아. 쉬어야 하니까!"

밀실에서 그렇게 오래 있었는데 어찌 피곤하지 않을 수 있을까? 군구신이 비연의 머리를 다시 앞으로 돌리자, 그녀는 순순히 눈을 감았다. 그리고 군구신의 손이 부드럽게 그녀의 어깨를 누르자 그녀는 점차 몸에서 힘을 빼기 시작했다.

군구신의 손이 너무나 편했기 때문일까, 아니면 비연이 너무 피곤했기 때문일까. 얼마 지나지 않아 그녀는 바로 잠이 들었다.

군구신은 비연을 안아 침상에 눕혔다. 그는 그녀 곁에 잠시 있다가 다시 몸을 일으켜 문밖으로 나왔다.

본래 거의 매일 건명검법을 연습하던 차였는데, 밀실에 갇혀 있는 동안은 연습할 수가 없어 매우 조급했다. 아무래도 몇 초식이라도 연습하지 않으면 쉴 수 없을 듯했다.

해야 할 일이 수없이 많았고, 풀어야 할 비밀도 수없이 많았다. 그러나 그에게 가장 중요한 일은 바로 건명력을 완벽하게 장악하는 일이었다.

밤이 깊어 별들이 떠올랐다. 천옥성의 성문이 닫히고, 성 주변의 연못도 점차 고요해졌다. 백리명천은 성 밖으로 나가지 않고 백씨 가문 후원의 연못가에 숨어 있었다. 상처는 이미 지혈

한 상황이었지만 그는 여전히 한 손으로 어깨를 누르고 있었다.

　그는 덤불 속에 몸을 숨긴 채 밤하늘을 바라보았다. 검은 눈동자는 때때로 맑게 빛나며 별을 담기도 했고, 때때로 악한 기운을 내뿜으며 요사한 붉은빛을 담기도 했다. 그는 버티고 있는 것 같기도 했고, 또 이미 정신을 잃은 것 같기도 했다.

　이렇게 한 시진은 족히 보낸 후에야 그는 마침내 눈을 감고 정신을 잃었다.

　얼마 지나지 않아, 연못가에 늘씬한 그림자가 하나 나타났다. 티 없이 새하얀 옷에, 어딘가 세속에서 초탈한 듯한 모습이었다…….

설마 그것일까

연못가에 비친 흰 그림자는, 세속을 초탈한 듯한 모습이 마치 신선 같아 보였다. 바로 오래도록 모습을 드러내지 않던 고운원이었다. 만약 비연이 이 순간 이 자리에 있었다면 자신도 모르게 '사부'라 불렀을 것이다.

그가 비연의 백의 사부인지는 이제 중요하지 않았다. 중요한 것은 그가 비연을 인정하지 않는다는 것이었다.

그는 예전처럼 그렇게 허약해 보이지는 않았지만, 또 그렇다고 아주 좋아 보이지도 않았다.

고운원이 연못을 따라 빠르게 걸어왔다. 연잎이 함께 흔들리고, 옷자락이 나부꼈다. 옅은 달빛 아래 모든 것이 마치 꿈과 같았다.

그는 곧 백리명천 곁으로 다가왔다. 그는 백리명천의 창백한 안색을 살피고 다시 어깨의 핏자국을 살폈다.

그는 이미 백리명천의 상황을 짐작했던 것 같았으나 맥을 짚지는 않고 그저 미간만 찌푸리고 있었다. 안타까움과 어쩔 수 없다는 듯한 표정이 뒤섞여 있었으나, 그는 치료는 고사하고 백리명천의 상처를 싸매 줄 생각조차 없어 보였다.

고운원은 주변을 한번 둘러본 후, 아무도 없다는 것을 확인하고 백리명천 곁에 무릎을 꿇었다. 그는 백리명천을 한참 동안 바라보다가 탄식한 후, 백리명천의 두 손을 감싸 따뜻하게 해 주었다.

갑자기 백리명천의 발아래에서 한기가 밀려오더니, 순식간에 백리명천의 반신을 얼음 속에 봉인했다. 고운원은 이미 예상했다는 듯, 아예 보지 못한 듯한 표정으로 계속 백리명천에게 온기만 전해 주고 있었다.

처음에는 백리명천이 얌전히 있었으나, 얼마 지나지 않아 온몸을 덜덜 떨기 시작했다. 어깨의 상처에서도 계속 선혈이 흘러내렸다.

고운원은 마침내 다급한 표정으로 재빨리 백리명천과 손깍지를 끼었다. 공중에서 점차 불꽃이 나타나더니, 두 사람의 꼭 잡은 손을 감쌌다. 불길이 거세지자 백리명천도 다시 얌전해졌고, 최후에는 한기조차 모두 사라졌다.

한기가 사라지는 그 순간 고운원도 그의 손을 놓았다. 그는 풀밭에 털썩 주저앉았다. 본래 허약하던 몸이 더욱 허약해져 마치 그림자라도 된 것처럼, 바람이 불면 금방이라도 날아가 버릴 것 같았다.

그는 한참 동안 앉아 있다가 겨우 힘을 차린 듯, 백리명천 곁에 누웠다. 하늘 가득한 별을 본 순간 잠시 당황하는 듯싶었지만, 곧 다시 웃으며 중얼거리기 시작했다.

"너무 무거운 영혼은 저 하늘로 올라가지 못한다. 사람이 단순하고 순박하게 살면 죽은 후에 영혼이 별이 되지. 밤하늘에서 저리 아름답게 빛나며, 제 마음에 근심하던 이가 집으로 돌아갈 수 있도록 비춰 줄 수 있는 거야."

그는 백리명천을 바라보았다. 백리명천은 여전히 눈을 감은 채 정신을 차리지 못하고 있었다.

그는 한참을 바라보다가 다시 중얼거리기 시작했다.

"연아가 어렸을 때, 내가 항상 이렇게 말해 주었지. 하지만 안타깝게도…… 그 애는 결국 이 길을 가야 했어. 아, 연아라고 부르지 말아야 하는데. 연아는 이미 다 컸고, 마음에 둔 사람도 있고…… 시집도 갔으니! 연아, 연아…… 우리 연아가 어렸을 때……. 하하."

그는 그 이상 말하지 않고 하늘 가득한 별을 바라보았다. 슬픔이 밴 눈은 계속 추억에 빠져 있었다…….

고운원은 이렇게 백리명천과 밤새도록 함께 있어 주었다. 그리고 하늘이 어슴푸레 밝아 올 무렵, 백리명천의 장검 옆에 작은 도자기 병을 내려놓은 후 조용히 떠났다. 마치 그 자리에 온 적 없는 것처럼.

백리명천은 오후가 되어서야 깨어났다. 그는 눈을 뜬 순간 강하게 내리쬐는 햇빛에 저도 모르게 눈을 감았다.

그는 일어나 앉고도 한참 뒤에야 겨우 눈을 뜰 수 있었다. 그리고 자신의 두 손을 바라보며 전날 있었던 일을 기억해 보았다.

그는 원래 그 힘에 의지해 도망칠 생각이었다. 그러나 그는 결국 그 힘을 온전히 통제할 수 없었고, 오히려 그 힘의 허수아비가 된 느낌을 받았다. 대체 어찌 된 일일까?

백리명천은 자신의 두 손을 한참 동안 바라보다가 갑자기 놀란 소리로 외쳤다.

"설마, 그것인가?"

축운궁주는 수희에게, 북해 아래에 옥인어족에게 속한 힘이 잠들어 있기 때문에 옥인어가 바다에 들어갈 수 없는 것이라 말했다. 그가 부상을 입은 채 북해에서 정신을 잃고 있는 동안, 설마 그 힘을 얻게 된 걸까?

백리명천은 북해를 떠난 후 지금까지 있었던 모든 일을 세세히 기억해 보았다. 기억을 되살릴수록 경악스러웠고, 자신의 추측이 맞다는 생각이 들었다.

설사 그의 추측대로라도, 그는 이것이 대체 어떤 힘인지 알지 못했다!

그리고 전날 군구신이 폭발시킨 힘이 무엇인지도 알지 못했다. 그가 알 수 있는 것은 그저 자신이 그 살의 때문에 공포에 질렸다는 것뿐이었다.

그는 본래 축운궁주를 찾아갈 생각이 있었지만, 이 순간 그 생각이 더욱 강렬해졌다.

백리명천은 몸을 일으킨 후 제 검을 떠올렸고, 고운원이 남겨 둔 도자기 병을 발견했다. 그는 첫눈에 그 병이 약병이라는 걸 알아보았다. 그러나 약병을 열고 냄새를 맡은 순간 그는 깜짝 놀랐다.

감초 사탕이었다. 박하가 들어간 감초 사탕!

연운간에서 한 입 먹어 봤을 뿐이지만 기억에 깊게 남아 있었다. 고운원의 집이 아니라면 그는 어디서도 이런 맛을 느껴

본 적이 없었다.

"고운원……."

생각하면 생각할수록 이상했다. 백리명천은 사실 그를 거의 잊고 있었다.

고운원이 어째서 여기까지 온 걸까? 무엇 때문에 온 거지? 무엇 때문에 일부러 감초 사탕을 남겨 두고 갔을까? 설마 고운원 그 녀석도 계속 뭔가를 숨긴 채, 그들의 모든 것을 주시하고 있었던 걸까?

고운원은 북강에서 비연 일행과 무척 가깝게 지냈으니, 아마 백리명천 그에게 좋은 마음을 품고 있지 않을 것이다!

그러나 또한, 생각하면 생각할수록 뭔가 이상했다.

백리명천은 자신의 상처에서 더는 피가 흐르지 않는 걸 확인한 후, 연못가로 다가가 물속으로 뛰어들었다.

그는 고운원을 찾으러 가지 않고, 수하를 연운간으로 보내 상황을 알아보게 했다. 백리명천 자신이 가야 할 곳은 백초국이었다.

그는 원래 백초국과 손잡고 천염국을 기습하여 만진국에서 몰아낼 생각이었다. 그러나 지금 그는 이미 그런 일만을 생각하고 있지 않았다. 수희를 만나 축운궁주에게 가야 했다. 현한보검이 자신에게 있는 한 그는 축운궁주와 천천히 이야기해 볼 마음이 있었다.

그리고 백리명천은 비연과 군구신이 축운궁주 앞에서도 과연 자신들의 잇속을 차릴 수 있을지 지켜보고 싶었다.

백리명천은 천옥성을 떠났고, 군구신과 비연 일행은 소 부인을 기다리고 있었다. 물론 그들 중 누구도 한가롭지는 않았다.

군구신이 반나절 쉬고 나자 망중이 수많은 서신을 가져왔다. 그중에는 진양성에서 날아온 급전도 있었다.

백초국과 천염국 국경에서 다툼이 끊임없이 일어나고 있었다. 특히 최근에는 백초국이 끊임없이 욕심을 내고 있었다. 정치적인 상황을 잘 모르는 사람이라도, 백초국이 도발 중이라는 사실을 알아볼 수 있을 정도였다.

정역비가 분노하여 외쳤다.

"전하, 전쟁을 하지 않으면 백초국은 우리가 저들을 두려워하는 줄 알 것입니다!"

서쪽 변경에는 본래 주둔군이 있었다. 게다가 이미 암중에 정예병을 보내 두었기 때문에, 정역비는 백초국을 이길 자신감에 가득 차 있었다.

군구신은 서신을 내려놓은 뒤 정역비에게 대답하지 않고 망중을 바라보았다.

"혁소해와 기욱은 최근 어떻게 지내고 있지?"

밀정에게서 두 사람의 행방을 들은 후 군구신은 계속 그 두 사람을 주시하고 있었다. 물론 지금 백초국 황궁에서 지내고 있는 수희 역시 주시 대상이었다.

망중은 안 그래도 보고할 이야기가 있던 참이었기에 재빨리 대답했다.

"그 두 사람은 별 낌새가 없습니다. 그러나 제가 방금 들은 소식에 의하면, 기욱이 얼마 전 옛 친구 두 사람을 만났다고 합니다. 전하, 그 친구들이 누구인지 아시겠습니까?"

군구신이 대답하기도 전에 곁에 있던 비연이 웃기 시작했다.

"기욱의 옛 친구라면, 한우아와 소옥승. 그들을 빼면 또 누가 있겠어?"

망중이 몹시 의아해하며 물었다.

"왕비마마, 어찌 아셨습니까!"

"조금 있으면 너도 알게 될 거야!"

비연은 뜸을 들이다가, 곧 진지하게 말했다.

"전쟁을 하지 않고 적을 굴복시킬 수 있으면 상책이지! 모두 백초국과 전쟁을 피할 수 없으리라 생각하겠지만, 나는 어떻게든 피해 볼 생각이야!"

군구신은 비연의 비밀을 알고 있었기에, 웃으며 아무 말도 하지 않았다.

정역비는 호기심에 가득 찬 눈으로 잠시 망설였으나 결국은 묻지 않았다. 그는 비연이 대답하지 않으리라는 사실을 알고 있었기에, 당정에게 대신 묻게 하기로 결심했다.

이어지는 며칠 동안 택을 도와 국무를 처리하는 외에 군구신은 대부분의 시간을 건명검술을 연습하며 보냈고, 비연 역시 계속 봉황력을 수련했다.

시간은 나는 듯이 흘렀고, 눈 깜빡할 사이에 열흘이 넘게 흘렀다. 그리고 마침내 소 부인이 도착했다……

소옥아가 마침내 집에 돌아왔어

마차가 옥씨 가문 후문에 멈췄다.

몇 달 보지 못했지만 소 부인은 여전했다. 그녀는 백발을 전혀 감추려 하지 않고 가지런히 빗어 넘긴 모습이었다. 그러나 그녀의 눈빛 속에는 평소의 날카로움이 아닌, 좀처럼 보기 힘든 희열이 떠올라 있었다.

당정은 서신으로 소 부인에게, 옥씨 가문에 옥여의 도안이 있고, 소 부인이 십중팔구 옥씨 가문의 성녀일 거라고만 이야기하고 다른 것은 이야기하지 않았다.

소 부인은 조금은 조급한 듯, 마차에서 내리자마자 비연에게 말했다.

"주인님, 옥씨 가문 노부인은 어디 있나요? 제가 당장 만나 봐야겠습니다!"

비연이 대답하기 전에, 멀지 않은 곳에서 마차 한 대가 상당히 빠른 속도로 달려왔다. 마부가 똑똑히 보일 즈음, 모두 그 마차가 승 회장의 마차라는 것을 알아차렸다. 승 회장이 올 거라고는 누구도 생각하지 못했기에 깜짝 놀랐다.

항상 냉정하던 승 회장도 조금 조급한 듯, 마차에서 내리자마자 비연과 군구신에게 고개만 숙인 후 바로 소 부인을 바라보며 불쾌한 듯 말했다.

"반나절만 기다려 달라고 했는데, 먼저 와 버리다니."

소 부인이 퉁명스럽게 반박했다.

"구려족의 비밀과 내 신상에 대한 일인데, 반나절은 고사하고 일각도 기다릴 수 없지요! 게다가 이 일은 승 회장과 상관없는 일이니, 오실 필요 없었습니다!"

비연은 승 회장이 뭔가 이상하다는 걸 눈치챘지만, 깊이 생각하지 않고 서둘러 두 사람을 잡아끌었다.

"안으로 들어가 얘기하죠."

모두 안으로 들어갔다.

당정이 몰래 정역비를 잡아끌더니 속삭였다.

"우리 외숙에게 가까이 가지 마."

정역비는 원래 승 회장과 같은 상인을 좋아하지 않았다. 그러나 승 회장이 과거 병사들을 이끌던 대장군이라는 이야기를 들었기에 경외하는 마음이 있었고, 가능하면 가르침을 청하고 싶은 마음도 있었다. 그가 속삭였다.

"인사를 올리면서, 우리의 얘기를 하기에 좋은 기회잖아."

당정이 정역비를 노려보며 엄숙하게 말했다.

"지금 다들 바쁘신 거 안 보여? 인사를 올리며 또 무슨 이야기를 하려고? 말해 두겠는데, 우리 외숙이 항상 저렇게 얼굴을 굳히고 있는 듯 보이지만 사실 남의 일에 참견하는 걸 아주 좋아한단 말이야. 우리 어머니가 시집온 지 그렇게 오래되었는데도 아직도 계속 신경 쓰고, 내 일도 하나하나 관여하려 한단 말이야! 우리 아버지가 연아네 아버지와 관계가 깊지 않았으면 우리 아버지까지 관리하려 들었을걸. 관리 대상이 되고 싶은 게 아니라면 절대로 가까이 가지 마!"

정역비가 코를 문지르며 아무 말도 하지 않았다.

그와 당정이 방에 들어갔을 때, 사람들은 모두 자리에 앉아 있었다.

비연이 자세한 상황을 설명하자, 소 부인이 무척 기뻐하며 보기 드물게 환하게 웃었다.

"성녀가 둘이라고요? 그렇다면 저에게 자매가 있다는 건가요? 언니인가요, 아니면 동생인가요? 지금 옥씨 가문에 있나요?"

비연이 말했다.

"두 사람의 표식을 합치면 완벽한 옥여의가 될 거야. 다만 옥씨 가문에는 있지 않아. 노부인을 탐색해 본 결과, 아무래도 옥 언니처럼 어릴 때 옥씨 가문을 떠나게 된 것 같아."

소 부인은 더욱 조급해하며 몸을 일으켰다.

"노부인은 어디에 있나요? 지금 만나야겠어요!"

비연은 이미 진묵에게 노부인을 데려오라고 명령한 상태였다.

"옥 언니, 저쪽을 봐."

소 부인이 돌아보니 문밖에 쉰쯤 돼 보이는 노부인이 서 있는 게 보였다. 반백의 머리에 지팡이를 짚고, 두 눈이 부은 것이 늙고 초췌해 보였다. 바로 옥씨 가문의 노부인이었다.

노부인은 계속 소 부인을 바라보고 있다가, 소 부인이 돌아보자 빠르게 다가오기 시작했다.

그간의 사정을 들었기 때문에 소 부인은 노부인에게 그다지 좋은 인상을 받지 못했다. 그러나 결국은 혈육의 정 때문인지 평소처럼 날카롭지도 않았다. 소 부인은 평소보다 상당히 고요한 표정으로, 말없이 노부인이 들어오는 걸 지켜보았다.

노부인은 점점 더 **빠르게** 걸어왔고, 가까이 올수록 감동 어린 표정이었다. 망중이 제지하지 않았다면 소 부인 바로 앞까지 왔을 것이다. 그녀는 입을 막은 채 소 부인을 바라보며 눈물을 흘렸다.

"아가씨, 아가씨…… 제가 등을 좀 봐도 될까요?"

노부인은 비연이 거짓말을 하지 않았다는 건 알았지만, 옥씨 가문이 수십 년을 찾아도 찾지 못했던 이를 대체 어떻게 이렇게 쉽게 찾아왔는지 의아하기만 했다. 물론 표식을 제대로 보기 전에는 단 한 마디도 제 속을 드러낼 생각이 없었다.

소 부인은 원래 평온함을 유지하려 했지만, 노부인이 눈물을 흘리는 걸 보니 이유 없이 번잡하다는 생각이 들었다. 그녀는 몸을 일으키며 냉랭하게 말했다.

"옆방으로 가서 보시지요."

두 사람이 옆방으로 갔다. 당정과 전다는 따라가고 싶었지만 비연이 가만히 있는 걸 보고, 어깨만 으쓱한 채 따라가지 않았다.

노부인은 아무도 따라오지 않는 걸 확인하고 재빨리 문을 닫았다.

소 부인은 어린 시절부터 영리했고, 지금은 더더욱 현명해져 있었다. 노부인이 다급하게 문을 닫는 걸 본 소 부인은 바로 노부인의 심사를 알아차렸다.

그녀는 재빨리 상의를 벗고 등 전체를 드러냈다. 그녀의 등에는 새하얀 표식이 하나 있었는데, 얼핏 보기에는 아무것도 아닌 것 같았으나 자세히 들여다보면 옥여의 절반임을 알아볼 수 있었다. 표식은 성장함에 따라 늘어나고 비틀려 조금 모호해 보였다.

노부인은 소 부인이 그렇게 빨리 옷을 벗으리라고는 생각지 못해 잠시 어쩔 줄 몰라 하다가, 소부인의 등에서 표식을 본 후 갑자기 차가운 숨을 들이마셨다.

"이, 이건……."

노부인은 감동한 나머지 할 말을 찾지 못하고 무의식적으로 손을 뻗어 표식을 만지려 했다. 소 부인은 기분이 좋지 않았으나, 눈을 차갑게 내리깐 채 참다가 한참 후에야 물었다.

"맞나요?"

그녀의 말투조차 평소처럼 신랄하지 않았기 때문에, 노부인은 소 부인의 성격을 짐작하지 못하고 있었다.

노부인이 재빨리 손을 떼더니 감동에 젖어 말했다.

"맞아요! 바로 이 표식입니다! 우리 옥씨 가문 성녀의 표식! 아, 아가씨는…… 올해 몇 살인가요?"

소 부인이 옷을 입으며 대답했다.

"서른다섯."

노부인은 더욱 감동하여, 눈에 눈물이 가득 고인 채 울먹이며 말했다.

"맞아요, 맞아! 우리 소옥아! 아가씨에게는 언니가 있는데, 언니는 대옥아라고 해요!"

소 부인은 그제야 조금 다급한 목소리로 물었다.

"언니는 어디 있죠?"

노부인이 소 부인의 두 손을 잡더니, 다시 한참 울먹인 끝에 말했다.

"대옥아 아가씨도 아가씨와 마찬가지로 어릴 때 사라졌어요. 아가씨의 언니는 태어난 지 얼마 되지 않아 유괴당했죠. 노태야께서는, 그러니까 아가씨 아버님께서는 그 일 때문에 자리에서 일어나지 못하셨죠. 후에 태부인께서 아가씨를 낳으시자 겨우 다시 일어나셨습니다. 그러나 안타깝게도, 노태야의 생신 잔치를 벌이던 날 아가씨도 아가씨 언니처럼 사라지고 말았어요. 가문 안에 있던 사람이 아가씨를 안고 나간 건지, 아니면 외부에서 침입한 사람이 아가씨를 데려간 건지는 지금까지도 알아내지 못했어요."

노부인은 눈물을 닦고 이어 말했다.

"우리 옥씨 가문에는 자고로 규칙이 있어요. 만약 성녀가 태어나면 성녀가 가주가 되고, 성녀가 없으면 장자가 가주가 된다는 규칙이죠. 아가씨의 오라버니는 원래 가주가 될 운명이 아니었어요. 우리 옥씨 가문의 진정한 가주는 바로 아가씨와 아가씨의 언니였어야 했지요! 저도 아가씨 오라버니에게 시집온 다음에야 이 모든 사실을 알았답니다! 아가씨, 비록 아가씨의 오라버니는 세상을 떠났지만 저는…… 아가씨의 올케인 저는 포기하지 않고 계속 아가씨를 찾고 있었어요. 하지만 안타깝게도 실마리조차 찾아내지 못했죠. 지금 아가씨가 돌아왔으니, 저는……."

노부인은 울먹거리며 말을 잇지 못하고 소 부인을 끌어안았다.

소 부인은 불쾌한 듯 살짝 미간을 찌푸렸다. 그러나 그녀는 노부인을 밀어내지 않았을 뿐 아니라 오히려 위로하기 시작했다.

"그, 저…… 이러지 말아요. 그러니까…… 음, 괴로워하지 말아요."

소 부인은 지금까지 타인을 위로해 본 적 없었기에, 스스로 듣기에도 제 위로가 어색하게만 들렸다. 그러나 노부인은 그 어색함을 눈치채지 못하고, 그저 소 부인이 자신을 받아들여 준다 생각하며 속으로 기뻐하고 있었다.

노부인은 소 부인을 놓아주지 않고 계속 말했다.

"이제 모든 것을 아가씨께 드리겠어요. 옥씨 가문의 모든 일을 이제 아가씨가 맡아 하시는 거예요. 이 올케도 이제 무조건 아가씨의 말을 들을 거랍니다. 다만, 아가씨께 꼭 해야 할 말이 있어요. 이 말은 노태야께서 아가씨의 오라버니께 전하신 말씀이기도 하고, 아가씨의 오라버니가 세상을 떠날 때 저에게 당부한 말이기도 해요."

소 부인의 눈가에 일말의 복잡한 빛이 스쳐 갔다.

"무슨 이야기인가요?"

음험하기로는 소소옥을 이길 수 없지

노부인이 긴장한 얼굴로 문가로 가서 잠시 밖의 동정을 살폈다. 그녀는 문밖에 엿듣는 이가 없다는 걸 확인한 후에야 소 부인 곁으로 돌아왔다.

소 부인은 조금 짜증 나는 듯한 얼굴로 물었다.

"대체 무슨 이야기인가요?"

노부인은 가볍게 탄식한 후 그녀 곁으로 다가와 속삭이기 시작했다.

"옥씨 가문의 가훈입니다. 구려의 비밀은 외부에 발설해서는 안 된다, 죽는 한이 있더라도 비밀을 지켜야 한다."

소 부인이 바로 물었다.

"어째서? 구려족은……."

소 부인은 원래 '구려족과 옥씨 가문 사이에 남들에게 알려서는 안 될 무슨 비밀이 있는가'라고 물어볼 생각이었지만, 급하게 말을 바꿨다.

"구려족은 대체 어떤 부족이죠? 어째서 저는 단 한 번도 들어 본 적 없는 건가요? 구려족은 옥씨 가문과 대체 무슨 관계죠? 그리고 내 등에 어째서 옥여의 모양의 표식이 있는 거죠?"

노부인은 소 부인의 신분을 알지 못했고, 영승의 신분도 알지 못했다. 그녀는 계속 소 부인과 비연 일행의 관계가 좋지 않을까 경계하고 있었다. 특히 비연이 소 부인을 옥 언니라 부르는 걸 들은 후로는 더욱 걱정하던 참이었다.

그러나 지금 소 부인이 이렇게 이야기하니 근심스러운 마음이 가라앉았다. 비연 일행은 소 부인에게 많은 이야기를 하지 않은 게 분명했다. 그렇다는 것은 그들 사이의 관계가 대단히 좋을 것도 없다는 이야기였다!

그녀는 서둘러 소 부인을 자리에 앉히고 진지하게 물었다.

"아가씨, 너무 성급하게 굴지 말아요. 이 올케가 모든 것을 명확하게 설명해 드릴 테니까. 그보다 먼저 말해 줘요. 정왕비는 대체 왜 아가씨를 옥 언니라 부르는 거죠? 그리고 아가씨의…… 백발은, 대체 어찌 된 일인가요?"

소 부인이 무심하게 대답했다.

"몇 년 전에 괴이한 병을 앓았는데, 병석에서 일어나 보니 머리가 온통 하얗게 세어 있었어요. 정왕비와는 그렇게 잘 아는 사이가 아니에요. 정왕비 곁에 있는 늙은 어멈과 친한 사이였는데, 정왕비가 내 등에 표식이 있는 걸 알고 갑자기 잘 대해 주더군요. 내 이름이 소소옥이라 하니, 정왕비는 나를 옥 언니라 부르겠다고 했어요."

노부인은 무척이나 기쁜 표정으로, 갑자기 소 부인의 두 손을 잡고 울먹였다.

"아가씨, 우리 소옥아…… 알고 있겠지요. 우리 옥씨 가문은 저들 때문에 비참한 지경이 되었어요! 이 올케와 아가씨 오라버니의 유일한 아들이, 아가씨의 유일한 조카가 저들 때문에 경매장에서 살해당했답니다. 저들은 우리 옥씨 가문과 구려족의 비밀을 노리면서, 수단 방법을 가리지 않고 이 올케를 핍박했답니다. 그중에서도 정왕비가 가장 악랄하고 계산적이더군요. 정왕비가 아가씨에게 잘 대해 준 건 분명 아가씨가 옥씨 가문의 성녀라는 걸 알았기 때문일 거예요! 이 올케는 저들에게 몰릴 대로 몰린 상태였어요. 만약 아가씨의 행방에 대해 듣지 못했다면 저는…… 저는 이미 이 비굴한 삶을 이어 나가고 있지 않았을 거예요!"

이 말을 들은 소 부인의 눈에 마침내 냉소가 어렸다. 그러나 안타깝게도 노부인은 그 차가운 웃음을 알아채지 못하고, 소 부인의 손을 꽉 잡으며 말했다.

"아가씨, 아가씨가 돌아왔으니 우리 옥씨 가문은 이제 아가씨에게 달렸어요!"

소 부인은 일부러 어쩔 줄 몰라 하며 대답했다.

"새언니도 저들을 당해 내지 못했다면서요. 제가 무슨 능력이 있어 저들에게 대적하나요?"

노부인이 목소리를 더욱 낮춰 말했다.

"이 올케에게 방법이 있답니다. 아가씨는 그저 제 말대로만 하시면 됩니다."

소 부인이 서둘러 물었다.

"방법이 있다고요?"

노부인이 고개를 끄덕이더니 소 부인의 귀에 대고 속삭이기 시작했다. 노부인은 소 부인을 이용해 비연 일행을 옥씨 저택에 있는 함정에 빠트리게 할 작정이었다.

　노부인이 진지하게 말했다.

　"지난번에는 제가 저들을 너무 얕보았지요! 우리 저택의 함정은 사당의 함정처럼 무섭지는 않지만 탈출할 수 있는 퇴로가 없어요. 시간만 끈다면 저들 모두 죽게 될 거예요!"

　소 부인의 눈에 어린 냉소가 더욱 심해졌지만, 그녀는 여전히 어쩔 줄 모르겠다는 듯 물었다.

　"그럼 저는요?"

　노부인이 다시 한번 소 부인의 손을 잡아끌었다.

　"바보 같기는. 이 올케에게는 당연히 아가씨를 구할 방법이 있지요."

　소 부인은 대답하지 않았다.

　노부인이 대문을 바라보며 말했다.

　"아가씨, 잘 지켜봐요. 우리가 나간 다음, 저들은 반드시 아가씨를 이용해 저를 위협하려 들 거예요. 우리는 저들의 계교를 역이용해야 해요. 저들을 함정에 가둘 수만 있다면 우리는 자유로워질 거예요. 저는 가주의 지위를 반드시 아가씨에게 돌려 드릴 거예요. 옥씨 가문의 재산도 물론 모두 아가씨의 것이죠. 그리고 아가씨의 언니를 찾는 것도 도와 드리겠어요!"

　소 부인은 고개를 숙인 채 여전히 아무 말도 하지 않았다.

　"아가씨, 설마 이 올케를 믿지 못하는 건 아니겠지요?"

　노부인은 잠시 망설이더니 진지하게 말했다.

　"좋아요, 옥씨 가문 최고의 비밀을 알려 드리지요. 아가씨, 저와 함께 옥씨 가문을 지킬지, 아니면 저들의 포로가 될지 아가씨가 선택하도록 해요! 우리 옥씨 가문 사당의 보물 창고에는 옥여의가 하나 있는데, 성녀의 피로만 발동시킬 수 있답니다. 그렇게 되면 우리 가문의 진정한 보물 창고가 열리지요. 그 안에 있는 물건들의 가치는 성으로도 살 수 없을 정도예요. 그 보물들을…… 이 올케는 물론이고 아가씨의 오라버니조차 본 적이 없답니다……."

여기까지 들은 소 부인이 마침내 천천히 고개를 들어 노부인을 바라보았다.

노부인은 소 부인이 제 말에 따른다고 생각하고 기뻐하며 말했다.

"아가씨, 아가씨가 그저 저와 함께……."

이 말이 끝나기도 전에 소 부인이 불시에 손을 뻗어 노부인의 멱살을 잡았다. 노부인은 말을 잇지 못함과 동시에 경악했다.

소 부인은 평소의 날카롭고 신랄한 모습으로 되돌아와 있었다. 그녀는 살짝 입꼬리를 올리며 차가운 눈으로 노부인을 노려보았다.

"탈출할 수 없는 함정이라……. 그런데 그 함정에서 어떻게 나를 구할 작정이지? 하하. 옥씨 가문의 가훈이 죽을지언정 비밀을 지켜야 한다는 거라고? 그래서 너는 내 목숨을 버려 비밀을 지킬 생각인 모양이군?"

이 상황을 믿을 수 없다는 듯 노부인의 얼굴에서 마침내 핏기가 가셨다.

"아, 아가씨……. 아니야, 아니에요. 저는, 저는 그런 게 아니에요! 아가씨, 오해하지 말아요. 올케가 되어서 제가 어찌…… 어찌 아가씨를 해치려 하겠어요? 제가 새언닌데……."

노부인은 말조차 더듬고 있었고, 안색은 점점 더 창백해졌다.

사실 소 부인은 옥씨 가문의 노부인이 문을 닫은 그 순간부터 노부인에게 음모가 있다는 사실을 눈치챘다. 그래서 인내심을 발휘해 연기를 하며, 노부인이 대체 무슨 수작을 부리는지 지켜보았다.

노부인이 정왕 일행에게 대적하려 하는 것이야 사실 비난할 일도 아니고, 이해할 수도 있는 일이었다. 그러나 소 부인마저 함정에 빠트리려 하는 것은 절대 용서할 수 없는 죄였다! 소 부인에게 음모를 펼치려 하다니, 그야말로 죽을 자리를 찾고 있는 거라고 할 수밖에 없었다!

그녀는 원래 어떻게 비밀을 알아낸 후 안색을 바꿀까 고민 중이었다. 노부인이 이렇게 조급하게 굴며 가장 큰 비밀을 털어놓을 줄은 아예 예상하지 못했다.

소 부인이 지금 안색을 바꾸지 않는다면 언제까지 기다려야 하는 걸까?

소 부인이 차갑게 웃으며 말했다.

"나는 원래 네가 하는 말들을 믿으려 했지. 하지만 지금은 단한 마디도 믿지 못하겠다! 성녀가 가주니, 하하, 비밀을 지킬지 말지는 바로 본 가주가 알아서 결정하겠다!"

말을 마친 그녀는 노부인에게 변명의 기회도 주지 않고, 노부인의 멱살을 잡은 채 바로 밖으로 끌고 나갔다.

비연 일행은 모두 기다리고 있다가, 소 부인이 노부인을 끌고 나오는 걸 보고 깜짝 놀랐다. 소 부인은 노부인을 망중에게 내팽개친 후, 비연에게 명쾌한 목소리로 말했다.

"왕비마마, 정왕 전하, 우리 함께 다시 옥씨 가문 사당으로 가야겠습니다! 옥여의의 사용법을 알아냈습니다!"

이 말을 들은 노부인은 그제야 소 부인이 자신을 속였음을 깨달았다. 소소옥이 비연 일행과 저리도 관계가 좋았다니! 노부인은 바로 욕설을 퍼붓기 시작했다.

"소소옥, 네가 감히! 성이 다른 나도 평생 너희 옥씨 가문의 비밀을 지켜 왔건만, 너는 옥씨 가문의 성녀로 태어나 대체 뭐하는 짓이냐? 천벌이 두렵지도 않으냐? 대체 무슨 낯짝으로 옥씨 가문 사당에 가겠다는 것인지! 네가 가문의 선조들 앞에서 고개를 들 수나 있겠느냐?"

소 부인은 전혀 들리지 않는다는 듯 고개조차 돌리지 않고 밖으로 향했다.

비연 일행이 서둘러 소 부인을 따라갔다. 승 회장이 가장 앞으로 달려 나가며 권하듯 말했다.

"소옥아, 어쨌든 너도 옥씨 가문 사람이니……."

소 부인이 승 회장의 말을 잘랐다.

"옥씨 가문인 게 또 뭐라고요? 옥씨 가문의 비밀이 천살, 지살과 관련이 있다면 현공대륙의 무고한 생명과 관계가 있는 것이니, 내가 그 비밀을 숨긴다면 그것이야말로 천벌을 받을 행위입니다!"

승 회장은 반박할 말이 없었다.

비연 일행은 이 말을 듣고 소 부인을 괄목상대하게 되었다. 본래 그들은 소 부인이 지나치게 까탈스럽고 옹졸한 사람이라 생각하고 있었다. 그러나 지금 보니 소 부인의 대의는 결코 그 누구에게도 지지 않았다.

모두 옥씨 가문 사당에 도착한 후 바로 지하 보물 창고로 향했고, 순조롭게 작은 방으로 들어갔다. 비연이 격자를 열었다. 옥여의는 원래의 자리에 그대로 놓여 있었다. 그들 모두 그 매끄럽고 아름다운 모습에서 눈을 뗄 수 없었다.

소 부인은 시간을 지체하지 않고 바로 손가락을 베어 피를 냈다. 찰나의 순간, 돌벽 중앙이 천천히 열리더니 숨겨져 있던 돌문이 드러났다. 이곳이야말로 진정한 옥씨 가문의 보물 창고였다.

이 안에는 대체 무엇이 숨겨져 있을까?

혈제, 또 다른 길

석실 문이 열리자 모두 깜짝 놀랐다. 소 부인이 모두를 한번 돌아보더니 먼저 안으로 들어갔고, 비연 일행도 뒤를 따랐다.

눈앞의 장면에 모두 놀랐다.

석실 안에는 거대한 제단이 있고, 제단 중앙에 커다란 제대가 있었다. 제대 위에는 크고 작은 옥여의 수십 개가 있었다. 모두 희귀한 묵옥으로 만들어진 것으로, 형태도 보통의 여의와는 달라 보였다.

모두 잇달아 제대로 다가갔다. 가까이 갈수록 더욱 경악하지 않을 수 없었다. 제대 위 옥여의 머리가 보통 여의처럼 꽃의 형태가 아니라 웅크린 용의 모습이었기 때문이다. 이 용은 구려족의 표식에서 보았던 용과 완벽히 같은 형태였다!

고요한 가운데 군구신이 가장 먼저 입을 열었다.

"아무래도 이 옥여의는 제기인 모양이군."

그때 비연이 다급하게 말했다.

"생각났어! 어렸을 때 의부에게서, 옥여의는 상고 시기에는 무기였다고 들었어. 사악한 것을 내쫓는 용도였다고 말이야. 여의 머리 부분도 원래 꽃이 아니었는데, 나중에 꽃이 되면서 길함을 상징하는 물건으로 변한 거라고 하셨지."

군구신이 고개를 끄덕이며 물었다.

"이 제단이 우리가 구려족 고묘에서 보았던 제사와 관련이 있을까?"

군구신이 옥여의 하나를 뽑아 무게를 가늠해 보자, 비연과 소 부인도 가까이 다가가 함께 들여다보았다. 당정과 전다다는 한옆에서 움직이지 않고 있었다.

당정이 가볍게 옥여의 끝의 용을 쓰다듬더니 말했다.

"이걸 무기로 쓴다면…… 그럭저럭 쓰기 편하겠는데."

전다다도 옥여의를 쓰다듬으며, 손에서 떼기 싫은 표정으로 중얼거렸다.

"하지만 이건 묵옥이야! 옥 중에서도 귀한, 아주 드문 거라고! 이렇게 많은 묵옥이라니, 금으로 바꾸면 대체 얼마일까?"

그러나 제대 하나에 옥여의 수십 개만으로는 아무 의미도 없어 보였다. 군구신이 주변을 둘러보았지만, 돌벽을 제외하면 다른 것은 없어 보였다. 그가 입을 열려고 했을 때 비연이 먼저 말했다.

"이게 무슨 비밀이지? 분명 뭔가가 있는 게 틀림없어!"

소 부인이 두말하지 않고 손가락을 다시 베어, 제 피를 제대 위 옥여의에 떨어뜨렸다. 그녀는 빠르게 옥여의 하나하나에 제 핏방울을 묻히며 옥여의가 몇 개인지 세어 보았다. 크고 작은 옥여의는 모두 아흔아홉 개였다!

그녀의 선혈이 옥여의에 떨어졌지만 아무 반응도 일어나지 않았다. 그러나 얼마 지나지 않아 핏방울이 모두 흡수되는 동시에, 주벼 어두컴컴한 돌벼 위에 핏빛 벽화가 떠오르기 시삭

했다. 바로 제사를 올리는 장면이었다.

모두 소 부인의 피로 벽화가 떠오른 걸 신기해하느라 벽화의 내용까지는 제대로 보지 못한 상태였다.

그때 소 부인이 외쳤다.

"결계가 파해되었습니다!"

최근 몇 년 동안 그녀는 계속 결계술을 연구해 왔다. 방금 주변에 결계가 있다는 걸 알아채지 못했으나, 지금은 결계가 파해되었다는 사실을 아주 명확하게 깨달을 수 있었다.

진실이 모두 나타나고 있었다. 바꿔 말하자면, 벽화는 계속 그곳에 있었다. 그들이 밀실에 들어옴과 동시에 결계에 들어온 셈이었기에 벽화의 존재를 알아채지 못한 것뿐이었다. 옥씨 가문의 이 비밀은 아주 깊이 숨겨져 있었다!

소 부인의 말을 듣고 나서야 모두 상황을 이해했다. 그리고 이번에는 결계를 누가 펼친 것인지 생각할 겨를도 없이, 돌벽 위에 나타난 벽화에 모든 주의력을 빼앗기고 말았다.

완벽한 상태로 보존된 벽화는 구려족의 가장 성대한 제사를 기록하고 있었다. 제사는 북해안에서 망망대해를 바라보며 시작되었다. 아흔아홉 명의 구려족이 화려한 옷차림의 두 여자를 둘러싸고 있었는데, 이 여자들은 바로 옥씨 가문의 성녀였다!

두 성녀는 함께 거대한 무기를 들고 있었는데, 바로 용이 조각된 옥여의였다.

비연과 군구신이 가까이 다가가 보니, 성녀들이 들고 있는 옥여의는 다른 아흔아홉 개의 옥여의와 달랐다. 성녀들이 들고 있는 옥여의의 용은 입을 벌리고 있었지만, 다른 옥여의의 용들은 입을 다물고 있었다.

성녀들이 들고 있는 이 옥여의는 무기일까, 아니면 제기일까?

확신할 수 있는 것은, 성녀의 손에 들린 옥여의가 모든 옥여의들 중 가장 중요한 것이라는 사실이었다!

옥여의를 높이 들고 북해를 향해 제사를 지낸 후, 인어족에 대한 학살이 벌어졌다. 존귀한 금인어족이건 비천한 흑인어족이건, 예외 없이 모두 잔혹한 학살의 대상이 되었다. 그들은 산 채로 비늘이 벗겨졌다. 피에 젖어 있는 인어들의 모습은 공포스러울 정도였다.

마지막에는 인어들 모두 북해로 던져졌고, 북해는 온통 핏빛으로 물들었다. 두 성녀는 제사 과정 내내 매우 고통스러워하다가, 제사가 끝난 후 옥여의를 든 채 바다에 몸을 던져 사망했다.

인어족을 잔혹하게 학살한 이들은 옥씨 가문이 아니라 구려족이었다. 벽화가 아주 뚜렷하지는 않았기 때문에 그림 속 사람들의 생김새는 불분명했다. 그러나 그들의 옷에는 전부 구려족의 표식이 그려져 있었다.

여기까지 본 모두 역겨움을 느꼈다. 당정과 전다다는 이미 고개를 돌리고 더 보지 못하고 있었다.

비연은 저도 모르게 눈을 감았으나 곧 다시 떴다. 가까스로 찾아낸 비밀이니, 아무리 잔인하고 역겹더라도 봐야만 했다!

그러나 벽화를 계속 이어 보았으나 절을 하는 의식이 몇 번 반복될 뿐, 특이한 것은 보이지 않았다. 벽화의 가상 끝에는 옛 글자로 쓰인 글이 몇 줄 보였다. 그 내용은 구려족의 비밀이 아니라 옥씨 가문 성녀들의 이름과 제사의 내력, 그리고 주요한 과정이었다!

원래 이 제사는 피의 제사라는 뜻의 '혈제'라는 이름으로, 천살과 지살을 누르기 위한 제사였다. 혈제는 상고 시대의 무기인 옥여의를 도구로 삼고, 인어족의 피를 매개로 하여 천살과 지살의 힘을 억누르고 다시 바닷속에 잠들게 하는 제사였다. 이 제사는 북해에서 시작되었기에 천살의 힘을 억제할 수 있었다.

인어족은 구려족의 노비였지만, 옥씨 가문 역시 구려족의 노비였다!

인어족의 피와 옥여의 모두 혈제의 중요한 준비물이었는데, 인어족은 부족 사람들을 희생했고 옥씨 가문은 성녀를 희생했다. 옥씨 가문의 성녀만이 옥씨 가문의 보물인 여의를 다룰 수 있었기 때문이다.

소 부인을 포함하여 마지막 벽화까지 본 이들은 모두 침묵했다.

한참 후 비연이 겨우 중얼거렸다.

"건명력이 천살과 지살을 억제할 수 있고, 혈제도 제어할 수 있다면…… 건명력을 장악하지 못했기 때문에 이렇게 잔인한 방법을 썼던 건 아닐까?"

군구신은 미간을 찌푸린 채 한참 동안 아무 말도 하지 않았다.

옥씨 가문의 이 벽화에 기록된 모든 것은 아마도 진실일 터였다. 그러나 이 혈제는 옥인어족이 바다에 들어가면 안 된다는 이야기와 모순되어 보였다.

인어족의 피가 혈제의 봉인을 파해한다면, 어째서 옥인어족만이 바다에 들어가서는 안 되는 걸까? 다른 인어족에게는 왜 그런 규칙이 없는 걸까?

구려족이 혈제로 천살을 억누르려 한 것이라면, 무엇 때문에 건명력이 건명보검 안이 아니라 북해에 숨어 있게 된 걸까?

이 안에는 그들로서는 이해하기 어려운 비밀이 숨어 있는 게 분명했다.

지금 그들이 확신할 수 있는 것은 천 년 전 천살이 서정력으로 인해 세상에 나왔고 혈제가 치러졌다는 것, 그리고 동시에 누군가가 북해안에서 건명력을 부려 천살에 대항했다는 사실이었다.

모두 비연의 말을 곱씹는 동안, 군구신은 이미 주변을 찾고 있었다. 그는 옥씨 가문 성녀가 들고 있는 옥여의를 찾지 못하자 다음과 같이 말했다.

"보아하니, 저 옥여의는 아직 북해에 잠겨 있겠군."

지금 말한들 모두 늦었다

비록 눈앞에 아흔아홉 개의 옥여의가 있지만 이것들은 혈제를 보좌하는 기구일 뿐이다. 성녀가 쥐고 있던 옥여의야말로 진정한 보물인 동시에 옥씨 가문의 가치가 입증되는 부분이었다. 인어족이건 옥인어족이건 모두 이 혈제를 위해 존재했던 것만 같았다.

군구신은 바로 하소만을 다시 북해로 보내 조사하도록 망중에게 분부했다.

비연이 미간을 찌푸린 채 생각에 잠겨 있었다. 아무리 생각해도 '옥인어가 바다에 들어가서는 안 되는' 진정한 이유를 떠올릴 수 없었다. 그녀는 차라리 옥인어에 대해서는 더 생각하지 않기로 하고 진지하게 말했다.

"혈제와 건명력 모두 천살을 억제할 수 있는데, 두 가지 모두 북해에 나타났다면, 그중 하나는 실패했다는 얘기 아닐까?"

이렇게 생각하니 갑자기 이해가 안 가던 것들이 명확해지기 시작했다. 비연이 다시 다급하게 말했다.

"만약 건명력을 다룰 수 있었다면 혈제라는 저런 잔인한 수단을 쓰지는 않았을 거야. 그때 건명력을 장악했던 사람은 천살을 완벽하게 억제할 수 없었고, 때문에 구려족은 혈제라는 방식을 사용할 수밖에 없었던 거지. 그래서 건명력과 건명보검도 분리되어, 건명력은 북해에 남고, 보검은 구려족이 흑삼림으로 가져간 거야!"

이 말에 모두가 그녀를 바라보며 고개를 끄덕였다. 당정과 전다다가 이구동성으로 외쳤다.

"맞아!"

비연이 다시 말했다.

"목연이 축운궁주한테 들은 게 반드시 사실이라고는 할 수 없어. 어쩌면 봉인 같은 것은 아예 존재하지 않을지도 몰라. 옥인어가 바다에 들어가지 않는 이유는, 아마 백리명천의 그 신비로운 힘과 관계가 있을 거야! 그 힘은 꼭 천살이 아닐 수도 있고, 어쩌면 다른 힘일지도 몰라!"

모두 다시 고개를 끄덕였다.

건명보검이 백리명천에게 보인 살의 때문에 모두 백리명천이 북해에서 천살을 얻었다고 생각하고 있었다. 그러나 지금 보니 그 힘이 꼭 천살일 이유는 없었고, 다른 사악한 힘일 수도 있겠다 싶었던 것이다. 옥인어의 선조는 자손이 그 힘을 얻을까 두려워 그런 규칙을 만들었을 수도 있었다!

그때, 군구신이 비연을 바라보며 진지하게 말했다.

"몽족이 봉인했던 게 천살이 아니라, 백리명천이 지금 지닌 그 힘이 아닐까?"

군구신은 예전에 결계에 빠졌을 때 몽하로부터 몽족의 재난에 관한 이야기를 들었다. 그 후 다시 목연에게서, 몽족 결계술사가 옥인어의 피를 매개로 북해에 결계를 펼쳤나는 이야기를 들었다.

군구신은 계속 이상하다고 생각해 왔다. 몽족에게 천살을 봉인할 능력이 있었다면 왜 건명력을 원했던 걸까? 이 대륙에서 가장 강한 힘은 건명력이 아니라 결계술이어야 하는 것 아닌가!

그런데 지금 비연의 분석을 들은 군구신은 자신이 계속 추측해 오던 방향이 틀렸을 가능성이 있다는 걸 깨닫게 되었다!

계속 침묵하던 승 회장이 말했다.

"축운궁주는 일부러 목연을 속인 건지…… 아니면 축운궁주도 진실을 모르는 걸까?"

"축운궁주는 목연을 완벽하게 신뢰하지는 않았을 테니, 아마이 일을 일부러 숨겼겠죠! 백리명천도 내 신분을 알고 있었는데, 분명 축운궁주 쪽에서 정보를 알아냈을 테고."

비연이 한참 고민하다가 갑자기 놀란 소리로 외쳤다.

"백리명천이 축운궁주에게 이용당하고 있는 건 아니겠지?"

이 순간 전다다가 작은 목소리로 말했다.

"만약 내가 인어족 후예라면, 그렇게 많은 비늘을 본 이상 분명 구려족과 옥씨 가문에게 원한을 품을 거예요. 백리명천이 오해한 것이 틀림없어요. 정말 그를 도망치게 해서는 안 되는 거였는데!"

비연과 군구신은 원래 백리명천도 그들과 함께 진상을 알게해 줄 생각이었다. 그러나 안타깝게도 지금은 말해 봤자 늦은셈이었다.

군구신이 말했다.

"수희가 여전히 백초국에 있으니 분명 멀리 가지 못했을 거야. 백초국에 한번 다녀올 수밖에 없겠군."

그러고 전다다를 바라보며 진지하게 물었다.

"네 부친과 목연의 일은 어떻게 되어 가고 있지?"

전다다는 어쩔 수 없다는 듯 고개를 저었다.

"적지 않은 희생이 있었지만…… 아직 중앙 숲 중심까지 가지 못했어요. 아버지는 목연과 함께 축운궁 근처를 살펴볼 생각이라고 하신 후 지금까지 새로운 소식이 없어요."

군구신은 고개를 끄덕이며 더 이야기하지 않았다. 그러나 그는 이미 마음속으로 결정을 내린 다음이었다. 백초국 문제가 해결될 때까지 흑삼림 쪽에 별 진전이 없다면, 직접 축운궁에 가 보는 것도 개의치 않겠노라고.

남아 있는 시간이 많지 않았다. 건명력을 장악하여 빙해의 얼음을 깨트릴 준비를 하는 것 외에도, 현공대륙 전체를 손에 넣는다는 임무가 남아 있었다.

헌원예는 그렇게 인내심이 많은 성격이 아니었고, 군구신 자신은 더더욱 그러했다. 시간은 유한하니, 그는 결코 다른 세력이 어둠 속에서 자신을 훔쳐보고 계책을 세우도록 내버려 두지 않을 생각이었다. 그가 바라는 것은 속전속결이었다!

모두 좀 더 머물다가 석실을 떠났다. 소 부인은 직접 돌문을 닫고, 돌문을 다시 돌벽 안에 흔적 없이 숨겼다.

그들이 옥씨 저택으로 돌아왔을 때는 이미 대낮이었다. 군구신과 비연은 며칠 더 머물면서 백소화에 대해 좀 너 알아볼 생각이었지만, 소 부인은 다음 날 출발하라고 주장했다. 그녀는 실망감을 감춘 채 평소의 쌀쌀맞은 얼굴로 돌아와 있었다.

소 부인이 진지하게 말했다.

"주인님, 한우아 쪽에 남겨 둔 수하에게서 모두 들었습니다. 안심하세요. 천옥성은 저에게 맡겨 주십시오. 백소화가 얼마나 대단한 존재건, 제가 어떻게든 머리를 굽혀 주인님의 신하가 되도록 만들 테니까요! 백소화는 성주의 지위에 올라서도 별다른 성과를 내지 못했으니, 성주도 제가 맡는 것이 좋을 듯합니다!"

비연이 서둘러 권했다.

"옥 언니, 일단은 친언니를 찾는 데 주력하도록 해. 천옥성과 관련한 일은 너무 신경 쓰지 말고."

옥씨 가문의 친척들이 더는 세상에 남아 있지 않았고, 소 부인은 노부인의 야심 때문에 이미 마음에 상처를 입었다. 소 부인의 유일한 희망은 친언니를 다시 만나는 것이었다. 그러나 그녀는 그런 소망을 내색하지 않았을 뿐 아니라 오히려 차갑게 웃었다.

"제가 이 나이가 되어 보니, 친척 좀 없는 것도 별일 아니더군요. 주인님, 오늘부터 제가 옥씨 가문의 당주입니다. 제가 주인님을 대신해 천옥성을 얻을 테니, 내일 떠나시는 게 좋겠습니다. 이곳의 일은 걱정하지 않으셔도 좋습니다!"

비연은 바보가 아니었고, 소 부인의 무정해 보이는 이 말이 그저 일종의 가림막이라는 사실을 알아챌 수 있었다. 그러나 모두가 보는 앞이었기에, 비연은 그저 고개를 끄덕이고 더 권하지 않았다.

식사를 끝낸 후 소 부인은, 겨우 반나절 만에 옥씨 가문의 모든 노비며 시위들을 전부 정리했다. 쫓아낼 사람은 쫓아내고 거둘 사람은 거뒀다. 동시에 자신이 데려온 적지 않은 사람들도 제자리에 안배했다. 노부인은 어떤 수작질도 못 하도록 가둬 두었다.

군구신은 오후 내내 정역비와 함께 있었다. 전쟁에 관한 이야기를 나누는 것이 분명했다.

비연은 열흘이 넘도록 마음 수련을, 별다른 방해 없이 쭉 하고 있었다. 그녀는 오후 내내 약왕정을 수련하며 새로운 단계를 찾았다.

밤이 찾아왔을 때 비연은 몹시 피곤했지만 어쩐지 계속 뒤척거리기만 할 뿐 잠이 오지 않았다. 그녀는 당정과 전다다를 불러내 소 부인을 위로하러 가기로 마음먹었다.

그러나 그들이 소 부인 거처에 가까이 가기도 전에, 승 회장이 홀로 소 부인 방문 앞에 서 있는 걸 발견했다. 그는 소 부인이 문을 열어 주기를 기다리는 것 같았다.

전다다가 승 회장을 부르려 했으나, 비연과 당정이 거의 동시에 손을 뻗어 그녀의 입을 막았다.

쉿!

전다다는 비연을 보고, 다시 당정을 바라보며 의아한 표정을 지었다.

그때 삐걱 소리가 들리더니 방문이 열렸고, 그들 세 사람 모두 돌아보았다.

소 부인이 문안에 선 채 승 회장과 이야기를 나누고 있었는데, 일단 승 회장을 방 안으로 들일 뜻은 없어 보였다.

그러나 잠시 대화를 나눈 후 소 부인은 뜻밖에도 승 회장을 향해 안으로 들어오라 손짓했다. 승 회장은 주변을 둘러본 다음 방 안으로 들어가 문을 닫았다.

이 순간, 비연과 당정뿐 아니라 전다다의 생각 역시 멀리 나가고 있었다.

전다다가 비연과 당정의 손을 떼어 내고 속삭였다.

"언니들, 우리…… 보면 안 되는 뭔가를 본 것 아니야……?"

아무리 찾아도 헛수고일 뿐이야

비연과 당정도 처음에는 '보면 안 되는 뭔가를 봤다'고 생각했지만, 곧 그런 일은 있을 수 없다는 것을 깨달았다.

두 사람은 서로 흘깃 바라본 후 약속이나 한 듯이 고개를 저었다. 그녀들이 아는 한 승 회장과 소 부인은 원칙을 지키는 사람들이었고, 승 회장과 상관 부인 사이의 감정은 쉽게 의심할 수 있는 것이 아니었다. 현공대륙에 떠도는 소문은 그들이 신분과 관계를 감추기 위해 퍼뜨린 유언비어에 지나지 않았다.

그러나 전다다가 다시 중얼거렸다.

"방 안에서라면 더더욱 보면 안 될 무언가가 있을 텐데, 언니들, 우리 가서 볼래요?"

비연과 당정이 다시 한번 서로를 바라본 후 이구동성으로 물었다.

"더더욱 보면 안 될 무언가라니?"

전다다는 이 두 언니가 모두 나쁘다고 생각했다. 자신이 무슨 얘기를 하는지 분명 알고 있을 텐데 저렇게 모르는 척하다니. 그녀가 두 언니를 흘겨보며 말했다.

"그래요, 계속 모르는 척하든지! 그러면 재미있나?"

비연이 눈을 굴리며 웃는 듯 마는 듯한 표정을 지었는데, 몹시도 교활해 보였다. 당정은 두어 번 헛기침을 하고는 의미심

장하게 웃었다. 전다다는 정말로 기분이 나빠져 두 언니를 힘
차게 밀어 버린 다음 말했다.

"그럼 거기서 그냥 웃기만 하든가! 이 일은 아무 재미도 없는
거겠지, 뭐!"

당정이 일부러 말끝을 길게 끌며 말했다.

"너, 이 계집애, 어린 나이에도 아는 것이…… 정말 많잖아!
외숙을 그렇게 생각하다니, 외숙이 화를 낼까 무섭지도 않은 모
양이지?"

비연도 전다다의 이마를 톡톡 두드리며 말했다.

"아직 어린 아가씨, 대체 이 머릿속에 뭘 감추고 있는 거
야? 승 숙부가 어떻게 그런 사람일 수 있겠어!"

그러나 비연의 손이 전다다의 이마에 닿았다가 떨어지기도
전에, 전다다가 먼저 비연의 손을 밀어냈다. 아직 어린 기운이
남아 있는 전다다의 작은 얼굴은 그야말로 진지함 그 자체였다.

"가정이 있는 남자가 한밤중에 여자 방에 들어가서 방문을
닫았는데, 그럼 어떻게 생각해야 하지? 아무리 중요한 일이 있
다 해도, 다른 곳에서 얘기할 수 있는 거잖아요? 칠 숙부가 말
했어요. 한 남자가 정말로 한 여자를 좋아하는 게 아니라면, 낮
이고 밤이고 상관없이, 그리고 일의 경중이나 급함도 상관없
이, 절대로 여자의 침실에 들어가면 안 된다고. 남자가 정말로
여자를 좋아하면, 또 밤이고 낮이고 상관없이, 그리고 일의 경
중이나 급함도 상관없이, 어떻게든 방법을 생각해서 여자의 침
실에 들어가 나오지 않으려 하는 법이라고! 칠 숙부가 또 뭐라

그랬더라······. 맞아! 여자가 만약 남자를 아무렇게나 제 침실에 들인다면, 절대로 좋은 여자가 아니라고도 그랬어!"

이 말을 듣자 비연과 당정은 서로를 바라보며 아무 말도 하지 않았다. 고칠소의 이 말은 그녀들도 물론 들은 적이 있었다. 그러나 그녀들은 여전히 무조건적으로 승 회장을 믿고 있었다.

전다다는 두 사람이 침묵하는 걸 보더니, 자신의 추측을 인정한 모양이라 생각했다. 전다다는 더욱 비분강개하여 외쳤다.

"불쌍한 상관 부인! 이런데도 계속 둘째를 갖고 싶어 하다니! 남자는 정말······ 좋은 물건이라고는 하나도 없다니까!"

마침내 비연이 참지 못하고 피식 웃었다.

"그래서, 평생 시집을 안 갈 작정이야?"

전다다가 아주 진지하게 고개를 끄덕였다.

"혼자 사는 게 얼마나 자유로운데. 절대로 시집 같은 건 안 갈 거야!"

이 말을 들은 당정은 난감한 듯 흘러내린 머리카락을 올리며 아무 말도 하지 않았다. 그녀도 한때는 남자에 대해 전다다처럼 생각했었다. 그러나 지금 그녀는 당장이라도 정역비와 혼례를 올리고 아이들을 한 무리 낳지 못해 안달하는 중이었다.

비연은 바로 당정에게 의미심장한 시선을 던졌다. 비연은 세상사를 이해하기 시작한 무렵부터 군구신을 쫓아다니며 그에게 시집갈 거라고 종알거렸고, 당정과 전다다가 정말 유치하다고 생각했다! 사랑해 본 적도 없으면서, 무슨 자격으로 사랑하지 않겠다고 말힌담?

전다다는 길게 이야기할 시간이 없었다. 그녀는 한 손으로는 비연을, 다른 한 손으로는 당정을 잡아끌며 엄숙하게 말했다.

"가요, 우리 상관 부인을 대신해 간통 현장을 잡아야지!"

비연도 엄숙해졌다.

"농담은 농담으로 접어 둬. 이런 일은 함부로 떠들고 다닐 일이 아니야! 승 숙부는 분명 옥 언니와 둘이서만 할 얘기가 있는 걸 거야."

그녀는 잠시 생각하다가 다시 말했다.

"그런데 승 숙부가 이번에 너무 갑작스럽게 온 것 같지 않아?"

당정이 연신 고개를 끄덕였다.

"외숙의 평소 행동 같지 않아!"

비연과 당정이 얘기하는 동안 전다다가 소리 없이 빠져나갔다. 비연과 당정이 정신을 차렸을 때는 이미 전다다를 막을 수 없었다. 전다다는 창가에 달라붙어 귀를 쫑긋 세우고 있었다.

비연이 한마디 하려는데 당정이 먼저 말했다.

"연아, 저 계집애가 규범이라고는 전혀 모르는 것 같아. 하지만 우리가 저 애를 잡으러 가면 분명 큰 소리를 내어 외숙과 옥 언니를 놀라게 할 거야! 차라리 우리도 가서 좀 들어 보고, 상황을 파악한 후에 저 아이를 야단치는 게 나을 것 같아!"

"그런가……."

비연은 옷차림을 단정하게 정리한 후 앞머리도 다시 쓸어 넘겼다.

"이치에 맞는 얘기야."

비연과 당정도 소리 없이 창가로 다가가, 전다다와 함께 엿듣기 시작했다. 멀리서 보면 그녀들 세 사람은 어두운 밤하늘 아래 아름다운 그림처럼 보였다.

군구신과 정역비가 마침 길을 가던 중 이 장면을 보게 되었고, 두 사람은 약속이나 한 듯 발걸음을 멈췄다.

군구신은 조용히 바라보았는데, 그의 시선은 물론 온통 비연에게 쏠려 있었다. 정역비는 군구신을 흘깃 본 다음, 그가 아무 말도 하지 않자 자신도 당정을 바라보기 시작했다.

고요함 밤, 이렇게 비연 일행은 몰래 엿듣고 군구신 일행은 몰래 지켜보고 있었다. 그리고 방 안에서 승 회장은 다른 이들이 전혀 생각지 못했던 일을 하고 있었다. 바로 소 부인에게 선을 보라고 권하고 있었던 것이다.

사실, 승 회장이 소 부인에게 선을 보라고 권하는 것은 이번이 처음이 아니었다. 다만 이 일은 상관 부인을 제외하면 그 누구도 알지 못하는 일이었다.

승 회장은 평소처럼 과묵하지 않았고, 이미 꽤 오래 이야기를 했다. 소 부인은 그에게 차를 가득 따라 주며 냉랭하게 물었다.

"승 회장, 이번에 일부러 여기까지 온 게 설마 나에게 이 얘기를 하려고 그랬던 건 아니겠죠? 이러는 걸 보니 어쩐지 더 불안해지는걸."

승 회장은 여전히 엄숙한 태도로 설명했다.

"나야 옥씨 가문과 관련한 일 때문에 왔지. 어쨌든 지금 기본적으로는 일이 끝난 듯하니 검사겸사 권하는 것이고. 이 사람은 내가 현공대륙에 온 다음 해에 알게 된 친구로, 20년 가깝게 우정을 쌓는 중이지. 그가 당신에게 마음을 품은 것도 하루 이틀 일이 아니지만 내가 계속 말하지 않았을 뿐이고. 최근 그도 마침 천옥성 근처에 있으니 한번 만나 보는 게 어떤가 싶어서. 그러니까……."

승 회장의 말이 끝나기도 전에 소 부인이 냉랭하게 말했다.

"본 부인은 지금 비로소 가문에 대해 알게 되었고, 부모와 오라버니가 이미 세상을 떠났음을 알게 되었어요. 언니의 행방도 아직 알 수 없으니 그저 슬플 뿐이고, 혼례니 하는 이야기를 나눌 여유는 없는 것 같군요. 승 회장, 다른 일이 없다면 이만 나가 주시죠! 나는 예전에 무슨 일이 있었는지 조사하고, 어떻게 언니를 찾을 수 있는지도 고민해 봐야 하겠으니!"

승 회장은 한참 동안 침묵하다가 겨우 담담하게 말했다.

"당신도 아는군. 당신이 슬퍼해야 한다는 것을."

이 말을 들은 소 부인은 잠시 표정을 굳혔으나 곧 몸을 돌려 승 회장을 등진 채 말했다.

"한밤중에 남녀가 같은 방 안에 있는 건 옳지 못한 일이지요. 승 회장, 나가 주세요!"

승 회장은 맞선을 권하러 온 듯했지만 실제로는 소 부인을 위로하러 온 것이었다. 다만 그는 소 부인을 자극하는 방식으로 위로하려 하고 있었다.

그는 소 부인이 하룻밤 만에 머리가 온통 하얗게 세어 버리는 것도 보았고, 소 부인이 점점 더 날카롭고 신랄해져 가는 것도 보았다. 그러나 소 부인이 눈물을 흘리는 모습은 본 적이 없었다.

그는 이번 기회에 소 부인으로 하여금 스스로의 마음을 마주하고, 눈물을 흘리게 하고 싶었다. 아무리 순수한 물이라 해도 사람의 마음을 깨끗하게 씻어 낼 수는 없다. 그러나 눈물이라면 가능하다!

승 회장이 진지하게 말했다.

"슬퍼해야 한다는 걸 알면서 어째서 계속 참고만 있는 거지? 언니를 찾을 필요도 없어. 아무리 찾아도 헛수고일 테니까."

소 부인이 눈을 들더니 갑자기 미간을 찌푸렸다!

기다리며, 그리고 또 찾으며

승 회장의 말을 듣자 소 부인은 바로 뭔가 잘못되었음을 직감했다. 그녀는 어조마저 사납게 변하며 물었다.

"그게 무슨 뜻이죠?"

승 회장은 한숨을 내쉬더니, 더 머뭇거리지 않고 말했다.

"20여 년 전, 당신 언니는 이미…… 이 세상 사람이 아니야."

소 부인이 경악하여 사납게 몸을 일으켰다.

"그걸 당신이 어떻게 아는데? 당신들…… 당신들 나에게 뭘 감추고 있는 거야?"

그녀는 잠시 생각하고는, 또 뭔가가 이상하다는 것을 깨달았다.

"아니야, 당신들이 아니겠지! 당신이야! 당신…… 나에게 뭘 속이고 있지?"

옥씨 노부인은 그녀의 언니가 그녀처럼 실종되었다고만 말했을 뿐 죽었다고는 하지 않았다. 바꿔 말하자면, 비연 일행은 모두 그녀의 언니에 대해 알지 못하고 승 회장만이 알고 있다는 의미였다. 그것도 아주 오래전부터 알고 있었던 것이다. 이 것은 승 회장이 예전부터 그녀의 신분을 알고 있었음은 물론이고, 그녀의 언니를 만난 적이 있다는 것을 의미했다!

승 회장이 대답하지 않자 소 부인이 갑자기 그의 멱살을 잡았다. 그녀의 사나운 기세는 그야말로 놀라울 정도였다. 하얗게 세어 버린 머리카락 때문인지 그녀 전체가 공포스러워 보였다.

소 부인이 날카로운 목소리로 외쳤다.

"나를 얼마나 속여 온 거야? 무엇 때문에 속였지? 내 언니가 누구야!"

그녀는 어린 시절부터 세작이 되도록 교육받았고, 대진국 황후에게 투항한 후로 지금까지 충성을 바쳐 왔다. 그녀는 결코 내색한 적 없었으나, 마음속에 혈육의 정에 대한 갈망이 없는 것은 아니었다.

소 부인은 옥씨 노부인의 사람됨을 미리 알고도, 천옥성에 오기 전까지는 혹시 서로 화해할 수 있지 않을까 하는 기대를 품고 있었다. 그러나 노부인이 나쁜 마음을 품고, 그녀를 친지로 생각하지 않는 걸 알게 되었다.

소 부인의 마음속에는 행방불명된 언니를 찾아 의지하고픈 희망이 조심스럽게 자라던 중이었다. 그러나…….

승 회장이 대답하지 않자 소 부인은 더더욱 흥분했다.

"말해요! 내 언니가 누구야! 어서 말해!"

승 회장의 눈가에 고통스러운 빛이 스쳐 갔다. 그러나 그는 결국 솔직하게 대답했다.

"백옥교."

백옥교?

20여 년 전, 소 부인은 당정의 어머니인 영정, 그리고 전다다의 어머니인 목령아와 함께 백옥교의 사형에게, 대진국의 황제와 황후를 위협하기 위한 인질로 잡혔다. 당정은 그때 감옥 속에서 태어났다. 그리고 백옥교는 그녀들을 구하기 위해 자신의 사형을 배반하고, 핏물이 되어 시신조차 남기지 못했다.

소 부인은 당시 가장 마지막으로 탈출한 사람이었다. 백옥교는 있는 힘을 다해 사형의 두 다리를 끌어안고, 그녀가 도망칠 수 있도록 시간을 벌어 주었다.

백옥교는…… 그녀와 마찬가지로 유난히도 맑은 눈을 지니고 있었다. 소 부인은 영원히 그 순간 백옥교가 자신을 바라보던 그 복잡한 눈길을 잊을 수 없을 터였다.

최근까지도 소 부인은 때때로 그 순간을 떠올렸고, 백옥교의 눈빛 속에 가득하던 슬픔과 기쁨, 그리고 아쉬움을 이해할 수 없어 안타까워하곤 했다. 소 부인은 현공대륙에 온 후 백옥교의 이름을 따서 스스로를 소옥교라 칭하기도 했다.

그 사람이었다니!

하지만…… 하지만 어떻게 그녀일 수 있는 걸까?

소 부인은 멍한 표정으로, 자신도 모르게 손에서 힘을 풀었다. 그녀는 탁자 위로 힘없이 쓰러진 채 미동도 하지 않았다. 대체 어떻게 반응해야 할지 알 수 없었던 것이다.

"백옥교…… 백옥교……."

소 부인은 중얼거리다가 곧 큰 소리로 웃기 시작했다.

"승 회장, 그건 또 무슨 농담이신지! 어떻게…… 어떻게 그 사람일 수 있어! 하하, 분명 농담하고 있는 거야, 그렇지?"

승 회장도 자신이 농담하고 있는 것이었으면 했다. 그러나 진실은 이렇게나 잔인한 것이었다.

그때 모든 이들이 그가 백옥교에게 항복했다고 여겼지만, 사실 백옥교가 소소옥의 등에 있는 옥여의 표식을 보고는, 소소옥이 바로 자신의 동생임을 깨닫고 그들을 도와준 것이었다.

백옥교는 자신이 죽을 것을 예감한 후 소소옥이 마음 아파하지 않도록, 승 회장에게 이 사실을 영원히 감춰 달라고 요구했었다.

당시 승 회장은 소소옥이 백옥교의 동생이라는 사실만을 알 수 있었을 뿐, 그녀들이 옥씨 가문 출신이라는 것은 알지 못했다.

후에 그는 성과 이름을 바꾸고 '낙정'이라는 이름의 노예상과 함께 일하게 되었고, 낙정에게서 기밀에 속하는 유괴 명단을 입수해 이 자매의 신분을 파악할 수 있었다.

비연 일행이 천옥성에서 옥씨 가문과 다투는 일이 없었다면, 또한 옥씨 가문이 구려족, 인어족의 비밀과 연루되어 있지 않았다면…… 그는 아마 영원히 진실을 말하지 않았을 것이다.

승 회장의 설명을 들은 소 부인은 아무 말도 할 수 없었다. 그녀는 탁자 위에 엎드린 채 멍하니 바닥을 내려다보았다. 온몸의 모든 힘이 빠져나간 것만 같았다.

그녀는 언니의 모습을 떠올려 보려고 노력했지만, 그 두 눈을 제외하면…… 그 눈빛을 제외하면 다른 모든 것은 그저 모호할 뿐 또렷하게 떠올릴 수 없었다.

승 회장이 그 이상 말하지 않고 고개를 돌렸다. 문밖에 있던 비연 자매들은 눈매를 붉히며 침묵을 지키고 있었다. 특히 당정은 금방이라도 눈물을 떨어뜨릴 것 같은 표정이었다.

당정은 백옥교를 본 적은 없었지만 어머니에게서 그녀 이야기를 몇 번이나 들었던 것이다. 백옥교의 도움이 아니었다면 당정은 지금처럼 자라지 못했을 거라고.

한참을 침묵하던 소 부인이 마침내 입을 열었다. 그녀의 목소리는 무척이나 차가웠고, 또 조금은 쉬어 있었다.

"영승, 언니가 진실을 숨겨 달라고 했다 해도…… 어째서 나에게 말하지 않은 거죠!"

그녀가 아무것도 몰랐다면 마음이 이리 아프지는 않았을 것이다. 그녀는 희망을 품고 계속 언니를 찾았을 것이다, 평생이라 해도!

승 회장은 다시 그녀를 돌아보았지만 아무 말도 하지 않았다.

소 부인이 갑자기 몸을 일으키더니 외쳤다.

"어째서! 어째서 약속을 어긴 거야!"

승 회장도 마침내 몸을 일으켜 말했다.

"소옥아, 이렇게 오랜 세월이 지났으니 이제 깨달아야만 해. 언니를 찾을 필요가 없고…… 사부를 기다릴 필요도 없다는 것을. 죽음의 결계가 어떤 것인지는 당신이 그 누구보다 잘 알고 있잖아. 당신 사부는 돌아올 수 없어. 스스로를 괴롭히는 일은 이제 그만해."

승 회장의 말이 끝남과 동시에 소 부인이 사납게 탁자를 내리쳤다. 그녀는 분노한 얼굴로 승 회장을 가리키며 노려보았지만, 한참 동안 아무 말도 하지 못하고 그저 숨만 거칠게 내쉴

뿐이었다.

마치 분노 때문에 하고픈 말을 내뱉지 못하는 것처럼.

승 회장도 여기까지 이야기한 이상 소 부인의 분노가 두렵지 않았다. 그가 이어 말했다.

"당신 사부께서는 기다릴 필요 없다고 말씀하셨어. 당신 언니는 생명을 걸고 당신을 구했고, 당신이 행복하게 살기만을 바랐어. 내가 진실을 이야기하지 않으면 당신은 평생을 기다리며, 그리고 또 찾으며 보내겠지. 영원히 돌아오지 않을 사부를 기다리며, 영원히 찾을 수 없는 언니를 찾으며."

이 말을 듣는 순간 소 부인의 손이 떨리기 시작했다. 그러나 이번에는 분노 때문이 아니라 슬픔 때문이었다.

무어라 표현할 수 없는 슬픔이 불현듯 밀려와 그녀의 눈가를 적시기 시작했다. 그녀는 천천히 손을 내리더니 몸을 돌렸다. 그녀가 제 눈가를 닦기도 전에 눈물이 쏟아져 내렸다.

그녀는 눈물을 닦지 않고 그대로 선 채 온몸을 떨기 시작했다. 그리고 슬프게 울먹이기 시작했다.

"사부, 소옥아는 사부가 그리워요……. 백옥교, 나, 나는…… 언니가 보고 싶어!"

마침내 그녀는 그 자리에 주저앉아 자신을 안은 채 큰 소리로 울기 시작했다.

승 회장은 말없이 그 장면을 바라보았다. 마음속은 온갖 향신료병을 뒤엎기라도 한 양 잡다한 맛이 뒤섞여 있었다.

그러나 그는 후회하지 않았다. 그가 바라는 것은 소 부인이 큰 소리로 운 다음 현실을 받아들이는 것이었다. 장장 10년 동안 억눌러 온 눈물이라면, 어떻게든 흘려 버려야 했다.

소 부인의 몸이 떨리는 걸 보고 승 회장은 가까이 다가가려다 결국 다시 몸을 돌렸다. 그는 그녀를 홀로 내버려 두기로 마음먹었다. 아마도 그것이 가장 좋은 방법일 테니까.

그러나 그가 문을 열어 보니 비연, 당정, 그리고 전다다가 문앞에 서 있는 것이 보였다. 세 사람 모두 눈이 붉어지도록 울고 있었다. 그녀들은 승 회장이 경악하건 말건, 앞다투어 방 안으로 달려 들어갔다. 당정이 소 부인을 꽉 끌어안았고, 비연과 전다다도 그녀를 둘러쌌다.

비연이 말했다.

"옥 언니, 우리가 있잖아! 우리가 언니의 가족이야!"

전다다도 말했다.

"옥 언니, 내 금을 모두 다 언니한테 줄게! 언니, 그만 괴로워하면 안 돼?"

승 회장은 잠시 망설였으나 결국은 그녀들을 제지하지 않고, 조용히 문을 닫아 주었다. 그러나 곧 그는 군구신과 정역비도 멀지 않은 곳에 서 있는 것을 발견하게 되었다······.

어둠 속에 아직 누군가가 있다

비연 자매가 비밀을 알게 된 이상, 군구신에게 감추는 것은 큰 의미가 없었다. 게다가 이 일은 다른 일과도 관계있으니 조만간 군구신과 이야기해야 할 터였다.

군구신과 정역비가 가까이 와서 묻기도 전에 승 회장이 먼저 입을 열었다.

"가세. 일단 한잔하면서 이야기하지."

정역비가 난감한 표정을 지었다. 그는 당정에게 혼례 날 금주를 깨겠다고 약속했었다. 그러나 당정의 외숙이 이렇게 제안하니, 어떻게 거절해야 할지도 알 수 없었다.

다행히 군구신도 오늘 밤에는 술을 마실 생각이 없었다.

"승 숙부, 저는 밤늦게라도 검을 연습해야 해서 술을 마실 수 없습니다. 차라리 차를 한잔하는 게 어떠십니까? 마침 며칠 전에 궁에서 아주 좋은 차를 보내왔습니다."

승 회장이 유난히 깊은 눈으로 군구신을 바라보더니 입매를 살짝 들어 올렸다.

"네 장인어른께서 차를 좋아하셨지. 너도 차를 좋아하게 된 모양이군?"

군구신은 긍정도 부정도 하지 않고 잔잔한 미소를 띠었다. 부끄러워하는 듯한 그 표정은 예전에는 결코 보인 적 없는 모습이었다.

정역비는 무척 의아했지만, 감히 더 쳐다볼 수 없었다. 대체 비연의 부황이 어떤 존재이기에 군구신이 이렇게까지 하는 걸까?

승 회장도 더 권하지 않고 군구신, 정역비와 함께 다실로 들어갔다. 군구신이 자리에 앉더니 직접 차를 우렸다. 그 우아한 행동거지를 보면 그 누구라도 그가 차를 우리는 일에 숙련되어 있음을 알 수 있었다.

승 회장이 간략하게 그간의 내막을 이야기하자 군구신과 정역비 모두 경악하며 괴로워했다.

군구신은 어린 시절부터 백옥교라는 이름을 듣고 자랐으나 진상이 이러했을 줄은 상상할 수 없었다.

정역비도 마음속으로 감사했다. 백옥교가 구해 주지 않았다면, 이 세상에 그의 당정은 존재하지 않았을 테니까!

괴로운 것은 괴로운 것이고, 군구신과 정역비는 모두 승 회장의 방법이 옳다고 생각했다. 어쨌든 계속 사실을 숨겨, 한 여자가 절망을 희망으로 삼아 외롭게 살게 하는 것은 너무나 잔인한 일이었다.

군구신이 승 회장에게 차를 더해 주며 진지하게 물었다.

"승 숙부, 낙정의 명단은 우연입니까, 아니면 다른 사정이 더 숨어 있습니까?"

승 회장이 현공대륙 최고의 노예 상인의 손에서 빼낸 명단에는 군구신, 아금, 옥씨 가문의 자매와 상관 부인 다섯 사람의 신상이 적혀 있었다. 그들 다섯 사람이 함께 모이게 된 것은 기연이 가져온 우연이라 해야 할 것이다.

서로의 신분을 생각해 보면 그들 사이에는 큰 관련이 없었다. 군구신이 건명력을 얻게 된 것도 그 자신의 운이었다. 아금은 비록 흑삼림의 주인이었지만 구려족과 직접적인 관계는 없었으며, 상관 부인은 더 말할 것도 없었다. 사실 그들 중 신분이 가장 특수하다 할 만한 이들은 바로 옥씨 가문의 자매들이었다.

승 회장은 이미 이 문제를 한참 고민한 다음이었다.

"너희 몇몇은 갓난아이였을 때 유괴되어 팔렸지. 만약 가문 내의 사람이 팔아 버린 것이 아니라면 납치된 것일 테지. 하지만 낙정의 명단에는 상세한 기록이 없었다. 어쩌면 그도 다른 이에게서 그 명단을 얻었는지도 모르겠다."

그 무렵 현공대륙에는 명성이 높은 가문이 백이 넘었고, 도처에 적이 있었으며, 가문 간의 암투도 격렬했다. 아이를 유괴해서 파는 것은 물론이고 가문의 계승자를 죽이는 경우도 많았다. 그들 다섯 사람이 낙정의 손에 떨어진 것도 그렇게까지 공교로운 일은 아니었다.

군구신은 고개를 끄덕였으나 다시 물었다.

"옥씨 가문 자매는 시간 차이를 두고 유괴되었는데, 분명 숨겨진 사정이 있을 겁니다."

승 회장이 가장 관심을 두고 있는 것도 바로 그 점이었다. 그는 아주 분명하게 기억하고 있었다. 백옥교는 자신에게 여동생이 있다는 걸 알고 있었지만, 어린 시절 누구에게서 들은 이야기인지는 잊었다고 했다. 아마 그 이야기는 백옥교를 납치해 팔았던 자만이 흘릴 수 있는 것이다.

이렇게 추측해 보면, 옥씨 가문 자매들을 납치해 팔았던 자는 동일인일 가능성이 컸다. 그리고 그 사람은 옥씨 자매가 가문에서 어떤 위치인지, 얼마나 중요한지 알고 있었을 가능성도 있었다! 바꿔 말하자면, 그 사람은 옥씨 가문의 비밀은 물론이고 구려족의 비밀까지 알고 있었을 가능성이 컸다!

옥씨 가문과 구려족의 비밀을 알기 전에는 승 회장은 이 점을 그렇게까지 깊이 생각하지 않았다. 어쨌든 그는 백옥교의 비밀을 입 밖에 낼 생각이 없었다.

그러나 지금 그들은 반드시 그자가 누구인지 알아내야 했다. 경매장에서의 일이 이리도 커진 이상, 그 사람이 어둠 속에서 그들을 지켜보고 있지 않으리라고 장담할 수 없었다!

승 회장은 군구신의 뜻을 알아차리고 고개를 끄덕였다.

"분명 소 부인이 이 일에 흥미를 보일 걸세. 우리에게 맡겨 두게나."

군구신도 당분간은 지금보다 더 많은 일에 신경 쓰거나 직접 조사할 여력이 없었다.

군구신이 고개를 끄덕였다.

"좋습니다. 돌아가서 연아에게 말하겠습니다."

군구신은 좀 더 이야기를 나눈 후 몸을 일으켰고, 정역비도 재빨리 함께 몸을 일으켰다. 그러나 그 순간, 승 회장이 진지하게 정역비를 바라보았다. 그는 정역비를 한번 훑어보더니 다짜고짜 본론으로 들어갔다.

"언제 우리 당정을 데려갈 생각인가?"

정역비는 잠시 멈칫했다가 곧 허둥지둥하기 시작했다. 당정에게서 이 외숙이 제 아버지보다도 더 상대하기 어려운 사람이라는 말을 들은 데다, 당씨 가문의 딸은 시집가지 않는다는 규칙이 있었으니까.

승 회장은 물론 정역비의 이름을 들은 적 있었다. 그는 정역비가 소탈하고 어디에도 구속받지 않는 진정한 사내라고 알고 있다가, 지금 어색해하는 모습을 보자 저도 모르게 미간을 찌푸렸다.

"뭔가? 당정은 이미 자네 사람이 되었는데, 데려갈 생각이 없는 건가?"

정역비는 생각도 하지 않고 바로 고개를 저었다.

"아니, 아니, 아닙니다!"

아니, 아니, 아닙니다?

승 회장은 말할 것도 없고 군구신조차 미간을 찌푸렸다. 정역비는 그제야 자신의 표현에 문제가 있었음을 인식하고 재빨리 덧붙였다.

"아내로 맞이할 생각이 없는 게 아닙니다! 아니, 예전부터 맞이하고 싶었습니다! 당정이 승낙하기만 한다면 저는 언제라도! 다만…… 다만 당정이 아버님과 얼굴 붉히는 일이 생길까 싶어…….

승 회장은 상당히 만족스러운 듯 말했다.

"자네가 당정을 생각해 주기만 하년 되는 거지."

정역비는 승 회장이 한마디 더 할 것으로 생각했다. 그러나 이게 웬일일까, 승 회장은 그 말만 남기고 몸을 일으켰다. 당씨 가문의 일에 끼어들지 않겠다는 의도가 명백해 보였다.

정역비는 당정이 일부러 그를 함정에 빠트린 것인지, 아니면 당정이 제 외숙을 오해하고 있는 것인지 구분할 수 없었다. 정역비가 정신을 차리고 승 회장에게 병법을 가르쳐 달라 부탁하려 했을 때는, 승 회장은 이미 멀리 가 버린 후였다.

밤이 점차 깊어졌다. 군구신은 검술을 연습한 후, 비연에게 사람을 보내지 않고 먼저 잠자리에 들었다.

정역비 역시 일찍 자리에 누웠으나 계속 엎치락뒤치락하며 잠을 이루지 못하고 있었다. 승 회장의 '이미 자네 사람이 되었는데, 데려갈 생각이 없는 건가'라는 말이 계속 그의 머릿속에 맴돌고 있었다. 그는 자신이 어떤 방식으로 구혼해야 할지, 그리고 어떻게 당 가주를 설득해야 할지 고민하기 시작했다.

비연과 당정, 전다다는 여전히 소 부인 곁에 있었다. 처음에는 그녀들 모두 한마디씩 건넸지만, 비연은 곧 자신들의 위로가 어떤 의미에서는 방해라는 걸 깨달았다. 그녀는 당정과 전다다에게 조용히 하라고 손짓한 후, 그저 소 부인을 둘러싼 채 조용히 앉아 있었다. 이렇게 그녀들은 날이 밝을 때까지 기다렸다.

희끄무레한 햇빛이 창을 가린 종이 사이로 스며들어 올 때가 되어서야 소 부인이 무릎에 묻고 있던 머리를 들었다. 그녀의 눈은 심하게 부어 있었고, 두 무릎도 흥건하게 젖어 있었다.

그녀는 비연을 바라보고, 다시 당정과 전다다를 바라보더니 갑자기 웃기 시작했다. 자조가 서린 웃음을.

그녀가 비연에게 말했다.

"주인님, 저는 이제 괜찮습니다. 어서 돌아가 쉬시지요."

비연이 재빨리 손수건을 내밀어 소 부인의 눈가를 닦아 주었다.

"옥 언니, 우리만으로 부족하다 해도 내 모후가 있잖아! 나와 함께 모후가 돌아오기를 기다려야지. 꼭 기다려야 해! 절망하지 마⋯⋯."

차갑게 얼어붙어 있던 소 부인의 심장이 갑자기 따뜻해졌다. 그렇다. 그녀에게는 아직 주인이 남아 있었다. 그녀의 주인은 그녀가 세작이었던 것도, 용서받을 수 없는 죄를 저지른 것도 신경 쓰지 않고 그녀를 곁에 두었다!

소 부인이 입술을 다문 채 갑자기 비연을 끌어안더니, 울먹이며 말했다.

"명을 받들겠습니다."

소 부인은 옥씨 저택에서 하루를 지낸 후 기분이 꽤 나아졌다. 그 후 승 회장에게서 자신이 유괴되었을 때의 의문점을 듣자 그녀는 바로 정신을 차리고, 그날로 승 회장과 함께 옥씨 저택을 떠나 직접 조사에 착수했다.

소 부인과 승 회장이 옥씨 저택을 떠나는 동시에, 백소화가 도착했다⋯⋯.

이 성을, 웃으며 받아 주시기 바랍니다

소 부인과 승 회장이 마차에 올라 떠나려는 순간, 백소화가 가마에서 내렸다.

백소화는 승 회장의 뒷모습을 흘깃 보고 어딘가 익숙한 느낌을 받았다. 좀 더 자세히 보고 싶었지만, 승 회장은 이미 마차에 오른 다음이었다. 마차가 다급하게 달려가자 백소화는 더 깊이 생각하지 않고 총총히 안으로 들어갔다.

비연 일행이 경매의 마무리를 위해 백소화를 기다리고 있었다. 이 일이 아니라면 그들이 이곳에 오래 머물 이유가 없었다.

당정은 혐의를 피하기 위해 모습을 드러내지 않고, 정역비에게 함께 있어 달라고 했다. 전다다는 무료하다는 생각에 혼자 놀러 나갔다. 때문에 군구신과 비연만이 백소화를 만나게 되었다.

비연은 백소화가 옥씨 가문의 상황을 물어 오리라 예상했다. 하지만 백소화는 옥씨 가문에 대해서는 한마디도 하지 않고 바로 양 장주에 대해 이야기하기 시작했다.

양 장주는 스스로 경매장 장주의 자리를 내놓았고, 이미 다른 사람이 장주를 맡게 되었으며, 날을 잡아 그 사실을 공포할 생각이라고 했다.

이 말을 들은 비연과 군구신은 백소화의 뜻을 이해할 수 있었다. 경매장을 백소화가 장악한 사실은 의심의 여지가 없었다. 양 장주도 이미 인질이 되었을 것이다. 그러나 군구신과 비연이 옥씨 가문을 장악한 것에 대해 백소화가 어떤 생각을 품고 있을지는 아직 명확하게 알 수 없었다.

군구신이 탐색하듯 물었다.

"백 성주, 그대 생각에 경매는 계속되어야 하는가?"

경매를 계속할지 말지는, 진실을 세상에 알릴지 말지와 관련되는 문제였다.

일단 진상이 드러나면 옥씨 가문에게는 좋을 게 하나도 없었다. 지금 그들이 옥씨 가문을 장악하고 있는 이상, 그들로서는 진상을 굳이 공개할 필요를 느끼지 않았다. 그러므로 백소화가 이 일에 대해 어떤 태도를 보이는지를 보면, 그들이 옥씨 가문을 장악하여 천옥성의 큰 세력이 된 것에 대해 백소화가 어떻게 느끼는지 알 수 있을 터였다.

백소화가 군구신을 직시했다. 그러나 그의 눈빛만으로는 그가 어떤 기분인지 명확하게 알 수 없었다. 그의 미간에서는 평온한 기색만이 자연스럽게 묻어났다.

백소화가 마침내 입을 열었다.

"정왕 전하께서 매물을 내놓은 입장이시니, 경매를 계속하실지 그만두실지는 전하의 뜻에 달린 문제입니다. 경매장으로서는 강제할 수 없습니다."

이 정도라면 상당히 우호적인 태도라 할 만했다. 군구신은 상당히 만족하여 고개를 끄덕였다.

"그렇다면 중지하도록 하지."

백소화가 진지하게 물었다.

"전하께서는 그만두고 싶으신 이유가 있으신지요?"

경매장에 있던 이들은 벌써 예전에 흩어졌으나, 경매장에서 있었던 일은 이미 천옥성 전체에 퍼져 있었고, 모두 진실을 알게 될 날을 기다리고 있었다. 옥씨 가문과 구려족의 관계, 그리고 인어족이 정말 옥씨 가문의 노비인지 알고 싶어 하는 이들이 많았다. 백소화는 지금 군구신에게 진상을 숨길 생각인지 묻는 것이었다.

군구신이 고민하는 동안 비연이 그를 대신해 대답했다.

"진양성에 급한 일이 있어 전하께서 급히 돌아가셨다고 하면 되지 않는가."

이 말을 듣자 군구신이 바로 비연을 돌아보며 사랑스럽다는 듯 미소 지었다.

비연의 이 말은 겉보기에는 아무렇게나 한 말 같았지만, 실제로는 일석이조라 할 수 있었다.

첫째, 그들이 진상을 밝히지 않으면 사람들은 각종 추측을 할 테고, 심지어 온갖 이야기가 덧붙여질 테니 진상을 숨기기는 더욱더 쉬워질 것이다. 그렇게 진실을 짐작할 수 없게 만들면, 인어족이 구려족의 노예가 아닐까 생각했던 사람도 의심하게 될 것이다.

둘째, 그가 급한 일이 있어 진양성으로 돌아갔다고 하면 그들의 행적을 감출 수 있었다. 그들은 천옥성을 떠난 후 비밀리에 백초국으로 잠입할 예정이었다.

백소화가 그들 말을 얼마나 알아들었는지는 알 수는 없었으나, 그의 입가에 떠오른 미소는 상당히 사근사근한 느낌이었다.

비연이 무척 기뻐하며 말했다.

"그럼 성주께서 수고해 주시리라 믿겠네."

비연은 몸을 일으킨 후, 직접 해독약 꾸러미를 백소화에게 건네며 당부했다.

"양 장주의 독이 곧 발작할 테니, 매일 이 약을 음양수[3]와 함께 복용하되, 한 봉지를 둘로 나누어서 아침저녁 식사 후 복용하면 되네. 한 달 동안 연속으로 복용할 수 있지."

비록 소 부인은 이 기회를 틈타 천옥성을 장악할 야심이 있었지만, 비연과 군구신은 그럴 생각이 없었다. 천옥성은 골동품과 깊은 관련이 있는 특수한 존재였고, 중립에 속하는 성이었으며, 다른 세력과 다툰 적이 없었다. 백소화가 이 정도로 우호적인 태도를 보이는 이상 그들도 굳이 적대 관계를 맺지 않고 우정을 다질 생각이었다.

군구신이 다시 설명했다.

"백 성주, 옥씨 사당의 비밀도 엮인 곳이 많으니, 일단 외부로 퍼져 나가지 않았으면 좋겠군."

백소화가 웃으며 갑자기 몸을 일으키더니 군구신에게 읍하

---

3 뜨거운 물 절반에 차가운 물 절반을 부어 섞은 것으로, 고대 중국에서는 양의 기운과 음의 기운이 만나 몸에 좋다고 믿었다.

며 말했다.

"정왕 전하, 수년 전 저는 노성주 어르신의 눈에 들어 이 영패를 받아 성주가 되었습니다. 도저히 거절할 수 없는 일이었으나, 제 능력에는 한계가 있고, 제 마음 역시 이곳에 있지 않습니다. 최근 수년 동안 저는 비록 성주의 지위에 있었으나 일을 열심히 하지도 않았고, 결국 성안에서 여러 세력이 다툼만 벌이게 되었습니다. 이에 제가 자책한 지 오래되었고, 현명한 이를 만나면 성주의 자리를 넘기고자 예전부터 생각하고 있었으나 계속 능력 있는 인재를 찾지 못하고 있었습니다. 이번에 전하와 생사를 함께하며 구사일생에서 빠져나오는 동안, 전하께서 시비가 분명하시고 지혜와 용기를 두루 갖추셨음을 알았습니다. 저는 전하야말로 성주가 되시기에 걸맞다고 생각합니다. 이 며칠 동안 제가 모두 처리해 두었습니다."

여기까지 말한 백소화가 앞으로 몇 걸음 나오더니, 두 손으로 옥으로 만든 영패를 바치며 말했다.

"성주의 자리, 정왕 전하께서 웃으며 받아 주시기 바랍니다!"

군구신과 비연 모두 깜짝 놀랐다. 그들은 백소화가 우호적이라 추측하기는 했지만 이렇게 대범하게 성주의 자리를 내놓을 줄은 몰랐던 것이다. 심지어 지난 수년 동안 자신이 잘못했다는 것까지 인정하다니! 설마, 과거에 어쩔 수 없이 성주가 되었던 걸까? 그래서 정말로 자리에 연연하지 않는 걸까?

군구신과 비연이 서로 얼굴만 바라보고 있노라니 백소화가 다시 말했다.

"전하께서 이 영패를 받아 주지 않으신다면, 저는 성주의 자리를 다른 사람에게 넘길 수밖에 없습니다."

백소화의 이 말에는 분명 다른 뜻이 있었다. 그렇다, 그는 지금 위협하고 있었다! 만약 그가 성주의 자리를 다른 사람에게 넘긴다면, 그 사람이 옥씨 가문을 군구신이 장악한 일에 대해 어떤 생각을 품을지, 혹은 군구신에게 귀찮은 일이라도 벌이지 않을지 아무도 예측할 수 없는 문제였다.

비연은 위협에 굴복하는 사람이 아니었다. 그러나 백소화의 이 위협을 받으면서 그녀는 화가 나지 않았다. 오히려 울 수도 웃을 수도 없는 심정이 되었다.

군구신은 잠시 침묵하다가 정말로 몸을 일으켰다. 그는 호쾌하게 백소화에게서 영패를 받으며 말했다.

"백 성주가 이리 성의를 보이니, 본 왕도 예를 차리지 않겠다."

백소화는 무척 기뻤다. 그러나 그가 입을 열기도 전에 군구신이 영패를 비연에게 건네며 말했다.

"이 성은 애비에게 줄 터이니, 애비가 웃으며 받아 주기를 바란다."

비연은 잠시 멈칫했지만 곧 즐거운 표정이 되었다. 그녀는 기쁘게 영패를 받았고, 군구신을 따라 말했다.

"전하께서 이리 성의를 보이시니, 신첩도 예를 차리지 않겠습니다."

성을 하나 다스리는 것쯤이야 그녀에게는 별일 아니었다. 물론 그녀는 이 성을 소 부인에게 줄 생각이었다. 어쨌든 옥씨 가문이 여기 있었으니까.

군구신은 비연이 기뻐하는 모습을 보며 더욱더 보기 좋게 미소 지었다. 백소화는 그들을 보며 다시 한번 익숙한 느낌을 받았다. 그는 옛 친우들을 떠올렸다. 그의 옛 친우들도 군구신, 비연과 마찬가지로 서로의 눈에 서로만을 담았었다.

이때 비연이 백소화를 보며 놀리듯 물었다.

"백 성주, 설마 후회하는 것은……?"

백소화가 웃으며 반문했다.

"전하와 왕비마마께서는 결국 네 것 내 것이 없는 사이이신데, 제가 어찌 후회하겠습니까?"

비연이 재빨리 말했다.

"네 것 내 것이 없는 사이라니. 그의 것이 내 것이고, 내 것도 내 것인데!"

백소화가 큰 소리로 웃기 시작했다. 군구신도 백소화를 신경 쓰지 않고 비연을 사랑스럽게 바라보며 고개를 끄덕였다.

백소화는 다시 천옥성과 관련한 몇 가지 일을 이야기한 다음 작별을 고했다. 그러자 비연이 서둘러 물었다.

"백 성주께서는 앞으로 어떤 계획이 있으신지?"

사람을 경계하지 않을 수는 없다

백소화는 비연에게 직접 대답하지 않고 웃으며 말했다.

"저는 이미 성주가 아닙니다. 왕비마마께서는 제가 늙었다 꺼리지 않으신다면, 당정과 마찬가지로 화 형이라 불러 주시지요."

비연이 재빨리 말을 고쳤다.

"화 형은 앞으로 어찌하실 생각이신지?"

"산수를 유람하고 강호에 나가 볼 생각입니다. 인연이 있어 전하, 왕비마마와 다시 뵐 날이 오면 좋겠습니다."

백소화는 당정을 찾아가 인사를 한 후 옥씨 가문을 떠났다. 그러나 그가 대문을 나서는 순간 군구신은 망중에게 미행을 붙이라고 명령했다.

비연의 눈가에 복잡한 빛이 스쳤다. 그러나 그녀가 입을 열기도 전에 군구신이 먼저 말했다.

"이 일은 당정에게는 말하지 마."

비연이 진지하게 물었다.

"성주의 지위조차 바친 사람인데, 아직도 그를 믿지 못하는 거야?"

비연은 방금까지만 해도 군구신이 백소화에게 경계를 풀고 진심으로 친우가 되었다고 여기고 있었다.

군구신이 진지하게 말했다.

"사람을 경계하지 않을 수는 없는 법이니까. 우정을 나누고 적이 되지 않는다는 것이, 경계하지 않는다는 것과 같지는 않아. 어쨌든 그는 적지 않은 비밀을 알고 있고, 그 사람의 내력이 어떠한지는 우리 모두 모르고 있잖아. 게다가 이 천옥성에 그의 세력이 얼마나 남아 있을지도 우린 알지 못해."

비연은 백소화가 성주로서의 일을 게을리한 것 외에는, 백소화라는 사람 자체에 대해서는 꽤 좋은 인상을 받았다.

비연이 중얼거리듯 말했다.

"나랑 당정이 한꺼번에 눈이 멀지는 않았을 것 아냐? 내가 보기에 화 형은 아주 정직해 보여."

군구신은 웃기만 할 뿐 비연과 말다툼을 하려 하지 않았다.

"그저 조금 경계하려는 것뿐이니, 너무 깊이 생각하지 마. 가서 준비하자. 새로운 성주의 계승 의식을 제대로 치러야지."

비연도 깊이 생각하지 않기로 마음먹고 당정을 만나러 갔다.

비연이 자리를 떠나자 군구신은 바로 수하들을 배치하여 경매장을 감시하기 시작했다. 그는 비연이 의심 많은 사람이 되는 걸 바라지 않았다. 그러나 이 대륙에는 능력을 지니고도 세상에서 숨어 지내는 이들이 너무 많았고, 그 자신은 의심 많은 사람이 되어야 했다.

그리고 군구신의 이 의심은 옳았다. 백소화는 진심으로 성주의 지위를 내놓았지만, 진정으로 천옥성을 떠날 생각은 없었다. 그는 심지어 군구신 일행의 더 많은 비밀을 캐내기 위해 수하들까지 매복시킨 상태였다.

그는 구려족에게는 관심이 없었으나, 군구신과 백리명천이 경매장에서 언급했던 현한보검에는 신경 쓰고 있었다! 그는 어둠 속에서 군구신 일행을 지켜보고 있었을 뿐 아니라 이미 백리명천도 감시하고 있었다.

그가 막 저택에 돌아왔을 때, 집사가 보고했다.

"백리명천이 물에 들어가는 바람에 결국 놓치고 말았습니다. 전씨 성을 가진 그 어린 아가씨는 분명 정왕 일행과 한패입니다."

백소화는 미간을 찌푸리더니 근심 가득한 얼굴로 아무 말도 하지 않았다.

집사는 그와 수년을 함께해 왔지만, 그가 어떤 일을 이렇게 마음에 걸려 하는 건 처음 보았다. 집사는 잠시 망설이다가 조심스럽게 물었다.

"주인님, 그 명검을…… 예전에 보신 적 있으십니까?"

백소화가 말했다.

"그 검은 현공대륙에 있어서는 안 돼. 저 아이들 손에는 더욱 안 되고. 나는……."

집사는 긴장한 채 기다렸으나 백소화는 한숨을 쉬더니 그 이상 이야기하지 않았다.

그날 밤, 백소화는 저택에서 나와 비밀 통로로 천옥성을 떠났다. 그러나 그는 멀리 가지 않고 성문 근처에서 비연 일행이 성을 나오기를 기다리기 시작했다.

다음 날 비연이 정식으로 신임 성주가 되었다. 비록 백소화가 그 자리에 참석하지는 않았지만 그가 이미 모든 것을 안배해 둔 데다, 군구신이 함께 있으니 계승 의식은 매우 순조롭게 진행되었다.

경매는 중지되었고, 옥씨 가문 노부인은 모습을 드러내지 않았다. 거기에 비연이 신임 성주까지 되니 옥씨 가문과 관련된 소문이 점점 더 많아졌다. 바로 비연이 바라던 바였다.

예상보다 며칠 더 머문 셈이었다. 이날 오전, 비연 일행은 마침내 천옥성을 떠날 준비를 마쳤다.

원래 망중은 마차 두 대를 준비했다. 한 대는 비연과 군구신을 위한 것이었고, 한 대는 당정과 전다다를 위한 것이었다. 나머지 사람들은 말을 타면 된다고 생각한 것이다.

그러나 이게 웬일일까. 당정이 고집을 부리며 정역비를 마차로 잡아끌었고, 전다다는 부끄러운 나머지 스스로 마차에서 내렸다. 전다다는 떨떠름하게 웃으며 당정에게 말했다.

"언니, 언니의 사랑을 방해하지 않겠어요."

당정은 전다다가 전에 했던 말을 기억했기 때문에, 일부러 그녀를 자극했다.

당정이 찬란하게 웃으며 대답했다.

"고마워. 넌 혼자서 자유롭게 지내렴."

전다다가 바로 당정에게 다가가더니 속삭였다.

"언니, 언니가 미혼이라는 걸 잊지 말고 좀 삼가도록 하라고. 혹시라도 처리하기 힘든 일을 만들지 말란 말이야. 잊지 마. 언니네 아버지는 어쨌든 언니를 시집보내려 하지 않을 테니까."

당정은 대답 없이 그저 코웃음을 치며 마차에 올랐다.

전다다는 제 말솜씨가 그럴듯하다는 생각에 신이 났다.

"흥, 언니가 되어서 스스로를 아낄 줄도 모르고. 계속 애정이나 과시하지를 않나!"

비연은 전다다와 당정이 무슨 이야기를 나누는지는 몰랐으나, 전다다가 마차에 오르지 않는 걸 보고 망중에게 분부했다.

"전다다에게도 마차를 마련해 줘."

전다다는 처음에는 비연에게 고마워했지만, 혼자 텅 빈 마차에 앉아 있으려니 갑자기 자신이 너무 우스꽝스럽다는 생각이 들었다. 그녀는 바로 마차에서 뛰어내린 다음, 시위의 말을 빼앗아 앞으로 달려 나갔다.

그녀는 원래 가장 앞에서 길을 열 생각이었으나, 진묵을 본 후 바로 그 곁에서 달리기 시작했다. 진묵, 얼굴 마비 녀석을 본 전다다는 저도 모르게 흑삼림에 있을 그 눈 마비, 목연을 떠올렸다.

차 한 잔 마실 정도의 시간이 지났을까. 전다다가 갑자기 말 머리를 돌리더니 비연의 마차 쪽으로 다가왔다. 그러고는 군구신과 비연에게 진지하게 물었다.

"칠 숙부가 명한 일을 제가 반밖에는 하지 못했고, 다른 일은 또 없으니까…… 흑삼림 쪽은 사람도 모자라고요. 그러니까…… 제가 먼저 돌아가는 것이 어떨까요?"

이 말을 하는 전다다는 속으로 찔려 죽을 지경이었다. 그러나 비연과 군구신은 전혀 알아채지 못했다.

비연이 말했다.

"그래, 돌아가도 괜찮아."

군구신도 말했다.

"시위 두 명을 붙여 주겠다. 조심해서 가도록."

전다다는 비록 방금 당정과 토닥거리긴 했지만, 자매간의 원한은 오래가지 않는 법이었다. 그녀는 당정과 정역비에게도 작별 인사를 한 후 떠났다.

한참을 간 후에야 전다다는 겨우 말을 멈추고 제 가슴을 쓸어내렸다.

그녀는 거짓말을 하지 않았다. 흑삼림에는 확실히 사람이 부족하고, 그녀는 돌아가야만 했다. 그런데 왜 찔렸던 걸까?

전다다는 머리를 흔들고 힘주어 제 가슴을 때린 다음, 결국은 평온한 표정으로 흑삼림을 향해 달리기 시작했다.

한편 당정은 전다다의 말을 들은 후 근심하고 있었다. 어머니는 그녀를 낳은 후 다시 임신하지 못했고, 아버지는 첩을 들이지 않았기에 그녀는 외동딸이었다. 그리고 그녀는 사실 아버지와 충돌하고 싶은 생각은 결코 없었다.

지도를 보고 있던 정역비가 당정의 괴로운 얼굴을 보고, 발끝으로 살짝 그녀를 건드리며 물었다.

"누구를 생각하고 있는 거야?"

당정이 바로 눈을 흘기며 말했다.

"남자!"

정역비가 웃으며 말했다.

"본 장군이 여기 있으니, 생각할 필요가 없을 텐데."

당정이 일부러 무시하듯 말했다.

"크게 오해하고 계시군."

정역비가 바로 몸을 굽히더니, 위험한 기운을 풍기며 말했다.

"뭐라고 했지?"

당정은 마침내 탄식하듯 말했다.

"아버지 생각 중이었어!"

정역비가 살짝 멈칫하더니, 곧 당정 옆으로 옮겨 앉았다. 그는 잠시 망설이더니 물었다.

"말해 봐, 당씨 가문의 딸은 왜 시집을 가지 않는지."

당정의 설명을 들은 후에야 정역비는 마침내 알게 되었다.

원래 당씨 가문은 혼인을 통해 암기 설계 장인들을 가문에 받아들이는 동시에, 그 장인들이 가문에 충성을 바치며 설계도를 밖으로 유출하는 일이 없도록 했다. 그랬기 때문에 당씨 가문의 딸들은 정해진 혼약에 따르는 운명을 면할 수가 없었다. 당정은 당씨 가문의 유일한 적녀이자 계승자로서, 데릴사위를 구하도록 결정되어 있었다.

당정은 정역비의 가슴을 한 대 치고는, 도전하듯 바라보며 물었다.

"우리 가문에 데릴사위로 들어오는 건 어때?"

당정唐程과 정당程唐

데릴사위?

남존여비가 살아 있는 이 대륙에서는 기둥서방 노릇을 하려는 남자만이 데릴사위가 되는 길을 택했다. 보통은 데릴사위라는 말을 듣는 것만으로도 모욕당했다고 생각하기 마련이니, 하물며 천염국 호국대장군인 정역비야 말해 무엇할까?

정역비는 침묵했지만, 당정은 제 말을 거둬들이려 하지 않았다. 그녀의 눈빛이 더욱 불타올랐다. 정역비가 분노를 터뜨리게 하고야 말겠다는 듯. 그녀는 일부러 재촉하기 시작했다.

"응? 어때? 어서 말해 봐!"

마침내 정역비가 가까이 다가오더니 그녀의 눈을 들여다보며 또박또박 말했다.

"꿈도, 꾸지, 마시지!"

이 말을 듣자 온 세상이 조용해진 것만 같았다.

그러나 당정은 곧 큰 소리로 웃기 시작했다. 그녀는 정역비의 이 대답에 조금도 놀라지 않았다. 정역비가 정말로 데릴사위로 들어오겠다고 했다면 그녀는 오히려 그를 얕보았을 것이다.

사랑한 적 없는 사람이 어찌 평생 사랑하지 않겠다고 단언할 수 있을까? 그녀는 예전에는 계속 혼자가 자유롭다고 생각했고, 사실 데릴사위를 들이겠다고 생각한 적도 없었다.

그녀는 자신의 남자가 자신보다 강하기를 바라지는 않았지만, 자신보다 약한 것 또한 바라지도 않았다.

당정은 정역비의 대답이 아주 만족스러웠지만 이렇게 쉽게 그를 놓아줄 생각 역시 없었다.

그녀가 다시 물었다.

"만약 내가 꼭 그래야겠다면?"

정역비는 여전히 당정의 두 눈을 바라보고 있었다. 그는 화를 내기는커녕 갑자기 다정스러운 눈빛으로 말했다.

"당정, 이 일은 나도 오랫동안 생각해 왔어. 만약 우리 첫 아이의 성이 당씨라면, 당신 아버지께서 양보하실까?"

정역비는 당정이 이렇게 그를 자극하는 게 사실은 그를 놀리는 거라는 걸 잘 알고 있었다. 그러나 그는 지금 농담을 주고받을 마음이 전혀 없었다.

그는 언제나 그 무엇에도 구속받지 않았지만, 당정과 관련한 일만은 심사숙고한 끝에 결정하고 함부로 경거망동하는 일이 없었다. 그 이유는 바로 그가 진정으로 당정을 마음에 품었기 때문이었다. 그녀의 감정과 처지를 살피고, 그녀가 그와 당문 사이에서 어려움을 겪지 않게 하고 싶었다.

당정도 방금 이 방법을 생각했던 차였지만, 정역비가 이미 이 방법을 생각하고 있을 줄은 몰랐다. 그녀는 기뻤지만, 장난기를 참지 못하고 정역비의 볼을 살짝 꼬집으며 말했다.

"내가 보기에 우리 아버지라면…… 양보하지 않으실 거야!"

정역비가 미간을 찌푸리며 물었다.

"그럼 어떻게 해야 할까?"

당정이 잠시 생각하더니 대답했다.

"방법이 하나 있긴 한데…… 그래, 그 방법이면 우리 아버지도 분명 승낙하시겠지."

정역비가 서둘러 물었다.

"무슨 방법인데?"

당정이 비밀스러운 표정으로 정역비에게 가까이 오라 손짓했다. 정역비는 순순히 그녀 곁으로 다가가 귀를 기울였다.

"두 번째 아이의 성도 당씨라면 아마 승낙하실 거야."

정역비는 잠시 멈칫하더니 곧 진지한 표정으로 말했다.

"당정, 나는 농담을 하는 게 아니야!"

당정도 진지했다.

"나도 농담을 하는 게 아니야! 아이 하나는 너무 외롭단 말이야. 어쨌든 둘은 되어야지. 당씨 가문에 둘, 정씨 가문에 둘! 당씨 가문 아이들은 당정무엇무엇이라고 부르고, 정씨 가문 아이들은 정당무엇무엇이라 부르면 어때?"

정역비는 당연하다는 듯 고개를 끄덕였다.

"그래! 내가 기회를 보아 아버님께 말씀드릴게!"

당정은 잠시 망설이다가 다시 말했다.

"아니야, 지금 내가 서신을 보내야겠어!"

정역비가 당정을 제지하며 진지하게 말했다.

"내가 이야기하겠어. 내가 당씨 가문으로 찾아가 정식으로 말씀드려야지!"

당정은 그만 웃고 말았다.

"우리 아버지의 입심을 당해 내겠다고? 나는 우리 아버지를 잘 알아. 내가 아버지를 설득할 수 있어!"

그러나 정역비는 단호했다.

당정은 더욱 단호했고, 심지어 구구절절 설명하기 시작했다.

마침내 화가 난 정역비가 불쾌한 듯 외쳤다.

"본 장군이 정식으로 구혼하러 가겠다는데, 왜 그리 싸우려 드는 거야?"

당정은 두 눈을 휘둥그렇게 뜬 채 바로 입을 다물었다. 정역비의 어조는 이제 의논하는 말투가 아니라, 명령하는 것처럼 들렸다.

"진양성으로 돌아간 다음 바로 준비하겠어. 당신은 지금 당장 당씨 가문으로 돌아가 나를 기다리도록 해!"

당정은 정역비의 이런 모습을 보자 자신도 모르게 입술을 깨물고 말았다. 그녀는 그의 이런 모습이 너무나, 너무나 좋았다. 그의 이런 모습은 웃을 때보다 훨씬 매혹적이었다.

비록 마음속으로는 강렬히 원하고 있었지만, 당정은 여전히 근심스러웠다.

"백초국과의 전쟁이 어떻게 될지 모르잖아. 나도 연아가 전쟁 없이 백초국을 굴복시키겠다는 책략이 뭔지 잘 모르겠어. 우리 좀 더 기다려야 하지 않을까? 당신은 지금 정왕에게 가장 힘이 되는 장수인데, 내가 당신을 데려가 버리면 정왕이 나에게 원한을 품지 않을까?"

그제야 정역비가 웃었다.

"내가 구혼하러 가기를 바라고 있는 거지?"

당정은 마침내 자신이 함정에 빠졌다는 사실을 깨닫고 재빨리 정역비를 밀어냈다.

정역비는 당정이 자신을 노려보는 걸 보고도 기분이 좋은 듯, 큰 소리로 웃으며 말했다.

"백초국 쪽은 만진국처럼 복잡하지 않아. 게다가 지금 왕비마마와 정왕 전하께서 직접 백초국으로 가신다고 하니, 나는 그저 병사들을 타당하게 배치해 놓으면 그만이야. 정가군은 본 장군이 없다고 흐트러져 적을 막아 내지 못하는 그런 군대가 아니라고!"

당정은 계속 그를 노려보았지만, 곧 그 눈 안에 웃음기가 떠올랐다. 그녀는 얼굴을 붉혔지만 부끄러워하지는 않으며 말했다.

"그렇다면야…… 당신이 구혼하러 와 주면 정말 좋겠어!"

말을 마친 당정은 그대로 웃기 시작했다.

정역비가 갑자기 그녀의 목을 끌어안더니 패기롭게 입을 맞췄다. 당정은 피하지 않고 그의 목을 끌어안은 채 열정적으로 화답했다.

두 사람은 한참 뒤엉켜 있다가 마차를 멈춰 세웠다. 그들의 마차가 가장 앞에서 가고 있었기 때문에 군구신과 비연이 탄 마차도 함께 멈췄다. 마침 졸고 있던 비연과 군구신 모두 깨어났다. 당정과 정역비가 군구신과 비연의 마차로 다가왔다. 당정은 정역비의 등 뒤에 선 채, 아무 말 없이 그저 입꼬리를 들어 올리며 미소 지었다. 그녀는 오늘도 남자 옷을 입고 있었지만, 이 순간만은 그저 아름다운 젊은 여자였다.

비연과 군구신은 당정의 미소를 보고 대강의 사정을 알아차렸다. 물론 그들은 입을 떼지 않고 정역비가 먼저 말하기를 기다렸다.

정역비가 엄숙한 태도로 두 손 모아 읍하더니 말했다.

"전하께 보고드립니다. 말장, 혼인 문제로 특별히 휴가를 청하고 싶습니다. 당씨 가문과 진양성 사이의 거리를 고려하면, 두 달 정도 소요될 것으로 생각합니다."

군구신이 고개를 끄덕이며 말했다.

"석 달이면 되겠는가?"

정역비가 무척 기뻐하며 말했다.

"전하, 감사드립니다!"

비연이 마침내 참지 못하고, 당정에게 환하게 웃으며 말했다.

"언니, 축하해! 어서 귀한 아이를 낳아야지!"

당정은 그녀를 흘깃 본 다음 말했다.

"이제 겨우 혼담을 꺼내는 정도인데, 뭐. 기껏해야 약혼 정도고……. 나는 결코 제대로 갖추지 않고는 그에게 시집가지 않을 거야. 누가 뭐라 해도, 우리가 원한을 다 갚고, 네 부모님을 구출한 다음…… 그다음에 그에게 팔인교[4]를 가져오게 해서, 그래, 광명정대하게 나를 태우고 빙해를 건너게 할 거야!"

---

4 여덟 사람이 메는 가마로 고관이나 신부가 혼례 날에 탔다.

비연이 바로 고개를 끄덕였다.

"좋은 생각이야!"

군구신이 살짝 마음에 걸리는 듯한 눈빛으로 비연을 바라보 았지만, 결국 아무 말도 하지 않았다.

정역비 역시 아무 말도 하지 않았지만, 계속 고개를 끄덕이 며 열심히 기억해 두었다.

갑자기 비연이 달갑지 않은 표정으로 말했다.

"정역비, 우리 언니는 제일 큰언니인데, 앞으로 설마 우리들 의 큰 형부가 되는 건가요? 우리 언니를 맞이한다니, 정말 엄청 이익을 보는 거잖아요!"

정역비가 웃으며 말했다.

"삼생에 다시없을 행운입니다."

당정이 바로 의기양양하게 말했다.

"그야 당연하지. 네 오라버니도 이제 이 사람을 제부라 불러 야 하고, 또⋯⋯."

어쨌든 신분의 차이가 있고, 정역비는 그들과 함께 자라지 않았다. 정역비는 감히 농담을 주고받기 힘들어 재빨리 당정의 말을 잘랐다.

"시간이 이르지 않으니, 어서 떠나는 게 좋겠어!"

그러나 당정의 입은 빨랐고, 멈추는 법이 없었다.

"고남신도 제부라 불러야 하지!"

당신이 약속하면 나도 약속할게

정역비는 당정의 말에 난감해하며 군구신 쪽으로 슬쩍 시선을 보냈다. 그러나 군구신은 화를 내지도, 어색해하지도 않고, 오히려 잔잔하게 웃으며 당정에게 말했다.

"홍두 누나, 축하해요!"

그와 당정은 본래 잘 아는 사이였다. 그리고 이 '홍두 누나'라는 호칭은 당정과 그의 거리뿐 아니라 정역비와 그의 거리까지 가깝게 해 주었다.

당정은 별다른 감각이 없었지만 정역비의 마음속은 따뜻해졌다. 부친이 억울하게 세상을 떠난 후 정왕이 그를 위해 발언했을 때에도 그의 마음은 따뜻해졌었다. 그러나 이 순간은…… 그 따뜻함에 친근감이 더해지고 있었다.

빙해의 진상을 정왕이건 당정이건 전혀 숨기지 않고 그에게 알려 주었다. 그러나 그는 이 순간에야 처음으로 그들에게 귀속된 듯 느끼며, 진정으로 그들 중 하나가 된 것 같은 느낌을 받았다.

정역비가 고개를 들어 보니 군구신이 그를 쳐다보고 있었다. 군구신은 그에게 축하한다는 말은 하지 않고 그저 어깨를 두드리며 말했다.

"다녀오도록. 백초국과의 전쟁은 걱정할 것 없으니."

정역비는 무척 기뻤다.

모든 의기가 순식간에 되돌아온 듯, 그는 큰 소리로 외쳤다.

"예! 저는 그럼 일단 미인을 얻으러 가겠습니다!"

이 말을 들은 당정이 얼굴을 붉혔고, 비연은 큰 소리로 웃었다. 군구신 역시 피식 웃음이 나오는 걸 참을 수 없었다.

이렇게 당정과 정역비는 작별을 고한 후 떠났다.

두 사람은 본래 한 사람은 북쪽으로, 한 사람은 남쪽으로 갈 생각이었지만, 정역비는 어떻게든 당정과 함께 가려 했다. 그렇게 두 사람은 함께 남쪽으로 향했다.

원래 세 대던 마차가 이제 한 대만 남았다. 군구신은 때마침 갈림길을 하나 골라, 수하들을 시켜 빈 마차 두 대를 각기 다른 방향으로 끌고 가게 했다. 바로 자신과 비연의 행적을 숨기기 위해서였다.

아직 누군가에게 미행당하는 낌새는 없었지만, 그의 수하가 백소화를 미행 중이었고, 그는 자연스럽게 조심하며 경계하고 있었다. 현공대륙에는 제멋대로 전쟁을 벌이려는 이들이 많지 않았고, 백소화와 같이 깊이 숨어 있는 고수들은 더욱 적었다. 그러나 군구신은 어떻게 해도 그의 내력을 밝혀내지 못하고 있었다.

마차 안, 비연이 시간을 아끼며 마음 수련을 하고 있었다. 넓고 푹신한 방석 위에 가부좌를 틀고 앉은 그녀는 고개를 숙인 채, 두 눈을 꼭 감고 열 손가락을 깍지 끼고 있었다. 자신의 모든 신경을 제 몸에 집중하면서, 몸의 모든 미세한 움직임을 느끼고 있었다. 마치 약왕정을 수련할 때 온 마음을 약왕정에 집중하는 것과 같았다.

비연도 성공을 자신할 수는 없었으나, 이보다 더 좋은 방법이 떠오르지 않았다. 그녀는 봉황력이 그녀의 몸 안에 있는 한, 언젠가 그 힘을 느끼게 될 거라 믿고 싶었다.

군구신은 그녀의 오른쪽에 앉아 진지하게 건명검보를 들여다보며 한 글자 한 글자 되새기고 있었다. 건명검보에는 '유아유검', '무아유검', '무아무검'의 세 경지가 있는데, 단순히 검법을 익혀야 하는 게 아니라 검법의 깊은 속뜻을 헤아려야만 했다.

이 검보는 검법만으로도 대단했지만, 그 깊은 뜻을 이해하게 되면 그야말로 무적이었다. 지금 군구신은 첫 번째 경지인 '유아유검'을 이미 이해한 상태였다.

첫 번째는 사람이 검을 익히고 장악하기 위한 것으로, 마음이 원하는 대로 검을 움직이게 되는 경지였다.

검을 쓰는 이가 있으면 검도 있었다. 어떤 의미에서는, 이 경지에서 강조하는 것은 사람이었고, 검은 사람의 조종을 받는 도구였다. 사실 이 경지는 보통 검술과 본질의 차이가 없었다. 군구신은 검법을 연습하며 그 뜻을 깨달을 수 있었다.

전날부터 군구신은 두 번째 경지의 검법을 완벽하게 외웠다. 그러나 그는 지금도 그 뜻을 이해하지는 못하고 있었다.

군구신이 이해한 대로라면, 첫 번째 경지가 '유아유검'이니 두 번째 경지는 '유아무검'이어야 했다. 검을 쓰는 이가 일정한 경지에 다다르면 경직된 검법에서 벗어나 사물에 구애받지 않기 마련이니까. 어떤 물건이라도 손에 쥐면 '보검'으로 여기고 검술을 남김없이 발휘할 수 있어야 했다. 심지어 검 없이도 검을 이기고, 사물 없이 사물을 이기며, 초식이 없이도 초식을 이길 수 있었다.

그러나 건명검술의 두 번째 경지는 군구신의 이해와는 반대로 '무아유검'이었다. 글자 그대로 이해하자면, 분명 '검을 쓰는 자'는 중요하지 않고, '검'의 중요성을 강조하고 있었다.

검을 쓰는 자가 없다면 검이란 죽어 버린 물건에 지나지 않았다. 하물며 검술이야 말해 무엇할까? 검을 쓰는 자 없이 어떤 경지를 이야기할 수 있을까?

군구신은 물론 건명보검 안에 숨어 있는 건명력도 고려해 보았다. 그러나 사람의 제어를 벗어난 건명력에 또 무슨 의미가 있을까?

군구신은 옥씨 저택에 있을 때부터 이러한 것들을 고민하고 있었다. 그러나 지금은 분명 집중하고 있지 않았다. 계속 비연을 힐긋거리다가, 얼마 안 돼 검보를 내려놓고 아예 그녀를 바라보았다.

비연은 자신만의 세계에 빠져 있느라 군구신의 시선도 의식하지 못했다. 군구신은 생각에 빠진 듯 조용히 그녀를 바라보고 또 바라보다가, 저도 모르게 손을 뻗어 그녀의 코를 가볍게 문질렀다.

비연이 바로 눈을 떴다. 그녀는 군구신의 다정한 눈동자를 마주 바라보며 살짝 망연한 표정을 지었다가, 조금 화를 내며 말했다.

"나를 방해하다니!"

군구신은 슬며시 미소 지으며 말없이, 다시 비연의 코를 문질렀다.

비연은 그를 노려보며 미간을 찌푸렸다. 군구신은 여전히 아무 말도 하지 않고 그녀의 코끝을 문질렀다. 그의 눈빛은 여전히 다정했지만, 평소와는 다른 뭔가가 있었다. 놀리듯 도전하듯, 일부러 그렇게 살짝살짝 그녀를 건드리고 있는 것 같았다.

다른 사람이라면, 설사 친우라 해도 군구신의 이 눈빛을 의아하게 생각했을 것이다. 그러나 비연에게는 무척이나 익숙한 눈빛이었다. 그녀는 아주 오랫동안 그의 이런 눈빛을 본 적이 없었다.

어린 시절, 군구신은 마음속에 무거운 뭔가가 있을 때마다 이렇게 그녀를 집적거리곤 했다. 대부분의 경우 고 태부와 민 이모도 그가 걱정하고 있다는 걸 알지 못했지만, 비연, 그녀만은 알 수 있었다!

비연은 화를 내지 않았고, 괴롭지도 않았다. 그러나 갑자기 눈가가 젖어 왔다.

당정과 전다다는 그가 어린 시절과 달라졌다고 말했지만, 사실 비연은 알고 있었다. 그는 그렇게 많이 변하지 않았다. 그는 여전히 그녀의 영 오라버니였다.

비연이 군구신에게 다가가 속삭였다.

"왜 그러는 거야? 걱정이라도 있어?"

군구신은 말없이, 흘러내린 비연의 머리카락을 가볍게 쓸어 올려 주었다. 비연은 바로 코로 그의 얼굴을 비비며 애교를 부리기 시작했다.

"말해 줘! 응! 어서 말해 줘. 혹시 다른 아가씨라도 생각하고 있는 거야?"

그녀는 그렇게 말하며 살며시 그의 무릎 위로 올라앉았다.

군구신은 그녀의 애교를 견뎌 내지 못할 뿐 아니라, 그녀가 자신의 몸 위에서 꿈틀거리는 건 더욱 견딜 수 없었다. 그녀를 잡아 움직이지 못하게 했다.

비연이 즐거워하며 말했다.

"솔직하게 말해 줘!"

군구신이 진지하게 말했다.

"연아, 네가 신분을 회복하면, 그리고 네 부황과 모후의 얼음을 깨고 나면…… 빙해의 독을 해독하고 나면…… 내가 다시 너를 맞아들일게. 당정이 이야기한 것처럼 팔인교를 보내, 네가 광명정대하게 빙해를 건너오도록."

비연은 그가 당정의 말을 마음에 담고 있을 줄은 상상도 하지 못했다. 그가 예전에 그녀를 위해 치른 혼례도 매우 융숭한 것이었고, 겨우 부모에게 절을 올리는 예의 하나만이 모자랐을 뿐이었으니까.

비연은 놀라긴 했지만 망설이지 않고 고개를 끄덕이며 말했다.

"언니랑 똑같이 하고 싶지 않아. 팔인교 같은 건 필요 없어.

나는…… 당신이 나를 안고 빙해를 건너 주기를 바라! 당신이 약속한다면 나도 약속할게!"

그들이 진양성에서 혼례를 치를 때, 혼례를 돕던 여관이 그에게 그녀를 업고 가마에 오르라고 했었다. 그러나 그는 모든 이들 앞에서 '본 왕은 그녀를 안고 싶다'라고 말했고, 그 일은 이미 진양성에서 유명한 일화가 되어 있었다.

비연은 물론 농담으로 한 말이었다. 그러나 군구신은 진지하게 고개를 끄덕였다.

"약속할게. 반드시 그렇게 할 거야!"

비연은 그런 그를 바라보며 무슨 말을 해야 할지 몰라 망설였다. 그녀는 그가 진심이라는 걸 깨달았고, 문득 그렇게 영리한 그가 사실은 굉장히 바보 같다고 생각했다!

그러나 1년 후, 그녀가 화려한 예복을 입고 빙해 북안에 설 때가 되면 그녀는 군구신이 대체 얼마나 바보 같은지 겨우 알게 될 터였다.

군구신과 비연은 비밀리에 백초국으로 향하고 있었다. 그리고 백리명천은 진양성에 모습을 드러냈다…….

한사코 여기까지 오다니

비연이 천옥성에서 머무는 동안, 백리명천은 백초국으로 가 모든 일을 잘 안배해 두었다.

그는 원래 일을 크게 벌일 생각이 없었다.

그는 수희를 속이고 옥인어 12군을 만진국 남쪽에 매복시켜 두었다. 백초국과 천염국이 교전을 벌이는 틈을 타 등 뒤에서 기습하여 천염국의 병력을, 특히 정역비를 견제하고, 군구신을 광안성에서 물러가게 할 생각이었던 것이다. 물론 어떻게든 비연을 찾아 빚을 받아 내려는 마음도 있었다.

그러나 천옥성에서 구사일생을 겪고 난 후 그는 정신을 차렸고, 마음도 변했다.

예전에는 말끝마다 빚 이야기를 했다. 그러나 대체 어떻게 그 빚을 청산할 건지, 어느 정도까지 받아 낼 건지는 사실 생각한 적이 없었다.

과거의 '빚' 이야기가 남을 속일 뿐 아니라 스스로를 기만하는 것이었다면…… 결국은 비연을 좋아하는 마음을 숨기기 위한 핑계였다.

지금의 '빚'은 진정한 원한으로 발전해 있었다. 그는 자신이 뭘 하고 싶은지 아주 잘 알고 있었다. 그는 군구신과 온 천하를 두고 다툴 것이다. 그리고 그는 비연을 자신의 발아래에 굴복

시킬 생각이었다. 그런 다음 그녀에게 말해 주리라. 그는 그녀
를 좋아하지 않는다고.

이번에 백초국에 다녀오면서 그는 철저하게 만진국을 포기
했다. 옥인어 12군을 모두 백초국으로 불러들여 백초국을 돕게
했다.

그는 원래 자신이 꽤 공을 들여야 백초국 황제가 전력을 다
해 천염국을 공격하도록 만들 수 있으리라 생각했으나, 그가
떠나 있던 동안 수희가 뜻밖에도 백초국 늙은 황제의 환심을
사는 데 성공했다.

그는 과감하게 수희를 늙은 황제에게 보냈고, 수희가 황제에
게 베갯머리 송사를 하는 동안 자신은 물러나 있기로 했다. 그
는 수희를 백초국에 남겨 둔 후, 현한보검을 가지고 북강으로
가서 축운궁주를 만나기로 했다.

그는 두 나라가 전쟁을 벌일 날을, 비연과 군구신의 비밀이
사람들 앞에 드러날 날을 기다리고 있었다. 그는 지켜볼 작정
이었다. 그때가 되면 군구신이 대체 어떤 능력으로 각 방면의
압력을 가라앉힐 것인지.

해가 서산으로 지고 있었다. 석양의 황금 빛이 고씨 저택의
후원을 감싸는 가운데, 연못에는 한여름답게 연꽃이 활짝 피어
있었다. 고씨 저택의 후원도 지금만큼은 황량한 분위기가 아니
었다.

진양성에 백리명천이 쉴 만한 곳은 사실 많았다. 그러나 그
는 굳이 가장 위험한 고씨 저택을 선택했다. 그는 이곳에서 하

롯밤을 보낸 다음 다시 북쪽으로 갈 생각이었다.

지금 그는 연못가에 누워 하늘을 바라보고 있었다. 그의 두 눈은 텅 비어 있었는데, 무슨 생각엔가 빠져 있는 것 같기도 했고, 또 아무 생각도 하고 있지 않은 것 같기도 했다.

시간이 흘러감에 따라 하늘도 어두워졌고, 그도 마치 잠을 자려는 듯 천천히 눈을 감았다. 그러나 얼마 지나지 않아 연못에서 물소리가 들려왔다. 아주 작은 소리였지만 백리명천은 바로 눈치채고 고개를 돌렸다.

잠시 후 인어 하나가 수면 위로 고개를 내밀었다. 그리고 백리명천을 보자 매우 기뻐하며 뭍으로 올라왔다.

"삼전하, 겨우 뵙게 되었습니다!"

백리명천이 불쾌한 듯 말했다.

"누가 너에게 여기 와도 좋다 했지? 꺼져라!"

군구신은 이미 암암리에 고씨 저택에 물샐틈없는 경계망을 펼쳐 놓았다. 마치 누군가가 저택을 조사하러 올까 경계하는 듯한 모습이었다. 백리명천 혼자 잠입한다면 시위의 시선을 피하기 어렵지 않겠지만, 다른 이들이 온다면 의외의 사건이 생길 가능성도 있었다.

인어가 난감해하며 겁먹은 목소리로 말했다.

"삼전하, 분부하신 일과 관련하여 실마리가 잡혔습니다. 저는 전하를 찾을 수 없어, 위험을 무릅쓰고 여기까지 왔습니다."

이 말을 듣자 백리명천은 바로 정신을 차리고 서둘러 몸을 일으켰다.

"어떤?"

그는 비연의 신분을 추측한 후 수하들에게, 고씨 가문의 진짜 대소저가 어디 갔는지와, 비연이 늘 가지고 다니는 조그만 약솥이 대체 어디서 생긴 건지 조사하게 했다.

인어가 재빨리 말했다.

"삼전하께 보고드립니다. 제가 조사한 바에 따르면, 고씨 가문의 대소저가 출궁하여 군영에 약을 배송하기 전까지는 약솥을 지니고 다닌 적이 없다고 합니다. 게다가 대소저는 바로 군영에서 성격이 크게 변했다고 합니다. 제 생각에 진짜 대소저는, 군영으로 가는 길에서 바꿔치기 당한 것 같습니다."

백리명천이 잠시 생각하다가 물었다.

"그 외에 또 다른 실마리가 있느냐?"

인어는 고개를 저었고, 백리명천은 무척 실망했다. 그는 인어에게 물러가라고 말하려다가 한마디 덧붙였다.

"기억하도록. 이 일을 수희가 알게 해서는 안 된다. 이 일이 새어 나간다면 본 황자가 너의 비늘을 벗겨 낼 것이다!"

비늘을 벗겨 낸다!

인어는 안색이 창백해져 연신 고개를 끄덕였다.

"알겠습니다! 알겠습니다!"

백리명천은 수희를 완전히 믿지 못하고 있었다.

축운궁주는 현한보검과 영술 등의 실마리로 군구신, 승 회장, 그리고 소 부인이 한패일 거라 추측했다. 그러나 비연이 대진국의 공주라는 사실은 모르고 있었다. 그렇기에 그것이 바로 그에게 있어 최대의 패였다.

이렇게 중요한 사실을 축운궁주가 쉽게 알게 할 수는 없었다. 어쨌든 그는 지금도 축운궁주가 얼마나 대단한지, 무엇을 도모하려 하는지 알지 못하고 있지 않은가?

백리명천이 아무리 고민해도 알 수 없는 것은, 군구신이 어린 시절 운공대륙에 간 건지, 아니면 그가 운공대륙에서 와서 군씨의 적자라 사칭하고 있는지 하는 문제였다.

군구신이 대진국의 일당들과 한패라면, 어째서 처음에는 비연과 서로 모르는 사이인 척했던 걸까? 그때 그들은 결코 한 무리 같지 않았다.

또 비연의 그 대단한 약술은 대체 누구에게서 배운 걸까?

분명 여기에는 뭔가 비밀이 있을 것이다.

백리명천은 이번에 축운궁주를 만나면, 비연의 약왕정을 언급하며 축운궁주를 탐색해 볼 생각이었다. 축운궁주는 건명력의 비밀도 알고 있으니, 분명 견식이 넓고 박학다식한 것이 틀림없었다.

인어가 떠난 후 백리명천은 다시 눈을 감았다. 이미 졸음기는 사라졌고, 의문이 머릿속을 가득 채우고 있었다. 그러나 아무리 의문이 많다 해도 또 그 의문들에 집중할 수도 없었다.

얼마 지나지 않아 그의 머릿속에는 비연의 경악한 듯한, 심지어 경계하는 듯한 그 두 눈이 떠올랐다. 그날 옥씨 가문의 밀실에서 그가 그녀에게 좋아한다고 말했을 때 그녀는 그에게 그런 시선을 던졌다. 경악과 경계의 시선을.

점차 그의 입가에 자조하는 듯한 미소가 떠올랐다. 그래, 그는 그때 분명 미쳤었다! 미쳐서 그런 행동을 한 것이다!

백리명천이 생각에 잠겨 있는 동안, 멀지 않은 곳 풀숲에서 바스락거리는 소리가 들려왔다. 백리명천은 바로 반응하여, 소리 없이 연못 속으로 잠수했다.

얼마 지나지 않아 두 작은 인영이 빽빽한 풀숲 사이로 움직이는 게 보였다. 바로 어린 황제 군자택과 어린 사미승 염진이었다.

두 아이가 점차 가까이 오자 모습도 또렷하게 보이기 시작했다. 택은 나이는 어리지만 아주 당찬 성격이었고, 수개월에 걸쳐 황제 노릇을 하다 보니 예전보다 훨씬 더 노련해졌다. 그가 앞에서 염진 대신 잡초며 가시를 걷어 냈는데, 제법 형 같아 보였다.

염진은 예전과 같은 모습으로, 조용하고 온화해 보였다. 웃고 있지 않아도 그 옥으로 조각한 듯한 얼굴은 미소 짓는 것처럼 보여, 몹시도 순수한 인상이었다. 마음이 아무리 복잡한 사람이라도 염진을 보면, 마치 구름이 걷히고 달이 보이는 것처럼 명랑해질 것이다.

두 아이는 풀숲에서 나오더니 연못가에 멈춰 섰다. 택이 연못 속으로 머리를 들이밀더니 재빨리 다시 고개를 들었다.

"바로 여기인 것 같아. 고씨 가문의 금역. 그때 우리 형수가 여기에 빠져서 하마터면 죽을 뻔했다고 들었어."

염진이 잠시 망설이더니 조심스럽게 머리를 들이밀었다. 그러나 곧 고개를 들더니, 합장하며 매우 진지하게 말했다.

"아미타불."

택은 주변을 살펴본 후, 염진을 잡아끌어 제 옆에 앉혔다.

"좀 앉아 봐. 시위들도 당분간은 여기를 찾아내지 못할 테 니까."

무 장군

택은 황형이 보고 싶었고, 형수가 보고 싶었다. 어제는 염진을 끌고 정왕부에서 하루를 보냈고, 오늘은 다시 염진과 함께 고씨 저택으로 온 참이었다.

염진이 곁에 앉아 달래듯 말했다.

"택아, 시위들이 너를 찾지 못하면 당황할 거야. 이렇게 하는 건 좋지 않아. 어서 돌아가자."

택이 고개를 저으며 말했다.

"지지난달부터, 우리를 쫓아다니는 시위들이 늘어난 걸 느끼지 못했어? 특히 우리가 대자사에 갈 때면 시위들이 더 많아지던데! 우리 황형은 어째서 이렇게까지 안심하지 못하는 걸까? 어쨌든 겨우 빠져나왔잖아. 우리 좀 더 앉아 있자. 여기 풍경도 아주 좋고, 꽃향기도 좋은걸."

염진이 고개를 저으며 진지하게 말했다.

"여기는 금역이야. 그리고 금역인 이유가 있을 거야. 오래 머물면 안 돼."

택이 듣지 못한 척 두 손을 베고 천천히 드러누웠다.

"황형이랑 형수는 지금 어디에 있을까? 언제야 돌아올까?"

염진은 대답하지 않고 계속 권하기만 했다.

"날이 어두워지면 바로 궁으로 돌아간다고 약속해. 너는 황제잖아. 말에 신용이 없으면 안 된단 말이야."

택도 자신의 화제를 고집하며 진지하게 말했다.

"황형이랑 형수가 언제 나에게 조카를 낳아 줄 것 같아?"

그러더니 바로 말을 고쳤다.

"잠깐, 나는 조카딸이 좋아. 일단 조카딸부터 낳아 주면 좋겠어."

염진이 계속 말했다.

"부처께서 하늘을 기만하지 말고, 사람을 업신여기지 말며, 세상을 속이지 말고, 마음을 괴롭히지 말라 하셨어. 이건 네가 황제로서 지켜야 할 도리기도 해. 어서 가자."

택이 마침내 염진을 돌아보았다. 그는 한참 동안 염진을 바라보더니 헤헤 웃기 시작했다.

염진이 고개를 갸우뚱하며 호기심 어린 눈으로 택을 바라보았다.

택은 눈이 일직선이 되도록 활짝 웃었다.

"좋은 생각이 났어. 너, 나중에 환속하는 거야. 그리고 내 조카딸을 아내로 맞아!"

염진이 잠시 멈칫하더니 곧 미소 지었다.

"부처께서 말씀하시길, 마음을 따르고, 그 본성을 따르고, 인연을 따르라 하셨지."

택이 기뻐하며 물었다.

"반대하지 않는 거지?"

염진도 눈이 일직선이 되도록 웃으며 대답했다.

"일단 환속에 대한 거라면."

"재미없게!"

택이 다시 눕더니 길게 탄식했다.

"아…… 하소만이 있었으면 좋았을걸! 하소만은 재미있는 곳도 많이 알던데. 게다가 하소만은 전 어멈에게 화도 낸단 말이야. 너처럼 항상 참고 양보하는 게 아니라."

궁에 사는 사람이라면 누구나 전 어멈이 정왕비의 측근이라는 걸 알고 있어 공손하게 대했다.

하소만이 군구신의 명을 받고 북강으로 간 후, 이유는 알 수 없었지만 전 어멈이 궁에서 일을 맡아 보게 되었다. 그녀는 택에게 염진과 사적으로 너무 가까이 지내지 말라고 권했을 뿐 아니라, 염진이 궁에 항상 머물며 택에게 영향을 끼치는 게 옳지 않다고 몇 번이나 공개적으로 이야기했다. 때문에 택은 그녀를 좋아하지 않게 되었다.

택은 여기까지 말한 후 다시 다급하게 몸을 일으켜 앉더니 물었다.

"염진, 네가 보기에 전 어멈 이상하지 않아?"

염진은 주변을 한번 둘러보고 아무도 없음을 확인한 후 택의 귓가에 대고 속삭였다.

"나, 몰래 전 어멈의 뒤를 밟은 적이 있어."

택은 무척 기뻤지만, 곧 인상을 쓰며 투덜거렸다.

"흥, 나 몰래 마음대로 행동하다니! 이건 또 무슨 죄람!"

염진이 자못 진지하게 말했다.

"너는 방해만 하니까, 동료로 삼을 수 없었지."

택은 화를 냈다.

"너!"

염진이 재빨리 몸을 일으켜 뛰기 시작했다. 그는 여전히 미소를 띠고 있었는데, 그 미소는 순수하고 해가 없어 보일 뿐 아니라 봄바람처럼 따뜻했다. 그는 계속 그렇게 웃으며 덧붙였다.

"방해꾼."

택은 화가 난 나머지 바로 염진을 덮치려 했다.

염진은 재빨리 몸을 돌려 뛰었다. 그의 능력이라면 그대로 빠져나갈 수도 있었지만, 일부러 속도를 늦추어 택과 일정한 거리를 유지했다. 미소 지으며 뛰고 있는 그의 모습은 그야말로 태연자약해 보였다. 염진은 그렇게 택을 연못에서 멀리 데리고 나가 시위들이 많은 곳으로 향했다.

백리명천은 계속 물속에 숨어 엿듣고 있었다. 물 때문에 택과 염진이 무슨 얘기를 하는지 정확하게는 들을 수 없었으나, '조카딸' 등등의 몇 마디는 들을 수 있었고, 그들의 신분도 추측할 수 있었다.

그는 택을 납치할까 고민해 보았지만, 깊이 생각한 후 그렇게 하지 않기로 했다. 그들 두 사람 외에도 시위들이 어둠 속에 잠복해 있는 기척을 눈치챘기 때문이었다.

그의 손에는 이미 패로 쓸 만한 것들이 많아, 군자택 하나를 더한다 해서 크게 도움이 될 것 같지 않았다. 또한 백리명천이 보기에 군자택은 허수아비일 뿐, 군구신을 위협할 만한 거리는 아니었다.

그는 원래 그곳에서 하룻밤을 보낼 생각이었지만, 그럴 마음이 없어지고 말았다. 그는 물 위로 얼굴 한번 내밀지 않고 바로 물 깊은 곳으로 잠수해 떠났다.

모든 이들이 떠나자 후원은 고요해졌고, 마침내 밤이 되었다. 전 어멈은 그제야 풀숲 가장 깊은 곳에서 걸어 나와 연못가에 서더니, 이미 봉오리를 닫은 연꽃 한 송이를 꺾었다. 그녀는 기분이 좋은 듯 가볍게 연꽃의 향을 맡더니 그 자리를 떠났다.

전 어멈이 택과 염진을 얕보지 않았다면, 아마 그 누구도 이 충성심 넘치고 오갈 데 없는 고씨 가문의 늙은 하인을 의심하지 않았을 것이다. 군구신과 비연도 지금까지 그녀를 한 번도 의심해 본 적 없었고, 심지어 전 어멈을 마음에 둔 적조차 없었다.

백리명천은 북쪽으로, 비연과 군구신은 서쪽으로 가고 있었다.

천옥성과 백초국 사이의 거리는 그리 멀지 않다. 때문에 백리명천이 북강에 도착하기 전에, 그들 두 사람은 이미 비밀리에 천염국의 서쪽 변경에 도착했다.

천염국과 백초국의 국경은 매우 명확하게 그어져 있지만 단 한 곳만은 역사적 원인으로 인해 명확하게 구분되어 있지 않았다.

이곳의 이름은 바로 '강평'으로, 천염국과 백초국의 경계선이 성안을 지나고 있었다. 성의 서쪽은 백초국의 땅이었고, 동쪽은 천염국의 영토였다.

두 나라가 막 세워졌을 무렵 높은 성벽을 건설하여 동서 양쪽을 가르려 했다. 하지만 이 성 동서 양쪽에 사는 백성들은 왕래가 잦았고, 서로 친척이거나 친우거나 한 경우도 많았다. 심지어 어떤 이들의 집은 경계선 바로 위에 자리 잡고 있었다.

성안 백성들 역시 단결했다. 두 나라는 성벽을 건설하지 못하는 건 물론이고, 심지어 검문소조차 제대로 세우지 못했다.

그런 까닭으로 지금 천염국의 검문소는 강평성 동쪽 성문에, 백초국의 검문소는 서쪽 성문에 있었고, 두 나라는 이 성을 공동으로 관리하고 있었다.

지난 수개월 동안 백초국이 계속 도전해 오면서 변경에서 적지 않은 사건 사고가 있었고, 소규모의 전투도 여러 번 있었다. 그러나 백초국은 지금도 강평성 쪽은 건드리지 않고 있었다.

강평성 백성들은 시비를 가릴 줄 알았고, 만만한 상대가 아니었다. 그리고 무엇보다 가장 중요한 것은, 백초국의 가장 유명한 장수인 무 장군이 바로 이곳 강평성 출신이라는 사실이었다.

무 장군은 병법에 정통했고, 병사들을 다루는 일이며 진을 치는 일에 능숙했다. 그러나 소극적이고 평화를 원하는 사람이었다. 예전에, 바로 그의 지휘 아래 강평성 백성들이 단결하여 강평성을 온전하게 유지할 수 있었다.

소문에 따르면 무 장군은 쉽게 병사들을 일으키지 않으나, 한 번 병사들을 일으키면 결코 패배한 적이 없다고 했다. 백초국 황제도 그에게는 어느 정도 양보하는 편이라는 소문도 있었다.

이번에 백초국이 자잘한 전투만을 벌일 뿐 정식으로 전쟁을 벌이지 않는 진정한 원인 역시, 황제가 아직 무 장군의 지지를 얻지 못했기 때문이라고도 했다.

비연과 군구신은 상황을 파악한 후 비밀리에 강평성으로 들어갔다. 그들은 성 동쪽, 은밀한 작은 집에 머물게 되었다.

비연은 이 무 장군의 존재를 알지 못했는데, 군구신의 설명을 듣고는 상당히 놀랐다.

두 사람이 이야기를 마쳤을 무렵 망중이 들어왔다.

"전하, 왕비마마, 소 부인의 수하가 왔습니다. 한우아도 함께 데려왔고요. 어떻게 할까요?"

새로 온 일곱째

한우아가 왔다.

한우아는 천염국에서 큰 잘못을 저지른 후, 한가보에서 오랫동안 푸대접을 받았다. 비연이 빚으로 위협하며 그녀에게 공기봉리에 대해 조사하라고 했지만, 그녀는 오래도록 일을 끝내지 못했다. 그동안 한우아는 매일 공포와 원한에 사로잡혀 있었다고 할 수 있었다.

소 부인은 원래 한우아와 소씨 가문의 소옥승 간의 관계를 이용하여 그녀를 만진국에 잠입시킬 생각이었다. 그러나 비연과 소 부인이 서로의 신분을 알게 된 후, 비연은 한우아를 백초국에 잠입시키는 것으로 결정했다. 비연이 이야기한 '싸우지 않고 이긴다'라는 계책에서 한우아는 중요한 역할을 맡게 될 예정이었다.

물론 한우아는 이 모든 것을 알지 못하고 있었다. 그녀는 이번 임무를 소 부인의 총애를 다시 얻을 기회라 생각해 아주 중요하게 여기고 있었다.

백초국에 도착한 한우아는 어떤 부인에게서 명령을 받았다. 이 부인은 30대에 키는 중간 정도였지만 얼굴은 인형처럼 예쁘장했다. 얼핏 보기에 전혀 나이 든 느낌이 들지 않았지만, 동시에 자상하고 온화한 느낌을 주었다.

이 부인은 바로 화월산장의 화 장주로, 백초국에서는 화 고모라 불리고 있었다.

한우아는 한가보에 있을 때 화 고모에 대해서 들은 적이 없었다. 그러나 별다른 의심은 없었다. 어쨌든 소 부인에게는 비밀이 아주 많았고, 그녀와 같은 양녀들은 감히 호기심을 품을 엄두조차 내지 못했기 때문이다.

지난 몇 달 동안 한우아는 화 고모의 비위를 맞추기 위해 온갖 애를 썼다. 화 고모가 소 부인에게 그녀에 대해 좋은 말을 해 주기를 바랐기 때문이다.

오늘 한우아는 소 부인이 강평성에 오리라 생각하고 있었다. 그러나 객당에 도착한 후 화 고모에게서, 소 부인이 새로 맞아들인 양녀가 백초국으로 와서 명령을 전달하는 일을 맡을 거라는 이야기를 듣게 되었다.

지금 한우아는 객당에 단정하게 앉아 있었다. 보기에는 매우 얌전해 보였으나, 마음속 원한이며 불쾌한 감정을 완전히 억누르지 못해 눈빛에 드러내고 있었다. 그리고 화 고모는 그런 한우아의 눈빛을 바라보며 아무 말 없이, 인내심 있게 기다리고 있었다.

객당 뒤쪽은 작은 정원이었다. 비연과 군구신은 이 정원의 정자에 앉아 있었다.

한우아가 온 걸 알고도 비연은 조급하게 굴지 않았다. 일이 성사되기 전에 한우아로 하여금 비연의 신분을 알게 하는 것은, 일을 망칠 가능성이 컸다.

그녀가 망중에게 답했다.

"화 고모를 들이고, 한 삼소저에게는 좋은 차를 내주도록."

망중이 투덜거렸다.

"하필 좋은 차를 그렇게 낭비하려 하시다니요."

비연이 웃으며 놀리듯 말했다.

"우리가 백초국에서 벌이려는 일이 성공할지 실패할지는 모두 한 삼소저에게 달려 있으니, 좋은 차 정도는 대접해야지. 소부인이 가장 좋아하는 홍칠을 내가면 되겠지."

망중은 더욱 불쾌한 표정이 되었다.

"왕비마마, 그 차는 정말 귀한 차입니다. 소 부인께서도 아껴 가며 마시는 차인데요."

비연은 기분이 좋아 인내심 있게 말했다.

"한우아가 그 차를 보면 분명 다급해질 거야."

망중은 이해할 수 없었지만 어쨌든 비연의 말을 따랐다.

군구신은 마음에 짚이는 것이 있어, 비연의 영리한 모습을 보며 웃을 뿐 아무 말도 하지 않았다.

하인이 홍칠차를 앞에 내려놓자, 한우아는 마침내 참지 못하고 인상을 쓰며 화 고모에게 물었다.

"화 고모, 정말 어머니께서 최근에 이 동생을 양녀로 맞아들이신 게 맞나요? 이 동생은 정말 그저 명령을 전달하러 온 건가요?"

화 고모는 홍칠차를 보자 바로 깨닫는 바가 있었다.

"당연히 정말이지. 네 어머니의 성격은 너도 잘 알 텐데. 인연이 맞아 눈에 들기만 하면 전례를 깨는 것 정도야 아무렇지 않게 하시는 분 아니니. 네 어머니께서 이 아가씨에게 '예'라는 글자를 내리셨다 하더구나. 그러니 한예아라 부르면 될 거야. 들기로는 꽤 많은 물건도 내리셨다고 하더라. 서열상으로는 일곱째니, 너는 칠매라 불러도 괜찮고. 한가보에 들어온 지 얼마 되지 않아 모르는 게 많을 테니, 네 어머니께서는 여기로 보내 훈련을 시키려 하시는 게지."

한우아는 억지로라도 웃으려 했지만 웃음이 나오지 않았다. 그녀는 잠시 망설이다가 화 고모 곁으로 다가가 앉으며 속삭였다.

"건원 황제가 황궁에 미인을 숨겨 놓은 지 오래되었어요. 들기로는 만진국에서 온 여자로, 인어족이라 하더군요. 아름답기가 보통이 아니어서, 늙은 황제는 혹한 나머지 곧 조회에도 나오지 않을 지경이라고 해요. 이 여자가 분명 우리에게 방해물이 될 것 같아요."

화 고모는 마침 수희가 황궁 안에서 어떻게 지내고 있는지 조사하기 어려워 근심하던 차였다. 그런데 지금 한우아에게서 이 이야기를 들으니 마음에 짚이는 게 있었다. 백리명천이 분명 미인계를 쓰고 있었다!

그러나 그녀는 일부러 놀란 척 물었다.

"그런 일이 있었는데, 어째서 미리 말하지 않았지?"

"저도 어제야 들은 얘기예요."

한우아가 재빨리 변명했다.

"게다가 정확한 얘기도 아니니 함부로 말하기도 그랬고요."

소 부인은 백초국 황후와 깊은 우정을 나누고 있었다. 한우아의 임무는 황후를 도와 백초국의 건원 황제를 죽인 후, 병약한 태자를 황위에 오르게 하는 것이었다. 하지만 건원 황제 곁에는 고수가 구름같이 많으니, 그녀는 침상에서 손을 쓸 수밖에 없었다.

한우아는 원래 임무를 몇 달 끌다가, 백초국과 천염국이 정식으로 전쟁을 시작한 후에야 손을 쓸 생각이었다. 그녀로서는 비연과 군구신에게 귀찮은 일을 만들어 주지 않으면, 그 억울하게 당한 수모를 그대로 삼킬 수 없었기 때문이었다.

그러나 지금 그녀는 마음속으로 결심했다. 어떤 대가를 치르더라도, 그녀는 반드시 이 임무를 빠르게 완성할 것이다. 한가보의 계승자 자리를 다른 이에게 내줄 수는 없으니까.

한우아가 재빨리 말했다.

"고모, 저는 황후마마를 따라 황제를 세 번 만났을 뿐이니, 그 인어족 여자를 이길 도리가 없어요. 차라리 우리 새로 온 동생을 보고, 고모께서 그 애를 어머니께 보내 다시 여쭤보는 게 낫지 않을까요? 어머니께서 결정하시도록요."

화 고모가 대답하기 전에 하인이 말했다.

"칠소저께서 화 고모께 드시라 하셨습니다. 삼소저께서는 여기서 차를 드시며 잠시 휴식을 취하라 하셨습니다."

한우아가 당황했다.

"그 애가……."

그러나 화 고모와 하인이 보고 있으니 한우아도 참을 수밖에 없었다.

"좋아요. 화 고모, 여기서 고모를 기다릴게요."

그녀는 한예아가 그저 소식을 전달하러 왔을 뿐이니 별다른 수작을 벌이지는 못할 거라 생각했다. 임무를 완성하고 어머니의 환심을 다시 얻은 다음, 이 세상 무서운 줄 모르는 동생을 손봐 준다 해도 늦지 않을 것이다.

화 고모는 고개를 끄덕이며 하인과 함께 후원으로 걸어갔다.

제 두 주인을 본 화 고모가 더욱 자상한 표정으로 웃으며 절했다.

"왕비마마, 한우아의 정보가 백초국 황후보다 빠르더군요. 수희는 황궁에서 황제의 사랑을 받고 있답니다. 보아하니 우리가 그 여장군의 능력을 너무 얕보았던 모양이에요. 한우아는 지금 조급한 나머지, 왕비마마를 소 부인에게 보내 방법을 여쭤보게 하고 싶어 하더군요."

사실 늙은 황제를 죽이고 태자를 황위에 올리는 건 백초국 황후의 목표일 뿐, 비연의 목표는 아니었다. 비연의 목표는 현재 천염국에 구금되어 있는 엽십삼을 황위에 올리는 것이었다.

백초국 황제에게 적자는 둘뿐이었는데, 그중 한 명이 병약한 태자였고, 다른 한 명이 바로 총애를 얻지 못한 엽십삼이었다.

"황제의 사랑을 받고 있다?"

비연은 조금 놀란 듯한 표정이었다.

"그렇다면 백리명천은? 백리명천도 계속 황궁에 숨어 있는 건가?"

화 고모가 대답했다.

"그건 저도 아직 물어보지 못했습니다."

비연은 비록 백리명천의 그 신비로운 힘을 걱정하고 있었지만, 그녀와 군구신에게 있어 가장 중요한 일은 역시 '싸우지 않고 이긴다'였다.

그녀는 잠시 생각하다가, 군구신을 바라보며 진지하게 물었다.

"정왕 전하, 전하라면 한 삼소저가 마음에 드시겠어요, 아니면 수희가 마음에 드시겠어요?"

군구신은 예상치 못한 질문에 그대로 표정이 굳어 버렸다.

화 고모는 웃고 싶었으나 감히 웃을 수 없었다.

비연은 진지한 얼굴로 한참 생각하더니, 갑자기 약왕정을 두드리며 환하게 웃었다.

"있다!"

그 애와 다투지 않겠다

있다고?

화 고모가 무척 기뻐하며 물었다.

"무엇이 있나요?"

비연이 생긋 웃었다.

"약이 있지!"

군구신은 약왕정을 바라보며 무슨 생각을 했는지 표정이 점점 더 굳어졌다. 그러나 사실 그의 생각이 어긋난 것이었다.

비연이 말했다.

"보름만 있으면 입추잖아. 백초국 황궁에서는 매년 입추마다 약선 연회를 베풀지. 우리의 한 삼소저는 신농곡 약학당에서 이름을 떨친 분이시니, 솜씨를 좀 드러내셔야지!"

우문 가문은 입추 때면 보양식을 먹는 습관이 있었다. 백초국을 세운 후에도 입추마다 황궁에서 약선 연회를 베풀었다. 덕분에 궁중의 요리사와 어의들은 이 약선 연회에서 황제의 총애를 얻어 출세하곤 했다.

그러한 까닭에 백초국에는, 입추 약선 연회에서 황제의 위를 사로잡으면 황제의 마음도 사로잡을 수 있다는 말이 떠돌았다. 입추의 약선 연회는 요리사들과 어의들의 경기장이나 마찬가지였다.

화 고모가 이해할 수 없다는 듯 물었다.

"왕비마마, 어약방은 금역입니다. 황제가 마시는 차 한 모금도 외부인은 건드릴 수 없습니다. 한 삼소저가 황후마마의 귀빈이기는 하나, 어찌 실력을 발휘할 기회가 있을까요? 황후마마께서는 의심을 받지 않기 위해 몸을 몹시 사리시니, 분명 주방쪽과는 가까이하지 않으실 텐데요."

비연은 웃기만 했다.

"본 왕비에게 묘책이 있어. 한우아가 주방에 갈 필요는 없을 거야. 그저 한우아가 기다리게만 해 줘. 며칠 지난 후 다시 이야기해 줄 테니. 일단 보름 동안 수희를 감시하기만 하면 되는 거야."

화 고모는 비록 의심스러웠지만, 비연이 이 이상 이야기하려 하지 않으니 더 물을 수도 없었다.

군구신은 이 화제에는 끼어들고 싶지 않은 듯, 비연과 화 고모의 말이 끝나자 화 고모에게 물었다.

"무 장군 쪽에 새로운 소식이라도?"

화 고모가 대답했다.

"전하, 안심하십시오. 무 장군은 전쟁을 좋아하지 않고, 전투가 없을 때는 항상 군영에서 머물 뿐 황도에는 발을 들이지 않습니다. 황제는 지금까지 대신을 세 번이나 보냈지만, 그 세 대신 모두 무 장군의 얼굴조차 보지 못했다고 합니다……."

여기까지 들은 비연이 끼어들었다.

"성격이 그 정도라니. 황제가 노할까 무섭지도 않은 건가?"

화 고모가 웃으며 답했다.

"왕비마마, 무 장군은 혼자서도 열을 당해 낼 수 있는 명장이지만 야심이 없습니다. 전해 듣기로는, 3년 전에 모든 지위에서 물러날 마음을 먹었으나 황제가 상당히 공을 들여 겨우 만류했다고 하더군요. 어찌 쉽게 황제가 벌을 내리겠습니까? 그가 병사들을 이끌고 전쟁에 나서지 않더라도, 성을 지켜 주는 것만으로도 고마운 일일 텐데요."

비연은 이해할 수 있었다.

"그렇다면 우리는 보름만 기다리면 문제를 해결할 수 있을 거야. 어디, 변경의 그 도적 떼 같은 놈들이 언제까지 도전해 올 수 있을지 보자고!"

비연은 다시 화 고모에게 몇 가지 명령을 내린 후 그녀를 내보냈다.

화 고모가 떠난 후, 군구신이 호기심에 가득 차 물었다.

"약선 연회에서 대체 무슨 묘기를 부릴 생각이지?"

비연이 말을 빙빙 돌렸다.

"여기 아주 기이한 약이 있는데, 달일 필요 없이 그대로 쓸 수 있는 약이야. 입추가 되면 당신에게도 줄게. 어때?"

약선은 약선이고, 사람은 사람이었다. 약선으로 황제의 마음을 산다 해서, 사람이 반드시 황제의 침상에 올라가게 되리라고는 확신할 수 없었다.

군구신은 비연이 어찌 이리 확신하는지 이해할 수 없었다.

의혹에 가득 찬 그의 표정을 본 비연이 그의 귓가에 대고 웃으며 말했다.

"입추가 되면 당신에게도 이 보약을 줄 거고, 그럼 당신도 알게 될 거야. 보약을 원해, 아니면……?"

군구신은 다시 한번 이상한 생각을 하고 말았다.

그는 잠시 머뭇거리다가, 두어 번 가볍게 헛기침을 내뱉은 후 말했다.

"나중에 다시 이야기하지."

비연은 군구신이 이상한 생각을 하고 있다는 것도 모르고, 그의 팔을 잡고 불쾌한 듯 말했다.

"나중에 다시 얘기하긴 뭘 다시 해? 이렇게 정하면 되는 거지!"

군구신은 대답하지 않았다. 그는 입술을 꾹 다물었으나 소리 없이 웃고 있었다. 약간은 부끄러운 기색으로.

화 고모가 객당에 돌아오자 한우아가 바로 일어섰다. 그녀는 화 고모가 자신을 새 동생에게 데려갈 거라고 생각했다.

그러나 이게 웬일일까. 화 고모의 말은 그녀의 생각과는 달랐다.

"삼소저, 우리 가도록 하자. 칠소저는 삼소저에게 좀 더 기다리라고 하더군."

한우아는 마침내 참지 못하고 물었다.

"그 애가…… 저를 보지 않으려 한다고요?"

"칠소저는 분명 그런 뜻이겠지!"

그러자 한우아가 차가운 목소리로 외쳤다.

"어쨌든 내가 언니고, 그 애는 잠시 어머니의 환심을 산 것뿐이잖아요. 명령을 전달하는 주제에, 나에게 대체 이 무슨……. 그 애가 나를 보려 하지 않는다고 해도, 나는 그 애가 무슨 꼴인지 봐야겠어요! 감히 이렇게 건방지게 굴다니!"

말을 마치자마자 한우아는 바로 후문으로 난입하려 했다. 시종 몇 명이 겨우겨우 막아 냈다. 화 고모가 달랜 후에야 한우아는 겨우 한 발 물러났다.

그러나 여전히 화가 나서 씩씩거리며 말했다.

"본 소저가 일단은 그 애와 다투지 않기로 하지요. 나중에 본소저에게 만나 달라고 오지나 말아지!"

화 고모는 연신 고개를 끄덕였다.

"그래, 그래, 다투지 말아야지."

한우아가 다시 말했다.

"위아래도 없고, 규칙도 없고. 어머니는 대체 그 애 어디가 마음에 드신 거죠?"

화 고모는 계속 고개를 끄덕였다.

"그러게, 그러게."

한우아가 일부러 큰 소리로 외쳤다.

"흥! 그 애는 본 소저가 어머니 곁에서 얼마나 오래 시중을 들었는지 모르는 거겠죠. 가서 알아볼 생각도 않고!"

화 고모는 이제 인내심이 없어져, 고개를 끄덕이면서도 한우아를 밖으로 밀어냈다.

"그럼, 그렇고말고. 그런데 우리 이만 가자. 그 애와 똑같이 굴지 말고."

며칠 후, 백초국 황도에 도착한 화 고모는 한우아에게 입추의 약선 연회에 대해 말해 주었다.

한우아는 소 부인이 생각해 낸 방법이라 생각하고, 호기심을 느끼면서도 감히 질문하지 못했다.

그녀는 계속 수희의 상황을 살피며, 입추에 자신이 받을 명령을 기대에 차서 기다렸다.

비연과 군구신은 강평성에 머물고 있었다. 그들은 변경의 상황을 주시하며 흑삼림, 어주도, 북강 등 각 지역의 소식도 기다렸다.

비연은 잠시 약왕정 수련을 내려놓고 마음을 수련하는 동시에, 군구신에게서 간단한 검술을 배웠다.

군구신은 건명검보의 세 번째 경지의 검법 수련은 잠시 멈추고 '무아유검'의 깊은 뜻을 고민하고 있었다.

그러는 동안 전다는 흑삼림에 도착했고, 당정은 빙해를 건너 당씨 가문으로 향하고 있었다. 또한 정역비는 비밀리에 진양성으로 되돌아왔다.

정역비가 저택에 들어서고 차 한 잔 마실 시간도 지나지 않아, 소식을 들은 임 노부인이 불당에서 빠른 걸음으로 나타났다. 그녀는 원래 흥분한 표정으로 달려왔지만, 정역비가 혼자 있는 걸 보고 바로 안색이 변했다.

노부인이 물었다.

"당정, 그 계집애는?"

정역비가 솔직하게 대답했다.

"집으로 돌아갔어요. 저도 준비하러 돌아온 거예요. 당정의 집에 구혼하러 갈 생각입니다!"

그러자 임 노부인이 말했다.

"이 일은, 조금 천천히 하는 것이 타당할 텐데."

그러나 정역비는 나는 듯이 달려온 참이었고, 조급해 죽을 지경이었다.

"시간을 더 끌 수는 없어요. 오늘 당장 매파를 찾고, 내일 함께 떠날 생각입니다."

임 노부인은 바로 주변의 모든 하인을 내보내더니 진지하게 말했다.

"애야, 어쩜 그리 생각이 없니. 네 그…… 아가씨가 넉 달 된 배로 혼례를 치르다가 만약 피곤하기라도 하면…… 그래서 태기라도 움직이면 어쩌려고 그러는 게냐? 게다가 아이를 가진 채 성혼한다는 소식이 퍼져 나가기라도 해 봐라. 사람들 얼굴을 어찌 보려고 그러니?"

정역비는 그제야 자신이 모친에게 되는대로 했던 거짓말을 떠올리고는 한참 동안 아무 말도 하지 않았다.

임 노부인은 이 몇 달 동안 계속 저택 안에 조용히 있으면서, 아들에게 서신 한 통 보낼 엄두도 내지 못하던 차였다. 그녀는 온종일 불당에서 불경을 외우며, 당정의 배 속에 있는 아이가 평온하기만을 계속 빌었다.

그런데 지금 정역비의 반응을 보니 그녀는 당연히 불안해질 수밖에 없었다.

임 노부인이 외쳤다.

"왜 그러는 거니? 어서 말해라!"

〈제왕연〉 14권에서 계속